ro
ro
ro

Lena Wolf ist das Pseudonym einer erfolgreichen deutschen Autorin. Nach «Sommer mit Aussicht» ist dies ihr zweiter Roman. Im Gegensatz zu ihren Protagonistinnen fährt Lena Wolf gerne gemeinsam mit ihrer Familie in den Urlaub. Von einem eigenen Haus auf Sylt träumt sie allerdings immer noch.

«Sehr unterhaltsam … Lena Wolfs Beziehungskomödie unterhält, entspannt und macht Lust auf einen Trip ins Land der Lavendelblüte.» (*Für Sie* über «Sommer mit Aussicht»)

Mehr über die Autorin unter www.lenaswolf.de

Lena Wolf

Ein Sommer auf Sylt

ROMAN

Rowohlt Taschenbuch Verlag

4. Auflage Juli 2020
Originalausgabe
Veröffentlicht im Rowohlt Taschenbuch Verlag,
Hamburg, März 2020

Covergestaltung ZERO Werbeagentur, München
Coverabbildung perori, Regina Bilan / Shutterstock
Satz aus der DTL Dorian ST
bei Pinkuin Satz und Datentechnik, Berlin
Druck und Bindung CPI books GmbH, Leck, Germany
ISBN 978-3-499-27667-5

1

Austernfischerweg 7

«Wenn ich mir das Meer so anschaue, glaube ich kaum, dass ich darin baden werde. Hat sicher nur zehn Grad.»

«Was für ein Quatsch! Die Kälte spürst du doch gar nicht. Der Rettungsring um deine Hüften isoliert und hält dich warm.»

«Genau! Du hast es bereits als Kind am längsten von uns dreien im Wasser ausgehalten.»

«Bitte? Wollt ihr etwa andeuten, ich sei fett gewesen?»

«Gewesen?»

Instinktiv rutsche ich in meinem Fahrersitz ein wenig tiefer. Gut, dass wir in zwanzig Minuten endlich Westerland erreichen! Die Stimmung hier im Wagen ist mittlerweile dermaßen explosiv, es fehlt nur noch ein winziger Funke, und einer von uns geht in die Luft. Möglich, dass ich das sein werde. Auch wenn ich nach Kräften versuche, mich zu beherrschen: Ich habe die Kiefer fest aufeinandergepresst und seit Niebüll nichts mehr gesagt. Doch ein dünner Schweißfilm hat sich wie Sprühkleber auf meine Stirn gelegt und lässt vermutlich erahnen, wie es in meinem Innersten aussieht.

Was war das nur für eine Schnapsidee, mit meiner Mutter und ihren zwei Schwestern nach Sylt zu fahren! Diese ständigen Streitereien hält ja kein Mensch aus! Können die drei nicht mal schweigend aufs Meer schauen? Wenigstens für fünf Minuten?

Ich reiße mich schließlich auch zusammen, obwohl mir im Grunde meines Herzens der Sinn danach steht, alle gemeinsam auf dem Hindenburgdamm auszusetzen.

«Eine verdammte Bummelbahn ist das.» Tante Annegret trommelt ungeduldig mit ihren Schaufelhänden gegen die Scheibe. «Kann das Biest nicht schneller fahren? Nur weil wir Rentner sind, haben wir ja nicht ewig Zeit.»

«Ganz im Gegenteil.» Tante Christiane ist ausnahmsweise mal derselben Meinung. «Denkt nur an den lieben Ralf. Gerade noch weilte er unter uns und plötzlich –» Im Rückspiegel sehe ich, wie sie sich mit der flachen Hand über die Kehle fährt. «Mausetot.»

Erschrocken schaue ich zu meiner Mutter. Sie sitzt neben mir auf dem Beifahrersitz, hat den Blick starr nach vorn gerichtet und atmet geräuschvoll ein und ebenso hörbar wieder aus. Ihre Lippen bewegen sich, als formuliere sie stumm an einer Antwort, doch sie schweigt.

Im Rückspiegel werfe ich meiner Tante einen vorwurfsvollen Blick zu. Muss sie so pietätlos daherreden? Papa ist gerade mal ein halbes Jahr tot. Nicht einmal Mama und ich reden in diesem Tonfall über ihn.

Aber da ich ahne, dass eine Zurechtweisung zu nichts führen würde, außer vermutlich, eine erneute Diskussion heraufzubeschwören, halte ich meinen Mund.

Ich rutsche ein Stückchen tiefer im Sitz, schließe die Augen und versuche, mich zu entspannen. Sonst treibt mich dieses Dreiergespann vor Ablauf des Tages in den Wahnsinn.

Wenn ich wenigstens eine Kleinigkeit im Magen hätte. Seit heute Morgen um sechs Uhr der Wecker geklingelt hat, war keine Sekunde Zeit, etwas zu essen. Nicht mal einen Apfel oder sonst irgendeinen Snack habe ich geschafft zu mir zu nehmen. Aber vielleicht besteht am Bahnhof die Möglichkeit, auf die Schnelle ein belegtes Brötchen zu kaufen.

Ich öffne die Augen, weil mir plötzlich etwas einfällt. Bevor wir ankommen, sollte ich am besten schon mal unser Ziel ins Navi eingeben: Austernfischerweg 7 in Rantum. Dort steht das Haus meines Vaters, das jetzt *mein* Haus sein soll. Noch immer ist mir der Gedanke fremd, und die Adresse nur ein unbekannter Ort auf der Landkarte. Bis vor kurzem habe ich ja nicht einmal gewusst, dass mein Vater auf Sylt ein Haus besaß. Niemals ist davon die Rede gewesen. Aber wirklich viel wurde in meiner Familie ohnehin nicht geredet, zumindest nicht in den letzten Jahren. Seit Papa ... also seit dieser Sache war der Kontakt zwischen mir und meinen Eltern alles andere als gut. Von daher kam es mehr als überraschend, dass mein Vater mich in seinem Nachlass explizit bedacht hat. Ausgerechnet mich! Nicht mal im Entferntesten habe ich damit gerechnet, weil wir uns im Grunde nie besonders nahestanden.

Meine Mutter hat mir nach der Testamentseröffnung erklärt, dass das Haus ursprünglich ihren Eltern, also meinen Großeltern gehört hat. Nach ihrem Tod haben sie es zu gleichen Teilen ihren drei Töchtern vermacht. Wohl, um die Mädchen auf diese Art für immer zusammenzuschweißen. Doch das genaue Gegenteil trat ein: Alle wollten lieber Bargeld in den Fingern halten, darum bot sich mein Vater als Käufer an und zahlte meine Tanten aus.

Nachdenklich beobachte ich die vorbeiziehende Landschaft: plattes Land, Wattenmeer, sicher nett für den Urlaub mit Kindern.

«*Well* ...», kündigt Tante Christiane, die vor Jahren in die USA ausgewandert ist, ihren nächsten Satz an. Natürlich spricht sie akzentfrei Deutsch, nutzt aber jede Gelegenheit, ihren Aussagen ein wenig kosmopolitisches Flair einzuhauchen. «*Well*, ich weiß gar nicht, ob ich es ertrage, das Haus zu betreten.» Im Rückspiegel kann ich sehen, wie sie schmerzhaft das Gesicht verzieht. «All die Erinnerungen an unsere Kindheit. Es war so eine unbeschwerte Zeit.»

Neben ihr rollt Annegret mit den Augen. «Für dich vielleicht. Du bekamst ja auch grundsätzlich, was du dir in den Kopf gesetzt hattest. Und warst trotzdem nie zufrieden.» Ihre raue Stimme bekommt einen spöttischen Unterton. «Du fandest unsere Familienurlaube auf Sylt doch sterbenslangweilig. Wolltest lieber nach Frankreich oder Italien. Ferien in Deutschland zu machen war dir peinlich. *Wir* waren dir peinlich. Ganz besonders ich, die kleine Schwester.» Sie senkt den Kopf und seufzt. «Also, wenn einer das Haus und überhaupt die Urlaube auf Sylt geliebt hat, war ich es.»

«Blödsinn», meldet sich auf einmal meine Mutter zu Wort. Sie starrt noch immer bewegungslos nach vorn aus dem Fenster. «Wenn es jemanden schmerzt, dieses Haus zu betreten, dann ja wohl mich. Schließlich ist es *mein* Mann, der gestorben ist.»

Urplötzlich herrscht verschämtes Schweigen auf der Rückbank.

Überrascht blicke ich zum Beifahrersitz. Es ist das erste Mal seit Papas Tod, dass Mama von Kummer spricht. Und ich weiß nicht, wie ich damit umgehen soll.

Nachdenklich betrachte ich ihr Profil. Erstaunlich, wie wenig sie sich verändert hat. Ihre Haut ist mit 65 Jahren noch immer feinporig und rosig, die Gesichtszüge ebenmäßig, und das schmale, aristokratische Näschen lässt sie wie eine in Würde gealterte Filmdiva aussehen. Beneidenswert, denn meine Augenringe sind schon jetzt so dunkel wie der Schlick des Wattenmeers um uns herum. Immerhin habe ich Papas Sommersprossen geerbt. Auch wenn sie mich manchmal ein wenig zu jugendlich wirken lassen und ich sie darum zu geschäftlichen Meetings gerne überschminke, mag ich ihr tanzendes Aussehen. Von Mama habe ich die dunkelbraunen Augen und die welligen Haare. Ihre sind inzwischen kinnlang und von einem feinen Netz aus grauen Fäden durchwebt.

Ich schaue wieder nach vorn, weil der Zug seine Fahrt verlangsamt. Die Besiedelung nimmt zu. In der Ferne blickt man auf Hochhäuser, wir tuckern an dem vollbesetzten Parkplatz eines Supermarktes vorbei. Warum war ich eigentlich noch nie hier?

Seit ich bei der Testamentseröffnung von dem Haus auf Sylt erfahren habe, ahne ich, dass es dazu eine Geschichte gibt. Warum sonst sollte mein Vater es auf mich überschrieben haben? Und wie steht Mama dazu? Bislang habe ich mich nicht getraut, sie darauf anzusprechen.

Wenn ich jetzt allerdings höre, für welchen Zündstoff das Haus unter den Geschwistern sorgt, bereue ich es, meine Tanten mit ins Boot geholt zu haben. Das war vollkommen anders geplant!

Unglücklich betrachte ich die beiden im Rückspiegel. Sie haben haargenau dieselbe Körperhaltung eingenommen. Nur starrt die eine nach links, die andere nach rechts. Unverkennbar Schwestern, auch wenn alle drei sich äußerlich wenig ähneln. Tante Christiane ist die Älteste, sieht aber mit ihren 68 Jahren beinahe am jüngsten aus. Dafür scheint sie einiges zu tun: Ihre Hände sind gepflegt, die Nägel sorgfältig manikürt, mit weiß lackierten Spitzen. Auch ihre Figur ist topp in Schuss. Ich schätze, sie trägt Kleidergröße 36 und kauft ihre Outfits in angesagten und teuren Designerboutiquen. Allerdings lassen ihre faltenfreie Stirn, der glatte Hals und die feste Wangenpartie darauf schließen, dass der Natur etwas auf die Sprünge geholfen wurde.

Tante Annegret hingegen ist zwar mit 62 rechnerisch die Jüngste des Trios, aber Alkohol und Zigaretten scheinen in ihrem Leben eine tragende Rolle gespielt zu haben, und der eine oder andere Joint kam höchstwahrscheinlich auch noch hinzu.

Ihre Haut sieht zerknittert wie eine alte Zeitung aus und ist von fahler Blässe. Kleidungstechnisch mag Annegret es bequem. Sie bevorzugt Jogginganzüge und weite Pullover, kaschiert ihre ausladenden Hüften damit aber weniger, als sie es vermutlich beabsichtigt. Ihre Haare wurden vor längerer Zeit blondiert, der zentimeterdicke Ansatz deutet jedoch darauf hin, dass sie es mit der Nachfärbung nicht eilig hat.

Es ist seltsam, mit den dreien auf so engem Raum zusammen zu sein. Außer einer kurzen Begegnung vor etwa dreißig Jahren – damals war ich gerade mal fünf – sind mir meine Tanten fremd. Und Mama ... sie hat mich in der Vergangenheit oft enttäuscht. Seitdem meide ich den Kontakt.

Endlich erreichen wir den Bahnhof von Westerland. Und auf einmal herrscht draußen Hochbetrieb. Unser Verladezug war bis auf den letzten Platz besetzt, doch es geht vergleichsweise schnell, dass ich den Wagen starten und von der Rampe herunterfahren kann. Einige der Fahrzeuge werden bereits winkend erwartet, andere, wie wir, suchen den zügigsten Weg hinaus aus dem Trubel.

Zunächst folge ich den Anweisungen des Navis, aber als ich nach kurzer Fahrt eine Bäckerei entdecke, halte ich es nicht mehr aus. Mir ist inzwischen regelrecht übel vor Hunger, und wenn ich nicht endlich ein Fischbrötchen oder wenigstens eine trockene Brezel zwischen die Zähne bekomme, werde ich vermutlich hinter dem Steuer ohnmächtig. Kurz entschlossen fahre ich rechts ran und parke halbschräg auf dem Gehweg.

«Möchte jemand von euch etwas zu essen?», erkundige ich mich, während ich hektisch den Anschnallgurt aufschnappen lasse. «Ein Brötchen oder ein Stück Kuchen?»

Meine Mutter schüttelt stumm den Kopf. Ich drehe mich nach hinten. «No way!», sagt Tante Christiane und hält sich wie zum Schutz die manikürten Hände vor die Taille.

Tante Annegret zögert. Einen Moment scheint sie mit einem Küchlein zu liebäugeln, dann besinnt sie sich und deutet auf einen Jutesack, der ein wenig gequetscht neben ihr steht. «Danke, aber während du mit Kofferpacken beschäftigt warst, habe ich mir noch schnell ein Brot geschmiert.»

«Okay.» Ich angele auf dem Rücksitz nach meiner Tasche. «Bin gleich zurück.»

Auf dem kurzen Weg vom Auto zur Bäckereitür sehe ich, dass man sich drinnen bereits auf den Feierabend vorbereitet. Eine junge Frau säubert die Auslage, eine weitere Angestellte fegt den Laden. Überrascht schaue ich auf die Uhr und drücke nebenbei die Tür auf. Du liebe Güte, schon nach fünf! Ein Glück, dass die überhaupt noch geöffnet haben.

Eilig betrete ich das moderne Geschäft – und registriere mit Schrecken, dass die Vitrine bereits so gut wie leer ist. Ein einziges Brötchen liegt noch dort, welliger gelber Käse überlappt die untere Hälfte. Und obwohl das Teil kein bisschen ansprechend aussieht, macht mein Herz einen erfreuten Hüpfer. Meine Rettung!

«Guten Tag», rufe ich der jungen Frau mit platinblonder Kurzhaarfrisur und adretter Schürze zu.

Sie schaut zu mir und nickt.

Doch ehe ich meine Bestellung aufgeben kann, klingelt plötzlich mein Handy. Ungehalten wühle ich in meiner Tasche und werfe, als ich das Telefon gefunden habe, zunächst einen prüfenden Blick aufs Display. Die Firma. Ich muss rangehen. Entschuldigend zwinkere ich der Verkäuferin zu.

«Hallo Maja.» Ich versuche, mir nicht anmerken zu lassen, wie ungelegen mir der Anruf in diesem Moment kommt. «Was gibt's?»

Sofort ergießt sich eine Flut von Fragen über mich. Geduldig stehe ich meiner Kollegin Rede und Antwort, dann werde ich abgelenkt, weil ein Kunde den Laden betritt. Es ist ein Mann in Jeans und Sneakers, schätzungsweise Ende dreißig. Sein Outfit entspricht allen Sylt-Klischees: hellblaues Baumwollhemd, die Ärmel hochgekrempelt, dunkelblonde, zerzauste Haare und in der Hand eine verspiegelte Sonnenbrille.

Während ich weiter Majas Worten lausche, nähert sich der Kerl der Auslage. Mit Händen und Füßen versuche ich, die Verkäuferin darauf aufmerksam zu machen, dass ich zuerst an der Reihe bin, doch sie hat nur Augen für den Mann. War ja klar. Er wiederum hat das Brötchen im Fokus. *Mein* Brötchen.

«Jo möchte wissen, wo du die Zeichnungen für die alternative Fassadengestaltung hinterlegt hast», piepst Maja in mein Ohr. «Er ist total nervös, weil das Treffen mit dem Planungsausschuss eine Stunde vorgezogen wurde und …» Ich höre ihre Stimme nur noch aus der Ferne, denn in diesem Moment werde ich Zeuge, wie das Brötchen von der Verkäuferin aus der Vitrine genommen und über den Tresen geschoben wird. Gierig greift der Typ zu.

«Hallo?», rufe ich empört, ohne zu bedenken, dass Maja vermutlich das Trommelfell klingelt. «Das gehört mir! Sie haben sich vorgedrängelt!»

Wütend starre ich den Typen an, doch es ist zu spät. Er hat die Beute bereits von ihrem Pappteller gefischt und genüsslich seine Kauleiste hineingeschlagen. Vor Enttäuschung wird mir regelrecht schwarz vor Augen.

«Ach ja?» Mit geradezu aufreizender Ruhe zermalmt er seinen Riesenbissen und schluckt ihn dann im Zeitlupentempo hinunter. «Und wie sollte ich das ahnen? Sie haben schließlich telefoniert. Entweder man steht in einer Schlange an, oder man quasselt in sein Handy, beides funktioniert nicht, wie Sie ja nun wissen.» Sein skeptischer Blick gleitet an mir herab und verweilt dann auf dem silbernen Ring, den ich an einer Kette um den Hals trage. Ich registriere die ungewöhnliche Farbe seiner Augen: blaugrau mit einem hellen Schimmer. Wie ein Gemälde.

Oder wie kaltes Wasser.

Wütend schnappe ich nach Luft. Was bildet der Kerl sich ein? Statt wenigstens den Versuch einer Entschuldigung zu unternehmen, hält er mir einen Vortrag? Der hat vielleicht Nerven.

«Was?», rufe ich schrill. Und dann entlädt sich all der Stress, der sich in den vergangenen Wochen in mir aufgestaut hat, inklusive der Horrorfahrt mit meiner Familie hierher. Wie eine gurgelnde Monsterwelle ergießt er sich über dem Fremden. «Wer, bitte schön, hat heutzutage noch Zeit, einfach nur in einer Schlange anzustehen? Mal abgesehen davon, dass es gar keine gab. Ich bin die einzige Kundin! Ich habe Termine einzuhalten und muss die Firma am Laufen halten. Auch meine Korrespondenz erledigt sich nicht von selbst. Unzählige Mails verstopfen mein Postfach. Es sind schon über zweihundert! Und obwohl ich heute noch nichts gegessen habe und vor Hunger fast umfalle, muss ich trotzdem nebenbei telefonieren. Zeitmanagement nennt man das, schon mal was davon gehört?» Mit einem abschätzigen Blick betrachte ich ihn. «Aber ich bin nun mal kein reicher Schnösel, der glaubt, ihm gehöre die Welt. Nur weil er es sich leisten kann, auf Sylt abzuhängen.» Ich trete einen Schritt auf ihn zu und pikse ihm mit dem Zeigefinger auf die Brust. Sie ist erstaunlich hart. «Vermutlich sitzen Sie den lieben langen Tag im *Sansibar* in der Sonne und ordern am laufenden Band Champagner, um den anderen zu imponieren. Frauen natürlich, ist ja klar.» Ich mache eine raumgreifende Bewegung, in die ich die vollkommen verdutzte Verkäuferin einschließe. Dann stemme ich die Arme in die Hüften und funkele ihn wieder an. «Soll ich Ihnen mal was sagen? Das ist total armselig!»

Im Nachhinein weiß ich gar nicht, wie ich zu meiner Schlussfolgerung gelangt bin, denn genau genommen sieht der Typ gar nicht schnöselig aus, und seine Haut strahlt auch nicht sonnengebräunt, sondern wirkt eher ein wenig bleich und anämisch. Aber er hat es verdient, beschimpft zu werden! Allein wegen des unverschämten Grinsens, das er schon wieder an den Tag legt.

«Im *Sansibar*, soso.»

Ich beiße mir auf die Lippen. Um ehrlich zu sein, kenne ich das oder die *Sansibar* gar nicht, nur aus Erzählungen. Überhaupt kenne ich nichts und niemanden auf Sylt. Woher auch?

«Vielleicht möchten Sie den hier?» Der Kerl zieht aus der Brusttasche seines Hemdes einen Müsliriegel hervor. «Sie wirken tatsächlich reichlich unterzuckert.» Wieder ein Grinsen.

Ich fühle augenblicklich, wie mir vor Appetit die Spucke im Mund zusammenläuft, doch diese Schwäche will ich mir unter keinen Umständen eingestehen. Mitnichten!

«Nein danke», sage ich bemüht lässig, «ich verzichte. Wer weiß, wem Sie den vor der Nase weggeschnappt haben.»

Mit diesen Worten wirbele ich herum und stapfe aus dem Laden. Was, bitte schön, war das für ein arroganter Kerl?

Auf dem Weg zurück zum Wagen fällt mein Blick auf das Handy in meiner Rechten. Mist! Maja hat inzwischen aufgelegt, aber ich bin dermaßen in Rage, dass ich erst mal Luft holen muss, ehe ich sie zurückrufen kann. Wutschnaubend reiße ich die Fahrertür auf, lasse mich auf den Sitz plumpsen und starte den Motor. Die fragenden Blicke meiner Familie ignoriere ich geflissentlich.

«Wir dachten schon, du kommst gar nicht mehr wieder», mokiert sich Annegret. «Es ist ziemlich stickig hier drinnen.» Sie reißt sich ihre Jacke vom Leib.

Kurz fliegt mein Blick zum elektronischen Thermometer: 25 Grad Außentemperatur. Nicht unbedingt tropisch, aber im parkenden Wagen in der Tat etwas heftig.

Ich biege auf die Straße und gebe Gas.

«Bitte fahr nicht so schnell, Julia», kommt es prompt von einem der hinteren Sitze. «Willst du uns auch noch ins Jenseits befördern? Man hat ja gar nichts von der schönen Landschaft.»

Ich atme tief durch. Und sehe mich um.

Der Himmel ist größtenteils bewölkt, vereinzelte violette Wattebäusche kündigen den bevorstehenden Abend an.

«Bitte entschuldigt. Ich habe mich gerade etwas geärgert. Nicht jeder auf der Insel scheint sich über Touristen zu freuen.»

«Don't worry! Du bist schließlich keine normale Sylt-Touristin», erklärt Tante Christiane. «Du bist Immobilienbesitzerin!»

Es fällt mir schwer, mich als solche zu sehen.

«Wenn ich recht informiert bin, ist Rantum allerdings einer der günstigeren Orte auf der Insel», fügt sie hinzu. «Richtig teuer kannst du das Haus also wahrscheinlich nicht verkaufen.»

«Ach, und ich dachte, am preiswertesten sei es in Westerland», widerspricht Annegret. Sie hat sich ihren Proviant aus dem Stoffsack geschnappt und schaut kauend zwischen den Straßenseiten hin und her. «Andererseits … billig scheint es hier nirgendwo zu sein.»

«Als wenn du Ahnung von Geschäften hättest, Anne.» Tante Christiane gibt einen unwilligen Zischlaut von sich. «Ausgerechnet du.»

Ehe meine Tanten sich in den nächsten Streit hineinsteigern oder ich mich vergesse und kurz mal von Annegrets Stulle abbeiße, sage ich beschwichtigend: «Fahren wir erst mal zum Haus, dann sehen wir uns die Umgebung an.»

Meine Neugierde ist ein wenig geheuchelt, denn im Grunde interessiert mich die Insel kein Stück. Was soll ich mit einem Haus auf Sylt? Urlaub verbringe ich nach Möglichkeit in Ländern mit Schönwettergarantie. Und die Vorstellung, hier auf der Insel überteuerte Preise für Essen und Trinken zu bezahlen, um Teil des Schickimicki-Publikums zu sein, schreckt mich regelrecht ab. Nein, hier möchte ich nicht ständig hinfahren müssen, um nach dem Rechten zu sehen. Mein Ziel ist es darum, das Haus so zügig wie möglich zu verkaufen, um anschließend sofort nach Hause zurückzufahren. Dort stapelt sich die Arbeit. Zwar hält Jo die Stellung, aber unser Architekturbüro nimmt zurzeit an einer wichtigen Ausschreibung teil. Es geht um ein Neubauprojekt, ein Einkaufszentrum im Süden Hamburgs. Bekäme unsere Firma den Zuschlag, wäre das phantastisch. Gestern haben wir endlich die Unterlagen eingereicht, aber seit sich alles um diesen Pitch dreht, hat sich verständlicherweise andere Arbeit angestaut. Ich sollte mich schleunigst mal melden, nachdem ich Maja so unfein abgehängt habe.

Doch erst einmal folgen wir der Hauptstraße. Verrückt, dass man die gesamte Zeit über gar nicht merkt, dass wir uns auf einer Insel befinden. Zumal nicht unbedingt wenig Verkehr herrscht. Fahrräder, Autos, Fußgänger, man hat das Gefühl, halb Sylt ist auf den Beinen.

Fast hätte ich das Ortsschild von Rantum übersehen, das gelb und blitzeblank gewienert rechts von uns am Straßenrand prangt.

Wir biegen ab. Spitzgiebelige Reetdachhäuser ducken sich in die Landschaft, die hier aus wellenförmigen, grün bewachsenen Hügeln besteht. Möwen kreisen vor der aufgetürmten Wolkenformation, und in der Ferne hat sich ein gelbgoldener Sonnenstrahl fast waagerecht seinen Weg gebahnt. Mit müdem Schein streicht er über das Dünengras. Natur, so weit das Auge reicht.

Ich konzentriere mich wieder auf die Straße und biege wenig später in den Austernfischerweg. Das Haus mit der Nummer 7 liegt mitten in einer Kurve, ich entdecke es etwa im selben Augenblick, als das Navi uns verkündet, am Ziel zu sein. Kurz entschlossen parke ich hinter einem heruntergekommenen Suzuki-Jeep.

Als das Motorengeräusch erstirbt, herrscht plötzlich eine gespannte Stille im Wagen. Meine Mutter knibbelt an ihren Fingernägeln, beide Tanten recken die Hälse, ich starre mit großen Augen über das Lenkrad gebeugt nach vorn.

Das Gebäude, ein mittelgroßes Haus im Friesenstil mit blassrotem Stein und geschwungenem Reetdach, sieht gar nicht mal so übel aus. Es hat zwei Stockwerke, im oberen erspähe ich ein zweiflügeliges Fenster mit Lamellen. Darüber wölbt sich das Dach wie eine maßgeschneiderte Haube. Ein Schlumpfhaus.

Tante Christiane durchbricht die Ruhe: «Es sieht irgendwie anders aus, als ich es in Erinnerung hatte. Merkwürdig. Allein der Vorgarten – amazing! Wer hat denn den in Schuss gehalten?» Fragend wandert ihr Blick zu mir.

«Keine Ahnung.» Automatisch zucke ich mit den Schultern. «Eventuell hat Papa jemanden damit beauftragt?»

«Well, lieber hätte er sich um das Dach kümmern sollen. Ist das Reet?» Sie spricht mehr zu sich selbst, denn ihr Blick ist starr aus dem Fenster gerichtet. «Hatte das Haus früher auch schon ein Reetdach?»

«Ist doch wumpe», antwortet ihre Schwester. «Schaut lieber mal, was das für eine urige Hütte ist», ruft sie begeistert. «So friesisch. Ich hätte schwören können, die Fassade sei grau gewesen. Hat Ralf sie verputzen lassen?»

«Anyway», unterbricht Tante Christiane, «das Dach müsste neu gedeckt werden. Ist vielleicht nicht zwingend in diesem Jahr nötig, aber es mindert auf jeden Fall den Verkaufserlös.»

«Tja …», antworte ich, weil ich überhaupt keine Idee habe, was so ein Haus in dieser Lage kosten könnte. Ob nun mit oder ohne neues Dach.

«Bestimmt ist es eine Million wert», tippt Tante Annegret ins Blaue, kann sich aber eine Anspielung auf ihre Schwester nicht verkneifen: «Aber ich bin ja hier nicht die Streberin, die alles weiß.» Ich sehe im Rückspiegel, dass ihre Augen fast gierig auf das Haus gerichtet sind. «Eine Million! Die gehört dann dir, Julia. Allein.» Der Neid in ihrer Stimme ist nicht zu überhören.

Mir wird schwindelig bei dem Gedanken an eine derartige Summe. Ich soll so einen Batzen Geld erhalten? Ich? Mein linkes Auge beginnt zu zucken. Mit dieser Summe könnte ich meinen UND Jos Anteil für die GmbH hinlegen, die er so schnell wie möglich gründen will. Dadurch wäre die Firma abgesichert, wenn wir in Zukunft Großprojekte im Ausland abwickeln, so wie Jo sich das vorstellt. Außerdem würde ich gerne etwas auf die hohe Kante legen, sicher ist sicher. Hinzu kommt, dass mich der Steuerberater vorgewarnt hat: Ich werde einen Batzen Erbschaftssteuer zu bezahlen haben. Na, hoffentlich bleibt am Ende überhaupt noch etwas übrig, damit Jo und ich mal wieder eine Reise unternehmen können. Nichts Großes, nur ein wenig ausspannen zu zweit. Im letzten Jahr ist unsere Beziehung definitiv zu kurz gekommen, weil wir pausenlos gearbeitet haben. Es wird Zeit, ihr neues Leben einzuhauchen.

«Eine Million bekommt Julia nicht dafür.» Tante Christiane schüttelt vehement den Kopf. «Never. Höchstens die Hälfte.»

Plötzlich spüre ich die Hand meiner Mutter auf meinem Arm. Als sei sie in Gedanken noch immer unendlich weit weg, schaut sie durch mich hindurch und sagt: «Ich habe keine Ahnung, wie es im Haus aussieht, Julia. Sei bitte nicht enttäuscht.»

Ich stecke mit meinen Überlegungen immer noch bei den horrenden Summen, mit denen meine Tanten auf der Rückbank jonglieren, darum begreife ich Mamas Worte nicht sofort. Dazu die vertraute Geste – ich gerate ins Schwimmen.

«Ähm ... also ...» Wovon redet sie? Wie soll es schon drinnen aussehen? Gut möglich, dass sich eine unschöne Staubschicht angesammelt hat oder Unordnung herrscht, aber das muss ihr nun wirklich keine Sorgen bereiten. «Wann bist du denn das letzte Mal hier gewesen?», frage ich.

Mama zieht ihre Hand fort und starrt wieder aus dem Auto. Sie bleibt mir die Antwort schuldig.

Stattdessen wird Annegret auf dem Rücksitz ungeduldig: «Wollen wir nicht endlich aussteigen und uns im Haus umsehen? Ich kriege hier drinnen die Hitze!» Mit ihrer mopsigen Hand fächert sie sich Luft zu.

Offenbar warten alle drei darauf, dass ich den Anfang mache und die Initiative ergreife. Also tue ich ihnen den Gefallen. Energisch lasse ich den Gurt aufschnappen. «Hoffentlich finden wir irgendwo ein paar Konserven im Schrank. Ich sterbe gleich vor Hunger.»

Nacheinander quetschen sich alle aus dem Wagen. Einzig meine Mutter macht keinerlei Anstalten, in Gang zu kommen.

«Los, Beate», drängelt Annegret. «Worauf wartest du? Früher bist du doch auch immer vorgeprescht, um dir ein oberes Etagenbett zu sichern.» Sie verzieht gequält das Gesicht. «Ich musste immer unten schlafen.»

Mama bleibt weiter stur sitzen. Sie lässt sich sogar noch etwas tiefer in ihren Sitz gleiten. Wie ein störrisches Kind hat sie die Handflächen unter den Po geschoben und die Schultern hochgezogen. Undeutlich nuschelt sie: «Ich brauche noch einen Moment. Es ist nicht so einfach.»

Ich nicke.

«Lass dir Zeit. Aber … du musst irgendwann aussteigen, wenn du nicht im Auto übernachten möchtest», erinnere ich sie sanft. «Wir wollen hier doch eine Weile wohnen.»

Mama schaut mich an. Ihr Blick ist unergründlich. «Ich … ähm … Geht ihr schon mal vor. Ich sammele mich kurz und komme dann nach.»

«Also weißt du», grätscht Christiane in das Gespräch, «ich

bin auch nicht gerade scharf darauf, an die alten Zeiten erinnert zu werden. Das Haus, du und Ralf, was soll *ich* denn sagen? Ich wurde von euch ...»

«Jetzt lass doch mal die alten Zeiten», fährt Annegret ihr mit rauer Stimme harsch über den Mund. «Niemand hier will das hören.» Sie gibt ihrer Schwester einen leichten Schubs, damit diese sich in Richtung Haus bewegt. «Los, geh. Lass Beate sich sammeln, sie wird bestimmt gleich nachkommen.»

Ein kniehoher Steinwall dient als Zaun zur Straße. Zu dritt schlüpfen wir durch eine hölzerne Pforte und betreten den Vorgarten.

Mir zittern die Finger, während ich in meiner Handtasche nach dem Schlüssel krame. Der Nachlassverwalter hatte ihn mir wie ein kostbares Schmuckstück überreicht. Seitdem trage ich ihn sorgfältig verschlossen in einer Seitentasche. Doch als ich das klobige Stück Metall jetzt in Händen halte, weiß ich sofort, dass der Schlüssel nicht passen wird. Er ist grobzinkig und irgendwie riesig, wohingegen das Türschloss flach und modern aussieht und vermutlich einen gefrästen Spezialschlüssel erfordert.

Ich probiere es trotzdem – und scheitere.

«Wie kann das sein?», mokiert sich Annegret. «Hat man dir womöglich ein falsches Exemplar ausgehändigt?»

«Das kann ich mir nicht vorstellen.» Gedankenverloren drehe ich den Schlüssel in meinen Händen. «Vielleicht hat Papa irgendwann mal ein Sicherheitsschloss eingebaut und vergessen, den neuen Schlüssel im Safe zu hinterlegen?» Das sähe meinem oberkorrekten Vater allerdings überhaupt nicht ähnlich. Er war ein Kontrollfreak, jemand, der immer doppelt an alles dachte.

Hilfesuchend blicke ich zum Wagen und wedele mit den Armen, sodass meine Mutter sich bemüßigt fühlt, die Scheibe ein Stück herunterfahren zu lassen.

«Wir kommen nicht rein», rufe ich ihr zu, aber sie zuckt nur stumm mit den Schultern.

«Vielleicht ist es doch das falsche Haus?», rätselt Annegret. «Oder meint ihr, Ralf wollte gar nicht, dass hier jemand reinkommt?» Ihr Tonfall hat etwas Geheimnisvolles.

Prompt wird sie von ihrer Schwester abgekanzelt. «Quatsch. Dann hätte er das Haus Julia ja nicht vermacht.»

Klingt logisch. Es muss also einen anderen Grund geben. Fragt sich nur, welchen.

Ratlos blicke ich mich um, während Annegret und Christiane wie auf ein stummes Kommando hin beginnen, unter der Fußmatte, im Blumenkübel neben dem Eingang, auf den Fensterbänken und unter großen Steinen am Haus zu suchen. Doch Fehlanzeige. Als wir gerade erwägen, eines der Fenster einzuschlagen, ertönt ein leises Quietschen. Es kommt von oben.

Wir treten ein paar Schritte zurück und recken die Hälse. Im Giebelfenster über dem Eingang erscheint ein geflochtener blonder Zopf. Dann das dazugehörige Gesicht einer Frau. Misstrauisch beäugt sie uns.

«Ja bitte?», fragt sie. «Wie kann ich helfen?»

Ich schätze sie auf Mitte fünfzig, sie ist extrem blass und wirkt irgendwie kränklich.

«Äh … Hallo», rufe ich irritiert. Vielleicht ist sie eine Hilfskraft, die Haus und Garten in Schuss hält? «Ich bin Julia Hirschfeldt, die Tochter von Ralf Hirschfeldt. Mir wurde aus Versehen ein falscher Schlüssel ausgehändigt.» Wie zum Beweis halte ich das Teil in die Höhe. «Könnten Sie uns bitte aufmachen?»

Die Frau am Fenster zuckt kurz zurück, dann kneift sie die Augen zusammen und schüttelt den Kopf. «Nein, das geht nicht.»

Verblüfft schauen meine Tanten und ich uns an. Ein riesiges Fragezeichen schwebt über unseren Köpfen.

Tante Christiane fängt sich als Erste. «Wer sind Sie denn überhaupt?», will sie wissen. «I mean: Was tun Sie in dem Haus meiner Nichte?»

Die Fremde reckt selbstbewusst das Kinn in die Höhe. «Ich bin Charlotte Engel. Ich wohne hier.»

2

Eine gute Idee?

Zwei Monate zuvor

«Es war ein Riesenfehler!» Jo hat die Hände in den Jeanstaschen vergraben und tigert durch sein Büro. Wenn er nicht gerade nachdenklich auf seine Stiefelspitzen schaut, wirft er vorwurfsvolle Blicke in meine Richtung. «Ich wäre auf jeden Fall dagegen gewesen, wenn du mich vorher gefragt hättest.»

Ich stehe in einer Ecke, halb von Schränken verdeckt, sodass uns durch die Glastüren niemand beim Streiten zusehen kann. Wenn Jo nur endlich mal stehen bliebe! Natürlich war es ungeschickt, dass ich meine Mutter eingeladen habe, bei uns zu wohnen. Das ist mir inzwischen auch klar. Vor allem hätte ich es vorher mit ihm absprechen müssen. Aber jetzt ist es leider zu spät. Mama ist bei uns eingezogen, das lässt sich so schnell nicht rückgängig machen, und dass Jo und ich seitdem beinahe täglich zermürbende Diskussionen über das Thema führen, macht im Grunde alles nur schlimmer.

«Was hätte ich denn tun sollen?», wehre ich mich halbherzig. «Was hättest *du* getan, wenn deine Mutter plötzlich als Witwe und ohne ein Dach über dem Kopf vor dir stehen würde? Vermutlich dasselbe. Ganz sicher hättest du sie nicht in einem Zelt im Wald übernachten lassen.»

«Ich hätte sie zu meiner Schwester geschickt.»

«Witzig, Jo. Wie du weißt, bin ich Einzelkind.»

Er lächelt mild. Um seine Augen bildet sich ein zartes Netz aus Falten. Seit Jo die Haare raspelkurz trägt, kommen sie viel mehr zur Geltung. Wie zwei Leuchtdioden funkeln sie in diesem Moment unter den dichten Brauen hervor. «Natürlich hätte ich meine Hilfe angeboten. Aber so weit, sie bei uns einziehen zu lassen, wäre ich ganz sicher nicht gegangen.» Er stoppt sein Gerenne, um sich in voller Größe vor mir aufzubauen. Eindringlich sieht er mich an. «Wie hast du dir das nur vorgestellt, Juli? In unserem Loft kann man sich unmöglich aus dem Weg gehen. Beim Fernsehen sitzt deine Mutter quasi bei uns auf dem Schoß, und wenn wir Sex haben wollen …» Er winkt ab. «Ach, vergiss es.»

Ich weiß nicht, was ich noch sagen soll. Seine Argumentation ist nachvollziehbar, und ich bereue die Einladung ja auch längst. Aber mein Leben steht schließlich genauso kopf wie seins, nur dass ich sogar noch viel stärker unter Stress stehe als er. Seit in der Silvesternacht das Haus meiner Eltern bis auf die Grundmauern abgebrannt ist, bin ich nur noch am Rotieren. Mama und Papa waren auswärts feiern, als sich das Unglück ereignete. Ursache für den Brand war nach Angaben der Feuerwehr eine Rakete, die der Wind durch das gekippte Arbeitszimmerfenster meines Vaters getragen hat. Zeichnungen auf dem Boden fingen Feuer, die Flammen griffen auf die Gardinen und dann auf das benachbarte Schlafzimmer über, und in Windeseile brannte das gesamte Haus. Obwohl ein aufmerksamer Nachbar den Notruf gewählt hatte, kam jede Hilfe zu spät. Von dem Holzbungalow, der nach Papas Entwürfen gefertigt worden war und für den er sogar einen Architekturpreis gewonnen hatte, blieb nur ein verrußtes Klappergerüst übrig. Meine Eltern, die gegen zwei Uhr nachts von ihrer Party nach Hause eilten, wurden noch vor Ort von einem Psychologen betreut und anschließend zur Beobachtung in ein nahegelegenes Krankenhaus gebracht. Doch dort, wo man ihnen helfen und sie in Sicherheit wiegen wollte, ereignete sich wenig später das viel schlimmere Drama: Über Nacht, von Schwestern und Ärzten unbemerkt, hörte das Herz meines Vaters auf zu schlagen. Der Niedergang seines Lebenswerkes hatte ihn umgebracht.

«Entschuldige, Juli. Ich habe mich gehenlassen.» Jo nimmt mich in die Arme. Wie ein schmaler, fest verwurzelter Baum steht er vor mir und vermittelt das Gefühl, kein Sturm könnte ihm je etwas anhaben. «Du hast deinen Vater verloren und deine Mutter ihren Mann, das ist schrecklich.» Einen Moment hält er mich schweigend fest. Dann schiebt er mich ein Stück von sich fort und wartet, dass ich ihn ansehe. «Es ist nur so … Seit wir uns kennen, hast du kaum Kontakt zu deinen Eltern. Und wenn du doch mal bei ihnen zu Besuch warst, kamst du stinksauer nach Hause zurück. Jedes Mal gab es Streit mit deinem Vater, und auch deine Mutter hat dich enttäuscht. Warum du sie jetzt so betüterst, will mir nicht in den Kopf.»

«Ich *betütere* sie keinesfalls, ich biete ihr lediglich ein Dach über dem Kopf.» Seine Worte machen mich wütend. Ich hasse mich ja selbst dafür, dass ich so schwach bin, denn im Grunde möchte ich mit meiner Mutter keinen Kontakt mehr. Vor langer Zeit haben wir uns zerstritten, auch Papas Tod hat daran nichts geändert.

Es gab gute Gründe, warum ich nicht mehr nach Hause fuhr. Meinem Vater hatte ich es im Leben nie recht machen können, von Kindesbeinen an nicht. Weder als Schülerin noch als Tochter genügte ihm mein Einsatz. Auch dass ich ihm zuliebe ebenfalls Architektur studierte und mich relativ bald nach dem Studium selbstständig machte, war für ihn kein Anlass zum Stolz. Stattdessen erntete ich wieder nur Kritik. «Du hast viel zu wenig praktische Erfahrung, um in dem Beruf zu bestehen», befand er. «Erst nach zahlreichen Lehrjahren, am besten bei einem namhaften Architekten, darf man sich die Rosinen herauspicken.» Dass Jo sich bereits einen Namen in der Branche erarbeitet hatte und mein Arbeitsalltag in seiner Firma keinesfalls nur Zuckerschlecken, sondern stressig und durchaus lehrreich war, zählte für ihn nicht. Er hörte mir gar nicht zu.

So kam es, dass ich am Grab meines Vaters keinerlei Gefühle empfinden konnte. Weder Trauer noch Schmerz. In meinem Innern herrschte grenzenlose Leere, nicht eine Träne brachte ich hervor.

Dennoch sehe ich mich in der Pflicht, meiner Mutter zu helfen. Ich kann einfach nicht anders.

«Juli …» Jo drückt meine Schultern. «Mir ist klar, dass du es gut meinst mit deiner Mutter. Nur hält dieser Zustand – diese Zwangsgemeinschaft – inzwischen vier Monate an. Vier Monate! Das sind sechzehn Wochen! So lange schon sitzt Beate auf unserer Couch und an unserem Esstisch. Und ein Ende ist nicht in Sicht.» Er schüttelt genervt den Kopf. Dann setzt er nach: «Und sag mir bitte nicht, sie würde trauern, denn das tut sie nicht. Jedenfalls sieht es kein bisschen danach aus.» Jo räuspert sich. «Nach allem, was du mir über die Ehe deiner Eltern erzählt hast, könnte ich das auch gar nicht glauben.»

Er lässt mich los, um erneut durch den Raum zu tigern. Die Sohlen seiner nagelneuen Stiefeletten erzeugen auf dem gefliesten Boden ein knallendes Geräusch wie Gewehrschüsse.

Wieder muss ich ihm recht geben. In der Tat wirkt Mama nicht sonderlich traurig, nur etwas einsilbig vielleicht. Und nachdenklich. Außerdem benimmt sie sich leider vollkommen unselbständig.

Nach dem Brand und dem überraschenden Tod meines Vaters hat sie allen Papierkram – Briefwechsel mit den Versicherungen, Behörden und Banken – mir zugeschoben. Ebenso die Planung der Beerdigung, inklusive Friedhofs- und Sargauswahl. Außerdem begann ich, das Nötigste für sie anzuschaffen oder im Internet zu bestellen: Waschzeug, Kleidung, Schuhe. Beinahe täglich trafen bei uns Pakete ein, sodass ich nebenbei entweder die Kartons entsorgen oder Retouren wegbringen musste.

Jo mag es aufgeräumt und puristisch. Die neue Bestellflut nervte ihn zusehends, sie ist mit unserem Wohnkonzept nun mal nicht vereinbar.

Schuldbewusst verziehe ich das Gesicht. «Es tut mir schrecklich leid.» Jos Bestürzung ist absolut nachvollziehbar. Das Loft ist unsere Burg. Unser Rückzugsort. Unser ganz privates Glück. Beinahe ein gesamtes Jahr lang haben wir renoviert und nach Jos Entwürfen Wände rausgerissen, Putz geschliffen und Böden gegossen. Aber was soll ich machen? Ich kann meine Mutter ja schlecht rauswerfen.

«Es wird ganz sicher nicht mehr lange dauern, bis sie was Neues gefunden hat», erkläre ich und klinge dabei zuversichtlicher, als vermutlich realistisch ist.

Auch Jo ist nicht überzeugt. «Weißt du», sagt er und hört nicht auf, im Raum herumzumarschieren, «ich habe mir Folgendes überlegt: Solange deine Mutter bei uns wohnt, werde ich hier im Büro schlafen.» Er deutet auf die kanariengelbe Designercouch neben seinem Schreibtisch. «An die Glastür montiere ich eine Jalousie, dann habe ich meine Ruhe.»

Was? Ich spüre, wie sich meine Kehle zusammenschnürt. Für einen kurzen Moment überlege ich, ob wir nicht beide in die Büroräume ausweichen könnten. Dann kriecht Panik in mir hoch: Jo will ausziehen! Und ich bin schuld! Das darf nicht sein. Auf keinen Fall werde ich zulassen, dass meine Mutter sich zwischen mich und meinen Freund stellt. Dass sie ihre Beziehung mit Papa nicht auf die Reihe bekommen hat, ist ihre Sache. Meine soll sie nicht auch noch zerstören.

«Okaaay», gebe ich tapfer von mir, auch wenn ich seinen Vorschlag total inakzeptabel finde, «das verstehe ich natürlich». Noch während ich die Worte ausspreche, beginne ich, mir das Hirn nach einer anderen Lösung zu zermartern.

Eigentlich denke ich, dass Mama längst stark genug ist, um alleine zu wohnen. Sie braucht nur jemanden, der Zeit hat, sie bei der Wohnungssuche zu unterstützen, und ihr etwas Starthilfe gibt. Ich bin dafür eher nicht die Richtige, wir haben einfach keinen guten Draht zueinander. Außerdem muss ich tagsüber arbeiten.

Leider hat sich herausgestellt, dass meine Mutter sich in letzter Zeit von allen Freunden und Bekannten abgekapselt hat. Selbst bei der Beerdigung wollte sie niemanden dabeihaben, nicht einmal ihre Schwestern, weshalb wir beide alleine am Grab standen.

Bei dem Gedanken kommt mir plötzlich eine Idee.

«Meinst du, ich sollte Mamas Schwestern um Hilfe bitten?», frage ich Jo.

Er bremst ab und schaut mich stirnrunzelnd an. «Aber bei der Trauerfeier hat sie keinen Wert auf deren Anwesenheit gelegt.»

«Die beiden leben ja nicht in Deutschland, ich schätze, Mama ist davor zurückgeschreckt, sie extra anreisen zu lassen.»

«Und du glaubst, jetzt wäre es ihr recht?»

Ich überlege. Vielleicht würde sie sich sogar freuen, die beiden endlich einmal wiederzusehen. In der Not steht die Familie doch zusammen, oder?

«Sie muss es ja nicht wissen. Ich würde meine Tanten einladen und Mama damit überraschen.»

Jo hebt interessiert die Augenbrauen. Ich ahne, wie es in seinem Kopf arbeitet.

«Warum nicht?» Ein Strahlen erhellt plötzlich sein Gesicht. «Vielleicht ist das tatsächlich die Lösung. Die zwei könnten ihr helfen, wieder auf die Beine zu kommen, gemeinsam mit ihr nach einer Wohnung suchen und so. Ich denke, dass du es auf jeden Fall versuchen solltest.»

Ich nicke. Für beide Schwestern ist die Anreise allerdings mit einigen Mühen verbunden: Tante Christiane lebt mit ihrem Mann, soweit ich weiß, in Miami, und Tante Annegret hat sich in einem Bergdorf in der Nähe von Klagenfurt niedergelassen. Beide habe ich schon Ewigkeiten nicht mehr gesehen, darum klopft mir vor Aufregung heftig das Herz, als ich am Abend erst ihre Nummern ausfindig mache und danach bei den beiden durchklingele.

Tante Christiane reagiert geschockt, als ich ihr die Lage schildere.

«Ralf ist tot?», fragt sie und atmet schwer. «Oh nein.»

Ich kann sie am anderen Ende schlucken hören.

«Ja, Mama ist ziemlich fertig und könnte ein wenig Unterstützung gebrauchen. Aktuell vor allem bei der Wohnungssuche», sage ich und gebe meiner Stimme einen bedrückten Klang. Auch wenn es im Grunde eher Jo und ich sind, die langsam auf dem Zahnfleisch kriechen und dringend Hilfe benötigen. Unterm Strich ist es aber ja dasselbe. «Ihr standet euch doch früher mal so nahe.» Davon gehe ich im Stillen jedenfalls aus.

Tante Christiane übergeht meinen Satz einfach und kontert mit einer Gegenfrage: «Was ist denn mit dem Haus auf Sylt? Will Beate da nicht einziehen?»

«Äh … nein.» Natürlich weiß sie von dem Haus, überlege ich, die Familie hat laut meiner Mutter ja dort früher ihre Sommer verbracht. «Sie sagt, das kommt für sie nicht in Frage. Außerdem hat Papa es mir vermacht. Ich werde es wohl verkaufen.»

Am anderen Ende der Leitung herrscht längeres Schweigen. Deshalb versuche ich, noch einmal auf den Grund meines Anrufs zurückzukommen: «Also, wenn du und Tante Annegret …»

Plötzlich erwacht meine Tante zu Leben. «Sorry?», ruft sie so laut, dass mir vor Schreck fast der Hörer aus der Hand fällt. «Annegret wird kommen? Ehrlich?»

«Äh … Ja, sicher», lüge ich, obwohl ich die Dritte im Bunde noch gar nicht angerufen habe. Aber ich schöpfe neue Hoffnung. Irgendein inniges Band scheint zwischen den Schwestern zu bestehen. «Tante Annegret will sich gleich auf den Weg machen.»

«Oh my God!» Tante Christianes Stimme tönt laut und stoßweise, wie die eines Generals. «Weißt du, was?», beschwört sie mich. «Ich glaube, ihr könnt tatsächlich meine Hilfe brauchen, auf jeden Fall sollte ich dich beim Verkauf des Hauses beraten. Triff also bloß keine voreiligen Entscheidungen, Darling! Ich buche sofort einen Platz im Flieger.» Sie holt kurz Luft. «Und noch etwas: Gebt Annegret um Himmels willen kein Geld!»

Wir besprechen noch ein paar weitere Details, dann lege ich leicht verunsichert auf.

Wie verrückt lief das denn? Ich muss wahnsinnig sein! Wie soll ich das bloß durchstehen, wenn tatsächlich beide Tanten hier in Hamburg eintrudeln? Wohin dann überhaupt mit ihnen?

Doch nun habe ich die Sache angeleiert, also klingele ich auch bei meiner zweiten Tante durch. Das Gespräch mit ihr verläuft gleichermaßen absurd.

«Ralf ist tot?» Ihre Stimme klingt rauchig, wie nach einem ausgiebigen Kneipenabend. Aber ausgeschlafen. «Dass Beate fix und fertig ist, wundert mich nicht», sagt sie wenig empathisch und schlussfolgert sogleich: «Aber immerhin hat sie jetzt Geld. Ralf war ja fleißig und hat ihr bestimmt ein hübsches Sümmchen hinterlassen. Und dann ist da ja noch das Haus auf Sylt.»

Außer mir wissen wirklich alle von dieser Immobilie.

«Also … nein. Das Haus ging an mich. Ich werde es verkaufen. Tante Christiane will mich dabei unterstützen.»

«Christiane?» Tante Annegret bekommt einen Hustenanfall. «Das … ist … nicht gut.»

Als es am anderen Ende der Leitung plötzlich poltert und danach Stille herrscht, fürchte ich schon, sie sei vor Aufregung ohnmächtig geworden. Doch dann raunt sie heiser: «Weißt du, was, Schätzchen? Ich komme, um euch unter die Arme zu greifen. Tut am besten nichts, bevor ich da bin.» Sie holt aufgeregt Luft. «Ach, und würdest du mir bitte eine Fahrkarte kaufen und sie mir per Mail schicken?»

3

Sylt ja, Meeresrauschen nein

Meinen Tanten und mir steht vor Überraschung der Mund offen. Die Frau *wohnt* in diesem Haus? Wie kann das sein? Hätte der Testamentsverwalter mich nicht vorwarnen müssen? Wusste er überhaupt von ihr?

Sprachlos schaue ich zu meiner Mutter – und sehe, dass sie ostentativ das Beifahrerfenster hochfahren lässt.

Tante Christiane fängt sich als Erste von uns dreien. «Verstehen Sie nicht?», brüllt sie nach oben. «Meiner Nichte hier», sie klopft mir unsanft auf die Schulter, «gehört das Haus. Sie *müssen* uns öffnen.»

Aber Charlotte Engel rührt sich nicht vom Fleck. Sie schenkt uns lediglich ein gequältes Lächeln. «Ich habe einen Mietvertrag. Den zeige ich Ihnen gerne. Aber wie gesagt, heute passt es mir nicht.» Dann verschwindet ihr blonder Schopf, taucht aber nach kurzer Zeit wieder auf. In der Hand hält sie einen weißen DIN-A4-Zettel, den sie nun auf der Fensterbank vor sich ablegt, um etwas darauf zu notieren. Als sie fertig ist, knüllt sie das Blatt zusammen und wirft es zu uns hinunter.

«Ich habe Ihnen meine Telefonnummer aufgeschrieben», erklärt sie und wirkt sichtlich nervös. «Melden Sie sich morgen, am besten gegen Mittag. Oder schreiben Sie eine Nachricht, egal. Dann verabreden wir uns.»

Während ich den Papierball aufhebe und ihn nachdenklich

auseinanderfalte, schiebt Tante Annegret sich in den Vordergrund.

Sie stemmt die Arme in die rundlichen Hüften und brüllt so laut, als würde sie auf ihrer Bergalm die Kühe zusammentreiben wollen: «Jetzt hören Sie mir mal zu! Wir sind extra aus Amerika angereist, um das Haus zu besichtigen. Wenn Sie uns nicht sofort hineinlassen …» Ein paar Sekunden sucht sie nach Worten. «Dann rufen wir die Polizei!»

Ich zupfe sie sanft am Ärmel «Nicht doch», murmele ich, «es gibt sicher eine andere Lösung.»

«Ach ja, und welche?», pflichtet Tante Christiane ihrer Schwester bei. «Wir lassen uns doch nicht einfach abwimmeln!» Sie reckt sich zur vollen Größe und brüllt: «Was Sie sagen, kann ja jeder behaupten. Womöglich sind Sie gar keine Mieterin, sondern eine Einbrecherin. Oder …» Sie verstummt, als oben geräuschvoll das Fenster zugeschlagen wird.

«Frechheit!» Christiane schäumt vor Wut. «Ich möchte zu gern wissen, was Beate dazu sagt.»

Annegrets Blick fliegt zum Wagen. «Langsam könnte sie uns wirklich mal unterstützen.»

«Lass nur», wehre ich ab. «Ich glaube kaum, dass wir hier noch etwas ausrichten können. Besser, wir gehen zurück zum Wagen.»

Ich trotte los und bin nach ein paar Schritten beim Auto. Doch als ich die Fahrertür öffne und Mamas Gesicht sehe, erschrecke ich.

Sie ist bis über beide Ohren hochrot angelaufen, als stünde sie kurz vor einem Kollaps.

«Ist alles okay mit dir?», erkundige ich mich besorgt. «Du siehst fiebrig aus. Ist die Luft doch so schlecht hier im Wagen?»

«Nein, nein. Ich meine: ja, ja. Was … äh … Was war denn da gerade los?» Mamas Blick flattert wie ein eingesperrter Vogel zwischen mir und einem imaginären Punkt auf der Konsole hin und her.

«Tja, das Haus ist offensichtlich vermietet», erkläre ich. «Die Frau heißt Charlotte Engel und behauptet, einen gültigen Mietvertrag zu besitzen. Weißt du etwas davon?»

Während ich in den Wagen steige, lasse ich meine Mutter nicht aus den Augen. Bei der Erwähnung des Namens ist sie leicht zusammengezuckt, sie versucht aber, die Reaktion zu überspielen, indem sie aus ihrer Handtasche ein Taschentuch hervorkramt.

«Nein», beteuert sie. «Den Namen habe ich noch nie gehört.»

Ich weiß, dass sie lügt. Und sie weiß, dass ich es weiß. Ihre Körpersprache ist mir so vertraut, als hätten wir uns nie aus den Augen verloren.

«Bad news», verkündet Tante Christiane, als sie sich elegant auf die Rückbank gleiten lässt. Ihr mitleidiger Blick streift meinen im Rückspiegel. «Ein Mietvertrag mindert den Verkaufserlös erheblich. Ich würde mich ja anbieten, Julia, ich könnte –»

«Jetzt lass das Kind doch mal in Ruhe!», geht Tante Annegret dazwischen, die nun etwas weniger grazil eingestiegen ist. «Wir sollten lieber mal überlegen, wo wir heute Nacht schlafen. Bei Frau Engel wird das wohl nix.» Sie tippt meiner Mutter auf die Schulter. «Hast du eine Idee, Beate? Du kennst dich von uns allen doch am besten hier auf Sylt aus.»

Mama starrt wie paralysiert aus dem Fenster, ihre Kiefermuskeln sind fest angespannt. «Keine Ahnung», presst sie hervor. Wie ich finde, einen Tick zu schnell. «Ich … ähm … ich hatte ja immer einen Schlafplatz.»

Annegrets Hand wandert auf meine Schulter. «Na, dann frag doch mal den Google, Julia. Im Gegensatz zu deiner Mutter ist der garantiert up to date.»

Ich warte nicht ab, ob Mama einen Kommentar dazu parat

hat, sondern schnappe mir folgsam mein Handy. Manchmal tut es gut, wenn jemand die Zügel in die Hand nimmt.

Sorgfältig durchforste ich alle in Frage kommenden Seiten, doch auf Sylt herrscht schon lange Hauptsaison, die Insel ist rappelvoll, und wenn überhaupt, gibt es höchstens noch Unterkünfte für nur eine Nacht. Außerdem suchen wir ja nicht *ein* Zimmer, sondern nach Möglichkeit vier.

Die Auswahl beschränkt sich am Ende auf drei Alternativen: Das erste Haus, eine Privatpension in Morsum, scheidet allerdings schnell aus, weil auf den Galeriebildern eine niedliche getigerte Katze zu sehen ist, Tante Christiane aber angeblich unter einer Katzenhaarallergie leidet. Auf meine Nachfrage bei den Anbietern stellt sich heraus, dass sogar drei Katzen zur Familie gehören.

Gemessen daran wirkt die zweite Unterkunft perfekt.

«Es gibt allerdings nur noch zwei Zimmer, die wir uns teilen müssten», erkläre ich, «aber dafür verfügt das Hotel über einen phantastischen Ausblick aufs Meer. Meeresrauschen inklusive.» Ich versuche, es ihnen schmackhaft zu machen.

«Ich kann bei starker Brandung nicht schlafen», kommt es prompt von Annegret. Sie verschränkt die Arme vor der Brust, als wolle sie auch mal die Kapriziöse spielen. «Die ständige Geräuschkulisse ist Gift für die Nerven. Ich bin ja nicht ohne Grund in die Berge gezogen.»

«Oh my goodness, das hast du ja wohl in der Fernsehzeitschrift gelesen! Was für ein Quatsch, reiß dich mal zusammen!»

Das sagt ja die Richtige, denke ich, hoffe aber dennoch, dass die kleine Rüge Wirkung zeigt. Doch Annegret ist nicht umzustimmen. Sylt ja, Meeresrauschen nein.

Ich raufe mir die Haare. «Und diese Unterkunft? Die *Weiße Villa*?» Hoffnungsvoll präsentiere ich ein Foto der Website auf meinem Handy. Vorsichtshalber verdecke ich mit dem Daumen aber die leicht bröckelige Fassade des Hauses. Es ist unsere letzte Möglichkeit, wenn wir nicht im Auto schlafen wollen.

«Seht ihr? Keine Katzen, und das Meer ist auch nicht zu sehen.»

Dafür entdecke ich beim Überfliegen der Seiten, dass die Unterkunft zurzeit renoviert wird. Die Homepage leider ebenfalls, weshalb man derzeit online nicht buchen kann.

Ohne noch länger zu zögern, wähle ich die angegebene Nummer, damit uns niemand zuvorkommt. Und siehe da, wir haben Glück! In der Tat hat die *Weiße Villa* noch Betten frei, sogar von einem Apartment ist die Rede. Das Haus befindet sich in Rantum, gar nicht mal so weit entfernt vom Austernfischerweg, und auf Nachfrage erfahre ich, dass es weder Brandung noch Hauskatzen gibt. Perfekt!

Ich reserviere uns die Behausung telefonisch, programmiere das Navi, und keine zehn Minuten später stehen wir vor einer weiß getünchten Jugendstilvilla.

Eine junge Dame mit gelblich getönter Riesenbrille auf der Nase nimmt uns freundlich lächelnd in Empfang.

«Hallo, guten Abend. Ich bin Paula, und Sie haben Glück. In einer halben Stunde beginnt nämlich mein Feierabend.» Grinsend deutet sie auf ihre Armbanduhr. «Dann hätten Sie hier niemanden mehr erreicht. Abends ist die Rezeption nicht besetzt, und der Chef schwirrt irgendwo auf der Insel herum.»

Sie spaziert zu einem breiten Holztisch und bedeutet uns, ihr zu folgen. Die riesige Tafel könnte glatt als Esstisch durchgehen, lägen nicht ein Laptop, ein zerfleddertes, dickes Gästebuch und ein Fächerbord mit diversen Papieren darauf. Hinter Paulas Rücken erspähe ich eine offenstehende Tür, die in einen hellen Büroraum führt.

Wir treten näher und blicken uns mit großen Augen um. Im

Gegensatz zu seinem Äußeren vermittelt das Haus drinnen einen gepflegten, renovierten Eindruck. Die Wände sind sauber verputzt, eierschalfarben gestrichen und mit weißer Fußleiste sowie Stuckkante zur Decke abgesetzt. Der Fußboden ist mit farblich passendem, grobem Naturstein gefliest.

«Das sieht ja alles ganz ordentlich aus», findet sogar Tante Annegret. «Fast bajuwarisch.»

«Aber warum hat man die alten Bodenkacheln dringelassen?», fragt Christiane. «Am falschen Ende gespart, würde ich sagen.»

«Könnte sein, dass das *modern* ist, Christi», spottet Annegret. «Ich dachte, von Mode verstehst du etwas.»

«Tu ich auch. Darum hätte ich eher ein Mäandermuster gewählt. Wie Versace es nutzt.»

Mit gequältem Gesichtsausdruck schaue ich zu Paula. Hoffentlich beschließt sie angesichts meiner Familie nicht, das Apartment an jemand anderen zu vergeben!

Doch sie lächelt professionell über den Wortwechsel hinweg und erklärt mit stoischer Freundlichkeit: «Bei dem Material der Fliesen handelt es sich um antiken Marmor. Aber keine Sorge», sie ruckelt an ihrer Brille und wirft meinen Tanten einen abschätzigen Blick zu, «die wenigsten erkennen diesen Luxus auf Anhieb.»

Der Seitenhieb hat gesessen. In meinem Rücken herrscht Schweigen. Paula wendet sich an mich. «Hatten wir beide telefoniert?»

Ich nicke. «Ganz genau. Vor etwa zehn Minuten.»

«Prima. Dann folgen Sie mir bitte alle, ich zeige Ihnen das Apartment.» Sie dreht sich zu der hellen Steinwand in ihrem Rücken, um aus einem handgefertigten Holzregal mit quadratischen Fächern den Schlüssel mit der Nummer 11 zu greifen.

Im Gänsemarsch verlassen wir den Eingangsbereich und

betreten kurz darauf ein gemütliches Wohnzimmer mit Chesterfield-Sofa und steinernem Kamin. Trotz der sommerlichen Temperaturen hat jemand ein Feuer entzündet, das munter flackert. Rundherum stehen bunte Hocker, seitlich schaut man auf eine ausladende Bücherwand, die beinahe die gesamte Längsseite des Raums einnimmt. Daneben findet sich das Herzstück des Zimmers: eine geschmackvoll gekachelte Bar, an der laut Paula Selbstbedienung herrscht.

«Was Sie verzehrt haben, notieren Sie bitte in der Liste, die im obersten Fach hinter dem Tresen deponiert ist.» Mit messerscharfem Blick fügt sie hinzu: «Unsere Gäste sind korrekt und ehrlich. Das Konzept hat sich über Jahre bewährt.»

Während wir ihr weiter folgen und durch eine Seitentür mit Glasfenstern schlüpfen, frage ich mich im Stillen, ob meine Tanten den Wink verstanden haben. Noch kenne ich die beiden nicht besonders gut, kann mir aber Annegret eher dabei vorstellen, wie sie das eine oder andere Glas Likörchen mopst, als dass sie mühevoll hinter dem Tresen nach einer Liste sucht, um sich dort einzutragen.

Draußen, auf einem hellen Hof mit Kies, fährt Paula mit ihrer Führung fort. «Der Großteil der Zimmer erstreckt sich über die obere Etage des Haupthauses, aus dem wir gerade kommen», erläutert sie. «Ihre Suite ist über eine separate Eingangstür hier an der Rückseite des Hauses zu erreichen und erstreckt sich über Erdgeschoss und Souterrain.»

«Oh, eine Suite!» Tante Annegret reibt sich die Hände.

«… im Keller», dämpft Christiane die Euphorie ihrer Schwester.

Annegret schneidet eine Grimasse. «Besser als fünfter Stock ohne Fahrstuhl.»

Plötzlich fühlt sich auch meine Mutter bemüßigt, etwas zu sagen: «Zum Glück war Ralf damals so vorausschauend, uns einen Bungalow zu bauen. Damit wir noch bis ins hohe Alter barrierefrei wohnen können.»

Christiane wirft ihr einen herablassenden Blick zu. «Hat euch gegen das Feuer auch nichts genützt.»

Mamas Augen sprühen Funken, sie sagt aber keinen Ton.

Es entsteht ein peinlicher Moment des Schweigens, den Paula schließlich unterbricht: «Schauen Sie sich doch erst mal die Räumlichkeiten an.»

An der Hauswand lehnt eine verschnörkelte graue Bank, ein Stück weiter befindet sich unsere Eingangstür. Wir quetschen uns nacheinander durch einen schlauchartigen Flur und gelangen schließlich in den Wohnraum. Genau genommen stehen wir in einer Art Esszimmer. Links an der Wand blickt man auf eine dunkle Küchenzeile. Gegenüber, halbschräg vor dem Fenster, steht ein quadratischer Esstisch mit hellgelber Tischdecke und bläulichem Kunstblumenstrauß.

Paula schreitet unbeirrt voran in den Wohnbereich: staubgraue Couchgarnitur, Kacheltisch und farblich abgestimmte Stehlampe. Optisch ein Graus. Auf Anhieb gefallen mir aber die bodentiefen Glastüren, die den Blick auf eine geflieste Terrasse mit Strandkorb freigeben. Weit und breit der einzige Lichtblick.

«Im Untergeschoss finden sich die restlichen Zimmer», flötet Paula, als präsentiere sie die Frühjahr-Sommer-Kollektion aus dem Otto-Katalog. «Kommen Sie, ich zeige Ihnen alles!»

Über eine Wendeltreppe staksen wir nach unten. Fünf Paar Schuhe mit mehr oder weniger hohen Absätzen erzeugen eine Geräuschkulisse wie ein Silvesterfeuerwerk.

Unten angekommen, drückt Paula auf einen Schalter, und grelles Neonlicht flackert im Flur auf.

Überrascht schaue ich mich um. Auf Anhieb erkenne ich hier unten nur zwei Zimmer. Außerdem ein geräumiges Badezimmer am Ende des Gangs, das wir uns auch noch anschauen.

«Mit der Modernisierung hinken wir ein kleines bisschen hinterher.» Paula zupft ein geblümtes Handtuch zurecht, das seitlich am Rand eines altrosa Waschbeckens baumelt.

«Das sieht man», meckert Tante Christiane und dreht sich suchend im Flur um die eigene Achse. Dann bleibt sie wie angewurzelt im Türrahmen eines Zimmers stehen. «Sollen wir uns etwa zu zweit ein Zimmer teilen?»

Beim Blick in den Schlafraum fürchte ich, dass wir uns sogar zu zweit ein Bett teilen müssen. Hier gibt es jedenfalls nur ein schmales Doppelbett, ebenfalls im Blümchenmuster bezogen. In einer dunklen Ecke findet sich ein schlichter Tisch mit passendem Stuhl. Ob Paula vergessen hat, dass ich nach einer Unterkunft mit vier Betten suchte?

Annegret hingegen interessiert etwas ganz anderes: «Das sind nicht zufällig Bettgestelle aus Zirbenholz?», erkundigt sie sich hoffnungsvoll.

Hat sie gerade Zirbenholz gesagt? Ich rolle mit den Augen.

Sie zerrt die Bettdecke zur Seite und lässt sie enttäuscht wieder fallen. «Kiefer. Wie bedauerlich. Zirbe riecht besser.»

«Nadelholz hin oder her», bemerkt Christiane, «ich schlafe in diesem Zimmer. Weit weg vom Badezimmer. Wer weiß, wie oft ihr nachts rausmüsst?»

«Dann nehme ich das andere Zimmer», ruft ihre Schwester, als hätte sie noch eine Wahl.

Meine Mutter bekommt große Augen. Jetzt hat auch sie es begriffen. «Es fehlen zwei Räume.»

Die anderen nicken. Diesmal sind sich alle einig.

Langsam reicht es mir. Ich hätte die drei niemals mitnehmen dürfen. Niemals!

«Wir werden eine Lösung finden», wende ich mich zuversichtlich an unsere Gastgeberin. Denn ich glaube kaum, dass wir auf die Schnelle ein barrierefreies Luxushotel ohne Meerblick, dafür aber mit vier Zimmern, Schminkspiegel und Zirbenholzmöbeln auftun.

«Wunderbar!» Paulas aufgesetztes Lächeln wird so rund und breit wie eine Banane. Sie spult ihr routiniertes Programm ab. «Frühstück gibt es von sieben bis zwölf Uhr, Getränke finden Sie in der Bar im Haupthaus oder oben im Kühlschrank. Und wenn Sie Extrawünsche haben», sie kann sich einen Seitenblick auf Tante Christiane nicht verkneifen, «wählen Sie am Telefon einfach die Eins. Das ist die Nummer vom Chef.»

Ehe meine Tanten irgendetwas dazu sagen können, tippeln Paula und ich eilig die Treppe rauf. Ich muss dringend Luft schnappen.

4

Low carb, please!

«Sie hat euch nicht ins Haus gelassen?» Jo ist entsetzt, als ich ihn am Abend flüsternd von der Couch im Wohnzimmer aus anrufe.

Inzwischen ist Ruhe in unserem Apartment eingekehrt, alle haben mehr oder weniger ausgiebig das Bad blockiert und sogar schon ihre Schlafplätze bezogen. Die Zimmerverteilung hat nach langem Diskutieren ergeben, dass ich gemeinsam mit Mama den Raum neben dem Badezimmer beziehe und meine beiden Tanten sich den anderen teilen.

Obwohl ich bereits in meinen Pyjama geschlüpft bin und mir vom Abendessen den übervollen Bauch halte, bin ich kein bisschen müde.

«Ich wäre heilfroh, wenn du hier an meiner Seite sein könntest», sage ich, nachdem wir zuvor ein paar Firmenbelange besprochen haben. Auf dem durchgesessenen Polster rutsche ich unruhig hin und her. «Es läuft alles vollkommen anders als geplant. Ich habe das Gefühl, die drei hassen sich.»

Ursprünglich hatte ich nämlich vorgehabt, allein nach Sylt zu fahren, um mir das Haus anzusehen, einen Makler zu beauftragen und so schnell wie möglich wieder an den Schreibtisch zurückzukehren. Doch meine Tanten dachten nicht daran, sich daheim um Mama zu kümmern. Stattdessen brannten sie geradezu darauf mitzufahren. Und Jo unterstützte die Idee.

Klar, warum: Er wollte endlich die gelbe Couch gegen unser gemütliches Doppelbett zurücktauschen. Und überhaupt zu Hause seine Ruhe haben.

«Dann nimmst du Beate und ihre Schwestern am besten gleich mit!», schlug er enthusiastisch vor. «Ein Familienausflug ist die perfekte Gelegenheit, um sich näherzukommen», fand er.

Auch jetzt bleibt Jo optimistisch. «Morgen schickst du die drei an den Strand, triffst dich mit dieser Frau Engel und suchst einen renommierten Makler. Einen, der bekannt dafür ist, einen hohen Verkaufserlös zu erzielen.»

Dass ich gegebenenfalls länger in der Firma fehlen werde, findet er auf einmal nicht der Rede wert.

«Wir brauchen das Geld, Juli. Für die GmbH. Außerdem hat ein finanzielles Polster oberste Priorität, so waren deine eigenen Worte. Wenn du in der Firma helfen kannst, schicke ich dir 'ne Mail, oder wir skypen. Wozu gibt es diese Technik?»

Seufzend willige ich ein. Nach dem nervenaufreibenden Tag heute bin ich ehrlich gesagt froh, nicht mehr nachdenken zu müssen.

«Und mach dir nicht so viele Sorgen», versucht Jo mich aufzuheitern. «Deine Mutter und ihre Schwestern sind sich höchstwahrscheinlich nur fremd geworden und brauchen ein wenig Zeit, um sich anzunähern. Ich bin mir sicher, dass die drei sehr bald ein Herz und eine Seele sind. Und dann ...» Ich kann die Hoffnung in seiner Stimme vibrieren hören, als er fortfährt: «Dann zieht Beate vielleicht sogar mit einer von den beiden zusammen.»

Ich verkneife es mir, ihm die Utopie seines Vorschlags vor Augen zu führen. Gerade erst beim Abendessen – wir haben Paulas Tipp befolgt und ein Sternerestaurant am Ende der Straße besucht – taten sich weitere, offenbar unüberbrückbare Gegensätze auf. Tante Annegret isst nur Fleisch von österreichischen Bio-Rindern, Tante Christiane möchte ihre Mahlzeiten entweder *low carb* oder wenigstens *low fat* und mit mindestens einem Glas Weißwein serviert haben. Auf zwölf Grad gekühlt. Und Mama schweigt oder singt ein Loblied auf meinen Vater, was ich angesichts ihrer zerrütteten Ehe mehr als seltsam finde. Momentan fehlt mir jedoch die Kraft, diese Problematik mit Jo zu erörtern. Er hat ohnehin bereits einen Gedankensprung absolviert.

«Stell dir mal vor, Juli, was wir alles mit dem Geld anstellen können! Als Erstes verpassen wir der Firma ein neues Gesicht. Im Eingangsbereich sind Modernisierungsarbeiten bitter nötig. Und ich habe sogar schon eine Vision.» Er schweigt vielsagend, um seinem Vorschlag mehr Gewicht zu verleihen. «Was hältst du davon, wenn wir uns als experimentelles Laboratorium neuer Kunstformen präsentieren? Total futuristisch. Alles in Weiß, der Tresen gläsern und nur mit einem iPad bestückt. Und Maja, logischerweise ebenfalls in Weiß gekleidet, thront mit einem Headset über allem, wie in einem Raumschiff. Wie krass wäre das?»

«Also … na ja …»

Unsere Empfangsdame Maja in einem Raumschiff? Ich will ja kein Spielverderber sein, aber – muss das sein? Maja ist die Tochter eines Kunden und wartet seit geraumer Zeit auf einen Studienplatz. Wenn man die Firma betritt und Maja gegenübersteht, glaubt man, aus Versehen in einer Modelagentur gelandet zu sein. Sie hat Beine bis zu den Schultern und Wimpern, so dicht, dass man damit die Regale abstauben könnte. Auf eine derartige Idee käme sie allerdings nie und nimmer. Neben dem Telefondienst tut sie leider gar nichts, außer auf ihr Handy zu starren. Dabei gäbe es haufenweise Arbeit, die sie uns abnehmen könnte. In der Buchhaltung beispielsweise. Oder beim Bewirten der Kunden. Wenn sie wenigstens die Post verteilen würde. Mir fallen tausend Aufgaben ein, aber Maja und Jo sind sich einig, dass die Mehrfachbelastung neben dem Telefonieren zu viel für sie wäre. Nichtsdestotrotz mag ich Maja, nur finde ich es ein wenig übertrieben, ein ganzes Raumkonzept um sie herum zu gestalten.

«Ehrlich gesagt ist in meinen Augen eine Modernisierung gar nicht zwingend erforderlich», werfe ich zaghaft ein, «stattdessen wollten wir doch eigentlich –»

«Rücklagen bilden, ich weiß. Aber der Eingangsbereich ist das Aushängeschild der Firma. Hier können, nein *müssen* wir uns präsentieren», fällt Jo mir ins Wort. «Die Konkurrenz kämpft ebenso mit allen Mitteln.»

«Okay», sage ich, weil mir die Diskussion über den Kopf wächst. «Ich denke darüber nach.»

«Mach das. Und was die Sache mit deiner Familie angeht: Kopf hoch. Du kriegst das hin, Juli. In der Firma weißt du auch immer für alles einen Ausweg.»

Falls er damit meint, dass ich einen Preis dafür verdient hätte, wenn es darum geht, allen ihre Wünsche zu erfüllen, stimme ich ihm zu.

«Wir sprechen morgen Abend wieder, okay?» Jo klingt auf einmal müde. «Lass dich nicht unterkriegen.»

Wir legen auf, und ich lasse mich erschöpft in das ramponierte Sofapolster sinken. Muss ich mir jetzt wirklich noch über ein Raumschiff Gedanken machen?

≈

Am nächsten Morgen wache ich davon auf, dass mir der Rücken beim Umdrehen schmerzt. Aus Bequemlichkeit habe ich die Nacht auf der Couch verbracht, ein Fehler, wie sich jetzt herausstellt. Gegen zwei bin ich kurz wach geworden, konnte mich aber nicht überwinden, ins Souterrain zu tapsen, um neben Mama ins Bett zu schlüpfen. Keinesfalls möchte ich mich so kapriziös anstellen, wie meine Tanten es tun, und ich bin auch kein verklemmter Mensch. Aber ich mag meiner Mutter nicht derart nahe kommen. Nicht nach dem, was zwischen uns vorgefallen ist. Ausgeschlossen.

In Ermangelung eines Bettbezuges hatte ich mir kurzerhand ein herumliegendes Strandlaken geschnappt und es zur Decke umfunktioniert. Eine Strickjacke diente als Kissen. Doch jetzt schmerzen meine Glieder, als hätte ich die Nacht unter dem Sofa verbracht und nicht darauf.

Es ist halb sieben. Ich lausche, ob von unten Geräusche zu vernehmen sind, doch senile Bettflucht scheint in meiner Familie kein Thema zu sein. Ich beschließe, den Anfang zu machen, und schleiche mich vorsichtig hinunter.

Die vorsintflutliche Dusche mit dem PVC-Vorhang sieht zwar nicht unbedingt einladend aus, erfüllt aber ihren Zweck: Das warme Wasser weckt meine Lebensgeister. Eine Weile genieße ich das wohltuende Prickeln auf der Haut, recke mein Gesicht dem dünnen Wasserstrahl entgegen und erfreue mich an der Stille.

Als meine Haut zu schrumpeln beginnt, hüpfe ich auf Zehenspitzen bis zum Badvorleger und rubbele mich trocken. Nachdem ich in frische Sachen geschlüpft bin und meine schulterlangen Haare geföhnt und anschließend zu einem lockeren Knoten zusammengebunden habe, setze ich mich oben mit meinem Laptop an den Esstisch und beginne mit der Suche nach einem Makler.

Auf den ersten Blick scheint diese Zunft hier so zahlreich vertreten zu sein wie Sandbänke im Meer. Wie soll man denn da eine Auswahl treffen? Ich lese mir ein paar Bewertungen durch, bis ich plötzlich von unten Stimmen höre.

Erstaunlich, wie schnell die drei es schaffen, fertig zu werden. Als wäre jede Einzelne von ihnen darauf bedacht, die anderen nicht allein losziehen zu lassen, stehen sie gerade mal eine halbe Stunde später frisch gekämmt und nach den unterschiedlichsten Parfüms duftend vor mir.

«Frühstück?», frage ich, weil mir selbst nach einem großen Kaffee zumute ist.

Drei Köpfe nicken.

«Aber wenn die da drüben keine laktosefreie Milch für mich haben, kehre ich gleich wieder um», informiert mich Tante Annegret, als wir aus der Haustür treten.

«Are you kidding?» Tante Christiane rollt mit den Augen. «Wer trinkt denn heute noch Milch im Kaffee? Na ja, in Deutschland ist alles möglich. Da bieten sie einem am Meer auch fast immer fettigen Seefisch an. Furchtbar. Das muss man sich am Ende alles wieder abstrampeln. Apropos: Weißt du, ob die hier ein Gym haben, Julia?»

«Auf der Homepage stand, dass der Spa-Bereich wegen der Renovierungen geschlossen hat.»

«Wo soll ich denn dann mein Spinning-Programm absolvieren?»

«Keine Ahnung. Ich weiß nicht einmal, ob es hier überhaupt solche Räder gibt.»

Wir haben inzwischen den Kiesplatz umrundet, sind durch den Seiteneingang ins Haupthaus gegangen und warten jetzt vor dem Frühstückszimmer, dass man uns einen Tisch zuweist.

Vor uns liegt ein zweigeteilter Raum, lichtdurchflutet, mit hohen Wänden und zahlreichen weiß getünchten Holztischen, allesamt mit groben, steingrauen Tellern, passenden Servietten und Tassen eingedeckt. Dazu kleine Sträuße aus pinken Nelken.

Ich fühle mich sofort wohl.

«Entschuldigung», spreche ich eine junge Frau mit gestärkter weißer Schürze an. «Wir würden gerne frühstücken. Apartment Nr. 11.»

Sie ist gerade im Begriff, auf dem Buffet ein silbernes Tablett mit Gläschen zu beladen. Bei näherer Betrachtung erkenne ich, dass es sich dabei um Fischsalat handelt. Hoffentlich kein fetter Seefisch, schießt es mir durch den Kopf.

«Außerdem wollte ich fragen, ob Sie hier Spinning anbieten.»

Jetzt dreht sie sich zu mir um. Auf ihrer taillierten Baumwollbluse ist das Logo der *Weißen Villa* eingestickt. Doch ehe sie den Mund zu einer Antwort öffnen kann, schiebt sich ein Mann zwischen uns.

Viel zu spät bemerke ich, dass es sich um den Brötchendieb handelt. Ausgerechnet er ist mit uns in diesem Haus abgestiegen!?

«Wenn Sie Rad fahren wollen, sollten Sie das besser an der frischen Luft erledigen.» Er grinst. «Sauerstoff ist gut fürs Nervenkostüm und hilft im Übrigen auch gegen Augenringe.»

Vollkommen baff starre ich ihn an. So eine Unverschämtheit! Und überhaupt: Was mischt er sich ein?

«Ich wüsste nicht, was Sie das angeht», erwidere ich und verfluche mich, weil mir auf die Schnelle keine schlagfertigere Antwort eingefallen ist. «Abgesehen davon: Was tun Sie eigentlich hier? Darauf warten, dass Sie jemandem den letzten Fischsalat vor der Nase wegschnappen können?»

Ich straffe meine Schultern und recke das Kinn vor. Aus dem Augenwinkel kann ich sehen, dass der Kellnerin der Mund offen steht.

Der Typ wirkt gestresst. Sein Blick gleitet ein paarmal zu seiner Armbanduhr, irgendein protziges Teil, für das er sein gebügeltes Oberhemd extra ein Stück hochgekrempelt hat.

«Keine Sorge.» Seine Augen bohren sich in meine, und ich

bekomme heiße Ohrläppchen. «Ich bin bereits satt. Ihr Frühstück ist Ihnen somit sicher.» Ein spöttischer Zug umspielt plötzlich seine Mundwinkel. «Aber bestimmt haben Sie auch ein paar herausfordernde Wünsche an die Küche. Vegane Butter möglicherweise? Paleo-Brot? Oder ein Glas Weißwein auf exakt zwölf Grad temperiert?»

Ich möchte im Boden versinken. Er kann nur von meiner Familie sprechen. Offenbar haben sich unsere Sonderwünsche bereits auf der Insel herumgesprochen.

Ich versuche, seinem Blick standzuhalten. Dabei fällt mir auf, dass seine Augen mit dem Lichteinfall die Farbe verändern. So wie er jetzt steht, seitlich zum Fenster, haben sie denselben dunklen Ton der meergrünen Vorhänge.

«Wir brauchen nur laktosefreie Milch. Sonst nichts», sage ich nach einer gefühlten Ewigkeit.

«Na, das ist ja wunderbar, die gibt es hier reichlich!» Mit einem kurzen Nicken verlässt er den Raum.

Also mal ehrlich, der Typ hat doch einen an der Marmel. Den Appetit hat er mir jedenfalls gründlich verdorben.

Lustlos schnappe ich mir ein Croissant, bestelle mir bei der noch immer leicht verdutzten Kellnerin einen Kaffee und schlendere zu dem Tisch, an dem sich meine Mutter mit ihren Schwestern schon breitgemacht hat.

«Ich weiß wirklich nicht, ob man es sich heutzutage leisten kann, nicht wenigstens drei Kuhmilch-Alternativen anzubieten.» Tante Annegret reitet schon wieder auf ihrem neuen Lieblingsthema herum. «Nicht jeder mag Soja. Auch Hafer- und Mandelmilch sollten zu den Standards gehören.»

«Meiner Meinung nach müssten außerdem mehr Teesorten gereicht werden», stimmt Tante Christiane in das Genörgel ein. «Alles ist hier so ... friesisch. Was soll das sein: Sylter Mischung? In Amerika trinken gerade alle grünen Matcha», erklärt sie, ohne dass jemand am Tisch darauf einginge. «Grüntee haben sie hier zwar, aber eine andere Sorte, als ich es gewohnt bin.»

Ich blende das Geschnatter aus und vertiefe mich in mein Handy. Jo hat mir noch in der Nacht eine Mail mit weiteren Vorschlägen für die Renovierung geschickt. Ich will ihm gerade eine ausweichende Antwort schreiben, als Christiane sich zu mir herüberbeugt und ihr Streitgespräch unterbricht.

«Ich habe übrigens noch einmal nachgedacht, Julia. Wenn du mich fragst, solltest du das Objekt unbedingt privat verkaufen. Die Maklerprovision einzusparen ist für Käufer verlockend.»

Prompt präsentiert sie mir eine handgeschriebene Auflistung von Zahlen und Rechenbeispielen, die ich nur schnell überfliege, weil ich in Gedanken noch bei Jos abstrusen Gestaltungsideen bin. Am liebsten würde ich sofort nach Hause fahren, um vor Ort mit ihm zu diskutieren. Aber ich weiß jetzt schon, wie Jo auf diesen Vorschlag reagieren würde.

«Du bist noch immer derselbe Streber, Christiane», höre ich ihre Schwester maulen. «Lass doch Julia erst mal in Ruhe frühstücken!»

«Ich will doch nur helfen.»

«Nein, du willst dich profilieren», mischt sich nun plötzlich meine Mutter ein. «Das war schon immer so. Ständig wolltest du die Beste sein.» Sie schürzt die Lippen.

«Mit den Männern hat es aber trotzdem nie geklappt», stichelt Annegret.

Mit einem Mal herrscht Stille am Tisch. Tante Christiane hat ihre Augen zusammengekniffen, als wolle sie ihre beiden Schwestern mit Blicken massakrieren.

«Ich habe immerhin einen Arzt geheiratet», erklärt sie nach einer Weile blasiert, «noch dazu einen äußerst erfolgreichen.» Ihr Tonfall ist eisig. «Und weißt du, was das Beste an ihm ist?» Provokativ fixiert sie meine Mutter. «Er lebt noch!»

Ich sehe, wie Mama die Hände auf ihrem Schoß zu Fäusten ballt.

Mir wird angst und bange, dass hier am Tisch gleich die Gläser fliegen.

«Also … Ich habe mir bereits eine Liste mit Maklern erstellt», verkünde ich lautstark, ehe die Situation vollends aus dem Ruder gerät. «Hauptsächlich solche, die sich auch mit Rechtsfragen auskennen.»

Mein Kaffee wird gebracht. Mit zitternden Fingern tunke ich das Croissant hinein und beiße ein Stück ab. Es schmeckt herrlich knusprig, und ich fühle, wie mein Nervenkostüm sich beruhigt und der Appetit zurückkehrt. «Sie sollen die Immobilie erst einmal schätzen und mir raten, was ich beachten muss, falls das Haus wirklich vermietet sein sollte.»

«Glaub mir, Kindchen, sie werden dir dasselbe sagen wie ich: Du verlierst sehr viel Geld. Und für diesen Rat halten sie am Ende noch die Hand auf.»

«Und das wollen wir auf keinen Fall!» Tante Annegret ist ein wenig blass um die Nase geworden. «Wir werfen kein Geld zum Fenster hinaus.»

Ihre Schwester übernimmt: «Ich würde darum vorschlagen, dass wir erst mal alleine mit dieser Charlotte Engel sprechen. Vielleicht stellt es sich ja alles ganz anders da. Und falls sie tatsächlich dort wohnt, finden wir eine Lösung. Zur Not müssen wir sie rausklagen. Glaub mir, niemand will ein vermietetes Haus kaufen.» Siegessicher erhebt Tante Christiane ihren Teebecher. «Cheers!»

Wir? Ich zögere. *Rausklagen?* Du meine Güte! Langsam beginne ich, diese Erbschaft als Belastung zu empfinden. Zumal ich mich gerade nicht entscheiden kann: Möchte ich mich allein mit der ominösen Mieterin auseinandersetzen oder dabei meine kapriziöse Verwandtschaft im Schlepptau haben?

«Tja …», sage ich nachdenklich, «eigentlich würde ich gern …»

«That's nice!» Tante Christiane stellt krachend den Becher ab. «Dann wäre das ja geklärt.» Über dem Tisch tätschelt sie meine Hand. «Du wirst sehen, der Kuh werden wir ordentlich Dampf unterm Hintern machen!»

5

Heiter bis wolkig

Eine halbe Stunde nach dem Frühstück sitze ich, umringt von Mama und ihren Schwestern, am Esstisch in unserer Suite und wähle die Nummer von Frau Engel, um mich mit ihr zu verabreden. Für den Bruchteil einer Sekunde wünsche ich mir, sie würde nicht an den Apparat gehen, weil mir Konfrontationen mit Fremden noch nie leicht fielen. Doch dann schimpfe ich mich für den Gedanken. Hier geht es um mein Haus! Ich habe jedes Recht, mir dort Zutritt zu erbeten.

Zum Glück läuft das Gespräch ganz freundlich. Frau Engel schlägt von sich aus vor, dass wir uns heute um vierzehn Uhr treffen, und ich willige erleichtert ein. Leider bedeutet das drei Stunden Wartezeit.

Da ich nicht vorhabe, mir länger als unbedingt nötig weiteres Gezanke meiner Familie anzuhören, nuschele ich etwas von einem Spaziergang, schnappe mir meine Tasche und habe das Haus verlassen, ehe mir jemand seine Gesellschaft aufzwingen kann.

Ziellos schlendere ich die Straße entlang. Das Wetter ist heute traumhaft sonnig, der Himmel klar und blau, nur vereinzelte Quellwolken markieren den Horizont. Kurz hatte ich überlegt, eine Jacke einzustecken, doch es ist ausreichend warm, und ich bin heilfroh, sie nicht mit mir herumschleppen zu müssen.

Nach einem kurzen Marsch an parkenden Wagen vorbei zweigt rechts ein gepflasterter Weg ab, dem ich neugierig folge. Er wird kontinuierlich schmaler und verläuft schließlich nur noch als sandiger Trampelpfad. Irgendwann gelange ich an eine Holztreppe, die mich über die Dünen führt. Am höchsten Punkt halte ich einen Moment inne. Wie eine Panoramaaufnahme erstreckt sich das Meer vor mir, es scheint keinen Anfang und kein Ende zu geben. Die Sonne zaubert unzählige Lichtreflexe auf das Wasser und lässt es in tiefem, warmem Blau schimmern. Möwen ziehen kreischend ihre Kreise oder lassen sich gemütlich von Welle zu Welle schaukeln.

An diesem Strandabschnitt gibt es keine Strandkörbe, sodass ich freien Ausblick aufs Meer und auf die wenigen Badegäste habe, die sich um diese Uhrzeit bereits im Sand lümmeln.

Ich beschließe, meinen Spaziergang ein wenig fortzusetzen, und zwar direkt an der Wasserlinie. Die Sonne kitzelt meine Arme und Beine, sogar die Kopfhaut beginnt wohlig zu prickeln. Mein gesamter Körper fühlt sich auf einmal an, als würde er von einer Woge Glückshormone durchflutet. Übermütig hopse ich die Holztreppe hinunter, ziehe im Sand meine Sandalen aus und bleibe einen Moment stehen, um die Wärme zwischen den Zehen zu genießen.

Wie eine wohltuende Fußmassage streichelt der Sand meine Sohlen, als ich irgendwann wieder losmarschiere. Am Wasser angelangt, stoße ich voller Überraschung einen erstickten Schrei aus. Es fühlt sich eisig an! Aber nur für kurze Zeit, dann haben meine Beine sich an die Temperatur gewöhnt, und ich finde Gefallen am Spazieren im seichten Wasser. Bei jedem Schritt wird der weiche Boden unter mir weggezogen, wie Treibsand in der Wüste.

Eine halbe Ewigkeit stapfe ich den Strand entlang und gerate regelrecht ins Schwitzen. Gleichwohl tut die körperliche Bewegung erstaunlich gut. Wie lange ich mich schon nicht mehr sportlich betätigt habe! Meine brennenden Muskeln sprechen eine deutliche Sprache.

Als ich die Stelle, an der ich losgelaufen bin, mit dem bloßen Auge kaum mehr sehen kann, geht mir langsam die Puste aus. Erschöpft lasse ich mich in den warmen Sand fallen, strecke alle viere von mir und genieße die Pause. Noch immer leuchtet der Himmel in strahlendem Blau, und ich werde angesichts seiner unfassbaren Weite plötzlich wehmütig. Warum sind Mama und Papa niemals mit mir nach Sylt gefahren? Von Hamburg ist die Insel doch so nah. Weshalb haben sie überhaupt nie von dem Haus im Austernfischerweg erzählt?

Meine Gedanken gleiten weiter und weiter, wie das plätschernde Wasser zu meinen Füßen.

Welche unvorhersehbaren Wendungen das Leben doch manchmal nimmt. Noch vor ein paar Monaten waren meine Eltern zu zweit. Niemand hätte auch nur im Entferntesten geahnt, dass ein solches Unglück geschehen könnte und mein Vater plötzlich nicht mehr unter uns weilt.

Wie schon zuvor auf der Beerdigung, verspüre ich kaum Gefühle, wenn ich an ihn denke. Ich schaffe es gerade mal mit Mühe, mir überhaupt sein Bild vor Augen zu führen: Groß war er, mit breiter Brust. Über viele Jahre mein Fixstern, den ich stets zu erreichen versuchte. Doch es blieb mir bis zum Schluss verwehrt. Und trotzdem vererbt er mir dieses Haus. Warum? Und warum mir und nicht Mama?

Für meine Mutter ist dieser Umstand offenbar nicht verwunderlich, als wenn das Haus keinerlei Bedeutung für sie hätte.

Nachdenklich schaufele ich mit den Händen flache Löcher und lasse den Sand anschließend sanft durch meine Finger gleiten. Mamas Schwestern wirken dagegen seltsam interessiert an dieser Immobilie. Merkwürdig.

In einer plötzlichen Eingebung schaue ich auf meine Uhr. Eineinhalb Stunden sind vergangen, seit ich unser Hotel in Rantum verlassen habe! Kein Wunder, dass ich nach einem derartigen Gewaltmarsch erschöpft war.

Zu gern würde ich noch ein Weilchen in der Sonne liegen und dösen, doch der Termin mit Charlotte Engel drängt. Außerdem meldet sich mein Gewissen. In Hamburg sitz Jo jetzt vermutlich schwitzend hinter seinem Schreibtisch, und was mache ich? Rumhängen. Es erscheint mir vollkommen abstrus, am helllichten Tag nicht bei der Arbeit zu sein, darum springe ich auf und klopfe mir energisch den Sand von Jeans und Bluse. Sogar aus meinen Haaren rieseln feinste Körnchen. Ich schüttele mich wie ein Hund und merke dabei, dass die kurze Pause zwar erfrischt, aber lange nicht gereicht hat. Die Vorstellung, denselben Weg durch den Sand zurückhetzen zu müssen, erschöpft mich, ohne einen weiteren Schritt getan zu haben. Zu allem Unglück stelle ich außerdem fest, dass ich dringend zur Toilette muss. Der Kaffee und ein Glas Orangensaft, das ich zum Schluss noch schnell hinuntergestürzt habe, bringen meine Blase an den Rand ihrer Kapazität. Suchend blinzele ich gegen die Sonne. Etwa hundert Meter voraus erspähe ich inmitten der Hügel eine Flagge. Ein Restaurant? Das wäre meine Rettung. Dort könnte ich zur Toilette und mir für den Rückweg ein Taxi vor die Tür bestellen.

Mein neues Ziel starr vor Augen, versuche ich, das Logo der Fahne zu entziffern. Ab und zu, wenn ein laues Lüftchen sie zum Leben weckt, zeigt sie sich in ihrer vollen Größe. Und doch dauert es geraume Zeit, bis ich die zwei gekreuzten Säbel und den Schriftzug erkenne: *Sansibar.*

Na, dort wird es hoffentlich ein Klo geben!

Obwohl die Temperatur garantiert nicht weit über zwanzig Grad liegt, schwitze ich wie ein Hochleistungssportler. Mein Rücken fühlt sich klatschnass an, die Haare kleben an meiner

Stirn, und dass mein Gesicht von der Sonne und dem Training hochrot angelaufen ist, brauche ich gar nicht erst im Spiegel zu überprüfen. Strammen Schrittes nähere ich mich dem Restaurant, das von außen eher wie eine überdimensionale Holzhütte auf einem Podest wirkt. Davor stehen Holztische und -bänke im Sand, schon um diese Zeit vollbesetzt mit Gästen. Es herrscht ein Geräuschpegel wie zum Schlussverkauf, und ich komme mir vor wie auf dem Präsentierteller, als ich die Leute passiere. Doch es nützt nichts. Der Druck auf meine Blase ist so groß, dass ich höchstwahrscheinlich bereits X-Beine habe.

Stöhnend erklimme ich die vier Holzstufen und schleiche an der ebenfalls überquellenden Terrasse vorbei ins Innere.

Ich schaue mich verwundert um. Den Laden habe ich mir komplett anders vorgestellt, irgendwie überkandidelt, mit goldenen Wasserhähnen und monströsen Skulpturen aus teurem Porzellan. Aber hier ist vom Fußboden über das Mobiliar alles aus Holz gebaut. Während ich mich um die eigene Achse drehe, schiele ich unauffällig nach einem Toilettenschild.

Plötzlich bleibt mein Blick an einem der Tische hängen. Ich blinzele. Ist das zu fassen? Da sitzt doch tatsächlich der Typ von heute Morgen, der Brötchendieb. Inmitten einer illustren Runde von geschäftsmäßig dreinblickenden Yuppies und ein paar getunten Blondinen hebt er in diesem Moment sein Glas – natürlich Champagner, das Logo ist mir durchaus ein Begriff – und prostet fröhlich in die Runde. Dann dreht er sich um, und unsere Blicke begegnen sich.

Falls es überhaupt möglich ist, werde ich noch einen Tick roter im Gesicht. Natürlich denkt er jetzt, dass ich ihn anglotzte, was ja genau genommen sogar der Fall ist. Schnell drehe ich mich weg. Dabei entdecke ich durch Zufall den ersehnten Hinweis, und zwar direkt neben dem Eingang. Ich muss ihn beim Reinkommen übersehen haben.

So schnell wie möglich flitze ich zu den Toiletten. Nicht, dass mir jemand den Zutritt verwehrt, weil ich kein Restaurantgast bin!

Als ich mir wenig später die Hände wasche und einen Blick in den Spiegel werfe, schäme ich mich in Grund und Boden. Mein Gesicht ist rot wie die Abendsonne, aufgequollen und verschwitzt. Warum zum Geier habe ich mich denn nicht eingecremt, als ich das Haus verlassen habe? Weiß doch jedes Kind, dass man am Meer sogar bei bewölktem Himmel einen Sonnenschutz auftragen muss. Mit einer Ladung kaltem Wasser versuche ich, mich abzukühlen, und fühle mich danach zumindest ein wenig besser. Und dann: nichts wie raus hier!

Da sich rechter Hand der Strand befindet, biege ich nach links, dorthin, wo ich die Straße vermute. Entlang der Strecke begleitet mich ein hüfthoher Holzzaun aus baumdicken Bohlen, der einen Kinderspielplatz abgrenzt.

Während ich mich auf den Weg konzentriere, um nicht zu viele Steinchen in meinen Sandalen zu vereinen, höre ich plötzlich eine Stimme hinter mir. «Sie sind ja überall anzutreffen. Ich dachte, Sie verachten das *Sansibar.*»

Mein Kopf schnellt zur Seite, und wie sich herausstellt, stehe ich quasi direkt neben dem Brötchendieb.

«War die Toilette nicht nach Ihrer Zufriedenheit ausgestattet, oder warum treten Sie so fluchtartig den Rückweg an, Frau Hirschfeldt?»

Ich bin vollkommen verdattert. Woher kennt er meinen Namen? Und überhaupt …

«Das sagt ja der Richtige», entgegne ich, so würdevoll es mir möglich ist, nachdem er mich als Toilettenschnorrer enttarnt hat. «*Sie* tauchen doch überall auf und mischen sich in alles ein. Ist der Champagner drinnen leer getrunken, oder warum lungern Sie hier vor dem Haus herum?»

Er schneidet eine Grimasse. «Ich musste telefonieren. Und im Gegensatz zu Ihnen ziehe ich mich dafür gern zurück.»

«Verstehe.» Ich mustere ihn unauffällig. Sein dunkelblondes Haar ist leicht zerzaust wie schon bei unserer ersten Begegnung, das Kinn glatt rasiert, kurze Koteletten, kantiges Kinn. Er wirkt ein wenig überarbeitet.

«Sie haben Farbe bekommen», kommentiert er meine roten Wangen. «Von den Augenringen ist dagegen nichts mehr zu sehen.» Er stopft sein Telefon in die Jeanstasche. «Wie ich es prophezeit habe: Bewegung an der frischen Luft tut gut.»

«Es ist reizend, wie besorgt Sie um mich sind», erkläre ich spöttisch. «Aber Sie sollten besser zu Ihrer Champagnerrunde zurückkehren. Sonst schnappen die Ihnen noch was weg.»

«Da kann ich Sie beruhigen: Dort drinnen ist niemand scharf darauf, mir etwas *wegzuschnappen*. Im Gegenteil. Die wollen mir was andrehen.» Er macht eine kurze Pause und kratzt sich am Kinn. «Was tun Sie und Ihre Familie eigentlich auf Sylt? So richtig scheinen Sie Ihren Aufenthalt jedenfalls nicht zu genießen, wenn man Ihnen offenbar nichts recht machen kann.»

«Ich … wir …» Was interessiert es ihn? Außerdem möchte ich nun wirklich nicht mit meinen Tanten über einen Kamm geschoren werden. «Gegenfrage», schwenke ich um, «woher kennen Sie meinen Namen?»

«Na, von dem Anmeldeformular in der Villa.»

Ich stehe irgendwie auf der Leitung. Wieso hat Paula ihm die Unterlagen gezeigt? Widerspricht das nicht allen Datenschutzrichtlinien?

Ich überlege fieberhaft, was ich dazu sagen soll, doch er kommt mir zuvor: «Ich weiß nun mal gern, wie meine Gäste heißen.»

Mir klappt die Kinnlade herunter. *Seine Gäste*? Heißt das … ihm gehört die *Weiße Villa*? Diesem arroganten Schnösel? Also, das erklärt einiges. Vor allem den überteuerten Übernachtungspreis.

Einen Moment weidet er sich an meinem verstörten Gesichtsausdruck, dann fährt er fort: «Allerdings gibt mir die Konstellation, in der Sie reisen, Rätsel auf. Die älteren Damen mit den Spezialwünschen …», er lächelt süffisant, «sind wohl kaum Ihre Schwestern.»

Ich drücke den Rücken durch und ignoriere seine Frage. «Sie sollten lieber mal das Gym oder die bröckelnde Hausfassade reparieren, anstatt hier herumzuhängen. Meine Tante war reichlich enttäuscht.»

Auf einmal verändert sich etwas in seinem Gesicht. Das Lächeln verschwindet, und der Blick seiner blaugrauen Augen wird kalt. «Wenn Ihre Tante sich bewegen möchte, soll sie spazieren gehen und die Insel erkunden.» Er holt tief Luft. «Aber das ist heutzutage von Touristen offenbar zu viel verlangt.» Er spuckt die Worte dermaßen verächtlich aus, dass ich mich zu einer Rechtfertigung herausgefordert fühle.

«Ich bin keine Touristin. Ich …»

Ich besitze ein Haus auf Sylt, wollte ich sagen, bremse mich aber rechtzeitig. Es geht ihn nichts an.

Er winkt ab. «Ist ja auch egal. Genießen Sie Ihren Aufenthalt. Ich muss wieder rein.»

Kopfschüttelnd schaue ich ihm nach, bis er im Holzbungalow verschwunden ist. Was hat der Kerl bloß für ein Problem? Wenn er keine Touristen mag, sollte er besser kein Gästehaus betreiben, hat ihm das noch niemand gesagt?

Bei dem Gedanken an die *Weiße Villa* fällt mir plötzlich ein, dass ich ja einen Termin habe und mich beeilen muss. Verdammt! Ein schneller Blick auf die Uhr bestätigt mir, dass ich spät dran bin.

Hektisch renne ich los, passiere den übervollen Parkplatz

und stehe gleich darauf an der befahrenen Hauptstraße, die nach Rantum führt.

Etwa fünf Minuten bleibe ich in der Hoffnung auf ein vorbeifahrendes Taxi stehen, dann gebe ich auf und rufe mir eins.

≈

Als der Wagen ein ganzes Ende später endlich in den Austernfischerweg einbiegt, kann ich meine Tanten auf der Terrasse sitzen sehen. Annegret hat den Strandkorb okkupiert, Christiane hockt stocksteif auf einem der Gartenstühle.

«Da bist du ja endlich.» Christiane trägt wadenlange beigefarbene Chinos und ein farblich passendes Poloshirt mit Pferdelogo auf der Brust. Zum Schutz gegen die Sonne hat sie sich Cap und Sonnenbrille aufgesetzt. Beides im selben Farbton. Ein Outfit, mit dem sie hervorragend ins *Sansibar* passen würde.

Tante Annegret hingegen fügt sich thematisch eher auf der Skihütte ein: Sie trägt einen Dirndlrock, derbe Schnürstiefel und eine Bluse, die einmal weiß gewesen sein muss. Dazu ein Allwetterhütchen mit Werbeaufdruck und eine riesige, getönte Brille.

«Wo ist Mama?», erkundige ich mich.

«Unten im Bett. Sie will nicht mitkommen.» Tante Annegret zieht eine Schnute.

«Ist sie krank?»

«Nur das übliche Gejammer. Nichts Weltbewegendes.»

«Okay. Ich schaue trotzdem mal nach ihr», sage ich und betrete das Haus.

Meine Mutter liegt in unserem Zimmer auf dem Bett und starrt an die Decke.

«Hey», sage ich leise, um sie nicht zu erschrecken. «Die anderen sagen, dir geht's nicht gut?»

Sie zuckt ein wenig zusammen, hat sich aber schnell gefangen. «Alles bestens, aber ich würde gerne hierbleiben.»

«Mama, ich verstehe ja, dass du das Haus nicht gern betreten magst», lenke ich ein, «aber komm doch trotzdem mit. Du kannst ja draußen im Garten auf uns warten, das Wetter ist wundervoll. Mit Sicherheit werden wir nicht lange brauchen.»

Meine Mutter sieht mich zweifelnd an. «Wenn du dich da mal nicht täuschst.»

Ihre Schwarzmalerei kann ich gerade gar nicht gebrauchen. Und ich fühle mich schon wieder hilflos und zerrissen. Soll ich alles abblasen und bei ihr bleiben? Möchte sie mir durch die Blume zu verstehen geben, dass sie Hilfe benötigt? Jemanden zum Reden?

Unschlüssig trete ich von einem Bein aufs andere. «Ich … ähm …» Mir kommen einfach nicht die passenden Worte über die Lippen. «Brauchst du etwas?», ringe ich mir schließlich ab.

Sie schüttelt stumm den Kopf.

«Okay, dann gehen wir jetzt ohne dich. Aber tu mir doch den Gefallen und setz dich oben in den Garten. Du kannst doch nicht den ganzen Tag im dunklen Zimmer liegen.»

«Mal sehen.»

Ich seufze stumm. Scheint, dass sie einfach nur ihre Ruhe haben möchte. Von oben sind jetzt drängende Rufe zu hören.

«Na dann», sage ich und schäme mich ein wenig, dass ich Erleichterung verspüre, weil ich mich nun nicht um sie kümmern muss. «Wir brechen jetzt auf.»

Oben angekommen, stehen Annegret und Christiane erwartungsvoll im Wohnzimmer und lauern darauf, dass es losgeht.

Da wir mittlerweile knapp dran sind, fahren wir die kurze Strecke mit dem Wagen.

Erneut parken wir hinter dem Suzuki, von dem ich inzwischen annehme, dass er Charlotte Engel gehört. Als ich meinen

Gurt löse, merke ich, dass mir vor Nervosität das Herz bis zum Hals schlägt, so aufgeregt bin ich angesichts meiner neuen Rolle als Hausbesitzerin, aber vor allem wegen des bevorstehenden Gesprächs.

«Schaut euch das an!» Tante Annegret hat als Erste die Gartenpforte erreicht und deutet auf den weißen Briefkasten, der an der gleichfarbigen Holztür befestigt ist. Mir fällt er heute das erste Mal auf. Ebenso das schmale Schild, auf dem Charlotte Engels Name geschrieben steht.

«Sie wohnt tatsächlich hier.»

Na, das kann ja heiter werden. Heiter bis wolkig.

6

Besichtigung im Friesenhaus

Heute müssen wir nicht lange warten, bis die Tür geöffnet wird, Charlotte Engel erwartet uns bereits. Mit einem unverbindlichen Lächeln auf dem Gesicht bittet Sie uns herein.

Von nahem betrachtet, bin ich mir nicht mehr sicher, ob sie wirklich über fünfzig ist. Zwar wirken ihre Gesichtszüge angespannt, und um ihren breiten Mund und die schokoladenbraunen Augen herum haben sich viele feine Fältchen eingegraben. Doch bedeutet das vielleicht nur, dass sie gern lacht. Sie trägt einen ärmellosen schlichten Overall mit seidigem Glanz, der ihre schlanke, fast knabenhafte Figur sanft umschmeichelt. Als sie uns der Reihe nach die Hand zur Begrüßung reicht, durchzuckt mich für einen Moment der Gedanke, dass wir uns schon einmal gesehen haben könnten. Doch ebenso schnell, wie mir die Eingebung gekommen ist, verflüchtigt sie sich wieder.

«Danke, dass Sie mir bis heute Zeit gelassen haben», sagt Charlotte Engel zu niemand Bestimmtem, «aber Sie werden mir sicher beipflichten, dass Ihr Auftauchen gestern ein wenig überraschend kam. Kommen Sie, setzen wir uns.»

Sie führt uns quer durch einen steingrau gefliesten Eingangsbereich, hinein in das Wohnzimmer. Es ist ein stattlicher Raum, der einmal ums Eck verläuft, wodurch er extrem gemütlich wirkt. Der Fußboden besteht aus breiten Holzdielen, ein Kamin wurde halbschräg in die Ecke gesetzt, man blickt auf unverputzte Steinwände. Ein Bücherregal bestimmt die Längsseite, offenbar wird auf Sylt viel gelesen.

«Nehmen Sie doch Platz», Charlotte Engel deutet mit fließender Armbewegung in Richtung eines ovalen Esstisches. «Ich habe Eistee vorbereitet.» Sie eilt hinaus und kehrt kurze Zeit später mit einem Tablett zurück, das mit einer Kristallkaraffe und passenden Gläsern beladen ist. Sie platziert das schwere Teil in der Mitte des Tischs und setzt sich.

Wir lassen uns auf karminroten Schwingsesseln nieder, meine Tanten entledigen sich ihrer Sonnenbrillen, danach herrscht angespannte Stille.

Es liegt in der Luft, dass es an mir ist, das Gespräch zu beginnen. Doch obwohl ich mir im Vorweg den Kopf über dieses Treffen zerbrochen habe, ist mein Hirn auf einmal wie leergefegt. Mir will partout kein rechter Einstieg einfallen.

Mit zittriger Stimme bringe ich schließlich ein wenig gestelzt hervor: «Hoffentlich wird es nicht nötig sein, dass wir uns über die Frage, was mit diesem Haus geschehen soll, vor Gericht einigen müssen.»

Während ich spreche, wandern meine Augen unstet im Raum umher. Die Handschrift meines Vaters springt mir aus jeder Nische ins Auge. Der kantige Kamin, die aufgeräumte Bücherwand, die farblich hervorstechenden Stühle – sein Stil ist unverkennbar. Verunsichert zwinge ich mich, Charlotte Engel ins Gesicht zu sehen. Unter ihrem leichten Make-up schimmern dunkle Augenringe, ihre Stirn liegt in Falten, aber der Blick ist offen und freundlich.

«Das hoffe ich ebenfalls. Sehr sogar.»

«Well, dann erklären Sie doch am besten mal, wer Sie überhaupt sind», ergreift Tante Christiane das Wort. «Und Ihren Mietvertrag würden wir selbstverständlich gern sehen.»

Charlotte Engels Miene bleibt unbeweglich. Bewundernswert. Sie ist allein, wir zu dritt. Sie muss sich zwangsläufig in die Enge getrieben fühlen, darum werfe ich meiner Tante einen warnenden Blick zu. Ich möchte keinen Streit.

«Den Vertrag kann ich Ihnen heute leider nicht zeigen», sagt Frau Engel und gerät ein klein wenig ins Stocken. «Er … wurde bei einem Anwalt in Kiel deponiert. Momentan ist Urlaubszeit und das Büro nur sporadisch besetzt.» Sie springt auf, schaut ein wenig kopflos umher und beginnt schließlich, die Gläser auf dem Tisch zu verteilen.

Fasziniert beobachte ich sie dabei. Trotz ihrer zierlichen Statur umgibt Charlotte Engel eine kraftvolle Aura. Ihre Bewegungen scheinen ineinanderzufließen, fast, als würde sie tanzen. Der Ausdruck dabei ist keineswegs verträumt, sondern wach und fokussiert. Wie bei einem Vogel.

Meine Tante übernimmt das Gespräch. «It's very strange», äußert sie, nachdem allen eingeschenkt wurde. «Sie wohnen in diesem Haus und verfügen nicht einmal über eine Kopie des Mietvertrages?» Kopfschüttelnd reckt sie sich nach ihrem Glas, nimmt einen Schluck und sagt im Anschluss spitz: «Warum haben Sie uns dann überhaupt heute hier antanzen lassen?»

Charlotte Engel setzt sich wieder. Sie wird mit dieser Frage gerechnet haben, denn sie gerät nicht aus der Fassung. Die Augen starr auf mich geheftet, als sei die Antwort nur für mich bestimmt, sagt sie: «Ich wollte, dass wir uns endlich kennenlernen.»

Einen Moment wartet sie ab, wie meine Reaktion auf ihre Worte ausfällt. Als ich aber nichts sage, sondern nur stumm mit dem Kopf nicke, weil ich über das Wort *endlich* in ihrem Satz nachdenke, fragt sie sanft: «Hat Ihre Mutter Ihnen denn nicht von mir erzählt?»

Ihr Blick wird noch einen Tick intensiver. «Oder anders gefragt: Erinnern Sie sich nicht daran, dass wir uns bereits einmal begegnet sind?»

Vor Überraschung steht mir der Mund offen. Also doch!? Wir beide sind uns irgendwann schon mal über den Weg gelaufen? Ich krame in meiner Erinnerung, bekomme aber auf die Schnelle kein passendes Bild zustande. Aber ein mulmiges Gefühl macht sich in meinem Magen bemerkbar.

«Ähm ... nein», sage ich, wenn auch ein wenig irritiert. «Ich erinnere mich nicht an Sie. Und auch meine Mutter hat ... nichts erwähnt.»

Am Gesichtsausdruck von Frau Engel lese ich ab, dass diese Information sie überrascht. Ich habe den Eindruck, sie möchte etwas erklären, doch in diesem Moment mischt sich Tante Annegret ins Gespräch.

«Was hätte Beate uns denn sagen sollen?», fragt sie kiebig. Auf ihrer Nasenwurzel hat die Sonnenbrille unschöne Druckstellen hinterlassen. Zu ihrem Glück ahnt meine Tante nichts davon. Selbstbewusst donnert sie mit ihrer Faust auf den Tisch, dass die Gläser erzittern. «Ich hab doch gleich gewusst, dass Beate uns etwas verheimlicht. Sie verhält sich extrem eigenartig.»

Auch wenn ich ihr in gewisser Weise recht geben muss, wünschte ich, Annegret würde einfach den Mund halten.

Charlotte Engel schaut eine Weile wehmütig aus dem Fenster, ehe sie sich zu mir dreht und sagt: «Wir sind uns vor sechs Jahren begegnet. In einem Eiscafé in Eppendorf.» Auf ihrem Gesicht liegt auf einmal ein dunkler Schatten.

Ihre Worte bringen mich aus der Fassung. Eine innere Stimme möchte mir etwas sagen, doch ich kann mich nur sehr schwer konzentrieren. Der Eindruck bleibt diffus. In Hamburg sollen wir uns getroffen haben? Ungläubig schüttele ich den Kopf. «Das kann nicht sein.»

«Ihr Vater war ebenfalls dabei.»

Das mulmige Gefühl in meinem Magen verdichtet sich und wabert wie zäher Brei meine Speiseröhre hinauf. Ich habe einen faden Geschmack im Mund, als die Erinnerung zurückkehrt:

Es war Sommer. Jo und ich befanden uns auf dem Weg zu einem Geschäftstermin im Hamburger Stadtteil Eppendorf. Wir kamen an einem Eiscafé vorbei und hielten kurz an. Jo ging hinein, um sich einen Kaffee zu holen. Ich wartete draußen. Und da sah ich Papa. Ihn und eine fremde Frau, sie saß auf seinem Schoß, gemeinsam leckten sie an derselben Eiskugel. Sie lachten und küssten sich zwischendurch immer wieder. Es war fürchterlich. Genau habe ich mir die Frau damals gar nicht angeschaut, ich hatte nur Augen für die Szene. Papa wirkte glücklich und ausgelassen, selbst als er mich entdeckte, blieb er locker. Wogegen ich zutiefst angewidert und geschockt reagierte. Ohne ein Wort zu sagen, stapfte ich hinein zu Jo und zerrte ihn fort.

Dass ich meinen Vater später telefonisch zur Rede gestellt habe, weiß ich dagegen noch sehr genau. Weil es der schlimmste Streit war, den wir jemals geführt haben und der im Grunde bis zuletzt zwischen uns stand. Bei dem Gespräch ließ ich ihn kaum zu Wort kommen. «Erzähl es Mama, sonst tu ich es», drohte ich ihm, doch meine Worte verfehlten komplett ihre Wirkung.

«Deine Mutter weiß von Charlie», erklärte er gelassen. «Wir haben uns arrangiert. Vielleicht schaffst du das ja auch?»

Charlie. Ich erinnere mich noch sehr gut an diesen Kosenamen, weil er mich an das erste Parfüm erinnerte, das ich als junges Mädchen geschenkt bekam. Keine Silbe konnte, nein, wollte ich meinem Vater glauben und setzte darum wenig später auch meiner Mutter zu. Doch sie blieb ebenfalls besonnen. «Es ist, wie es ist», versuchte sie Papas Untreue abzutun. «Ich liebe deinen Vater, auch wenn er gerade ein wenig vom Pfad abgekommen ist. Hab keine Sorgen, wir lassen uns nicht scheiden, wegen dieser Frau.»

Ihr Tonfall ließ jedoch darauf schließen, dass die Sache keineswegs so gleichgültig an ihr abprallte, wie sie mir weismachen wollte. Mama erschien mir feige und unaufrichtig. Und ich verachtete sie dafür. Bis heute.

«Ich sah damals noch ein wenig anders aus», unterbricht Charlotte Engel meine Erinnerungen. «Sechs Jahre und eine neue Haarfarbe liegen zwischen unserer ersten Begegnung – verständlich, dass Sie mich nicht erkannt haben.»

Ehe ich mich sammeln und meine Gefühle und Gedanken sortieren kann, grätscht Tante Christiane ins Gespräch. «Sorry, aber ich verstehe kein Wort», beschwert sie sich, wobei ihr Blick unstet zwischen mir und Frau Engel hin und her flattert. Am Ende landen ihre Augen bei ihrer Schwester. «Könnte mich mal bitte jemand aufklären?»

«Also ich habe genauso wenig Ahnung.» Tante Annegret reißt entwaffnet die Hände in die Höhe. Wie ein aufgescheuchtes Huhn fächert sie sich damit Luft zu. «Ganz im Gegenteil. Wer war mit wem Eis essen? Und was hat das mit diesem Haus zu tun?»

Ich möchte im Boden versinken. Nichts von dem, was gerade besprochen oder auch nicht besprochen wurde, geht meine Tanten etwas an. Warum habe ich die beiden nur mitgenommen?

«Papa und Frau Engel …», setze ich schwerfällig zu einer Erklärung an, «die beiden waren …» Ich bringe es nicht über die Lippen. Mir ist schwindelig, und in meinem Schädel kündigen tausend Nadelstiche beginnenden Kopfschmerz an.

Ich massiere mir den Nacken, schaue währenddessen zu Boden und höre Charlotte Engel sagen: «Ralf und ich … wir haben uns geliebt.»

Auf einmal herrscht Totenstille im Raum. Nur eine Uhr tickt irgendwo. Wie eine Bombe.

Nach einer gefühlten Ewigkeit findet Tante Christiane als

Erste ihre Sprache wieder. «Geliebt?», fragt sie schrill. Ihre Stimme überschlägt sich beinahe. «Was soll das denn heißen?»

Ich kann ihren fragenden Blick auf mir spüren.

«Hatte er … hatten Sie und mein Schwager etwa eine Romanze am Laufen?», fasst Tante Annegret es vereinfacht zusammen. Gleich darauf beginnt sie, hysterisch zu lachen.

Was für ein Albtraum! Doch als ich zögernd den Kopf hebe, verschlimmert sich die Lage zusehends. Charlotte Engel trotzt der Empörung meiner Tanten mit unerschütterlichem Gleichmut – und zuckt gehörig zusammen, als Christiane unvermittelt laut wird.

«Ralf hatte eine Affäre? Mit *Ihnen*?» Sie spuckt das Wort regelrecht aus. Ihr Tonfall klingt so empört, als sei mein Vater *ihr* Ehemann gewesen und nicht der ihrer Schwester. «Das ist … *unbelievable*!»

Auch Annegret wirkt reichlich neben der Spur. «Das hätte ich ihm gar nicht zugetraut.»

«Ich schon.» Christianes Miene ist zu Eis gefroren. Sie massakriert erst ihre Schwester und zu guter Letzt Charlotte Engel mit Blicken.

Was regt sie sich dermaßen auf?, schießt es mir durch den Kopf. Das hier ist nicht ihr Thema, schließlich geht es um *meinen* Vater. Somit ist Frau Engel *mein* Problem.

Momentan bin ich allerdings viel zu perplex, als dass ich irgendetwas Schlaues zu der Situation beitragen könnte. In meinem Kopf tosen die Gedanken. Sechs Jahre ist es her, dass ich Papa mit der Fremden im Café erwischt habe. Seit dieser Zeit führen die beiden eine Beziehung miteinander. Und heute wohnt Frau Engel in Papas Haus – wie konnte Mama mir das verschweigen? Wusste sie überhaupt davon?

Sie muss es gewusst haben.

Ich konzentriere mich und rufe mir das Verhalten meiner

Mutter in den letzten Tagen und Wochen in Erinnerung. Mama wollte eigentlich gar nicht nach Sylt. Und sie wollte partout keinen Schritt in dieses Haus setzen, weder gestern noch heute. Ein klares Schuldeingeständnis: Sie war über ihre Konkurrentin im Bilde, auch darüber, dass die hier wohnt.

Verdammt! Hätte sie mich nicht vorwarnen können? Seit der Testamentseröffnung hatte Mama Zeit, mit mir zu reden, wenigstens eine Andeutung hätte sie fallenlassen können. Doch was macht sie? Lässt mich mit Vollgas ins offene Messer laufen. Mal wieder war sie zu feige. Als wäre es ihr vollkommen egal, was ich empfinde, hat sie mich außerdem vor meinen Tanten bloßgestellt.

Innerlich koche ich vor Wut. Heute Abend, schwöre ich mir im Stillen, kommt sie mir nicht davon. Heute kann sich Mama auf ein Verhör gefasst machen!

«Ihnen ist aber trotz allem klar, dass Sie jetzt ausziehen müssen», bemerkt Annegret pragmatisch. «Wir … also, Julia …», sie wirft mir einen kumpelhaften Blick zu, «will das Haus verkaufen.»

«Zum besten Kurs», ergänzt Christiane schnippisch. «Und das bedeutet: ohne Mieter.»

Ich schaue zu Charlotte Engel. Was immer in ihrem Kopf vor sich geht, sie lässt sich nicht in die Karten schauen.

«Es wäre darum überaus liebenswürdig von Ihnen, wenn Sie sich so bald wie möglich nach einer neuen Bleibe umschauen könnten», säuselt Annegret mit falscher Freundlichkeit. Als würde sie über den Rand einer Brille hinwegschauen, fokussiert sie ihr Gegenüber. «Ansonsten werden wir Eigenbedarf anmelden. Meine Schwester, also Julias Mutter …» Diesmal tätschelt sie meine Hand. «… ist zufällig gerade obdachlos. Das passt uns gut, nicht, Julia? Wir haben das Gesetz auf unserer Seite.»

Es fällt mir schwer, mich auf das Gespräch zu fokussieren.

Viel zu tief stecke ich in meinen Überlegungen fest. Warum hat mein Vater das Haus nicht seiner Gespielin vermacht? Es hätte mir einiges erspart. Denn im Gegensatz zu allen anderen Anwesenden ist mir diese Hütte piepegal, ich würde die Bude am liebsten in die Luft sprengen.

«Julia?» Ich schrecke hoch und sehe, dass meine beiden Tanten mich auffordernd ansehen.

«Frag doch Frau Engel mal, ob wir uns das Haus anschauen dürfen», bittet Christiane. «Um den Zustand zu begutachten.»

Fragt sie doch selbst, würde ich gerne entgegnen, weil ich dermaßen neben der Spur bin, dass ich am liebsten an einem stillen Ort allein wäre, um in Ruhe nachzudenken. Aber ich reiße mich am Riemen. Die beiden haben recht. Eine Bestandsaufnahme kann nicht schaden. Und plötzlich kommt mir eine Idee. Möglicherweise die schnellste und einfachste Lösung, um dieses Drama zu beenden.

«Haben *Sie* vielleicht Interesse, das Haus zu erwerben?», frage ich Charlotte Engel und bete insgeheim, dass sie ja sagt. Mit dieser Wende wäre ich auf einen Schlag alle Sorgen los. Denn auch wenn ich Frau Engel zum Mond wünsche, tut sie mir in einem winzigen Fitzelchen meines Herzens leid. Wir verhandeln über ihr derzeitiges Zuhause, als sei sie gar nicht anwesend. Es muss ihr nahegehen, auch wenn sie sich nach Kräften bemüht, ihre Gefühle nicht zu zeigen. «Wäre das eine Option?»

Neben mir stößt Tante Christiane geräuschvoll die Luft aus. «No way», zischt sie mit leicht panischem Gesichtsausdruck. Ihre Hände wedeln hektisch vor meinem Gesicht herum. «Das ist keine gute Idee, Julia.» Einen Moment windet sie sich, dann setzt sie mit undurchsichtiger Miene zu einer Erklärung an: «Ich habe nämlich bereits einen Kaufinteressenten. Und zwar einen Kenner. Jemanden, der das Haus wirklich verdient hat!»

Jetzt gerate ich endgültig aus der Fassung. Sie hat einen Abnehmer? So schnell? Und das, ohne sich vorher mit mir abgesprochen zu haben? Über den Kaufpreis beispielsweise? Irritiert blicke ich zurück zu Frau Engel.

Sie wirkt ebenfalls überrascht, zuckt aber nur mit den Schultern. «Ich müsste ohnehin ablehnen, so viel Geld, wie Sie für dieses Haus verlangen können, besitze ich nicht.»

Tante Christiane fegt das Thema vom Tisch, in dem sie energisch aufspringt. «Okay», sagt sie, «dann wäre das ja geklärt. Nichtsdestotrotz müssen wir uns jetzt mal hier umsehen.»

Frau Engel erhebt sich gehorsam. Ihr Blick ist müde, als sie antwortet: «Selbstverständlich. Ich gehe voraus.»

Schneid hat sie ja, denke ich im Stillen, ich an ihrer Stelle wäre ganz sicher nicht erpicht darauf, wildfremde Leute durch meine Privaträume trampeln zu lassen.

Was mich betrifft, steht mir der Sinn ganz und gar nicht danach, durch dieses Liebesnest zu wandeln, lieber wüsste ich Einzelheiten über den Interessenten, den meine Tante aufgetan hat. Doch die sprüht geradezu vor Tatendrang und scheint nicht in der Stimmung zu sein, ein weiteres Wort über das Thema zu verlieren. Darum rappele ich mich seufzend auf, schlucke meine Bedenken hinunter und schließe mich den anderen an.

Wir beginnen mit der Besichtigung in der unteren Etage, wo sich neben dem Wohnzimmer eine moderne Küche und zwei weitere Räume befinden. Im größeren steht ein Doppelbett mit gehäkelter Tagesdecke. Schnell wende ich mich ab und flüchte nach nebenan ins Badezimmer. Helle Fliesen, Naturwaschbecken, Technik vom Feinsten. Ich kann Papa förmlich sehen, wie er an der Wand lehnt und selbstzufrieden in den Raum schaut. Als mein Blick jedoch auf die Wanne mit Sprudelfunktion fällt, geht schon wieder mein Kopfkino an, und ich suche schnell das Weite.

Das angrenzende Zimmer ist verhältnismäßig klein und

wird offenbar für Gäste genutzt. Blütenweiße Vorhänge, ein flauschiger Läufer und ein Bett aus derbem Holz mit passendem Nachtschrank versprechen erholsamen Schlaf. Alles wirkt picobello gestylt und topmodern. Typisch Papa.

Kopfschüttelnd latsche ich hinter den anderen her. Wir erklimmen eine hölzerne Treppe neben der Eingangstür. Dielen knarren, sicher haben sie schon ein paar Jahre auf dem Buckel.

«Wann wurde das Haus eigentlich gebaut?», erkundige ich mich nüchtern. Ich gehe davon aus, dass Frau Engel informiert ist.

«In den fünfziger Jahren», gibt sie bereitwillig Auskunft und nimmt zwei Stufen auf einmal. «Soweit ich weiß, liebten Ihre Großeltern das Meer und überhaupt die Nordfriesischen Inseln. Auf der Suche nach einem Feriendomizil entdeckten sie dieses Haus, das sich damals noch im Bau befand.» Sie streicht sich eine Haarsträhne aus dem Gesicht und wartet, dass ich die letzte Stufe erreiche. «Ich schätze, es war kurz vor der Geburt Ihrer ältesten Tante.»

Während ich mich im Obergeschoss umsehe, versuche ich, mir vorzustellen, wie meine Großeltern erst mit Tante Christiane und später mit Mama und Annegret in diesen Räumen ihre Urlaube verbracht haben. Ob es damals auch schon so viel Streit zwischen den Geschwistern gab?

«Ich könnte schwören, dass dieses Haus früher anders aussah», fängt Christiane wieder zu rätseln an. «Überhaupt habe ich das ganze Gebäude irgendwie … hässlicher in Erinnerung. Sag doch auch mal etwas dazu, Anne!»

Wir stehen im Halbkreis oben im Flur, von dem ähnlich wie im Erdgeschoss die Zimmer abgehen.

«Ich kann mich beim besten Willen kaum noch erinnern», röchelt Tante Annegret. Die Stufen haben ihr zugesetzt. «Aber ich war ja damals auch noch recht lütt.» Mit diesen Worten betritt sie den ersten Raum und scheint urplötzlich alle Anstrengungen vergessen zu haben. Auch ihre Erinnerung kehrt schlagartig zurück. «Unser Zimmer!», jubelt sie ausgelassen. «Ist das zu fassen! Komm her und sieh dir das an, Christi!»

Wir folgen ihr und werden Zeuge, wie Annegret sich wie ein Brummkreisel um die eigene Achse dreht, bis sie irgendwann taumelnd stehen bleibt und auf die Wand links vom Fenster deutet. «Hier stand das Doppelbett! Und gegenüber das zweite. Ich musste immer unten schlafen, weil du und Beate die oberen Betten für euch beansprucht habt.»

«Das Privileg der Älteren», gibt ihre Schwester achselzuckend zurück.

Annegret stemmt die Arme in die Hüften. «Du hattest ehrlich gesagt ziemlich viele Privilegien», mokiert sie sich. «Du warst der Liebling unserer Eltern. Dir haben sie jeden Wunsch von den Augen abgelesen. Für mich hat sich niemand wirklich interessiert.»

«Weil du schon damals eine Nervensäge warst!»

Annegret legt ihre Stirn in Ziehharmonikafalten. «Ach ja? Hast du dir mal überlegt, warum das so war?»

Ich blende das Gezanke aus und werfe einen verstohlenen Blick in den Raum. Was ich sehe, ist nicht das Kinderzimmer meiner Mutter und ihrer Schwestern. Der Raum wurde renoviert und gänzlich neu eingerichtet. Zwei moderne Sofas mit cremefarbenen Bezügen stehen sich vis-à-vis, dazwischen ein *coffee table*. Schwere Bücher über Inneneinrichtung liegen perfekt arrangiert auf der Glasplatte. Zum Durchblättern. Oder zum Protzen. An einer Wand hängt über einem der Sofas ein Flachbildfernseher, ihm gegenüber ein Bild. Es ist eine Schwarz-Weiß-Fotografie, die in einen hochglänzenden Rahmen gefasst wurde. Mir stockt der Atem, als ich das Motiv näher in Augenschein nehme. Auf dem Foto sind zwei Menschen zu sehen, ein

Mann und ein Kind. Hand in Hand spazieren sie am Strand entlang. Obwohl der Betrachter die beiden nur von hinten sehen kann, weiß ich dennoch sofort, um wen es sich bei diesen Personen handelt.

7

Omas grüner Daumen

Das Bild wurde nicht auf Sylt aufgenommen, sondern in Hamburg, am Elbstrand. Papa und ich sind das ungleiche Paar, Mama spielte die Fotografin. Ich erinnere mich noch gut an den Tag. Der Himmel war wolkenverhangen, und vom Wasser blies nasskalter Wind. Ich fror, doch Papa legte mir schützend seine riesige Regenjacke um die Schultern und versuchte, mich aufzumuntern. «Lausche den Geschichten, die der Wind dir erzählt», sagte er und tat, als würde er den Böen wahrhaftig Dialoge entnehmen. Doch sosehr ich mich anstrengte, ich hörte nichts. Aber ich vergaß die Kälte.

Wehmütig betrachte ich das Bild einen Moment. Bei dem Gedanken, diese unbeschwerte Zeit für immer hinter mir gelassen zu haben, wird mir schwer ums Herz. Als sei irgendwo ein Radio zu laut eingeschaltet, schmerzt mein Schädel und scheint regelrecht zu vibrieren.

Wortlos verlasse ich das Zimmer und stapfe nach nebenan – ins Arbeitszimmer meines Vaters. Beklommen sehe ich mich um. Auf einem eckigen Glastisch, dem Schreibtisch, liegt ein zugeklappter Laptop. Etwas oberhalb davon, etwa mittig arrangiert, befindet sich eine ovale Porzellanschale, in der genau zwei Stifte – ein alter Füller und ein Kugelschreiber derselben Marke – liegen. Ein Stück weiter rechts ragen halbhohe Gladiolen aus einer schwarzen Vase empor.

Ich lasse meinen Blick weiter schweifen – und mir bleibt fast das Herz stehen, als ich über der Stuhllehne Papas Jackett hängen sehe. Grau meliert, Pfeffer und Salz. Mein Vater trug ausschließlich Sakkos in diesem Muster, mal in Brauntönen, aber meist schwarz-weiß. Dazu kombinierte er fast immer dunkle Rollis, nur zu wichtigen Anlässen wählte er ein Oberhemd. Nie Krawatten.

Ich streiche mir über den Arm, weil mich plötzlich eine Gänsehaut überkommt. So, wie das Sakko über dem Stuhl hängt, fein säuberlich drapiert, möchte man meinen, Papa habe nur kurz den Raum verlassen. Sogar sein Aftershave scheint plötzlich in der Luft zu hängen. Ein holziger, herber Duft, den ich als Kind geliebt habe.

«Ich denke, wir haben genug gesehen», flüstere ich mit belegter Stimme und wende mich ab.

Im Flur versuche ich, meine Tanten mit hektischem Winken zum Gehen zu motivieren.

Auch Frau Engel wirkt erleichtert, dass wir aufbrechen. Sie folgt uns zur Haustür.

«Wir hören dann voneinander», sage ich steif, weil mich dieses Haus mit seinen Erinnerungen seltsam bewegt. Ich räuspere mich. «Also, spätestens, wenn Sie ein Exemplar des Mietvertrags besorgt haben.»

Charlotte Engel wirkt abgekämpft, nickt jedoch. Danach verabschieden wir uns – distanziert, aber höflich.

Zurück im Wagen, spricht zunächst keiner von uns ein Wort. Ich muss die verwirrenden Eindrücke verarbeiten. Und auch meinen Tanten scheinen die Ereignisse der letzten Stunde die Sprache verschlagen zu haben. Charlotte Engel ist eine toughe Person, gefasst und kontrolliert. Dennoch merkte man ihr an, dass sie trauert. Um meinen Vater. Sie wirkte bekümmerter als ich. Eine befremdliche Situation.

Aber vor allem die Aufnahme im ehemaligen Kinderzimmer macht mir zu schaffen. Soweit ich mich erinnern kann, hasste mein Vater Bilder. Sie stören das Denken, hat er stets gesagt, darum hätte ich es niemals für möglich gehalten, dass er dennoch eins aufhängt. Noch dazu ein privates Foto.

Mein Magen hört nicht auf zu rumoren, regelrecht flau ist mir zumute. Seit wir das Haus betreten haben, fahren meine Gefühle Achterbahn, immer stärker verspüre ich den Wunsch, allein zu sein.

Inzwischen ist es früher Nachmittag. Die Sonne lächelt vom Himmel, als wolle sie sich für die Unannehmlichkeiten des Tages entschuldigen, keine noch so kleine Wolke stellt sich ihr entgegen. Auf den Straßen herrscht kaum Verkehr. Sämtliche Urlauber scheinen sich am Strand zu tummeln, einzig ein quietschgelber Eiswagen, der halbschräg auf dem Gehweg parkt, wird rege frequentiert. Beinahe ausschließlich Kinder warten in der Schlange, die am Weg entlang bis auf den angrenzenden Acker führt. All das registriere ich nur am Rande, bis mich unvermittelt ein Erinnerungsfunke ins Herz piekst. Damals, als ich noch ein eisessender Dreikäsehoch war, vermochte mir nichts und niemand den Tag zu verderben. Meine Eltern waren zwar beide berufstätig, doch Mama arbeitete nur halbe Tage in Papas Firma. Nach ihrem Feierabend holte sie mich aus dem Kindergarten ab, und wir verbrachten die Zeit gemeinsam. Mit kindlicher Unbedarftheit half ich ihr bei der Hausarbeit, im Winter backten wir zusammen Plätzchen, im Sommer zupften wir im Garten Unkraut. Wenn Papa abends nach Hause kam, hatte ich ihm unendlich viel zu erzählen, und ich durfte oft auf seinem Schoß sitzen, während wir gemeinsam aßen. Später brachte er mich ins Bett, und dann war er es, der erzählte. Kurze Anekdoten von seiner Arbeit, deren Inhalt ich zwar kaum verstand, aber ich genoss es, ihn allein für mich zu haben. Es war eine wunderschöne Zeit, an die ich mich gern zurückerinnere.

Erst als ich in die Schule kam, änderte sich unser Verhältnis. Der Ernst des Lebens war für mich im wahrsten Sinne angebrochen. Papa kam nur noch in mein Zimmer, um meine Hausaufgaben zu kontrollieren oder mich in irgendeinem Fach abzufragen. Ich war keine herausragende Schülerin und hatte auch nur wenig Spaß am Lernen. Die meisten Fächer interessierten mich nicht, im Grunde mochte ich nur den Kunstunterricht. Die Begabung fürs Zeichnen und das Interesse an allem Gestalterischen hatte ich ohne Frage von meinem Vater geerbt.

Aber nie wieder haben wir an die enge Verbundenheit von damals anknüpfen können.

«Ich … ähm … Ich würde gern noch ein wenig an der frischen Luft spazieren gehen», sage ich, als ich den Wagen vor der *Weißen Villa* parke.

Einer Konfrontation mit meiner Mutter fühle ich mich gerade nicht gewachsen. Sollen meine Tanten ruhig erst mal über sie herfallen.

Aber wohin könnte ich mich verdrücken? Am Strand ist vermutlich die Hölle los, und mir steht kein bisschen der Sinn danach, mich zwischen kreischende Kinder und kunstvoll geschaufelte Sandburgen zu quetschen.

«Wir sehen uns am Abend!», sage ich, nachdem wir ausgestiegen sind. Und ehe die beiden sich mir anschließen können, bewege ich mich rückwärts ein paar Schritte über den knirschenden Kies. Als niemand etwas einzuwenden hat, wirbele ich herum und marschiere, ohne ein konkretes Ziel vor Augen, los.

Unschlüssig haste ich ein paar Minuten nach rechts, dann wechsele ich die Straßenseite, drossele das Tempo und spaziere rastlos wieder in die entgegengesetzte Richtung. Wenn es außer der grauen Bank neben unserem Eingang wenigstens einen Ort gäbe zum Verschnaufen, dann würde ich mich dort hinsetzen und versuchen, alles um mich herum auszublenden. Doch ich kann weit und breit keine Sitzgelegenheit entdecken. Verrückterweise fühle ich mich angesichts der glücklichen Paare und Familien, die unterwegs an mir vorbeispazieren, auf einmal schrecklich einsam. Alle haben Spaß und lachen, nur ich stehe mutterseelenallein auf dieser verfluchten Insel und weiß nicht, wohin mit mir.

Instinktiv taste ich in meiner Tasche nach dem Handy. Ob Jo einen Moment Zeit hat, um mit mir zu sprechen? Ich habe das Gefühl zu zerplatzen, wenn ich mir nicht bald meinen Kummer von der Seele rede. Ich möchte seine warme, kluge Stimme hören, mit der er mir einen Ratschlag erteilt oder mir versichert, wie sehr er mich liebt und dass er mich vermisst. Doch obwohl es bestimmt zehnmal klingelt, geht er nicht an den Apparat. Resigniert lasse ich das Telefon sinken, und ich spüre, wie mir Tränen in die Augen treten. Tapfer versuche ich, dagegen anzublinzeln. Wieso ist auf einmal alles so kompliziert? Ich wollte hier auf der Insel doch nur schnell den Hausverkauf anschieben und dann sofort zurück nach Hamburg fahren. Aber plötzlich scheinen haufenweise Komplikationen aufzutreten.

«Nanu», höre ich unvermittelt eine Stimme hinter mir. «Sind Sie mal wieder auf der Suche nach einer Toilette, oder warum stehen Sie so ratlos in der Weltgeschichte herum?»

Ich drehe mich blitzschnell um und sehe zu meiner Überraschung den Inhaber der *Weißen Villa* vor mir stehen. Den Brötchendieb. Verdammt! Weder steht mir der Sinn danach, mich ein weiteres Mal mit ihm zu streiten, noch mag ich es, dass er mich in diesem Zustand sieht.

Ich straffe die Schultern und räuspere mich schnell. «Nein. Ich … stehe hier einfach nur so. Und Sie? Haben Sie niemanden zum Champagnertrinken auftreiben können? Dabei müssten Sie doch Gott und die Welt kennen.»

Der Blick in seine Augen, die mich ruhig und ein wenig neugierig mustern, macht mich nervös. Kann er nicht so plötzlich, wie er aufgetaucht ist, wieder verschwinden? Doch mein Wunsch wird nicht erhört. Stattdessen verlagert er in aller Seelenruhe das Gewicht von einem Bein auf das andere, als habe er vor, an dieser Stelle Wurzeln zu schlagen. Dabei sieht er mich so eindringlich an, dass ich verschämt den Kopf sinken lasse. Falls mir Wimperntusche über die Wange läuft und eine verräterische schwarze Rinne hinterlässt, soll er sie nicht unnötig lange vor die Nase gehalten bekommen.

Leider macht der Kerl noch immer keinerlei Anstalten, endlich abzudampfen. Im Gegenteil. Wortlos tritt er näher.

Ich blicke auf seine Schuhspitzen. Schwarzes Leder, bestimmt teuer gewesen.

«Was ist?», frage ich bockig. «Haben Sie nichts zu tun? Die Fassade reparieren zum Beispiel?» Meine Stimme zittert, und ich höre selbst, dass ich kein bisschen lässig klinge, sondern eher ziemlich armselig.

«Es geht Ihnen nicht gut», bemerkt er trocken. «Kann ich helfen?»

Sein Tonfall ist einfühlsam. *Zu* einfühlsam. Ich merke, dass neue Tränen im Anmarsch sind.

«Nein, danke. Ich bin okay», sage ich mit bemüht fester Stimme. Wenn ich möchte, dass er verschwindet, muss ich freundlicher sein und mich souverän anhören.

«Sieht für mich nicht so aus», sagt er.

Herrje. Ich hebe leicht den Kopf und blinzele zu ihm hoch. Der Ausdruck, mit dem er mich mustert, wirkt ehrlich besorgt. Seidiges Grau verleiht seinen Augen einen vertrauensvollen Schimmer.

Leider bewirken seine anteilnehmende Stimme und der Dackelblick, dass ich mich nur noch einsamer fühle. Einen winzigen Moment überlege ich ernsthaft, mich dem Brötchendieb an die Brust zu schmeißen. Hauptsache, jemand drückt mich mal kurz und spricht mir Mut zu. Dann komme ich zum Glück wieder zur Besinnung. Es geht mir gut. Meine Probleme sind, gemessen an denen anderer Menschen, Luxusprobleme. Ich bin eine erwachsene Frau und brauche keinen Mann, um klarzukommen. Es ist mehr als armselig, dass ich mich dermaßen gehenlasse. Wie ein Mantra bete ich die Fakten herunter, wieder und wieder.

«Vielleicht möchten Sie sich mal kurz setzen?», fragt er. «Und ein Glas Wasser trinken?»

Ich starre ihn an.

«Ich könnte Sie an einen Ort führen, wo Sie Ihre Ruhe haben. Auch Ihre Familie findet Sie dort nicht.»

Leicht verdattert bekomme ich gerade keine Antwort heraus.

Und plötzlich streckt er mir seine Hand entgegen. «Ich bin übrigens Mats», erklärt er lächelnd. «Mats Christensen. Ihren Namen kenne ich ja bereits, da ist es nur fair, dass ich mich ebenfalls vorstelle.»

Sein Händedruck ist fest und hat etwas Verbindliches. Ein nervöses Kribbeln kriecht über meinen Arm bis hin zu meinem Nacken, sodass ich mir gedankenverloren über den Hals streiche, als er meine Hand freigibt.

«Ich kann mir ehrlich gesagt nicht vorstellen, wo man auf der Insel seine Ruhe haben könnte», sage ich angespannt und vollführe eine raumgreifende Geste. «Überall schwirren Menschen herum.»

Mats Christensen nickt. «Ja, das muss so wirken, wenn man das erste Mal auf Sylt ist. Aber ich kann Sie beruhigen: Es gibt hier zahlreiche lauschige Ecken, auch in der Hochsaison. Wenn Sie mögen, zeige ich Ihnen eine davon.»

Ich weiß nicht, was in mich fährt. Vielleicht benebelt mir der verkorkste Vormittag bei Frau Engel die Sinne, auf jeden Fall nicke ich. «Warum nicht», höre ich mich murmeln. «Das wäre … ausgesprochen nett.»

«Na, dann los», spornt er mich an. «Besser, Sie beeilen sich. Eine Ihrer Tanten habe ich eben am Kuchenbuffet stehen sehen. Schlimmstenfalls laufen wir ihr direkt in die Arme, wir müssen nämlich an der Villa vorbei.» Und mit einem Zwinkern fügt er hinzu: «Keine Angst, ich sperre Sie nicht in ein Kellerloch und bringe Sie auch sonst nicht in Gefahr.»

«Okay», sage ich und muss feststellen, dass ich momentan nicht besonders wählerisch bin. Ich säße gerade so ziemlich überall lieber als mit meinen Tanten und meiner Mutter gemeinsam in unserem Apartment. Notfalls auch in einem Kellerloch.

Also folge ich Mats Christensen, der strammen Schrittes die Straße überquert. Gegenüber der Villa steuert er ein kleines Haus an, das verdeckt hinter einem üppig begrünten Friesenwall liegt, sodass man es von der Straße aus kaum sehen kann. Lediglich das bemooste Reetdach lugt über dem Hügel hervor. Durch eine hohe Gartenpforte gelangen wir auf eine gepflasterte Zufahrt und stehen urplötzlich vor einem niedlichen Haus. Der ehemals rote Stein wurde über die Jahre von Wind und Wetter ausgewaschen, aber die weißen Sprossenfenster und die prachtvoll verzierte, blaugraue Eingangstür wirken frisch lackiert. Ein verwunschener Vorgarten verzaubert mich auf der Stelle, auch wenn meine Tanten ihn wohl eher als verwildert bezeichnen würden.

Mats Christensen bedeutet mir, ihm zu folgen. Wir umrunden das Haus, bis wir auf einer Terrasse stehen, in deren Mitte zwei riesige Linden emporragen. Gartenmöbel aus beigefarbenem Rattan verleihen Südstaatenflair und laden zum Chillen ein.

Staunend lasse ich meinen Blick über das Farbenmeer wandern. Der Garten ist eingerahmt von unzähligen Pflanzen, die größtenteils in voller Blüte stehen. Mitten auf dem saftigen Rasen, im Halbschatten der Linden, prangt ein dunkelbrauner Strandkorb.

«In diesem Haus wohnen meine Großeltern», erklärt Mats Christensen und korrigiert sich sogleich. «*Wohnten.* Sie sind im letzten Jahr verstorben.» Ein Schatten huscht über sein Gesicht. «Es erklärt vielleicht den Zustand des Gartens. Meine Großmutter besaß einen grünen Daumen, den sie leider nicht vererbt hat.»

Mit ausgestrecktem Arm deutet er auf einen hüfthohen Hortensienbusch.

«Sie hat alles ganz liebevoll angelegt, und ich besteche regelmäßig den Gärtner aus der *Weißen Villa*, damit er hier ab und zu Hand anlegt.» Er streicht sich durchs Haar und grinst ein wenig verschämt. «Aber es mangelt dem guten Mann leider an Zeit. Rasenmähen und den Blumenwall in Schuss halten – mehr schafft er nicht.»

Zum ersten Mal entdecke ich seine spitzbübischen Gesichtszüge, die er bislang vor mir verborgen gehalten hat. Er soll einfach weiterreden.

«Anfang des Jahres bin ich drüben aus der Villa geflüchtet und hierhin gewechselt. Sie können sich sicher vorstellen, wie wenig Freizeit mir dort geblieben ist. Ständig kommen Gäste mit ihren Wünschen auf einen zu – nicht mal ein Türscharnier habe ich geschafft auszutauschen, ohne dass jemand dazwischengegrätscht ist.» In einem Anflug von Verzweiflung schüttelt er den Kopf. «Man hat nie Feierabend, darum wohne ich nun hier. Apropos …» Er wirft einen gehetzten Blick auf seine Armbanduhr. «Ich muss wieder rüber. Machen Sie es sich gemütlich, ja? Es wird Sie garantiert niemand stören.»

Wow. Er bietet mir an, sein Privatgrundstück zu nutzen? Er, der bis vor zwanzig Minuten noch nie ein freundliches Wort an mich gerichtet hat? «Also … das ist …» Beschämt schüttele ich den Kopf. «Das geht doch nicht.»

Verdutzt schaut er mich an. «Gefällt es Ihnen hier nicht?»

Soll das ein Witz sein? Das kleine Fleckchen Erde ist ein Traum.

«Doch, doch!», erwidere ich schnell. «Aber …»

«Jetzt sagen Sie nicht, es sei Ihnen zu still!»

Ich schüttele den Kopf. «Aber störe ich denn niemanden? Ihre Frau zum Beispiel?»

Ihre Frau zum Beispiel? Wie klingt das denn? Was, bitte schön, ist in mich gefahren? Aber … Ich meine: Er besitzt zwei Grundstücke auf Sylt. Er *muss* eine Frau haben.

Mats Christensen grinst. Und erteilt mir eine ausweichende Antwort: «Keineswegs. Sie stören niemanden.» Es folgt ein weiterer Blick auf die Uhr. «Ich muss wirklich wieder rüber in die Villa. Möchten Sie etwas trinken? Ein Wasser vielleicht?» Er zerrt einen Schlüsselbund hervor und hält ihn fragend in die Höhe. «Sie können aber auch jederzeit drüben in der Villa anrufen und sich etwas hierher bestellen. Das Personal kennt das Prozedere.»

«Ach. Verleihen Sie Ihren Garten öfter?»

Oh Mann! Es geht mich wohl kaum etwas an, was er in seinem Refugium treibt.

«Nun … Damenbesuch empfange ich eher selten», sagt Mats süffisant. «Falls Sie das wissen wollten.»

Ich werde bis zu den Ohren knallrot.

«Aber wenn ich in Ruhe an etwas arbeiten möchte, lasse ich mir manchmal eine Kleinigkeit zu essen rüberbringen.»

Ich nicke, dankbar, dass er meine vermutlich recht frische Gesichtsfarbe nicht kommentiert. «Verstehe. Aber nein, danke, ich brauche nichts. Nur ein halbes Stündchen Ruhe, um meine Gedanken zu sortieren.»

«Alles klar.» Er reckt mir den ausgestreckten Daumen entgegen. «Bleiben Sie, so lange Sie mögen, und ziehen Sie anschließend einfach die Gartenpforte zu. Viel Spaß!»

Und plötzlich stehe ich einsam und reichlich verdattert in diesem fremden Garten – und bin mit meinen Gedanken allein.

8

Alkohol, Sex und Schokolade

Wer hätte gedacht, dass sich die Natur auf Sylt so vielfältig zeigt? In meiner Phantasie gab es nur Sand und Dünen. Vielleicht noch ein paar struppige Heidepflanzen, Gräser und pieksige Teerosen. Das war's. Die Farbe Grün existierte in meiner Vorstellung im Grunde nicht. Doch dieser Garten ist schlichtweg unfassbar. Eine grüne Oase!

Als Mats Christensen vom Pflanzdaumen seiner Großmutter gesprochen hat, war es keine Übertreibung. Um mich herum gedeiht so ziemlich alles. Hortensien in diversen Farben, Beetrosen, Kletterrosen, Margariten und duftender Lavendel. Sogar einen Kübel mit Oleander und einen weiteren mit einem Zitronenbäumchen entdecke ich. Es ist traumhaft, ich kann mich an der Farbenvielfalt gar nicht sattsehen. Und wie sagenhaft alles duftet! Ich atme tief ein und wieder aus und versuche, die vielen Nuancen bis in die hinterste Lungenspitze einzusaugen. Der Garten strahlt eine wundersame Ruhe aus, die sich auf mein Gemüt zu legen scheint. Mit jedem Atemzug spüre ich, wie ich ruhiger werde. Eine ungewöhnliche Erfahrung, denn zu Hause in Hamburg wohnen Jo und ich durchaus im Grünen. Unser Loft befindet sich in der ausgebauten oberen Etage eines Siedlerhauses mit Blick auf den Elbdeich. Von Arbeitskollegen werden wir beneidet um die Nähe zur Natur und zum Wasser, aber bislang haben weder Jo noch ich den Blick aus dem Fenster oder den Weg zur Arbeit besonders genossen. Eher haben wir die halbstündige Fahrt als lästiges Übel in Kauf genommen. Doch in dieser Sekunde fasse ich den Entschluss, bei meiner nächsten Tour ein wenig aufmerksamer durch die Weltgeschichte zu tuckern.

Neugierig erkunde ich das Grundstück. Es ist kleiner, als ich auf den ersten Blick vermutet hatte, der Strandkorb nimmt allerhand Platz in Anspruch. Aber so ein Korbstuhl gehört an der See vermutlich zur Grundausstattung. Und eigentlich doch in Weiß, oder?

Ich zögere, mich hineinzusetzen, aber eine Unmenge bunter Kissen, kreuz und quer verteilt, macht einen derart einladenden Eindruck, dass ich nicht widerstehen kann. Mit aller Kraft drehe ich den Strandkorb so, dass ich zwischen den Lindenblättern ein wenig Sonne abbekomme. Ich stelle die Lehne leicht schräg und lasse mich anschließend in das Polster sinken. Ein Sonnenstrahl kitzelt mein Gesicht, ich schließe die Augen und spüre in mich hinein. Die Bilder von Charlotte Engel, das unentwegte Geschnatter meiner Tanten und sogar die Wut auf meinen Vater verblassen mehr und mehr.

Aber mit Mama muss ich dringend reden. Sie hat mir so vieles verschwiegen, ich bin stinksauer und gleichzeitig maßlos enttäuscht. Nicht das Geringste hat sich geändert, sie ist noch immer dieselbe, überängstliche Person, die sie schon damals war. Wie kann sie sich unter diesen Umständen wundern, dass ich ihr seit Jahren aus dem Weg gehe? Nichts hatte sie Papas Affäre entgegenzusetzen. Was sie sich von ihm bieten ließ!

Dass sie zu feige war, ihre Koffer zu packen und ihn zu verlassen, will mir nach wie vor nicht in den Kopf. Und warum hat sie mir nichts über Charlotte Engel gesagt? Mit keiner Silbe hat sie mich vorgewarnt, sondern nur wieder den Kopf eingezogen!

Ein winziger Vogel flattert heran. Er landet auf dem Rand einer ovalen Tränke und gönnt sich einen ausgiebigen Schluck Wasser. Danach schaut er neugierig zu mir herüber.

Der Gärtner aus der *Weißen Villa* hat wirklich ganze Arbeit geleistet, überlege ich. Nicht nur hält er die Pflanzenpracht am Blühen, er hat außerdem Augen für Details. Das Gefäß für die Vögel beispielsweise.

Oder war das Mats Christensens Idee? Ihn kann ich mir allerdings nur schwerlich ausmalen, wie er mit Gummistiefeln an den Füßen und einer Gießkanne unter dem Arm zwischen den Blumen herumturnt und Gartenpflege betreibt.

Das Klingeln meines Telefons reißt mich aus den Gedanken. Das schrille Geräusch passt so gar nicht in das friedfertige Panorama, darum wühle ich hektisch in meiner Tasche, um dem Krach so schnell wie möglich ein Ende zu bereiten.

«Hey! Wie war's?», keucht Jo. Er klingt gestresst. «Ich habe nicht viel Zeit, aber es interessiert mich, wie es bei dieser Frau war. Du wolltest mich doch gleich anrufen», fügt er ein wenig beleidigt an.

«Habe ich auch. Du müsstest es auf deinem Display gesehen haben.»

«Oh verdammt», sagt er bedauernd, «muss mir durchgerutscht sein, sorry.»

Ich denke, er hat meinen Anruf erwartet? Doch wenn Jo gestresst ist, sollte man ihn nicht zusätzlich provozieren. Also sage ich: «Es lief irgendwie … eigenartig.»

«Was meinst du damit?» Er klappert im Hintergrund mit etwas, vermutlich schreibt er parallel eine E-Mail.

Ich gebe ihm daher eine Kurzfassung über das Treffen und werde nur ausführlicher, als es darum geht, dass Charlotte Engel und wir uns schon einmal begegnet sind. Genau wie ich kann Jo sich erst im zweiten Anlauf an den Tag erinnern.

Während ich ihm meine Gedanken darlege, klappert unentwegt seine Tastatur im Hintergrund. Erst als ich erwähne, dass Tante Christiane offenbar bereits einen Käufer für das Haus gefunden hat, herrscht plötzlich Stille.

«Findest du das nicht eigenartig?», will ich von ihm wissen. «Wie hat sie nur so schnell einen Interessenten aus dem Hut gezaubert?»

«Ist doch egal, Hauptsache, er zahlt gut.» Mein Freund ist wie immer pragmatisch. Und gerät sogleich ins Schwärmen. «Denk nur mal an das viele Geld! Je eher wir es auf dem Konto haben, umso besser!»

«Es wird nicht so schnell gehen, wie du es dir vielleicht wünschst», mache ich seine Euphorie zunichte. «Wir müssen ja erst mal das mit der Vermietung klären und dann einen Makler einschalten.»

«Glaubst du ihr die Geschichte mit dem Vertrag, der bei einem Notar liegt, etwa?»

Ich zucke mit den Schultern. «Weiß nicht. Aber trotzdem bleibt uns nichts, als das erst mal abzuwarten.»

Jo schnaubt. «Zeit ist Geld. Am besten, du kündigst ihr schon mal pro forma, und zwar fristlos. Dann wird sie den Vertrag garantiert sehr schnell parat haben. Und wenn dort eine andere Kündigungsfrist vermerkt ist, kannst du deine ja korrigieren.»

«Aber meinst du nicht, dass –»

Weiter komme ich nicht, denn plötzlich höre ich bei Jo das Festnetz klingeln.

«Ich muss auflegen, Juli», sagt er gehetzt, «lass uns später noch mal telefonieren. Ruf mich an, wenn es bei dir passt, okay?»

«Ist gut.»

Wir legen auf, und ich lehne mich im Strandkorb zurück. Das Telefonat hat mir neue Kraft gegeben. Ich kann mich glücklich schätzen, Jo an meiner Seite zu haben. Er behält immer dann einen kühlen Kopf, wenn die Emotionen mit mir durchgehen. Ohne ihn würde ich vermutlich verrückt werden.

Gähnend schaue ich in den blauen Himmel. Die Ruhe in diesem Garten tut so gut, nicht einmal Möwen haben sich hierher verirrt. Ich betrachte eine Weile, wie sich die Blätter der Linde sanft dem Wind hingeben, und spüre plötzlich, wie erschöpft ich bin. Die Nacht auf der Couch und der Vormittag stecken mir in den Knochen. Auch das Polster des Strandkorbs ist nicht gerade federweich, doch ich werde durch die Sonne zunehmend schläfriger. Sie ist inzwischen gewandert und scheint mir bis auf den Bauch.

Ich rolle mich auf die Seite und schlafe sofort ein.

Als ich wach werde, liege ich komplett im Schatten und fröstele ein wenig. Benommen stehe ich auf, recke und strecke mich und vollführe ein paar Kniebeugen, bis mir warm ist. Dann blicke ich auf die Uhr. Halb sechs. Sicher macht sich meine Familie bereits Sorgen. Oder ihnen knurrt der Magen. Irgendetwas ist ja immer.

Beim Verlassen des Gartens werde ich fast ein wenig wehmütig. Schade, dass ich gehen muss. Ein letztes Mal inhaliere ich den Duft der Blumen. Ein Hauch Meersalz hat sich hinzugeschummelt, als solle er dabei helfen, dieses kleine Paradies in meiner Erinnerung zu konservieren.

Ich bin froh, dass ich den Nachmittag in Ruhe verbracht habe, denn das Gespräch mit meiner Mutter steht mir ganz schön bevor.

Mit gemischten Gefühlen schließe ich die Tür zu unserer Suite auf. Und höre sogleich Tante Annegrets prägnante Stimme von der Terrasse, als ich den Schlüssel aus dem Schloss ziehe. Kaum dass sie mit ihrem Vortrag fertig ist, fallen die anderen zwei lautstark über sie her. Ich horche auf, als der Name Charlotte Engel fällt.

«Ich begreife immer noch nicht, wie du es zulassen konntest, dass dein Mann sich mit dieser Frau einlässt!», stichelt Tante Christiane.

«Ich wüsste nicht, was dich das angeht», rechtfertigt sich meine Mutter, «die Zeiten, in denen du mir und Anne Vorschriften machen konntest, sind lange vorbei. Also misch dich gefälligst nicht in meine Angelegenheiten.»

Ich bin überrascht, meine Mutter in diesem harschen Tonfall sprechen zu hören. Normalerweise gibt sie immer klein bei.

Auf der Terrasse herrscht kurz Schweigen, dann meldet sich wieder Tante Annegret zu Wort: «Also mich würde ja eher interessieren, wie es überhaupt zu der Affäre kommen konnte. Sagt man nicht, dass niemand es schafft, sich in eine intakte Ehe zu drängen? Was hat Ralf denn nur gefehlt, Sex womöglich?»

Ich möchte im Boden versinken. Niemals habe ich beabsichtigt, Zeuge eines solchen Gesprächs zu werden. Doch der Moment erscheint mir denkbar ungünstig, um mich jetzt zu outen. Darum verharre ich in meinem Versteck und höre weiter zu.

Ein Klirren ertönt. Jemand hat seine Kaffeetasse mit Wucht auf die Untertasse gestellt.

Mama verteidigt sich: «Auch wenn du es nicht für möglich hältst, Anne, weil du ja mit Leuten ins Bett gestiegen bist, ehe du überhaupt ihren Namen kanntest – Sex ist nicht der Dreh- und Angelpunkt einer Ehe. Schon gar nicht nach so vielen Jahren. Man muss andere Gemeinsamkeiten finden.»

«Ach ja?», mischt sich Tante Christiane ins Gespräch. «Offenbar habt ihr die aber nicht gefunden. Warum hast du ihn dir überhaupt erst geschnappt?»

Noch einmal wird meine Mutter laut. So wütend habe ich sie bisher nie erlebt. «Was soll das, Christi? Was soll diese alte Geschichte? Willst du mir das ewig vorhalten?»

«Du hast mein Leben zerstört!»

Wovon reden die drei?

Ich fühle mich zusehends mieser in meiner Rolle als stummer Zuhörer. Gleichwohl wird es immer schwieriger, die Situation aufzulösen. Außerdem werde ich jetzt erst recht hellhörig. Von was für einer alten Sache wohl die Rede ist?

«Du weißt genau, dass es nicht meine Schuld war», fährt meine Mutter fort, «Ralf hat …»

Jemand lacht laut dazwischen, ich glaube, es ist Tante Annegret. «Du liebe Zeit, jetzt sei nicht so theatralisch, Christiane. Du warst 22, als das alles passiert ist. Dein ganzes Leben lag noch vor dir.»

Tante Christiane murmelt ein paar englische Floskeln, dann richtet sich ihr Zorn gegen die jüngste Schwester: «Was mischst du dich ein, Anne? Du bist keinen Deut besser als Beate. Ich weiß genau, dass du damals nur darauf gelauert hast, Ralf ins Bett zu zerren.»

Du meine Güte! Ich kann nicht glauben, was ich da höre.

«Habe ich nicht!»

«Ach komm schon, Anne, gib es doch zu.» Tante Christiane wieder. «Du hast keine Gelegenheit ausgelassen, dich an ihn ranzuschmeißen. Zum Glück fand er nichts an dir. Ihm war vermutlich klar, dass du dich nur in seinem Erfolg sonnen wolltest. Dass er es eines Tages zu Geld bringen würde, stand ja außer Frage. Vermutlich sahst du dich in der Rolle der gutbetuchten Ehefrau. Tja …», sagt sie schnippisch, «daraus ist nichts geworden. Und darum bist du jetzt –»

«Nicht dieses Thema, Christi!», geht meine Mutter dazwischen. «Nicht jetzt!» Sie wartet einen Augenblick, als würde sie sich für ihren nächsten Satz sammeln. Dann fragt sie in einem Tonfall, der vor Spott geradezu trieft: «Aber da wir gerade so nett zusammensitzen, würde mich interessieren, warum ihr zwei überhaupt angereist seid. Um Unfrieden zu stiften und alte Wunden aufzureißen?»

Ehrlich gesagt habe ich mich das auch schon gefragt. Warum um alles in der Welt sind die beiden meiner Einladung gefolgt?

«Aus Nächstenliebe ist ganz sicher keine von euch hergekommen», fährt meine Mutter fort. «Wisst ihr, was ich glaube? Ich denke, ihr wolltet mich leiden sehen! Um das Ende einer Ehe, die ihr mir von Anfang an missgönnt habt, aus nächster Nähe zu erleben. Ich hoffe, es hat sich gelohnt!»

Entsetzt schlage ich mir die Hände vor den Mund. Was habe ich nur angerichtet! Es war eine Riesendummheit, meine Tanten einzuladen! Wie naiv bin ich bloß die ganze Zeit gewesen? Es gab gute Gründe, warum meine Mutter und ihre Schwestern den Kontakt abgebrochen haben. Ich hätte es mir denken können. Verdammt!

«Jetzt mach dich bitte nicht lächerlich, Bea», ergreift Tante Christiane das Wort. «Ich für meinen Teil bin hergekommen, um zu helfen. Julia will das Haus verkaufen, und ich habe einen Käufer. Wo ist das Problem?» Sie räuspert sich. «In einem Punkt muss ich dir allerdings recht geben: Ich frage mich, was Annegret hier zu suchen hat.» Sie wendet sich offensichtlich direkt an ihre Schwester. «Willst du etwa Julia um Geld anpumpen, wenn sie erst mal Millionärin ist?»

«Wie bitte?», ruft meine Mutter entsetzt. «Untersteh dich, bei meinem Kind Schulden zu machen, Anne! Schlimm genug, dass du dir früher ständig bei uns Geld geliehen und es nicht zurückgezahlt hast. Auf keinen Fall lasse ich zu, dass du Julia anschnorrst. Reicht es nicht, dass sie deine Fahrkarte bezahlt hat?»

Ups! Woher weiß Mama davon? Hat sie die Rechnung auf dem Esstisch liegen sehen?

Im Garten ist es jetzt Annegret, die empört zischt: «Was soll der Quatsch? Auch ich bin hergekommen, um zu helfen. Nicht, um zu schnorren! Außerdem weiß ich ja, dass ihr allesamt geizig seid. Wenn es ums Geld geht, ist bei euch nichts zu holen.»

«Mit gutem Recht!», entrüstet sich Christiane. «Du bringst die Euro um die Ecke, so schnell kann man gar nicht zugucken. Allerdings frage ich mich, wofür? Du solltest dir lieber mal etwas Elegantes zum Anziehen kaufen oder Geld für ein Fitnessstudio ausgeben, anstatt alles zu verprassen. Alkohol, Sex, Schokolade – habe ich noch etwas vergessen, wofür du dich interessierst? Extrem peinlich in deinem Alter.»

«Ach, und sich das Gesicht straffen zu lassen ist nicht peinlich?»

Ich höre einen Schraubverschluss klicken, dann das Geräusch von sprudelndem Wasser. Jemand trinkt geräuschvoll ein paar Schlucke.

Ich muss mich leicht vorbeugen, weil mir vom verkrampften Stehen der Rücken schmerzt. Leider stoße ich dabei mit dem Po gegen einen Regenschirm, den man in der *Weißen Villa* leihweise benutzen kann und der ein wenig schräg an der Küchenzeile lehnt. Polternd fällt er zu Boden. Mist!

Wie der Blitz hebe ich ihn auf und entscheide mich für die Flucht nach vorn. «Hallo», rufe ich, als sei ich gerade hereingekommen. «Ist jemand zu Hause? Ich bin zurück!»

Draußen herrscht Stille. Ich sehe die erstaunten Gesichter der drei förmlich vor mir. Dann ruft Mama: «Wir sind draußen!»

Ich durchquere das Wohnzimmer und bleibe, so lässig es mir angesichts meines schlechten Gewissens möglich ist, in der offenen Glastür stehen. Tante Christiane thront im Strandkorb mit einem leergegessenen Teller voller Krümel vor der Nase. Tante Annegret sitzt cognacschwenkend auf einem Stuhl am Esstisch, und meine Mutter hängt windschief in einem Liegestuhl und blinzelt gegen die Sonne zu mir hoch. Ihr Gesichtsausdruck ist schuldbewusst.

«Wo hast du gesteckt, Liebes?», fragt sie und klingt tatsächlich ziemlich besorgt.

«Ich brauchte ein wenig Zeit für mich», gebe ich knapp zurück, «es gibt ja einiges an Neuigkeiten zu verdauen.» Mit bösem Blick fixiere ich meine Mutter.

Sie lässt sich ein wenig tiefer in ihren Stuhl gleiten, sagt aber keinen Ton.

«Keine Sorge, die Lage ist nicht hoffnungslos.» Tante Christiane hat mich falsch verstanden und fährt unbedarft fort: «Ich hatte ja von einem Käufer für das Haus gesprochen. Und nach Rücksprache mit dem … ähm … Interessenten … Also, er würde ein sehr hübsches Sümmchen zahlen.» Und dann fügt sie mit einem Seitenblick auf meine Mutter hinzu: «Jedenfalls mehr Geld, als Ralf damals an uns gezahlt hat.»

«Fängst du schon wieder davon an?», faucht Mama. «Ralf hat euch fair ausbezahlt. Dass die Immobilienpreise in den letzten Jahren förmlich explodiert sind, konnte er kaum ahnen.» Sie wendet sich an mich. «Ich verstehe zwar nichts von Immobilien, Liebes, aber vielleicht holst du dir doch Rat bei der Bank oder einem Makler.»

Tante Christiane rutscht ungeduldig in ihrem Strandkorb hin und her.

Ich wiege den Kopf. Zugegeben: Sehr gerne würde ich das Gesicht unseres Bankberaters sehen, wenn er mir statt einer mitleidigen Dispo-Erhöhung zur Abwechslung mal Anlagevorschläge unterbreitet.

Tante Christiane erhebt sich. «Ich werde mich jetzt zum Abendessen frisch machen. In der *Sea Lounge* hat man angeblich beste Sicht aufs Meer, sagt die Empfangsdame, und mit dem Auto sind es nur fünf Minuten.»

«Wie bitte, *Sea Lounge*? Ich dachte, wir gehen zu Gosch?», quakt Annegret enttäuscht. «Und überhaupt ...» Sie holt tief Luft. «Wieso entscheidest du, wo wir essen gehen?»

«Weil es grundsätzlich besser ist, wenn wenigstens einer von uns einen Plan hat. Meinetwegen könnt ihr ja morgen das Restaurant aussuchen, heute gehen wir jedenfalls in diese *Lounge*.»

Interessanterweise hat sich damit das Thema erledigt. Keine der Schwestern rebelliert, im Gegenteil.

«Na gut, dann bin ich die Zweite im Bad», seufzt Annegret.

Meine Mutter rollt nur stumm mit den Augen. Sie wartet, bis ihre Schwestern im Untergeschoss verschwunden sind, dann schaut sie zu mir. Ihr Blick ist voller Reue.

«Ich bin dir wohl eine Erklärung schuldig», sagt sie leise.

9

Freie Sicht aufs Meer

«Es tut mir sehr leid, dass ich dich nicht wegen Charlotte Engel ... vorgewarnt habe», beginnt meine Mutter zögernd das Gespräch. Sie hat die Hände ineinander verschränkt auf dem Schoß liegen und knetet die Daumen.

«Es ist ...», fährt sie stockend fort, «ich wollte dir ja von ihr erzählen. Aber ... es ergab sich einfach nie die Gelegenheit.»

Ich schweige. Das soll ihre Erklärung sein? Ich muss mich beherrschen, um nicht laut loszulachen. In erzwungener Ruhe schließe ich meine Augen und verziehe den Mund. Eine Geste, mit der ich meiner Mutter zu verstehen gebe, dass ihre Erklärung Bullshit ist.

Als Mama nichts sagt, öffne ich die Augen und funkele sie böse an. «Du meinst, während der inzwischen fast sieben Monate, die seit Papas Tod vergangen sind, waren nicht fünf Minuten Zeit, um mich über Charlotte Engel zu informieren?» Ich nehme meine Hände zu Hilfe. «Nicht, wenn wir im Loft allein zu Abend gegessen haben, während Jo arbeitete? Und auch nicht an einem der Tage, die du bei uns auf der Couch gesessen und Löcher in die Luft gestarrt hast? Sogar auf der vierstündigen Autofahrt hierher nach Sylt wäre Zeit gewesen.»

Ich muss mich zusammenreißen, damit ich nicht aufspringe, sie an den Schultern packe und kräftig durchschüttele. Was geht nur in ihrem Kopf vor?

Ich weiß gar nicht genau, worüber ich mich am meisten ärgere: dass Mama mich nicht auf Charlotte Engel vorbereitet hat oder dass sie es überhaupt zugelassen hat, dass diese Frau sich in unserem Leben breitmacht.

«Es wäre nur ein Satz gewesen», sage ich erschöpft, «vielleicht zwei. Du hättest mich ja sogar noch warnen können, als wir bereits vor dem Haus parkten. Auch wenn ich nachvollziehen kann, dass du vor den anderen nicht über das Thema sprechen wolltest. Aber wie gesagt: Es boten sich vorher genügend Gelegenheiten. Alles wäre besser gewesen, als mich ins offene Messer laufen zu lassen.»

Zornig blicke ich sie an, doch meine Mutter hält noch immer den Kopf gesenkt. Bis sie sich irgendwann räuspert.

«Versuch doch bitte, mich zu verstehen», sagt sie beschwörend und hebt zögernd den Blick, als wäre ihr Kopf bleischwer vor Schuldgefühlen. «Ich kenne doch deine Meinung zu dem Thema. Und ich weiß, was du von mir hältst, seit du von Charlotte erfahren hast.»

«Und darum hast du lieber den Kopf in den Sand gesteckt und mich mir selbst überlassen?» Ich fasse es nicht, wie feige sie ist. «Und mich vor meinen Tanten bloßstellen lassen?»

«Du hast dich von uns abgewandt, dich Jahre nicht gemeldet», sagt sie beinahe tonlos. «Ralfs Tod hat mich tief getroffen, aber er hat mir dich zurückgebracht.» Als sie mich jetzt anschaut, schimmern Tränen in ihren Augen. «Ich hatte nicht die Kraft für eine erneute Diskussion. Und schon gar nicht hätte ich es ausgehalten, dich noch einmal zu verlieren.»

Ihre Worte entwaffnen mich. Ich weiß nicht, was ich sagen soll.

«Die ganze Zeit, während der ich bei dir und Jo gewohnt habe, stand ich vor diesem Dilemma. Ich wollte dir nahe sein und habe die gemeinsame Zeit genossen – mit jedem Tag wuchs meine Angst, unsere Zweisamkeit könnte erneut zerbrechen. Nicht einmal öffentlich trauern mochte ich um deinen Vater, weil ich ja wusste, wie du zum Schluss zu ihm standest. Ich war mir sicher, du hättest mich dafür verurteilt.»

Sie hat recht. Natürlich hat sie recht. Ich hätte es nur schwer aushalten können, wenn sie meinem Vater, dem Ehebrecher, tausend Tränen hinterhergeweint hätte. Und doch ist es keine ausreichende Begründung, warum sie mich dermaßen hat auflaufen lassen.

Mama hockt noch immer wie ein Häufchen Elend auf ihrem Stuhl, ihr Blick gleitet reuevoll zwischen mir und einem imaginären Punkt am Horizont hin und her. Eine Weile herrscht Schweigen. Sicher erwartet meine Mutter, dass ich mich zu ihrer Erklärung äußere, aber ich kann nicht. Ich muss erst darüber nachdenken.

Mama beißt sich auf die Lippen. Ich kann sehen, wie es in ihr arbeitet. Sie kennt mich gut, darum versucht sie gar nicht erst, weiter in mich zu drängen. Stattdessen fragt sie nach einer Weile vorsichtig: «Was hast du jetzt vor? Mit dem Haus, meine ich.»

Ich zucke mit den Schultern. «Verkaufen», sage ich knapp. «Wie Jo und ich es geplant haben.» Eine kleine Spitze kann ich mir nicht verkneifen. «Zum Glück steht Tante Christiane mir zur Seite. Du hast es ja gehört – es gibt in ihrem Bekanntenkreis sogar bereits einen Interessenten.»

Meine Mutter nickt bedächtig. «Ich weiß, dass du wegen des Hauses am Ende deine eigene Entscheidung treffen wirst», sagt sie, und ihr Blick wird auf einmal eindringlich. «Lass dich davon nicht abbringen. Nicht von Christiane. Und auch von sonst niemandem.»

Ich habe keine Ahnung, auf wen sie anspielt, aber dass ihre Schwester sich dermaßen hervortut, geht ihr eindeutig gegen den Strich. Gleichzeitig kann ich sehen, wie meine Mutter sich am Riemen reißt. Sie meint es ernst. Sie will mich nicht weiter verärgern.

«Sitzt ihr etwa immer noch hier?» Tante Christiane tänzelt durch die Gartentür. Sie hat sich in Schale geschmissen und ihr sportliches Outfit vom Nachmittag gegen ein dunkles Kostüm im Chanel-Stil getauscht. Dazu trägt sie graphitfarbene Seidenstrumpfhosen und schwarze Pumps. Um den Hals baumelt eine Perlenkette.

«Du liebe Güte!», entfährt es meiner Mutter. «Willst du nach dem Essen noch zu einer Modenschau gehen, oder warum hast du dich so herausgeputzt?» Mit skeptischem Blick betrachtet sie ihre Schwester.

Meine Tante rollt genervt mit den Augen. «Darling, muss es immer einen Grund geben, um sich schick anzuziehen? Alter ist doch keine Ausrede, sich gehenzulassen.»

Mama sagt nichts dazu. Sie wendet sich an mich. «Möchtest du jetzt ins Bad?»

Ich schüttele den Kopf und deute an mir herunter. «Ich behalte dies an.»

Wenn ich ehrlich bin, steht mir der Sinn überhaupt nicht danach, den Abend im Kreis meiner Familie zu verbringen.

«Wollen wir dann schon in der Hotellounge etwas trinken, während die anderen beiden sich fertig machen?», fragt mich Tante Christiane und zerrt mich in die Höhe. «Wer weiß, wie lange das hier noch dauert.»

Ich zögere, lasse mich dann aber von ihr nach drinnen bugsieren. Die ganze Zeit vermeide ich es, Mama anzusehen.

Im Wohnzimmer schnappe ich mir von der Couch meine Strickjacke und schlendere Arm in Arm mit meiner Tante zum Haupthaus.

Heute brennt kein Feuer im Kamin. Ein Gästepärchen hat die Sitzecke beim Bücherregal okkupiert, ist aber im Begriff aufzubrechen.

Tante Christiane nimmt keine Notiz von den beiden, sondern steuert zielstrebig die Bar an.

«Wie wäre es mit Champagner?», fragt sie. Ohne meine Antwort abzuwarten, ist sie hinter dem Tresen verschwunden, um sich nach etwas Alkoholischem umzusehen. Im unteren Bereich scheint es einen Kühlschrank zu geben, denn nach einem leisen Quietschgeräusch höre ich sie mit Glas hantieren.

Als sie sich ächzend wieder erhebt, hält sie triumphierend eine Flasche Champagner in der Hand. «Nicht gerade die beste Marke, aber mehr kann man in diesem Laden wohl nicht erwarten.»

«Denk an die Liste», erinnere ich sie. «Und sollten wir nicht auf die anderen warten? Es wäre sicherlich –»

Doch mit ihren manikürten Nägeln nestelt sie bereits hektisch an dem Silberpapier herum.

«Darf ich?», ertönt plötzlich eine tiefe Stimme hinter uns.

Überrascht drehe ich mich um. Mats Christensen lehnt im Türrahmen, sein fragender Blick gilt Tante Christiane, die sich noch immer mit dem Flaschenverschluss abmüht.

Er kommt näher und raunt mir im Vorbeigehen zu: «Haben Sie sich ein wenig erholt?»

«Ja … danke.» Gerade will ich mich lobend über seinen wundervollen Garten auslassen, aber aus irgendeinem Grund halte ich es für besser, wenn meine Tante nicht erfährt, wo ich mich am Nachmittag herumgetrieben habe.

Hinter der Bar greift der Hausherr jetzt mit geübten Bewegungen zunächst nach einer Serviette, dann entkorkt er die Flasche, als könne er die Tätigkeit notfalls auch im Schlaf ausüben. «Welche Champagnermarke, die unser … *Laden* nicht hat, wäre denn in Ihren Augen *die beste*», fragt er in einem Tonfall, als sei die Frage im Grunde gar nicht zu beantworten.

Während er zwei Gläser aus einem Regal greift und sie befüllt, neigt er den Kopf und mustert meine Tante mit undurchsichtigem Blick.

«Veuve Clicquot», kommt es nach kurzem Zögern aus Christianes Mund.

«Sie mögen also gern den reinen Blanc de Blanc?»

«Äh … eigentlich …»

«Mit intensivem Blumen-Bouquet?»

«Ja, ganz genau.»

«Und mit diesen für Chardonnay typischen feinen mineralischen Aromen?»

«Sag ich ja.»

Er überreicht ihr ein Glas. «Vielleicht geben Sie dann diesem Tropfen doch eine Chance. Er entspricht haargenau Ihren Vorlieben. Im Gegensatz zur Witwe Clicquot, die mit ihrem überwiegenden Pinot-Noir-Anteil deutlich fruchtiger schmeckt. Ganz zu schweigen von den Röstaromen.»

Ich beobachte, wie Tante Christiane unter ihrem Make-up errötet, und muss ein Grinsen unterdrücken. Gleichzeitig kann ich mir einen Seitenhieb auf den Hausherrn nicht verkneifen. «Tja, auf Sylt kennt man sich nun mal mit teurem Gesöff aus», erkläre ich.

Mit aufgesetztem Lächeln geht meine Tante über ihren Fauxpas hinweg. «Umso besser», sagt sie und wartet ab, dass Mats Christensen auch mir mein Glas überreicht.

Als sich unsere Finger dabei einen winzigen Moment berühren, fühle ich das Blut durch meine Adern sausen, als hätte ich bereits den ersten Schluck Prickelwasser zu mir genommen.

«Cheers, Julchen! Auf das Geschäft!», ruft Tante Christiane und klimpert mit den Augen. «Bald liegt Sylt dir zu Füßen!

Dann kannst du in den teuersten Boutiquen einkaufen, den Champagner nur so verschwenden und vor allem …» Sie wirft dem Hausherrn einen süffisanten Seitenblick zu. «Du kannst dich in einem Sterne-Ressort mit Spa und funktionierendem Gym einquartieren.» Triumphierend reckt sie ihr Glas in die Höhe.

Ich zucke ein wenig zusammen, ihre Worte sind mir unangenehm. Alles klingt so protzig. Ich weiß zwar, dass ich mich nicht schämen muss, eine Erbschaft anzutreten, und selbst wenn ich vorhätte, das Geld beim Shopping zu verprassen, wäre das allein meine Sache. Aber ihr Geprahle vor Mats Christensen finde ich trotzdem unpassend.

Ich traue mich kaum, ihn anzusehen. Er scheint in seinen Bewegungen eingefroren zu sein. Auch die Gesichtszüge sind vollkommen starr. Was wohl in seinem Kopf vorgehen mag?

Irgendwann greift er sich in Zeitlupe ein Glas, schenkt es randvoll ein und stellt die Flasche danach in einen Sektcooler.

«Standen die Aktien gut?», fragt er erzwungen freundlich und sieht mich an. Dann setzt er das Glas an und kippt es in einem Zug herunter. «Oder haben Sie ein Grundstück an einen ausländischen Investor veräußert?»

«Ich … ähm …»

«Na ja, geht mich ja auch nichts an.» Sein Ton hat keinerlei Ähnlichkeit mehr mit der freundlichen Offenheit, die er heute Nachmittag an den Tag gelegt hat.

Alles in mir versteift sich. So, wie er den Satz formuliert hat, ist klar, was er vom Immobilienverkauf hält: nichts.

Aber muss er deshalb gleich so unfreundlich werden? Okay, Tante Christiane hat sich aufgeführt, als habe sie im Lotto gewonnen und gehöre fortan zur Spitze der High Society, aber was habe ich damit zu tun? Ich bin doch kein Immobilienhai! Als Hotelbesitzer sollte er außerdem ein wenig netter zu seinen

Gästen sein, weiß er denn nicht, dass es Facebook- und Google-Bewertungen gibt?

«Sie haben recht, es geht Sie nichts an», sage ich deshalb unterkühlt, obwohl mir Sätze dieser Art überhaupt nicht leicht über die Lippen kommen. Aber für heute habe ich einfach genug von Auseinandersetzungen.

Die Stimmung im Raum ist in höchstem Maße aufgeladen. Ich habe das Gefühl, Mats Christensen feilt an einer gesalzenen Antwort, während er abwechselnd zu mir und in sein Glas schaut.

Einzig Tante Christiane findet unseren Disput lustig. Sie hat bereits einen kleinen Schwips und sagt kichernd: «Don't worry, wir machen keine krummen Geschäfte – nur *big deals*.»

Sie lacht etwas zu laut und zu lang, sodass ich schon fürchte, Mats Christensen wird ihr gleich die Serviette in den Mund stopfen, doch nichts dergleichen geschieht.

Einen Moment hält er die Kiefer fest aufeinandergepresst, dann zischt er: «Na, was habe ich für ein Glück.»

«Was ist denn hier so witzig?», höre ich auf einmal Tante Annegrets rauchige Stimme. Sie biegt mit wallenden Gewändern um die Ecke und starrt sofort neidisch auf das Glas Champagner in der Hand ihrer Schwester. «Seid ihr etwa betrunken? Nicht dass die uns gar nicht erst reinlassen in die *Sea Lounge*.»

Ich bin heilfroh über ihr Auftauchen, wenngleich ihr Outfit ein wenig ... gewöhnungsbedürftig ist: Sie trägt einen gemusterten Kimono mit seitlichen Schlitzen über einer wadenlangen Hose mit flatternden Beinen. Alles in allem sieht sie aus wie eine Fata Morgana.

«Oh no», winkt ihre Schwester ab. «Wir haben erst ein Gläschen intus und sind noch lange nicht beschwipst. Auch wenn der edle Tropfen über mineralische Aromen verfügt.» Sie zwinkert Mats Christensen vielsagend zu, ohne zu bemerken, dass dieser jegliches Interesse an der Konversation mit uns verloren hat.

Auch Tante Annegret macht sich nichts aus den schlechten Schwingungen. «Also ich nehme ebenfalls einen Schluck», sagt sie und schaut Mats Christensen auffordernd an, als wäre er hier der Kellner.

Doch statt meiner Tante einzuschenken, kommt er hinter der Bar hervor und erklärt mit spöttischem Unterton: «Ich muss leider gehen. Aber Sie wissen ja, wo die Flasche steht.» Mit dem Kopf nickt er in Richtung Tresen. «Und vergessen Sie die Liste. Sie sind eingeladen. Als Entschädigung für das fehlende Gym.»

An der Tür stößt er mit meiner Mutter zusammen. «Hoppla!», ruft sie überrascht. Er bremst ab. Aber nicht wegen Mama, sondern weil ihm offenbar etwas eingefallen ist. Er dreht sich zu uns um.

«Ich habe gehört, dass Sie in die *Sea Lounge* möchten.» Sein Blick gleitet an Tante Christiane herunter und bleibt an ihren Pumps hängen. «Besser, Sie ziehen sich bequeme Laufschuhe an. Das Restaurant können Sie nicht mit dem Auto erreichen. Der Gehweg zweigt direkt hinter unserem Haus von der Straße ab und verläuft einigermaßen gleichförmig bergauf.» Er ringt sich ein Lächeln ab. «Nur als Tipp.»

Mit diesen Worten verschwindet er.

«Das ist ja nett, danke», ruft Annegret ihm nichtsahnend hinterher. Und zu ihrer Schwester gewandt, sagt sie: «Gib mir mal die Buddel. Ich trink schnell ein Glas, während du dich umziehst.»

Tante Christiane schnappt sich die Flasche und umklammert sie wie eine Rettungsboje. Wütend schnaubt sie: «Ich denke überhaupt nicht daran, die Schuhe zu wechseln. In der Beschreibung vom Lokal stand: für flottes und modernes Publikum. Wie kann man flott aussehen ohne Pumps?»

≈

Die *Sea Lounge* ist eine modern eingerichtete und überaus gemütliche Strandbar, die auf dem höchsten Punkt zwischen Strandweg und Dünen gelegen ist. Eingebettet in meterhohe Schilfpflanzen, glaubt man zunächst, von der Umwelt abgeschnitten in einem Urwald gelandet zu sein. Doch durch die verglaste Rückseite des Lokals hat man freien Blick auf die schlafende Nordsee. Kein Lüftchen regt sich, die Flagge vor dem Haus schaut schlapp zu Boden, und die Wellen scheinen mit letzter Kraft vom Horizont angespült zu werden.

Goldgelbe Sonnenstrahlen spiegeln sich in Wasser und Flutsaum. So klar und messerscharf, dass man blinzeln muss, um hinschauen zu können.

«Zu schade, dass man von deinem Haus keinen Meerblick hat», sinniert Tante Christiane, das Augenmerk auf die untergehende Sonne gerichtet. Ächzend ist sie aus einem ihrer Schuhe geschlüpft und massiert nun stöhnend ihre Zehen.

Der Weg bis hoch zur Düne war zwar nicht extrem weit, aber streckenweise doch ein wenig uneben. Sie hätte gut daran getan, den Rat von Mats Christensen anzunehmen und in einen bequemen Laufschuh zu schlüpfen, jedoch kann ich es ihr nicht verdenken, dass sie sich von ihm nichts sagen lassen wollte. Es scheint, als sei seine Nettigkeit am Nachmittag nur gespielt gewesen, am Abend hat er wieder sein wahres Gesicht gezeigt.

Aber mehr noch als über sein Auftreten war ich darüber erstaunt, dass die drei Schwestern ihr Kriegsbeil offenbar begraben haben. Während des kurzen Weges hat keine von ihnen auch nur ein Sterbenswörtchen über den vorangegangenen Streit verloren.

Christiane betrachtet ihren linken Schuh. «Du solltest das Angebot des Interessenten annehmen, Julia», erklärt sie. «Mehr Geld wirst du nicht bekommen.»

«Es ist supernett von dir, dass du dich so engagierst», sage ich, während ich nach einer Kellnerin Ausschau halte, die uns einen Platz zuweisen kann. Dabei erhasche ich einen Blick auf meine Mutter. Sie steht mit zusammengekniffenen Augen neben ihrer Schwester und beäugt deren Engagement mit Skepsis.

«Ich bin überrascht, dass du so schnell einen Interessenten gefunden hast», sagt sie.

Tante Christiane ist im Begriff, ihren Schuh wieder auf den Boden zu stellen und hineinzuschlüpfen. Sie ignoriert die Worte ihrer Schwester. Stattdessen richtet sie sich auf und schnappt sich dabei wieselflink den Arm eines vorbeilaufenden Kellners. «Würden Sie uns bitte endlich zu unserem Tisch führen, wir warten seit einer Ewigkeit. Wofür haben wir reserviert?»

Der Ober neigt höflich den Kopf, ein wenig sieht es so aus, als wolle er ihn einziehen. Dann erkundigt er sich nach dem Nachnamen meiner Tante und eilt zum Tresen, wo er einen kurzen Blick auf ein digitales Tablet wirft.

Gleich darauf werden wir an die Fensterseite des Raums geleitet.

«Na bitte, geht doch», freut sich Tante Christiane.

Doch sie hat sich zu früh gefreut. Unser Platz liegt in einer winzigen Nische, im Halbdunkel zwischen Garderobe und Personaltisch. Mama seufzt schwer, sagt jedoch kein Wort.

Der Kellner bringt vier Speisekarten und lässt sich nicht aus der Fassung bringen, als meine Tante Beschwerde wegen des Tischs einlegt.

«Wir befinden uns in der Hochsaison», informiert er uns höflich. «Dies ist der letzte freie Platz, und Sie können von Glück sagen, dass Sie ihn ergattert haben. Jemand hat abgesagt, sonst hätte ich Sie gar nicht unterbringen können.» Er lächelt milde. «Selbstverständlich steht es Ihnen frei, ein anderes Lokal aufzusuchen. Allerdings fürchte ich, dass Sie nirgendwo so kurzfristig einen Platz bekommen werden.»

«Wir nehmen den Tisch», versuche ich einem aufkommenden Streit zuvorzukommen.

Der Kellner nickt zufrieden und entfernt sich.

«Aber das geht nicht …» Annegret, die bis hierhin kein Sterbenswörtchen verloren hat, auch nicht, als sie mit leiser Schadenfreude im Blick die geschwollenen Füße ihrer Schwester begutachtet hat, schaut mit großen Augen. «Das ist …»

«… ein Hochtisch», ergänzt meine Mutter, ebenfalls mit Fragezeichen in den Augen. Sie wackelt an einem der zugehörigen Barhocker. «Da komme ich nicht rauf.»

«Ich ganz sicher auch nicht.» Tante Annegret fächert sich mit dem Stoff ihres wallenden Oberteils Luft zu. Allein bei dem Gedanken, ihre Rundungen auf einen hüfthohen Sitz zu hieven, bricht ihr der Schweiß aus. «Hast wohl das Kleingedruckte nicht gelesen», beschwert sie sich bei ihrer ältesten Schwester.

«Darüber stand nichts geschrieben», erwidert Christiane ungerührt. «Und darum klettern wir jetzt da rauf, basta!»

«Na dann», ich schaue aufmunternd in die Runde, «wem soll ich behilflich sein?»

Schweigen. Die Blöße möchte sich niemand geben. Stattdessen bemühen sich alle nach Kräften, möglichst elegant ihre Stühle zu erklimmen.

Als wir endlich sitzen, erscheint der Kellner, um unsere Getränkewünsche entgegenzunehmen.

Sofort ordert Tante Christiane Sekt und eine Flasche Wasser.

«Reg dich nicht auf», beschwichtigt sie Annegret, die schon protestieren wollte, «du kannst dich später immer noch mit Härterem betrinken. Erst einmal habe ich euch etwas zu verkünden.» Doch statt die Katze sofort aus dem Sack zu lassen, wartet sie in aller Seelenruhe, bis alle ihr Essen ausgewählt und wir unsere Bestellung aufgegeben haben.

Erst dann lässt Tante Christiane die Bombe platzen.

10

Dünenkoller

«Ich weiß, du hast dich bereits gewundert, dass ich so zeitnah einen Interessenten für dein Haus aufgetan habe, Julia. Aber mal abgesehen davon, dass ich grundsätzlich schnell und effizient arbeite …» Tante Christiane legt eine strategische Pause ein, während deren ihre beiden Schwestern mit den Augen rollen. «… war die Lösung dieses Mal naheliegend.» Sie strafft die Schultern und sitzt dermaßen kerzengerade, dass ich für einen kurzen Moment fürchte, sie könnte hintenüberkippen. Doch ihre Nägel haben sich fest in die Tischdecke gekrallt, auf der bereits unsere Getränke stehen.

«Und zwar habe ich mich nach reiflicher Überlegung dazu entschlossen», fährt sie fort, «das Haus selbst zu kaufen!»

Ich starre sie an.

Man könnte eine Stecknadel fallen hören, so still ist es in unserer Runde geworden. Sogar die Musik im Hintergrund scheint für einen Moment auszusetzen. Wie vom Donner gerührt sitzen wir da und werfen uns gegenseitig vielsagende Blicke zu.

Mir hat es komplett die Sprache verschlagen. Tante Christiane besitzt so viel Geld? Noch dazu hat sie es auf der hohen Kante liegen und beabsichtigt, damit mein Haus zu kaufen? Wow! Das ist … phantastisch!

Es dauert einen Moment, ehe ich die Information in ihrer Gänze verarbeitet habe, aber dann muss ich mich regelrecht zusammenreißen, um nicht in frenetischen Jubel auszubrechen. Es bleibt mir erspart, mich mit Maklern auseinanderzusetzen, ich kann dem Finanzamt auf einen Schlag die geforderten Steuern überweisen, und ich bin in der Lage, alles, was sonst noch auf Jos und meiner Anschaffungsliste steht, zu bezahlen. Blitzschnell überlege ich, ob etwas gegen meine Tante als Käufer spricht, aber da ist nichts. Im Gegenteil, es gibt einen weiteren Pluspunkt: Das Haus bliebe quasi im Familienbesitz. Aus irgendeinem Grund erleichtert mich diese Vorstellung.

«Allerdings bin ich mit dem Kaufpreis am Limit», setzt Christiane nach. «Doch mein Angebot ist mehr als fair. Zudem spart es dir Arbeit und Zeit.» Sie schenkt mir ein selbstgefälliges Lächeln.

«Absolut», sage ich freudestrahlend, «ich bin –»

«Warum tust du das, Christi?», fällt mir meine Mutter ins Wort. «Was willst du mit einer Immobilie auf Sylt – du wohnst mehr als fünftausend Kilometer entfernt! Ist das etwas Persönliches? Versuchst du, mir eins auszuwischen? Weil das Haus Ralf gehört hat, möchtest du es nun besitzen?»

Überrascht schaue ich sie an. In ihren braunen Augen glimmt eine Wut, die ich nie zuvor an meiner Mutter gesehen habe und die nun wie ein Funkenregen über ihrer Schwester niedergeht.

Tante Christiane bläst die Backen auf und stößt anschließend geräuschvoll die Luft aus. «Das ist nicht dein Ernst, Beate. Du glaubst, dass ich so viel Geld in die Hand nehme, um dich zu ärgern? Come on …»

«Ich trau dir alles zu», gibt meine Mutter wutschnaubend zurück. «Sogar, dass du mir mit deinem Gönnerverhalten meine Tochter abspenstig machen möchtest.»

Ich reiße entsetzt die Augen auf. Kann sie mal aufhören, so einen Quatsch von sich zu geben? Nicht dass Christiane von ihrem Angebot noch zurücktritt! Und überhaupt: Was für eigenartige Gedanken geistern Mama durch den Kopf? Glaubt sie etwa, ich sei käuflich?

Ohne dass wir dazu gekommen wären, gemeinsam anzustoßen, greift meine Mutter sich ihr Glas und leert es in einem Zug. Anschließend knallt sie es mit Schwung auf die gestärkte Tischdecke.

«Ich glaube, ich brauche doch jetzt schon einen Whisky», stöhnt Annegret gestresst. «Am besten einen doppelten.»

Mit wehenden Blusenärmeln winkt sie den Kellner heran.

Als der ihren Wunsch aufgenommen hat, fragt Annegret entrückt: «Woher hast du nur so einen Haufen Kohle, Christi? Ich hatte ja keine Ahnung ...» Ihr gieriger Blick gleitet neidvoll über die manikürten Finger der Schwester.

«Sie hat wahrscheinlich gar kein eigenes Geld», kommt es von meiner Mutter. «Es gehört sicher ihrem Mann, dem Schönheitsdoktor. Weiß er davon, dass er demnächst Besitzer eines Friesenhauses wird?»

Tante Christiane windet sich. Einen Moment hat es den Anschein, als wolle sie meiner Mutter einen Schubs geben, damit diese nach hinten von ihrem Hocker plumpst, dann besinnt sie sich und knurrt gereizt: «In der Tat weiß mein Mann nichts von diesem Hauskauf. Wozu auch? Ich bin eine selbständige Frau. Ich brauche keinen Mann, an dessen Rockzipfel ich hänge.»

Bei dem Versuch, entspannt zu lächeln, ist ihre linke Augenbraue fast im Haaransatz verschwunden, wohingegen die andere windschief über dem rechten Augenwinkel hängt.

Fasziniert beäuge ich sie, denn es dauert eine Weile, bis sie ihre Mimik wieder unter Kontrolle hat.

Schweren Herzens muss ich mir eingestehen, dass die drei Schwestern ihr Kriegsbeil offenbar doch noch nicht begraben haben. Sind sie wirklich hergekommen, um auf Sylt miteinander abzurechnen? Und ich habe ihnen die Plattform dafür geliefert? Verdammt!

Zum Glück treten in diesem Moment drei Kellner an unseren Tisch. Einer serviert Annegret ihren Whisky, die anderen laden unser Essen ab. Es sind riesige weiße Teller, allesamt beladen mit Fisch, dazu silberne Schälchen mit knackigem Gemüse und Rosmarinkartoffeln. Vier Augenpaare starren auf den vollbeladenen Tisch, doch niemand scheint so recht Appetit zu haben.

«Los!», befehle ich, bevor wieder jemand zu meckern anfängt. «Esst! Sonst wird es kalt.»

≈

Zwei geschlagene Stunden später bin ich endlich allein. Ich stehe vor der *Weißen Villa* und betrachte versonnen das alte Gebäude. Die Fassade wirkt im Licht verschiedener perfekt platzierter Spots gar nicht marode, und der goldene Schein hinter den Fenstern lässt das Haus heimelig von innen leuchten. Ich seufze.

Obwohl beim Essen niemand mehr über mein Haus gestritten hat, hing das Thema dennoch den ganzen Abend wie eine Wolke über unseren Köpfen. Zwischen den Streithähnen weiß ich oft nicht, wie ich mich verhalten soll. Der giftige Ton, der manches Mal unter den dreien vorherrscht, schmerzt mich beinahe körperlich. Sie nehmen wirklich kein Blatt vor den Mund, wenn es darum geht, ihre Meinung zu vertreten oder einer von ihnen eins auszuwischen. Am liebsten würde ich mich in Luft auflösen, wenn es mal wieder hoch hergeht. Doch dann, ehe man sich's versieht, ist plötzlich alles gut.

Für heute herrscht hoffentlich Ruhe. Mama und Tante Christiane haben sich bereits in unser Apartment verdrückt, Annegret sitzt noch an der Bar der *Sea Lounge*, wo sie sich ein oder zwei weitere Gläser Whisky genehmigen wollte. In einem unbeobachteten Moment hat sie sich dafür heimlich fünfzig Euro von mir geliehen.

Die Nacht ist lau, etwa zwanzig Grad, schätze ich. Trotz der fortgeschrittenen Dämmerung kann man gut noch draußen sitzen, und mir kommt die kleine graue Bank an der Rückseite des Gebäudes in den Sinn. Der ideale Platz, um kurz innezuhalten.

Ich schließe meine brennenden Augen und merke, wie abgekämpft ich bin. Als sei ich einen Marathon gelaufen, schmerzt jeder einzelne Muskel in meinem Körper, sogar meine Haarwurzeln ziepen, wenn ich mir über den Kopf streiche.

Hier allein in der Dunkelheit beginne ich, mich zu erholen. Ich spüre, wie die Anspannung nach und nach von mir abfällt und wohliger Trägheit weicht.

Irgendwann wähle ich Jos Nummer. Dieses Mal hat er meinen Anruf ungeduldig erwartet und schafft es kaum, mich ausreden zu lassen, so sehr erregt ihn das Thema.

«Niemals!», poltert er, als ich ihm erzähle, dass Tante Christiane hinter dem Kaufangebot steckt. Eigentlich hatte ich ihm zuerst von dem kurzen Gespräch mit meiner Mutter am Nachmittag berichten wollen, doch ehe es dazu kommen kann, stecken wir inmitten dieser anderen Diskussion.

«Auf keinen Fall gehst du deiner Tante derart leichtfertig ins Netz. Bei einer Summe in dieser Größenordnung ist es wichtig, sich von unabhängiger Seite beraten zu lassen.» Nachdenklich fügt er hinzu: «Ich würde darum vorschlagen, dass du gleich morgen einen Makler aufsuchst.»

Ich stöhne. Irgendwie war ich davon ausgegangen, Jo würde sich über die guten Nachrichten freuen. Doch stattdessen kommt er mir mit diesem Vorschlag. Glaubt er allen Ernstes, meine Tante will mich übers Ohr hauen? Das traue ich ihr nun wirklich nicht zu. Sie scheint großes Interesse an dem Haus zu haben, und die Summe, die sie mir geboten hat, klingt für mein Verständnis mehr als okay. Wie muss es unter diesen Umständen auf sie wirken, wenn ich nun losmarschiere, um Preise zu vergleichen und zu schachern? Als sei ich ein geldgieriges Monster, dem Blutsbande nichts bedeuten.

«Das ist nicht so einfach …», setze ich an, doch Jo unterbricht mich sogleich.

«Ich weiß, dass du es immer allen recht machen willst, Juli, aber vergiss dieses eine Mal die anderen», ermahnt er mich. «Denk stattdessen an uns. Und an die Firma.» Sein Tonfall wird eindringlich. «Bitte, mein Schatz. Lass dir mehrere Angebote unterbreiten, und dann sehen wir weiter. Es zählt in diesem Fall nur das Geld.»

Ich kann ihn förmlich vor mir sehen, wie er ermahnend die Augenbrauen hebt.

«Höchstwahrscheinlich verfügen die Makler sogar über eine Kartei mit Interessenten», fährt er fort. «Und wir sind das Haus in Windeseile los. Sobald du eine Käuferzusage hast, lassen wir uns eine Anzahlung überweisen. Stell dir vor, ich habe bei SpotOn neue Büromöbel entdeckt, ein Traum! Ich bin mir sicher, sie würden dir gefallen. Und das Beste ist: Wenn wir alle Räume damit ausstatten, bekommen wir sogar einen Preisnachlass. Mengenrabatt!» Er lacht.

Mir ist überhaupt nicht nach Scherzen zumute. Und über unsere geplanten Neuanschaffungen mag ich gerade auch nicht nachdenken. Mir geht Jos Pragmatismus irgendwie ab. So nüchtern, wie er den Hausverkauf betrachtet, kann ich es einfach nicht.

«Weißt du», versuche ich noch einmal eine Lanze für das Angebot meiner Tante zu brechen, «der Vorteil bei dem Geschäft mit Tante Christiane wäre doch aber, dass der Deal ganz fix über die Bühne ginge. Genau, wie du es dir wünschst. Mir bliebe die

Rennerei zu den Maklern erspart, und außerdem …» Ich überlege, ob ich ihn an meinem anderen Gedankengang überhaupt teilhaben lassen soll, denn ich weiß jetzt schon, wie er dazu steht. Und im Grunde habe ich auch gar keine Ahnung, warum mir das Thema wieder in den Sinn kommt. Aber da es nun mal so ist, bringe ich meinen Satz zu Ende: «Außerdem würde dadurch das Haus im Familienbesitz bleiben.»

Ich kann hören, wie Jo geräuschvoll einatmet. *Genervt* trifft es eher.

«Ich verstehe ja, dass du schnell nach Hause möchtest, weil deine Familie dir auf die Nerven geht», sagt er mit stoischer Ruhe. «Aber lass dir von denen nichts einreden. Und vor allem, lass dich von deiner Tante nicht emotional erpressen. Das Haus hat außer deinem Vater lange Zeit niemanden interessiert. Und nun gehört es dir. Du allein darfst darüber entscheiden, was damit geschehen soll, und du musst dabei auf niemanden Rücksicht nehmen.»

Ich schweige.

Deshalb nimmt er einen neuen Anlauf: «Glaub mir bitte: Es macht Sinn, sich mehrere Meinungen einzuholen. Was hältst du also davon, wenn ich dir ein wenig unter die Arme greife und bis morgen ein paar Makler raussuche und sie auch gleich kontaktiere? Danach schicke ich dir die Adressen, und das Einzige, das du noch tun müsstest, ist, einen Spaziergang dorthin zu unternehmen. Du überreichst ihnen die Unterlagen, die dir der Steuerberater mitgegeben hat, und hörst dir an, was sie zu sagen haben.»

Sein Tonfall hat einen optimistischen Schwung inne, den ich zu anderen Gelegenheiten so an Jo mag. Doch heute sacke ich nach seinen Worten förmlich in mich zusammen. Klar war es ursprünglich geplant, dass ich mich zum Zwecke des Hausverkaufs mit Maklern treffe, doch seit meine Tante mir ihr Angebot unterbreitet hat, bin ich froh, dieses höchstwahrscheinlich ermüdende Prozedere umgehen zu können. Und hat Jo nicht gerade selbst gesagt, dass ich allein darüber entscheiden darf, was mit dem Haus geschehen soll?

«Du schaust also morgen in deine Mails und klapperst die Immobilienbüros ab. Ganz wichtig dabei ist, dass du nichts unterschreibst. Hast du das verstanden? Keinen Auftrag für irgendetwas erteilen! Wir wollen uns erst einmal einen Überblick verschaffen.»

«Okay», sage ich gedehnt.

«Prima. Und du meldest dich, sobald es Neuigkeiten gibt, in Ordnung?»

Statt einer Antwort stoße ich einen tiefen Seufzer aus.

«Julia!» Jos Stimme klingt mahnend. «Glaub mir doch: Am Ende wirst du mir dankbar sein, weil wir womöglich sehr viel mehr Geld herausgeschlagen haben. Erinnere dich daran, was wir vorhaben.» Er holt tief Luft. «Wir gründen noch in diesem Jahr eine GmbH und strecken unsere Fühler ins Ausland aus. Mit viel Glück können wir künftig jedes Jahr mehrmals nach Dubai reisen. Dort verbinden wir dann das Angenehme mit dem Nützlichen. Arbeit und Urlaub, du und ich. Wär doch cool, oder?»

Dubai? Mehrmals im Jahr?

«Hm-m.»

Bestimmt spannend.

Und heiß.

«Hey … was ist nur los mit dir?», lacht er, weil ich weiter schweige. «So kenne ich dich ja gar nicht. Normalerweise bist du viel vernünftiger.»

«Ich weiß, tut mir leid.» Ich ermahne mich selbst. Jo meint es gut, er möchte nur das Beste für uns erreichen. «Es ist nur … mir geistert zurzeit so viel im Kopf herum.» Zum Beispiel meine Unterhaltung mit Mama, über die ich gern mit Jo gesprochen hätte. Doch inzwischen steht mir ganz und gar nicht mehr der Sinn danach. Also sage ich: «Beispielsweise der Pitch. Wann erfahren wir endlich, ob wir das Rennen gemacht haben oder nicht? Ich bin gerade wohl etwas dünnhäutig, tut mir leid, dass ich mich so kompliziert verhalte, aber die Situation hier ist nun mal nicht ganz einfach für mich. Meine Familie –»

Ich fahre zusammen, als vor mir auf einmal ein dunkler Schatten über den Kiesweg huscht. Eine Katze! Sie bleibt stehen und wendet den Kopf, als wolle sie mal schnell schauen, wer da in der Dämmerung sitzt und sich selbst bemitleidet. Ihre Augen reflektieren das spärliche Licht wie zwei funkelnde Mondsteine.

«Schon okay», höre ich Jo am anderen Ende der Leitung unseren Abschied einleiten. «Alles wird gut!»

Einen kurzen Moment später verabschieden wir uns. Regungslos bleibe ich sitzen und starre in die Finsternis. Trotz der lauen Temperatur steigt aus meinem Inneren auf einmal ein unerklärliches Frösteln empor. Bis in meine Fingerspitzen kriecht die Kälte, sodass ich mir schnell meine Strickjacke schnappe und hineinschlüpfe. Ich ziehe die Beine an und schlinge den flauschigen Stoff um meine Knie, sodass ich eingemummelt und geschützt wie eine Knospe dasitze. Die Katze wirft mir einen letzten verunsicherten Blick zu, ehe sie sich mit einem riesigen Satz ins Gebüsch ihres Weges trollt.

Noch immer liegt eine unglaubliche Stille über der Umgebung. Nur wenige gedämpfte Stimmen dringen durch ein halb geöffnetes Fenster, und auf der Straße schleicht ein Auto vorbei. Irgendwo zwitschert sogar noch ein Vogel, irritiert, dass ihm nicht geantwortet wird.

Ich lege das Kinn auf den Knien ab. Jo hat recht mit seinem Vorschlag, mehrere Einschätungen einzuholen. Ich weiß selbst nicht, warum ich mich auf einmal dermaßen dagegen sperre.

Nur weil ich die Auseinandersetzung mit meiner Tante scheue? Oder ist es die Vorstellung, dass ich mich nun zwangsläufig noch ein paarmal mit Charlotte Engel auseinandersetzen muss? Zwar ist sie mir nicht unsympathisch, aber ohne ihr Auftauchen im Leben meines Vaters sähe die Welt jetzt möglicherweise anders aus. Ich möchte einfach so wenig wie möglich mit ihr zu schaffen haben.

Wieder höre ich es in den Büschen rascheln. Dieses Mal ist das Geräusch lauter. Und dann knirschen plötzlich Schritte auf dem Kies. Der grelle Kegel einer Taschenlampe flackert suchend umher. Es dauert nicht lange, dann landet er in meinem Gesicht.

Instinktiv halte ich mir die Hände vor die Augen. «Hey, was soll das?», rufe ich laut, um meine Angst zu vertreiben.

«Entschuldigung.»

Es ist die Stimme von Mats Christensen, das erkenne ich sofort. Tief und gleichmäßig, wie ein tuckerndes Boot.

«Haben Sie einen getigerten Kater gesehen? Er hat eine verletzte Pfote und muss zum Schutz diesen Schuh tragen.» Er wedelt mit einem Stück Stoff. «Das hier lag vor meinem Hauseingang.»

Seltsam, in der Villa gibt es doch angeblich keine Haustiere.

«Vor ein paar Minuten ist er dort ins Gebüsch», sage ich und deute nach rechts. «Hat mich ziemlich erschreckt. Weit kann der Racker also noch nicht sein.» Ich frage mich, ob das jetzt wieder der nette Herr Christensen ist, den ich vor mir habe.

«Sie haben wohl keine Katze, oder?», kommt es ein wenig amüsiert zurück. «Sonst wüssten Sie, welch immense Strecken die Tiere innerhalb von wenigen Minuten zurücklegen können. Zum Glück lassen sie sich aber gern ablenken. Von Mäusen beispielsweise, die laufen hier nämlich zuhauf herum.»

Na, das wird ja immer besser. Will er mir noch mehr Angst einjagen? Misstrauisch linse ich zu ihm hinüber, kann aber sein

Gesicht im Dunkeln nicht erkennen. Seine Stimme klingt noch immer erstaunlich freundlich, nicht zu vergleichen mit dem griesgrämigen Genöle vorhin in der Bar, als er mich als Immobilienspekulantin bezeichnet hat.

«Ich hoffe, ich darf hier überhaupt sitzen. Nicht, dass Sie fürchten, ich würde Ihre schöne Bank zu Geld machen.» Ich kann mir ein wenig Stichelei nicht verkneifen.

Mats Christensen leuchtet sich mit der Taschenlampe ins Gesicht und schneidet eine Grimasse. Einen Moment verharrt er in dieser Position, dann fragt er unvermittelt: «Darf ich mich dazusetzen?»

Vollkommen überrascht nicke ich. «Äh … klar. Ist ja schließlich Ihre Bank.»

Ohne etwas zu erwidern, nimmt er neben mir Platz und knipst die Taschenlampe aus. Die Sitzfläche ist nicht breit, nur etwa 1,50 Meter. Unsere Arme berühren sich für einen winzigen Augenblick, und ich kann seine Körperwärme durch meine Strickjacke hindurch spüren. Außerdem weht mir der Hauch seines herben Aftershaves in die Nase. Verkrampft rücke ich etwas ab und umschlinge meine Knie ein wenig fester, aber es nützt nichts: Ich fühle, wie sich die feinen Härchen an Armen und Beinen aufstellen und mich zudem ein kitzeliger Schauer überkommt.

Eine Weile sagt keiner von uns ein Wort, schweigend sitzen wir nebeneinander und starren in die Dunkelheit. Ich sollte aufstehen und gehen, am besten kommentarlos, doch als habe mich jemand an der Bank festgeklebt, kann ich mich nicht von der Stelle rühren.

«Das mit den Mäusen erzählen Sie bitte nicht meiner Familie», höre ich mich irgendwann sagen. «Und die Katze erwähnen Sie besser auch nicht. Die kriegen es nämlich fertig und drücken den Zimmerpreis.»

«Ich werde mich hüten», sagt er ernst.

Erneut herrscht Stille, man kann ein Tier hören, es klingt wie eine Zikade oder Ähnliches.

«Ich …» Er räuspert sich. «Ich möchte mich für das, was ich vorhin zu Ihnen gesagt habe, entschuldigen. Sie haben recht, es geht mich nichts an, womit Sie Ihr Geld verdienen.»

Ich nehme eine Bewegung wahr und spüre, dass er mich ansieht. Er lächelt.

«Sie wirken außerdem gar nicht wie jemand, der mit Immobilien spekuliert und sich somit am Ausverkauf der Insel schuldig macht.» Er sieht wieder nach vorn. Ich habe den Eindruck, dass er noch etwas hinzufügen möchte, aber es dauert lange, bis er endlich weiterspricht. «Ich weiß, es ist der Lauf der Dinge, aber ich kann dieses gewissenlose, gierige Verhalten nicht leiden.»

O-kay …

«Sorry, ich wollte nicht schon wieder von dem Thema anfangen. Aber die Problematik beschäftigt zurzeit jeden auf der Insel.» Er setzt sich leicht schräg, schaut mich neugierig an. «Erzählen Sie etwas von sich», fordert er mich auf. «Da Ihre Reise nach Sylt offenbar geschäftliche Gründe hat und es sich nicht um einen Urlaubstrip handelt, frage ich mich, wohin Sie fahren, um sich zu entspannen.»

Ich zögere. Warum um den heißen Brei herumreden? Weshalb erzähle ich ihm nicht die Wahrheit und nenne ihm geradeheraus den Grund, der mich hierhergeführt hat, statt Smalltalk zu betreiben? Dass ich auf Sylt ein Haus geerbt habe, das ich nun verkaufen möchte, macht mich ja noch lange nicht zur gewissenlosen, gierigen Spekulantin. Außerdem kann mir seine Meinung nun wirklich vollkommen gleichgültig sein. Noch ein paar Tage, und ich bin zurück in Hamburg. Danach werde ich garantiert niemals wieder einen Fuß auf diese Insel setzen.

«Nun ja», beginne ich und straffe die Schultern. Aber die Worte wollen mir partout nicht über die Lippen kommen. «Ich … also … im Grunde interessiere ich mich für vieles», komme ich auf seine Frage zurück. «Ich arbeite als Architektin und besuche darum gern fremde Städte. Vom Friedhof bis zur modernen Einkaufspassage schaue ich mir dann alles an.» Einen Moment zögere ich, entscheide dann aber, wenigstens mit dieser Wahrheit herauszurücken: «Strandurlaub ist nichts für mich. Nur Sand und Dünen – davon bekomme ich einen Koller.»

Kurz befürchte ich, ihn beleidigt zu haben. Mats Christensen lebt auf Sylt und liebt vermutlich seine Heimat. Verständlich. Kritik stecken Männer zudem nicht so gut weg, weiß man ja.

Doch wider Erwarten ertönt neben mir ein amüsiertes Glucksen. «Einen Koller? Sie meinen, der feine weiße Sand, das samtige Meer und die duftende Natur treiben Sie in den Wahnsinn?» Er gluckst noch lauter. «Interessant.»

Irritiert schaue ich ihn an. Macht er sich lustig? Ich schneide eine Grimasse, die er vermutlich nicht sehen kann. «Was kann ich dafür? Ich bin nun mal ein Stadtkind. Diese friesische Inselwelt reizt mich leider überhaupt nicht. Kennt man eine Nordseeinsel, kennt man alle. Der einzige Unterschied, den Sylt ausmacht, ist, dass hier alles zehnmal teurer ist als anderswo. Und dass einem alle Porsche-Modelle der letzten fünfzig Jahre vorgeführt werden.»

Mit Schwung stelle ich die Füße auf den Boden und verschränke schützend die Arme vor der Brust. Sicherlich ergeht sich gleich ein Schwall übelster Beschimpfungen über mich. Darum ist es besser, ich mache mich schon mal startklar. Doch Mats Christensen bleibt locker.

«Ist das Ihr Ernst? So sehen Sie Sylt?»

In seinen Augen spiegelt sich die Nacht und das schummrige Licht des Mondes.

Ich zucke mit den Schultern. «Ja … na ja … doch. Mehr oder weniger schon.»

Ich habe die Worte kaum zu Ende gesprochen, da greift er unvermittelt nach meiner Hand. «Wie wäre es, wenn ich versuchen würde, Sie ins Grübeln zu bringen?», fragt er. «Wenn ich Ihnen Plätze und Sehenswürdigkeiten zeige, die Ihnen garantiert gefallen werden?» Er macht eine Pause. «Friedhöfe gibt es hier übrigens auch.»

Meine Hand fühlt sich an, als läge sie auf einer heißen Herdplatte.

«Ich … also …»

Ich bin leider total neben der Spur. Die intime Geste, meine Hand in seiner – es fühlt sich aufregend und zugleich vollkommen falsch an.

Als habe er meinen inneren Zwiespalt bemerkt, führt er meine Hand sanft auf mein Knie und legt sie dort ab. «Ich heiße übrigens Mats. Falls Sie mit mir die Insel erkunden, wäre es netter, wenn wir uns duzen.» Fragend schaut er mich an.

«Ähm … ja, guter Plan. Julia. Ich heiße Julia.» *Und ich werde ganz sicher nicht mit dir über die Insel düsen.*

«Sehr erfreut, Julia», sagt er förmlich. Dann wird sein Blick auf einmal ernst. «Wie wäre es gleich morgen? Ich habe in der Früh noch eine Besprechung und könnte dich so gegen Mittag in eurem Apartment abholen. Passt das?» Er sieht nicht so aus, als würde er ein Nein akzeptieren.

«Ich …»

… wollte morgen Vormittag eigentlich einen Termin mit einem Makler wahrnehmen …

«Ja», sage ich, da mir auf die Schnelle keine Ausrede einfällt. «Zwölf Uhr. Aber auf keinen Fall in unserem Apartment. Lieber … auf dem Parkplatz.»

Mats nickt. «Verstehe. Dann also um zwölf Uhr hinter dem

Haus.» Er erhebt sich. «Am besten ziehst du dir etwas Bequemes an. Flache Schuhe. Und auch wenn es warm werden soll, steck besser etwas gegen den Wind ein.»

«Wird gemacht», sage ich knapp. Mehr bringe ich nicht heraus.

Mats hat sich ohnehin bereits ein paar Schritte entfernt, dreht sich aber noch einmal zu mir um. Sein Tonfall wird weich, als er sagt: «Mach dich darauf gefasst, dich zu verlieben.»

11

Eine gute Partie

Als ich am nächsten Morgen aufwache, kommt mir als Erstes das Gespräch vom Vorabend und meine Verabredung mit Mats Christensen in den Sinn. Habe ich mich tatsächlich mit ihm verabredet, die Insel zu erkunden? Bin ich bei Trost? Ich sollte doch die Makler abklappern!

Während ich gähnend meine E-Mails auf dem Handy prüfe, setze ich mich auf. Die unbequeme Couch ist inzwischen zu meinem angestammten Schlafplatz geworden, hoffentlich macht meine Bandscheibe das mit.

Jo hat Wort gehalten und in aller Herrgottsfrühe bereits mit einer Immobilienfirma gesprochen. Mein Termin ist für 10.30 Uhr ausgemacht, jetzt haben wir halb neun. Am besten, ich verschwinde sofort ins Bad, denn ich würde gerne verhindern, dass meine Tante herausfindet, dass ich hinter ihrem Rücken doch mit einem Makler spreche. Wenn ich Pech habe, zieht sie ihr freundliches Angebot dann zurück.

Doch als ich mich aufrappeln will, stehen plötzlich meine Mutter und Christiane vor mir, abmarschbereit zum Frühstück.

«Kommst du mit?», fragt Mama.

Dann bemerken sie, dass ich noch meinen Pyjama trage.

«Julchen, was ist los mit dir?», meine Tante beäugt mich kritisch. «Warst du gestern doch noch mit Annegret etwas trinken? Sie liegt im Bett und hat Kopfweh. Vermutlich ein Kater.»

Beide Schwestern schütteln verständnislos den Kopf.

«Möchte mal wissen, wie viele Whisky sie intus hatte, als sie diese Nacht nach Hause kam», überlegt Christiane. «In unserem Zimmer stinkt es jedenfalls, als habe dort eine fünfköpfige Metal-Band übernachtet.»

Meine Mutter hebt interessiert eine Augenbraue. «Woher hatte sie eigentlich das Geld, sich dermaßen volllaufen zu lassen? Man wird sie kaum auf die Drinks eingeladen haben.» Ihr Blick wandert fragend zu mir.

«Vielleicht hat sie einen Verehrer aufgetan?», sage ich lapidar und räume meine Schlafsachen weg.

Mama und ihre Schwester wechseln einen vielsagenden Blick und prusten dann unvermittelt los.

«Einen Verehrer?», kichert Christiane. «Annegret?» Dann hält sie sich die Hand vor den Mund und blickt schuldbewusst zu meiner Mutter. Die schaut daraufhin betreten zu Boden.

Habe ich irgendetwas verpasst?

«Aber wer weiß», mutmaßt Tante Christiane und vollführt eine wegwerfende Geste, «nicht umsonst ist dies die Insel der Nackten und Reichen.»

«Ich dachte, man sagt, es sei die Insel der Schönen und Reichen?», werfe ich ein.

Christiane schüttelt den Kopf. Sie ist sich sicher: «Nein, schön muss man hier nicht sein.»

«Apropos», sage ich und angele nach einem langärmeligen Sommerkleid mit Stickereien und Häkelbordüre. «Ich ziehe mich mal lieber an.» Dann scheuche ich die beiden in Richtung Tür. «Geht schon mal vor zum Frühstücksraum», schlage ich vor, «ich springe schnell unter die Dusche und komme nach.»

≈

Exakt um 10.30 Uhr betrete ich das Büro von Marquart & Steen, dem Immobilienhändler, bei dem Jo mich angemeldet hat.

Der Weg war nicht weit, nur etwa eineinhalb Kilometer, sodass ich kurzerhand zu Fuß gegangen bin. Hauptsächlich, weil ich nebenbei ein paar Telefonate führen wollte. Doch dann hat mir das schöne Wetter einen Strich durch die Rechnung gemacht. Dieses besondere Licht, das die Umgebung wie eine real gewordene Postkartenidylle erstrahlen ließ, hat mich in seinen Bann gezogen. Ich konnte nicht anders, als die Morgenstimmung zu genießen und mich in Ruhe umzusehen. Bei meinem Aufbruch vorhin gab es nämlich mal wieder Streit zwischen Mama und ihrer Schwester. Es ging um die Tagesplanung. Christiane schwebte vor, in Kampen durch die teuren Boutiquen zu stöbern, Mama zog es ins Erlebniszentrum Naturgewalten in List, wo man sich über die Kräfte der Nordsee und ihre Auswirkungen informieren kann. Kaum vorstellbar, dass die beiden zu einer Einigung gelangen werden. Zum Glück hat sich darum niemand dafür interessiert, wohin ich gehe.

Mir ist ein wenig mulmig zumute, als ich den feudalen Empfangsraum des Maklerbüros betrete. Die Firma vermittelt laut Jos Recherche so ziemlich alles, und das in Blitzgeschwindigkeit. Vom Luxusschrebergarten bis hin zur Strandvilla. Hauptsache exquisit.

Ob mein vermietetes Haus aus den 50ern ohne Meerblick da mithalten kann?

Ein blasser, pickliger Typ mit teurem Anzug und deutlich gekennzeichneter Armani-Gleitsichtbrille empfängt mich mit aufgesetztem Lächeln. Er ist keiner der namensgebenden Firmeninhaber, sondern ein junger Angestellter. Zur Chefsache wurde meine Immobilie demnach nicht erklärt. Kaffee, Mineralwasser und Kekse werden mir dennoch angeboten. Nervös knabbere ich an dem trockenen Gebäck.

Mr. Armani wirft mir einen zweifelnden Blick zu, als ich ihm das «Exposé» überreiche. Verständlich, denn die Bezeichnung ist in der Tat ein wenig hochgegriffen. Es sind nicht mehr als ein paar stümperhaft zusammengetragene Eckdaten, die mir der Steuerberater zur Verfügung gestellt hat und die ich zu Hause aus Zeitmangel lieblos zusammengetackert habe. Entsprechend schäbig ist der Eindruck, den das Heftchen hinterlässt.

In dieser Sekunde bereue ich es zutiefst, nicht mehr Mühe investiert zu haben. Hier auf der Insel ist man Besseres gewohnt.

Mit gerunzelter Stirn blättert Mr. Armani durch die Seiten, schaut hier und da ein wenig genauer, bis er nach einer gefühlten Ewigkeit zu mir hochsieht. Sein Lächeln ist gönnerhaft, als er sagt: «Keine Sorge, das Haus werden wir los. Auch wenn Lage und Baujahr nicht unbedingt dem entsprechen, wonach unsere Kundschaft üblicherweise fragt.» Er schlägt erneut ein paar Seiten um. «An Fotos existiert nur das eine?»

Mit seinem Zeigefinger tippt er auf eine verschwommene Farbaufnahme aus den 70ern, ohne Tiefenschärfe, dafür mit beißendem Gelbstich.

Ich nicke, peinlich berührt. Und könnte mich vor Ärger in den Hintern beißen. Warum habe ich gestern keine Handyfotos vom Haus geknipst? Wo war ich nur mit meinen Gedanken?

«Das Dach besteht jetzt aus Reet», sage ich stolz und in aufmunterndem Tonfall. «Wie bei einem echten Friesenhaus.»

Er wirft mir einen tadelnden Blick zu. «Das posaunen Sie besser nicht so laut heraus. Auf ihr Original-Friesenhaus lassen die Sylter nichts kommen, es ist ihnen heilig.»

«Oh. Verstehe.»

Mr. Armani ist offenbar kein gebürtiger Sylter, denn er fährt nüchtern fort: «Ihr Mann sagte mir heute Morgen am Telefon, dass Ihnen erst einmal an einer schnellen Einschätzung der Verkaufssumme gelegen ist.» Fragend schaut er mich an.

Mechanisch nicke ich.

«Sie werden verstehen, dass ich für eine verbindliche Aussage detailliertere Informationen benötige. Außerdem müsste ich das Haus in Augenschein nehmen. Die Mieterin stellt zudem ein Problem dar, aber das wissen Sie sicher.» Er nestelt an seiner Brille und blättert suchend durch die Unterlagen. «Den Mietvertrag haben Sie nicht beigefügt?»

«Er ... ähm ... liegt noch nicht vor.» Ich fühle mich schrecklich unprofessionell und beschließe, Charlotte Engel gleich nach diesem Termin noch einmal auf den Zahn zu fühlen.

Doch auch dieser Umstand kann Mr. Armani nicht erschüttern. Er lässt seinen Blick vom Exposé hinauf zu meinem Gesicht wandern und stoppt, als er bei der Nase angelangt ist. Unbewusst kratze ich mich dort.

«Wenn ich mich recht erinnere, haben wir mal eine gleichwertige Immobilie veräußert», überlegt er laut.

Er zieht ein Computer-Tablet zu sich heran und richtet es exakt im rechten Winkel zur Tastatur aus. Mit seinen knöchrigen Fingern wischt er über den Bildschirm. «Wenn sich keine gravierenden Mängel herausstellen, würde ich Ihnen folgenden Richtwert ausweisen.» Er tippt eine Zahl in das Gerät und dreht es in meine Richtung.

Augenblicklich wird mir schwindelig.

«Es ist, wie bereits erwähnt, nur ein Richtwert.» Er legt das Tablet beiseite.

Ich benötige einen Moment, um die geschriebene Zahl zu verdauen. Seine Offerte ist um einiges höher als die von Tante Christiane. Mein Pulsschlag scheint sich verdreifacht zu haben.

Mr. Armani schmiedet weitere Pläne. «Momentan ist mein Terminkalender voll – und ich weiß von meinen Kollegen, dass es bei ihnen ähnlich aussieht. Ende nächster Woche könnte ich Ihnen ein Zeitfenster anbieten. Wir würden dann gemeinsam das Objekt besichtigen und den Mietvertrag sichten. Spätestens dann müssten Sie mir den exklusiven Vermittlungsauftrag erteilen. Sollten Sie sich im Anschluss wider Erwarten gegen einen Verkauf entscheiden, wäre das mit sehr viel Papierkram und Unkosten verbunden, die zu Ihren Lasten gehen. Passt das für Sie?»

«Also … na ja …»

Puh! Mir fehlt eindeutig die Routine für derartige Gespräche. Warum stelle ich mich so an? Ich will das Haus definitiv loswerden, und zwar so schnell wie möglich. Von daher macht mir höchstens sein *Zeitfenster* zu schaffen. Eine Woche soll ich warten, bis sich etwas bewegt? Was ist mit der gepriesenen Blitzgeschwindigkeit?

Mr. Armani wartet noch immer auf eine Antwort.

«Das geht klar», sage ich, weil mir plötzlich einfällt, dass Jo und ich ja erst mal nur ein Gefühl für den Kaufpreis entwickeln und zudem noch andere Einschätzungen hören wollten. Somit würde ich heute ohnehin nichts unterschreiben. Mal abgesehen davon, dass Jo mich explizit ermahnt hat, dies nicht zu tun.

«Wunderbar», sagt Mr. Armani lässig und fährt seinen schlaksigen Körper mit einer eleganten Bewegung in die Höhe. «Dann werde ich Sie in der kommenden Woche auf Termin setzen und rechtzeitig noch einmal kontaktieren.»

Sein Gesichtsausdruck spricht Bände. Auch wenn mein Haus in seinen Augen nur ein kleiner Fisch ist, giert er nach der Provision. Kurz verschwindet seine Hand in der Sakkotasche und befördert eine Visitenkarte zutage. «Falls Ihnen etwas dazwischenkommt, melden Sie sich bitte.»

Ich habe die Karte noch nicht in meiner Handtasche verschwinden lassen, da erscheint wie auf Knopfdruck eine Sekretärin, die mich hinausbegleitet.

Vor der Tür fange ich an zu jubeln. So viel Geld, das wird ja immer besser! Ich kann es überhaupt nicht fassen, wie gut das Schicksal es mit mir meint!

Beschwingt spaziere ich den Gehweg entlang, gerate dabei aber recht schnell ins Grübeln. Natürlich habe ich den plötzlichen Reichtum eher meinem Vater zu verdanken als einer kosmischen Fügung. Ob er damals einen Kredit aufgenommen und über die Jahre abbezahlt hat? Warum hat er sich überhaupt darauf eingelassen, die drei Frauen auszubezahlen? Denn so, wie ich es verstanden habe, hat auch Mama Geld von ihm erhalten. In meiner überschaubaren Welt spielten damals andere Dinge eine Rolle, aber jetzt bin ich neugierig.

Ehe ich mir weitere Gedanken machen kann, klingelt mein Telefon. Jo ist dran.

«Wie ist es gelaufen?», will er aufgeregt wissen. «Denken sie, wir können mehr rausbekommen, als deine Tante zahlen würde?»

Ich berichte ihm von dem Gespräch, aber vor allem erzähle ich ihm von der Summe, die Mr. Armani genannt hat.

Jo pfeift durch die Zähne. «Ich würde sagen, deine Tante ist ein gerissenes Biest. Die wollte dich doch glatt übers Ohr hauen.»

Aus irgendeinem Grund mag ich das nicht glauben. «Vielleicht ist sie mit den aktuellen Immobilienpreisen doch nicht so vertraut», gebe ich zu bedenken. «Nicht zuletzt, weil sie in den Staaten lebt und sich mit dem Thema Sylt vermutlich noch nicht lange beschäftigt.»

«Aber aufgespielt hat sie sich deinem Bericht zufolge wie ein Profi», kontert Jo. «Ein Glück, dass ich mich eingemischt habe.»

«Letzten Endes hat der Makler das Haus ja noch nicht besichtigt», glätte ich die Wogen. «Möglich, dass er seine Prognose danach noch einmal korrigiert.»

«Nach oben hoffentlich.» Jo lacht siegessicher.

«Leider hat der Typ erst in der nächsten Woche Zeit …»

«Umso besser. In der Zwischenzeit kannst du ein paar Termine bei der Konkurrenz wahrnehmen. Ich würde vorschlagen, dass wir drei verschiedene Makler um ihre Einschätzung bitten, danach haben wir ein genaues Bild vom aktuellen Marktwert unseres Hauses. Natürlich bringen wir den Deal dann ohne Makler über die Bühne und stecken die Provision quasi in die eigene Tasche.»

«Wie bitte?»

Ich hatte gerade meinen Schritt beschleunigt, weil ich nach einem kurzen Blick auf die Uhr festgestellt habe, dass ich in 20 Minuten mit Mats auf dem Parkplatz der Villa verabredet bin, doch nun bleibe ich abrupt stehen. «Das ist hoffentlich ... nicht dein Ernst», stottere ich entgeistert. «Denn das ... würde bedeuten, dass wir alle Besichtigungen selbst durchführen müssten. Und wer weiß, wie lange es dauert, einen Käufer zu finden? Schlimmstenfalls ein Jahr oder so.» Mir bricht der Schweiß aus. «Ich kann unmöglich derart lange hierbleiben. Die Arbeit und –»

«Nie und nimmer wird es dermaßen lange dauern», beschwichtigt Jo mich. «Glaub mir, Juli. Wir schalten eine Anzeige, und in null Komma nichts wird uns die Hütte aus den Händen gerissen.»

Zögernd marschiere ich ein paar Schritte weiter. Neben mir zweigt der Weg zum Strand ab. Auf dem Geländer der Holztreppe, die über die Dünen führt, sitzt ein Vogel mit lustigem Schnabel und putzt sein Gefieder. Wie es scheint, kann ihn dabei nichts aus der Ruhe bringen.

«Ich weiß nicht, Jo», äußere ich meine Bedenken, «das Baujahr in den Fünfzigern, außerdem das Dach, das wahrscheinlich neu gedeckt werden muss ... Die Leute dadurch zu führen kostet Zeit und Nerven. Vom Verhandeln mal ganz abgesehen. Für so was gibt es doch Makler.»

«Papperlapapp.» Jo beißt sich fest. «Wir lassen es auf einen

Versuch ankommen. Hauptsache ist, dass du diese blöde Frau Engel loswirst.»

Die *blöde* Frau Engel war zuletzt sehr zugänglich, denke ich.

Ich schweige einen Moment, dann kommen mir Jos Worte von gestern wieder in den Sinn: *Du allein darfst entscheiden, was mit dem Haus geschehen soll.*

Doch so mag ich nicht argumentieren. Wir sind Partner. Ein Team. Und wir treffen unsere Entschlüsse gemeinsam.

«Julia», Jos Stimme wird sanft. «Wir hatten doch alles genau besprochen. Je mehr Kohle, umso besser.»

Ich schweige weiter. Das war ganz sicher nicht *meine* Formulierung.

«Außerdem …», sagt er zögernd und sucht kurz nach Worten, «habe ich bereits die eine oder andere Bestellung getätigt. Eigentlich sollte es eine Überraschung werden, aber nun verrate ich es dir: Bei SpotOn war gerade Sale, und da –»

«Aber wir haben doch noch gar kein Geld!», brause ich auf.

«Nicht so schlimm. Ich habe alles über Ratenzahlung gelöst. Die erste Summe wird erst Anfang November fällig, es bleibt somit noch massig Zeit. Also, was sagst du?»

Was ich dazu sage? Ich bin sprachlos. «Von … ähm … wie viel Geld sprechen wir denn, Jo?»

«Das soll doch eine Überraschung werden.»

Ich hasse Überraschungen. Vor allem von meinem Geld.

«Das ist doch albern», wiegele ich ab. «Ich finde es eh heraus, wenn die Rechnung kommt.»

«Dreißigtausend.»

Mir bleibt vor Schreck fast das Herz stehen. «Du hast Büromöbel für dreißigtausend Euro bestellt? Im Sale? Wo das denn, bei Swarovski?»

«Witzig, Juli», gibt er zurück, und ich bin erstaunt, dass der Name Jo überhaupt etwas sagt. «Du weißt doch selbst, dass

Qualität ihren Preis hat. Noch dazu, wenn die Möbel *made in Germany* sind.»

«Trotzdem ist es nicht okay, dass du solche Summen ausgibst, ohne mich vorher zu fragen. Nicht, wenn es für uns beide gedacht ist.»

«Ich kenne doch deinen Geschmack. Hast du vergessen, dass wir seit Jahren alles gemeinsam gestalten? Ich weiß genau, wie du tickst.»

Ich verkneife mir, ihn darauf hinzuweisen, dass er mich kein bisschen kennt. Sonst wüsste er, dass ich nicht gern Schulden mache.

«Jetzt beruhige dich bitte wieder», fährt Jo fort, «und werde dir endlich darüber bewusst, dass du reich bist.» Sein Tonfall klingt regelrecht beschwingt. «Du bist jetzt eine gute Partie. Ich muss aufpassen, dass dich nicht ein anderer Kerl wegschnappt.» Er schwenkt um. «Stell dir nur mal vor, was wir mit dem Geld für eine phantastische Hochzeitsfeier ausrichten können. Mein Traum wäre, dass wir uns in Dubai am Strand das Jawort geben. Und alle Freunde und Geschäftspartner dorthin einladen.»

Ich bringe keinen Ton hervor. Der Gedanke, auf einmal so viele Schulden zu haben, schnürt mir regelrecht die Kehle zu. Außerdem … *Heiraten in Dubai?*

Klar, Jo und ich hatten schon ein paarmal im Spaß übers Heiraten gesprochen, allerdings liegt dieser Dialog lange zurück. In der Zwischenzeit ist viel passiert, und irgendwie ist der Plan in den Hintergrund gerückt, sodass mir sein Vorschlag jetzt, noch dazu am Telefon vorgebracht, vollkommen unwirklich, fast schon abwegig vorkommt. Vielleicht liegt es aber auch an Dubai. Oder an der Erwähnung unserer Geschäftspartner. Was, bitte schön, haben die auf einer privaten Hochzeitsfeier zu suchen? Womöglich wird Maja als Blumenmädchen auftreten? Ich schüttele mich bei diesem absurden Gedanken.

«Ich würde vorschlagen, dass wir abwarten, wie sich alles entwickelt», beschwichtige ich. «Ein Schritt nach dem anderen. Es liegen ja noch ein paar Maklertermine vor mir.»

Ich habe die Worte kaum ausgesprochen, da könnte ich mich ohrfeigen. Nicht, dass Jo mir für den Nachmittag einen weiteren Termin aufbrummt! Meine Verabredung könnte ich zwar notfalls absagen, aber mir steckt das Gespräch mit Mr. Armani noch in den Knochen. Die Infos und überhaupt sein blasiertes Gehabe muss ich erst einmal sackenlassen.

«Außerdem sollte ich mich mit Charlotte Engel treffen. Wer weiß, welche Überraschung sie noch für uns auf Lager hat.»

Dann hole ich tief Luft, um mich für das, was mir noch auf der Seele liegt, zu wappnen. Normalerweise trage ich Jos Entscheidungen mit, weil sie mir meist gut und richtig erscheinen. Doch dieses Mal ist er zu weit gegangen.

«Bis das Haus verkauft ist», erkläre ich, «solltest du sicherheitshalber von deiner Bestellung zurücktreten.»

Dass Jo von diesem Vorschlag nicht begeistert sein würde, war klar. Doch damit, dass seine Reaktion dermaßen heftig ausfällt, habe ich nicht gerechnet.

«Hör jetzt bitte endlich auf, alles schwarzzumalen!», ruft er aufbrausend. «Ich bin seit Jahren in diesem Business tätig und weiß, was ich tue. Wenn ich dich daran erinnern darf: Du bist der Frischling in unserer Firma. Also, bitte überlass mir Entscheidungen darüber, wann wir einen neuen Papierkorb oder so Zeugs benötigen.»

Mir bleibt für einen Moment die Spucke weg. Er spielt eine Bestellung über dreißigtausend Euro herunter, als ginge es um einen Mülleimer?

«Also … das ist … Ich finde», setze ich an, doch Jo unterbricht mich.

«Tut mir leid, Juli. Ich wollte dich nicht persönlich angreifen.

Aber du weißt, dass mir der Kopf gerade vor Arbeit schwirrt. Und deine Schwarzmalerei zieht mich total runter.»

Das ist nun wirklich ungerecht. Ich bin immer diejenige, die versucht, allem etwas Positives abzugewinnen. Sogar dann noch, wenn das Kind bereits in den Brunnen gefallen ist. Oder mir eine Idee vollkommen absurd vorkommt, wie zum Beispiel Maja auf einer futuristischen Kanzel. Doch davon fange ich in diesem Moment besser nicht auch noch an.

«Es tut mir auch leid», sage ich. «Ich versuche lediglich, auf dem Teppich zu bleiben. Man hat mich nun mal so erzogen, dass man Geld erst verdient, ehe man es ausgibt.»

«Na ja, das stimmt ja so nicht ganz. Du hast das Geld nicht verdient, du bekommst es in den Schoß geworfen.»

Wie redet er eigentlich mit mir?

Die Lage ist aussichtslos. Jos Nervenkostüm ist dermaßen beansprucht, dass ihn die kleinste Kleinigkeit auf die Palme bringt.

Aber er lenkt schnell selbst ein: «Ich würde vorschlagen, wir sprechen ein andermal über das Thema.»

«Ja, gut.» Ich bin froh, dass wir zumindest in dieser Hinsicht einer Meinung sind. Endlich mal ein vernünftiger Vorschlag.

«Aber mach Frau Engel Dampf wegen des Mietvertrags. Es ist wichtig für uns zu wissen, wann wir sie loswerden können.»

«Okay.»

Ich atme erleichtert auf, als wir auflegen. Die ständigen Diskussionen, die wir neuerdings führen, zermürben mich. Und ich kann es nur schlecht ertragen, wenn Jo sauer auf mich ist, normalerweise versuchen wir darum immer, die Ursache für unsere Meinungsverschiedenheit aus dem Weg zu räumen und uns wieder zu versöhnen. Heute ist uns das eher nicht gelungen.

Gedankenverloren stiefele ich die Straße entlang und erschrecke mich fast zu Tode, als neben mir ein dunkles Auto hupt. Das Beifahrerfenster wird heruntergelassen.

«Hey, Julia, guten Morgen», grüßt Mats fröhlich. «Ich habe alles erledigt und bin auf dem Heimweg. Wie sieht es bei dir aus?»

Er stellt den Motor aus, beugt sich so weit wie möglich zur Seite, um mir ins Gesicht sehen zu können, und lächelt.

Ich habe das Gefühl, die Außentemperatur ist schlagartig ein paar Grad angestiegen. Ich verliere mich in seinen himmelblauen Augen. Bis mir plötzlich einfällt, dass wir ja verabredet sind.

«Sag bitte nicht, dass du mich vergessen hast.» Mats schneidet eine Grimasse. «Ich hatte einen schlimmen Vormittag.»

«Der Tiger?»

«Bitte?»

«Ist die getigerte Katze noch nicht wiederaufgetaucht?»

Er muss kurz grinsen. «Ach so, doch. Alles gut. Sie mag nur ihren Verband nicht. Meine Laune hat eher mit unzuverlässigen Handwerkern zu tun. Mein Date mit dir war der einzige Lichtblick. Bitte rette meinen Tag.» Er schaut mich dermaßen mitleiderregend an, dass ich lachen muss.

«Schon viel besser», seufzt er. «Komm rein, ich fahr uns.» Die Wagentür öffnet sich.

Einen Moment bleibe ich zögernd auf dem Gehweg stehen. Dann beuge ich mich ein Stück in den Wagen hinein. «Ich bin gerade aber nicht die aufmunternde Gesellschaft, die du dir vielleicht wünschst.»

Kaffeeduft und die inzwischen vertraute Prise Aftershave flattert mir in die Nase. Es riecht einladend.

Mats streckt mir die rechte Hand entgegen. «Willkommen im Club. Ich hatte gerade ein entsetzliches Meeting, aber im Gegensatz zu dir glaube ich fest, dass dieser Tag nur besser werden kann. Wäre doch einen Versuch wert?»

Instinktiv habe ich ihm meine Hand gereicht und werde nun sanft in die Tiefe des Wagens gezogen.

Kaum sitze ich und habe mich angeschnallt, fragt er: «Möchtest du noch mal ins Hotel, oder können wir gleich los?» Lässig schiebt er sich eine Sonnenbrille auf die Nase, sodass ich seine Augen nicht mehr sehen kann. Aber um seinen Mund spielt ein erwartungsvolles Lächeln.

Prüfend schaue ich an mir herunter: Kleid, Keilsandaletten und eine leichte Strickjacke in der Tasche.

«Ich bin startklar», erkläre ich, obwohl ich liebend gern wenigstens einen kurzen Blick in den Spiegel geworfen hätte.

«Na dann.» Mats lässt den Motor an, macht aber keinerlei Anstalten loszufahren. Stattdessen starrt er einen Moment unverhohlen auf meine Beine.

«Ist irgendetwas?», frage ich irritiert.

Sind meine Beine etwa zu dick, um sie der Sylter Prominenz zu präsentieren? Oder zu blass?

Als habe er meine Gedanken gelesen, sagt Mats: «Ich frage mich gerade, welche Schuhgröße du wohl trägst.»

«Ist das für die Weiterfahrt relevant?»

Er schüttelt den Kopf und grinst. «Keineswegs. Aber vielleicht möchtest du im Watt oder am Strand lieber Gummistiefel tragen?»

Fragend schaue ich ihn an.

«Es gibt Strandkrabben, die mit Vorliebe zarte Füße mit rotem Nagellack anknabbern.»

«Autsch.» In gespieltem Entsetzen verziehe ich das Gesicht. «Größe neununddreißig.»

Mats nickt und gibt Gas.

12

Ausverkauf der Insel

Schweigend nehmen wir die Straße in Richtung Norden. Mein Blick wandert abwechselnd links und rechts aus dem Fenster. Ein paar Hinweisschilder huschen vorbei: Syltquelle, Campingplatz, Naturschutzgebiet Rantumbecken. Das Meer ist weit und breit nicht zu sehen.

Irgendwann sagt Mats: «Da ich nicht möchte, dass du wegen der puderzuckerartigen Sandstrände und dem Blick auf das azurblaue Meer einen Koller bekommst», er wirft mir einen amüsierten Seitenblick zu, «unternehmen wir zunächst einmal eine Stadtbesichtigung. Sylt für Einsteiger sozusagen.»

Unsicher schiele ich zu ihm hinüber. Denkt er etwa, als Frau aus der Großstadt würde ich gern in Westerland shoppen gehen? Ausgerechnet dort?

Nicht, dass ich je in Westerland gewesen wäre. Außer dem Song von den *Ärzten*, den vermutlich jeder kennt, weiß ich nichts über diesen Ort. Aber ich stelle ihn mir überfüllt vor. Und ein Einkaufsbummel durch Souvenirläden, wie es sie in so ziemlich jedem Küstenörtchen gibt, reizt mich wenig.

«*Es ist zwar etwas teurer, dafür ist man unter sich* …», summe ich die erstbeste Textstelle, die mir von dem Lied spontan einfällt.

Mats rollt mit den Augen. «Keine Sorge, wir haben ein anderes Ziel.» Er setzt demonstrativ den Blinker nach rechts. Westerland liegt laut Wegweiser geradeaus.

«Möchtest du darüber reden?», fragt Mats, als wir an einer roten Ampel halten. «Darüber, was dir heute über die Leber gelaufen ist.»

So, wie er mich ansieht, mitfühlend und voll ehrlichem Interesse, überlege ich kurz, ihm mein Herz auszuschütten. Ihm von meiner Erbschaft zu erzählen, dem Gespräch mit dem Makler und von Charlotte Engel. Überhaupt von allem. Hilft ja manchmal, wenn man sich seine Sorgen von der Seele redet. Doch dann fallen mir wieder Mats' Worte in Bezug auf den Ausverkauf der Insel und das gewissenlose Verhalten von Spekulanten ein, und ich halte meinen Mund.

Vermutlich würde mir ein Gespräch ohnehin nicht helfen, denn ich fürchte, das mulmige Gefühl in meinem Bauch rührt eher von meinem Streit mit Jo. Und darüber möchte ich mit Mats erst recht nicht sprechen.

«Lieber nicht», sage ich darum vage. «Ich muss mir erst selbst Klarheit über ein paar Dinge verschaffen.»

Die Ampel ist auf Grün gesprungen. Mats konzentriert sich auf den Verkehr. Ich nutze die Gelegenheit, um ihn unauffällig von der Seite zu mustern. Selbstsicher sieht er aus, als könne ihn nichts und niemand aus der Bahn werfen. Gleichzeitig haben seine Gesichtszüge etwas Verletzliches.

Ich kann mir nicht helfen, aber so richtig begeistert, seine vermutlich rar gesäte Freizeit mit einer Inselbesichtigung zu verbringen, wirkt er auf mich nicht.

«Passt es dir überhaupt, heute den halben Tag freizunehmen?», frage ich und versuche, möglichst sachlich zu klingen. «So ein Hotel zu führen ist bestimmt kein Pappenstiel. Du schaffst es ja nicht mal in den schönen Garten deiner Oma, ohne gestört zu werden.»

Ich schaue nach vorn und sehe gerade noch, dass wir das Ortsschild von Keitum passieren.

Mats neben mir lacht. «Das kannst du laut sagen. Man wundert sich manchmal, was so alles schieflaufen kann. Manches glaubt einem kein Mensch. Aber ebenso überraschend ist es, dass am Ende meist doch alles glattläuft. Sogar, wenn der Chef nicht im Haus ist.»

Ich lasse mich ein Stück tiefer in den Sitz sinken und mache es mir bequem. «Erzähl mir das schrägste oder komischste Erlebnis, das du mit Gästen hattest.»

Er blinzelt. «Du meinst, schräger als der Wunsch nach einem Glas Weißwein auf exakt zehn Grad gekühlt?»

«*Come on*», sage ich mit verstellter Stimme, um ihm zu zeigen, dass ich die Anspielung auf meine Tante verstanden habe, «es sind übrigens zwölf Grad. Nicht mehr und nicht weniger.»

Mats stößt einen tiefen Seufzer aus. Einen Moment scheint er in seinem Gedächtnis zu kramen, dann beginnt er zu erzählen: «Vor ein paar Jahren hat in der Villa ein junges Paar übernachtet. Beide sind seit langem Stammgäste und waren auch schon mal mit Freunden zu Besuch. Sie wollten auf Sylt heiraten, und zu diesem Anlass kamen sie zu zweit. Der Tag sollte allein ihnen gehören, ohne viel Trubel. Alles war perfekt geplant: Morgens auf dem Leuchtturm in Hörnum wollten sie sich das Jawort geben, danach den Nachmittag am Strand verbringen, und für den Abend hatte ich den beiden einen Tisch im *Sansibar* reserviert.» Er setzt den Blinker, biegt einmal scharf rechts ab und fährt fort: «Eine Woche vor der Trauung rief mich die Mutter der Braut an. Ich kann dir den Namen nicht nennen, aber sie ist prominent, trägt mehrere Titel und ist recht penetrant, wenn es darum geht, ihre Wünsche durchzusetzen.»

«Kein Wunder, dass das Brautpaar seine Ruhe haben wollte», werfe ich ein.

Mats nickt. «Ganz genau. Über mehrere Ecken hatte die Brautmutter nun aber herausgefunden, was das Paar vorhat und wo es übernachtet. Sie selbst konnte aus Zeitgründen glücklicherweise nicht anreisen, wollte ihrer Tochter aber eine unvergessliche Überraschung bereiten. Sie bat mich, einen Sänger zu engagieren, der zwischen Vor- und Hauptspeise an den Tisch der Frischvermählten tritt, um ein paar Liebeslieder zu singen. Mit Mikrophon und über die Anlage des *Sansibar.*» Mats schüttelt in Erinnerung an den Vorschlag verzweifelt den Kopf. «Im Grunde war es nett gemeint, doch natürlich wusste ich, dass dieser Plan so ganz und gar nicht dem Wunsch des Brautpaares entsprach. Außerdem kennst du ja inzwischen das *Sansibar.* Abends ist der Laden rappelvoll. Wenn dort spontan ein Sänger auftritt, bricht ein Volksfest aus. Für den Rest seines Urlaubs wäre das Brautpaar bekannt wie ein bunter Hund.»

Ich kichere. «Eine unvergessliche Erinnerung wäre das allerdings geworden …» Für einen kurzen Moment überlege ich, ob ich meiner Mutter eine ähnliche Aktion zutrauen würde, doch ein solches Verhalten passt wohl eher zu Tante Christiane. Die würde vermutlich gleich selbst ans Mikrophon treten.

«Und dann? Wie hast du das Problem gelöst?»

Er grinst. «Eine ganze Weile habe ich mit mir gekämpft, bin dann aber zu dem Schluss gekommen, meine Gäste einzuweihen. Die beiden sind mir vor Erleichterung um den Hals gefallen. Nur steckten wir dann gemeinsam in der Zwickmühle.»

«Allerdings. Erzähl schnell weiter!»

Mats' Grinsen wird breiter. «Gemeinsam haben wir uns mit einem kleinen Trick beholfen.» Er kommt aus dem Schmunzeln gar nicht mehr heraus. «Der Tag der Hochzeit und auch der Abend im *Sansibar* verliefen wie geplant, die beiden haben einen romantischen Tag in trauter Zweisamkeit verlebt. Ohne den Auftritt eines Sängers. Stattdessen haben wir die Szene einen Tag später nachgestellt.» Er beißt sich auf die Lippen, um ein Lachen zu unterdrücken.

«Wie nachgestellt? Ich dachte, es gab keinen Sänger?»

«Gab es auch nicht. Ich habe mich in Schale geschmissen, das Brautpaar hat noch einmal seine Hochzeitsklamotten angezogen, und dann haben wir, in aller Herrgottsfrühe, als das *Sansibar* noch nicht für Publikum geöffnet war, die Szene nachgestellt. Ein Mikrophon ließ sich leicht auftreiben, und ein Raumpfleger war so nett, die Bilder zu knipsen.»

Ich japse nach Luft. «Das heißt … *du* hast den Sänger gespielt? Kennt die Brautmutter dich denn nicht?»

Er schüttelt den Kopf. «Zum Glück nicht. Aber wir haben natürlich Vorkehrungen getroffen. Mein Gesicht lag meist im Schatten, ich trug einen Hut und …» Er senkt die Stimme und sagt in leicht gequältem, ziemlich komischem Tonfall: «Ich hatte mir sogar einen Schnurrbart angeklebt.»

Ich trommele mir vor Vergnügen auf die Schenkel. «Das ist ja großartig!» Mats hat vielleicht Nerven! Und Humor. Für seine Gäste tut er wirklich alles.

Er nimmt die Sonnenbrille ab. Ehe er sie mit der freien Hand zusammenfaltet und in der Brusttasche seines Hemdes verschwinden lässt, zwinkert er mir verschwörerisch zu. «Sei also versichert, dass ich es genieße, heute einen ruhigen und entspannten Tag zu verbringen.»

«Das glaube ich dir aufs Wort.» Ich kann nicht anders, als ihn einen Moment anzuschauen. Der Mann steckt voller Überraschungen. Ich mag das.

Mats lenkt den Wagen souverän durch ein Labyrinth aus schmalen Straßen, bis er ihn irgendwann seitlich einer Kopfsteinpflastergasse zum Stehen bringt.

«Den Rest erkunden wir zu Fuß.»

Er zieht die Handbremse und angelt im Seitenfach nach seinem Portemonnaie. Dann schaut er auf die Uhr. «Perfektes Timing. Hast du Lust, eine Kleinigkeit zu Mittag zu essen?»

Ich bin nicht unbedingt hungrig, sodass ich die Antwort hinauszögere.

Mats interpretiert mein Schweigen falsch. «Keine Angst, ich schleppe dich nicht in ein überquellendes Strandbistro, in dem wir für Pommes rot-weiß eine halbe Stunde anstehen müssen.» Er löst seinen Gurt.

«Beruhigend zu wissen. Also gut. Dann zeig mal, was du so als Fremdenführer draufhast.» Ich schenke ihm ein schüchternes Lächeln.

Möglicherweise wird der Tag doch nicht so blöd.

Bereits die ersten Schritte entlang einer prachtvoll bewachsenen Allee, die mit knubbeligen Steinen gepflastert und von dichten Hecken gesäumt ist, machen mich neugierig. Kastanien stehen in voller Blüte, ihre sattgrünen Blätter sind unfassbar groß, wie riesige Zungen hängen sie am Himmel. Entlang der Straße blickt man auf Gärten, die mittels Steinwällen ihr Herzstück, ein mehr oder weniger aufwändig restauriertes Friesenhaus, vor allzu neugierigen Blicken schützen sollen. Vor allem die uralten Kapitänshäuschen mit ihrer teils verwitterten Fassade und den moosgrünen Dächern faszinieren mich. Fast verschämt angesichts ihrer feudalen Nachbarschaft ducken sie sich im Schatten knorriger Bäume.

Ständig zücke ich mein Handy und fotografiere verschnörkelte Eingangstüren, niedliche Sprossenfenster unter windschiefen Dächern, Holzläden und üppig begrünte Blumenkästen.

«Diese Strohdächer», ich deute auf das Haus, vor dem wir gerade stehen, «sind sicher schweineteuer, oder?»

Mats nickt. «Reetdachdecken ist eine der ältesten Handwerkstechniken und eine Wissenschaft für sich. Neben dem Neigungswinkel des Daches und der speziellen Bindetechnik spielen noch unzählige andere Faktoren eine Rolle. Aber wenn man alles richtig macht, kann ein Dach dreißig bis fünfzig Jahre halten. In manchen Fällen auch länger.»

«Wow!» Ich lasse meinen Blick ein weiteres Mal über das wunderschöne Haus vor uns gleiten. «Schwer vorstellbar, dass es nicht zwischen den Halmen hineinregnet», überlege ich laut.

«Ist aber so. Darin besteht die Kunst.»

Wir gehen ein paar Schritte weiter. Meine Gedanken schweifen zum Haus im Austernfischerweg. Wenn es um 1950 herum gebaut wurde, hätte das Dach inzwischen gut siebzig Jahre auf dem Buckel. Tante Christiane hat recht. Auf einen potenziellen Käufer kämen allerhand Kosten zu, um die er den Kaufpreis höchstwahrscheinlich herunterhandeln würde. Ich muss mich zwangsläufig mit dem Thema auseinandersetzen, wenn Jo tatsächlich verlangt, dass wir das Haus in Eigenregie an den Mann bringen.

«Ich finde, in Keitum kann man sich sehr gut vorstellen, wie es früher einmal zugegangen sein muss.» Mats fährt im Vorbeigehen versonnen mit seinen Fingern über ein taubenblau getünchtes Gartentor. «Vieles Alte ist noch original erhalten oder wurde liebevoll restauriert. Man kann das Dorfleben von damals förmlich vor sich sehen. Der Moment, wenn die Männer mit ihren Booten heimkehren, die Netze voll mit Fischen, und von ihren Frauen erwartet werden. Oder wenn sie nach langer Fahrt etwas ganz Besonderes mitbrachten, Tee und Kaffee beispielsweise.» Im Gehen wandert sein Blick immer mal wieder zu mir. Ich spüre, wie er mich beobachtet.

Ob er denkt, ich finde seine Ausführungen langweilig?

«Bestimmt waren sie dafür Monate unterwegs», sage ich anerkennend.

Mats nickt. «Manchmal Jahre. Währenddessen blieben die Frauen auf sich allein gestellt, bewirtschafteten die Felder und bauten sogar Häuser.» Er bleibt kurz stehen. In seinen Augen blitzt es. «Kein Wunder, dass es hier so hübsch ist. Es hat dem Ort gutgetan, oder?»

«Du meinst, dass die Frauen das Regiment übernommen haben?» Ich zwinkere. «Auf jeden Fall, das ist immer eine gute Idee!»

Mats setzt sich wieder in Gang. Er biegt nach links in eine Gasse, und ich folge ihm.

«Die Frauen von Sylt waren übrigens auch in anderer Hinsicht modern und selbstbewusst: Sie entschieden selbst darüber, wen sie heirateten. Für damalige Verhältnisse verdammt fortschrittlich.»

«Respekt!» Und nach einem Moment des Nachdenkens füge ich an: «Man kann sich vermutlich gar nicht ausmalen, wie viel Glück und Leid sich in den heute so hochherrschaftlich wirkenden Häusern abgespielt haben mag.»

«Wohl kaum.» Mats bleibt plötzlich stehen. Er legt den Kopf schief und schaut mich entschuldigend an. «Ich hoffe, ich habe dich nicht wehmütig gestimmt?»

Ich schüttele den Kopf. «Keineswegs. Ich finde dich sehr … unterhaltsam.»

Er hebt in gespieltem Vorwurf eine Augenbraue. «*Unterhaltsam*? Ich weiß nicht, ob das für Männer ein Kompliment ist.»

Ich tue so, als müsste ich überlegen. «In der modernen Welt ist es das», sage ich schließlich. «Du bist sozusagen ein Pionier. Und passt hierher. Nach Keitum.»

Seine Miene erhellt sich. «Heißt das, du willst noch mehr hören? Oder hast du die Nase voll von meiner Schwärmerei?»

«Noch lange nicht.»

Mats wirkt fast ein wenig erstaunt. «Dann mache ich also weiter?» Er blickt mir forschend in die Augen.

«Unbedingt!»

Nachdem ich einmal bekräftigend genickt habe, deutet er

mit dem ausgestreckten Arm im Kreis herum. «Keitum war aufgrund der geschützten Lage nicht von Sturmfluten bedroht», fährt er mit seiner Stadtführung fort, «darum wurde es zeitweise zum Hauptort der Insel.» Er deutet nach vorn, wo das Dach eines Kirchturms zwischen Bäumen hervorlugt. «Viele der Seefahrer kehrten nicht zurück. Sie erlitten Schiffbruch und sahen ihre Familien niemals wieder. Der Turm, den du siehtst, gehört zur Kirche Sankt Severin. Auf dem angrenzenden Friedhof finden sich ihre Ruhestätten. Die Inschriften auf den Grabsteinen stammen zum Teil aus dem siebzehnten Jahrhundert. Sie erzählen manche ergreifende Familiengeschichte.»

«Den Friedhof würde ich gern besuchen», sage ich spontan und voller Ehrfurcht. Die stillen Orte der Erinnerung haben mich schon immer in ihren Bann gezogen.

Mats scheint meine Leidenschaft nicht zu erstaunen. Möglich, dass ich bereits davon gesprochen habe.

«Ich führe dich hin», sagt er. «Aber vorher nehmen wir eine Stärkung zu uns, okay?»

Sanft fasst er mich am Ellenbogen, um mich nach rechts zu dirigieren. Ein kribbeliger Schauer läuft mir über den Rücken.

«Ich könnte dir stundenlang Wissenswertes über Sylt erzählen», fährt er fort, «aber dann bekämst du womöglich wirklich einen Inselkoller. Das möchte ich nicht.»

Er bleibt vor einem Garten mit schmiedeeisernem Tor stehen. Es steht weit offen. Gedeckte Tische laden zum Näherkommen ein.

«Vielleicht da vorn? Dort ist es windgeschützt.» Mats deutet zum Haus. «Und ziemlich romantisch», fügt er hinzu, als wir uns setzen.

Ich folge seinem Blick und verstehe, worauf er anspielt. Eine üppig blühende Kletterrose wölbt sich über uns und verströmt ihren betörenden Duft.

Wir müssen nicht lange warten, schon tritt ein freundlich aussehender Mann mit Brille und Küchenschürze zu uns an den Tisch und begrüßt Mats wie einen alten Freund. Wir werden einander vorgestellt. Martin heißt der Koch. Und während er und Mats gegenseitig ein paar Befindlichkeiten abklopfen, schaue ich mich interessiert um.

Zu dem Garten gehört ein Restaurant, im Grunde nicht mehr als ein quadratisches Holzhaus. Es ist in einem warmen, dunklen Grün gestrichen und wirkt darum ein bisschen wie eine Waldhütte. Durch die blankgeputzte Scheibe kann ich einer Küchenhilfe beim Zwiebelschälen zuschauen. Und plötzlich finde ich die Vorstellung, einen Happen zu essen, gar nicht mehr so abwegig. Im Gegenteil. Meine Appetitlosigkeit ist einem gesunden Hungergefühl gewichen, vielleicht, weil um mich herum alles so einladend wirkt. Ein paar der Tische im Garten sind von anderen Gästen besetzt, selbst in der Mitte des Areals, wo ein derbes Holzfass zum Hochtisch umfunktioniert wurde, steht ein Grüppchen. Selbstverständlich darf auch in diesem Garten der obligatorische Strandkorb nicht fehlen. Sogar zwei weiße Exemplare stehen zur Straße ausgerichtet und ermöglichen den Blick auf die vorbeiflanierenden Fußgänger.

«Bist du Stammgast hier?», erkundige ich mich bei Mats, als sein Freund mit der Küchenschürze fort ist.

Er seufzt. «Leider nicht. Martin kocht phantastisch. Hier die Seele baumeln zu lassen», er lehnt sich in seinem Stuhl zurück und streckt die Beine aus, «ist das Beste, was man um die Mittagszeit machen kann.»

Ich nicke. Ein milder Duft nach gebratenem Knoblauch gepaart mit Nuancen von Thymian und Rosmarin hat sich in meine Nase geschlichen und dazu geführt, dass meine Gedanken sich nur noch ums Essen drehen.

Martin erscheint ein weiteres Mal. Von einem hölzernen Tablett lädt er zwei Gläser Prosecco ab. «Für die gute Laune», erklärt er augenzwinkernd und ist sogleich wieder verschwunden.

Mats beugt sich zu mir vor. «Ich weiß natürlich, dass Alkohol nicht die Lösung deiner Probleme bedeutet, aber vielleicht benebelt er dir die Sicht darauf. Einen Versuch scheint es mir jedenfalls wert zu sein.» Er hebt sein Glas und prostet mir zu. «Auf die Geschäfte, die dich hierhergeführt haben.»

Ich versinke in seinen blaugrauen Augen und lasse mein Glas mechanisch gegen seins klingen. «Auf die … Geschäfte», erwidere ich und nehme hastig einen Schluck.

Während mir das prickelnde Getränk die Kehle hinabrinnt, versuche ich, mal nicht an das Haus zu denken. Auch nicht an Jo. Und erst recht nicht an meine Familie. Schon ist das Glas leer.

Als Martin erneut an unserem Tisch erscheint, trägt er uns aus dem Gedächtnis die Mittagskarte vor. Ich bin bereits ein bisschen betüdelt vom Alkohol und willige dankbar ein, als Mats sich anbietet, für uns beide zu bestellen. Er wählt den Fisch des Tages, außerdem ordert er eine große Flasche Wasser und zwei Gläser gekühlten Weißwein.

Zum Glück verkneift er sich den Witz mit den zwölf Grad.

«Also», sagt er dann und schaut mich interessiert an. «Erzähl doch mal, was du auf Sylt zu tun hast.»

Mein Mund ist plötzlich sehr trocken, und ich bekomme vor Schreck einen Schluckauf. «Projekte …», antworte ich hicksend. Warum kann er nicht einfach weiter über seine Insel sprechen? Alles ist besser als dieses blöde Hausthema.

«Hoffentlich keine Bauprojekte», sagt Mats, und ich werde Zeuge, wie sich ein Schatten über sein Gesicht legt. «Hier werden zurzeit nämlich extrem viele Häuser aus dem Boden gestampft», grollt er. «*Zu* viele für mein Empfinden.»

Kein gutes Thema. Absolut kein gutes Thema.

Ich spiele mit meinem leeren Glas. «Na ja …», sage ich gedehnt. «Ich … ähm … Also, ich betreue kein Neubauprojekt auf Sylt. Es ist eher so, dass …»

Plötzlich scheint er ein Einsehen mit mir zu haben. Schuldbewusst verzieht er das Gesicht. «Tut mir leid, wenn ich zu neugierig bin. Gestern bin ich ja bereits übers Ziel hinausgeschossen, ich will dich nicht heute schon wieder mit dem Thema nerven. Es ist nur so, dass die Lage auf der Insel – was Immobilien betrifft – seit einigen Jahren immer angespannter wird. Sicher habe ich auch schon den vielzitierten *Ausverkauf der Insel* erwähnt. Reiche Leute erwerben auf Sylt Häuser und nutzen sie als Feriendomizil. Aber auch als Anlageobjekte. Eine vergleichbare Rendite, wie man sie zurzeit bei Immobilen erzielt, findet man bei kaum einer Geldanlage.» Er atmet tief ein. Als er die Luft wieder herausstößt, bilden sich Falten auf seiner Stirn. «Problem dabei ist, dass diese Häuser dann oft nur zur Ferienzeit bewohnt werden. Den Rest des Jahres stehen sie leer. In manchen Monaten, vor allem im Winter, liegen inzwischen ganze Straßenzüge im Dunkeln. Geschäfte müssen schließen, weil die Kundschaft ausbleibt.» Er kaut nachdenklich auf seiner Unterlippe. «Einheimische ziehen fort, weil sie sich Mieten von zwanzig Euro pro Quadratmeter nicht leisten können. Es gibt kaum noch Schulen und auch keine Geburtsklinik. Sogar bei der Feuerwehr herrschte zwischenzeitlich Personalnotstand. Die Sylter leben auf dem Festland, ihre Insel gehört den Maklern. Das macht mich wütend.»

Mir wird abwechselnd heiß und kalt. Ich kann Mats verstehen. Ich habe von der Problematik gelesen, es geht ja immer mal wieder durch die Presse. Doch das Thema betraf mich bisher nicht, also habe ich es verdrängt. Bis jetzt.

«Das Schlimmste ist, dass man diese Entwicklung nicht aufhalten kann», fährt Mats fort. «Ein harter Kern von Syltern versucht es trotzdem.» Er schaut mir in die Augen. Seine sind jetzt dunkelgrau. Wie eine Gewitterfront. «Ich, zum Beispiel.»

13

Schafe und Marsmenschen

Ich fühle mich hundsmiserabel. Gleichzeitig versuche ich, mir immer wieder bewusst zu machen, dass ich nichts dafürkann, dieses Haus geerbt zu haben. Und dass ich es verkaufe, ist nur eine logische Konsequenz. Ich habe auf einen Schlag einen Batzen Steuerschulden und zudem meinen Lebensmittelpunkt in Hamburg. Selbst wenn ich hier leben wollte, könnte ich es mir nicht leisten.

«Verdammt», poltert Mats, und ich fahre erschreckt zusammen, «jetzt habe ich mich schon wieder nicht zurückhalten können.» Entschuldigend lächelt er mich an.

«Das … macht gar nichts.»

«Oh doch!» Sein Blick ist voller Reue und wird regelrecht eindringlich, als er die Arme vor der Brust verschränkt und sagt: «Ich halte jetzt meinen Mund. Du bist dran. Erzähl etwas von dir. Ich habe immer noch keinen Schimmer, was dich nach Sylt geführt hat. Urlaub ist es nicht, das zumindest habe ich inzwischen herausbekommen.»

Ich winde mich. Alles in mir schreit, dass ich ihm die Wahrheit sagen sollte, schließlich bin ich weder Makler noch Spekulantin und habe mir auch sonst nichts vorzuwerfen. Außer, dass ich … feige bin. Mats hat sich den halben Tag frei genommen, um mir die Insel zu zeigen, er wirkt nach unserem etwas holprigen Start nun so gelöst und gutgelaunt. Ich weiß, es würde ihm die Stimmung verhageln, wenn sich herausstellte, dass durch mein Dazutun ein weiteres Haus in Makler- und möglicherweise sogar in Spekulantenhände gerät. Gestern wäre es mir vielleicht egal gewesen, als er sich als unsensibler, ungehobelter Kerl präsentiert hat, doch heute … Ich kenne ihn zwar im Grunde kein bisschen, aber er ist nett und scheint ein ehrliches Herz zu haben. Ich würde ihm und mir einen Haufen Stress ersparen, behielte ich die Sache mit dem Hausverkauf so lange geheim, bis ich abreise. Danach wäre es egal.

Wir würden uns nie wiedersehen.

Meine Kiefer sind derart fest aufeinandergepresst, dass ich fürchte, einen Krampf zu bekommen. Der Schluckauf ist zum Glück vergessen.

«Der Grund, warum ich hier bin, ist … noch geheim», sage ich kryptisch, weil sein fragender Blick immer noch auf mir lastet. «Ein geheimes Projekt. Es bringt Unglück, zu diesem Zeitpunkt darüber zu sprechen.» Was ganz sicher nicht gelogen ist.

«Aha», sagt er belustigt. «Und deine Tanten? Wissen die von deiner geheimen Mission?»

«Die … sind Teil der Operation.» Grrr. Es wird alles immer verzwickter. «Sie waren sozusagen … die Vermittler. Und werden sie wohl auch gemeinsam mit mir zum Abschluss bringen.» Auch das ist nicht geschwindelt.

Als Martin mit den Getränken an unseren Tisch tritt, hätte ich vor Erleichterung beinahe laut gejubelt. Er stellt das Tablett ab, verteilt Wein- und Wassergläser und schenkt uns von beidem ein. Anschließend lässt er uns die Wasserflasche am Tisch, den Wein nimmt er wieder mit zurück.

Gierig greife ich nach dem Alkohol. «Prost», rufe ich und nehme sogleich einen riesigen Schluck. Der Tropfen ist köstlich, perfekt gekühlt und mit einer erfrischenden Zitrusnote. Angetan trinke ich gleich ein weiteres Mal.

Mats schaut mir amüsiert zu und nippt dann ebenfalls von seinem Wein.

Als Martin das nächste Mal erscheint, hat er unser Essen dabei. Der gegrillte Fisch sieht köstlich aus und ist ansprechend angerichtet mit Salatbeilage, selbstgebackenem Brot und Dip des Hauses.

«Lasst es euch schmecken!», wünscht er und legt uns blitzschnell noch ein Fischmesser zur Seite.

Obwohl mir angesichts meiner Lügen der Appetit gründlich vergangen sein müsste, falle ich dennoch über mein Essen her. Dankbar für die Ablenkung.

«Was treiben denn deine Tanten heute?» Mats hat sich zum Glück auf ein neues Thema eingeschossen.

Ich zucke mit den Schultern. «Die Rede war von Shopping oder Erlebniszentrum. Vermutlich streiten sie immer noch, was von beiden es denn nun werden soll, und bleiben am Ende einfach in der *Weißen Villa*.» Ehe er zu einer weiteren Frage ansetzen kann, komme ich ihm zuvor. «Wie lange betreibst du die Pension eigentlich schon?»

Er greift nach einem Stück Brot, tunkt es in den Dip und beißt ab. Als er mit Kauen fertig ist, beginnt er zu erzählen. «Ich habe sie von meinen Großeltern geerbt, die sie wiederum von ihren Eltern übernommen haben. Es war ursprünglich ein Logierhaus, diente aber zwischendrin eine Zeitlang als Ferienheim für Kinder. Die gute Seeluft, du weißt schon.» Er hält die Nase schnuppernd in die Luft. Ich muss lachen.

«Das Haus war ursprünglich nur einstöckig, meine Großeltern haben es selbst umgebaut.» Stolz schwingt in seiner Stimme. «Später haben sie das Grundstück gegenüber dazugekauft und das Wohnhaus errichtet.»

«Das mit dem schönen Garten?»

«Genau. Anfangs wohnten sie in der Villa, aber als das kleine

Haus fertig war, sind sie rübergezogen. Und konnten so auch noch die zwei Zimmer vermieten, die sie mit meiner Mutter bewohnten.»

Er macht eine Pause, und ich kann sehen, wie sein Blick etwas Wehmütiges bekommt. «Vor fünf Jahren starben innerhalb von zwölf Monaten meine Großeltern und mein Vater. Die beiden alten Leute schliefen friedlich ein, sie blickten auf ein erfülltes, aber anstrengendes Leben zurück. Mein Vater dagegen strotzte vor Energie. Es war ein riesiger Schock, als er bei der Arbeit einen Herzinfarkt erlitt.»

«Mein Vater starb auch an Herzversagen», sage ich leise. «Anfang des Jahres.»

Mats schaut mich teilnahmsvoll an. Sein Blick ist so voller Wärme, dass sich in meinem Inneren ein überwältigendes Gefühl von Geborgenheit breitmacht. Ich muss schlucken.

Einen Moment schweigen wir, bis Mats sich einen Ruck gibt. «Ich ... wollte meine Mutter in der Villa unterbringen, damit sie nicht so allein ist, aber obwohl sie eine toughe Frau ist, konnte sie es in Rantum nicht mehr aushalten. Nun wohnt sie in Morsum, hat ein Zimmer auf einem Bauernhof und backt für das Hofcafé Kuchen.» Er räuspert sich. Sein Tonfall ist verhalten, als er weiterspricht: «Leider habe ich nur selten Zeit, sie zu besuchen, und da sie sich weigert, auch nur einen Fuß nach Rantum zu setzen, sehen wir uns eigentlich nur alle paar Monate.»

«Oh weh», sage ich bedauernd, «das ist ja traurig.»

Mats schüttelt den Kopf. «Keine Sorge, es geht ihr gut. Sie ist ein Sturkopf, wie mancher, der auf Sylt geboren wurde.»

«Du auch?» Ich sehe ihn amüsiert an. «Ich meine, du bist doch auch auf der Insel zur Welt gekommen, oder?»

«Merkt man das?» Mats zwinkert mir zu. «Tatsächlich kann ich sehr beharrlich sein.» Er schaut mir intensiv in die Augen.

Etwas verlegen trinke ich noch einen Schluck Wein.

Auch Mats greift nach seinem Glas. «Die *Weiße Villa* hat über hundert Jahre auf dem Buckel und muss ständig in Schuss gehalten werden. Aber wie auch bei den alten Kapitänshäusern, die zum Teil doppelt so alt sind, gibt es für die Restaurierung strenge Auflagen.» Er wirft mir einen kurzen Seitenblick zu. «Hier auf der Insel sind gute Architekten gefragt. Selbst Wärmedämmung und Einbruchschutz muss nach den Stil- und Bauvorgaben erfolgen. Man kann gut sehen, bei welchen Häusern es geglückt ist oder eher nicht. Denn die bestehenden Vorschriften zu erfüllen und gleichzeitig eigene Vorstellungen zu verwirklichen hat seinen Preis. Nicht jeder kann oder will das bezahlen.» Ein schiefes Grinsen huscht über sein Gesicht. «Mir wurde bereits mancher Zahn gezogen, was meine Wünsche anbelangt. Hinzu kommt, dass ich nicht genügend Geld auf der hohen Kante habe, um alles auf einmal renovieren zu lassen. Du hast ja gesehen, dass in der Villa noch einiges im Argen ist. Man muss Geduld haben.» Er seufzt. «Leider nicht unbedingt meine Stärke.»

Um ihn aufzumuntern, sage ich: «Scheint doch aber so, als müsstest du in der *Weißen Villa* trotz des Modernisierungsstaus nicht auf ein ausgebuchtes Haus verzichten. Sicher ist unsere Suite auch bald an der Reihe, oder?»

Mats schaut mich irritiert an. «Eure Suite? Wieso, wo … wohnt ihr denn?»

«Apartment elf», sage ich und will schon zum Beweis nach dem Schlüssel suchen, da sehe ich, wie ihm vor Schreck beinahe die Augen aus dem Gesicht fallen.

«Paula hat euch die Elf vermietet?», fragt er, als sei dies das verbotene Zimmer, in dem es spukt.

«Ähm … ja. Spricht etwas dagegen? Außer, dass es ein klein wenig … überteuert ist?», ziehe ich ihn auf.

Mats schüttelt geistesabwesend den Kopf. Unsicher schaut er

mich an. «Normalerweise wird die Suite nicht vermietet. Schon gar nicht zum regulären Preis. Paula ist …» Er gerät ins Stocken. «Sie ist extrem … *engagiert.* Und manchmal schießt sie dabei ein wenig übers Ziel hinaus. Ich werde euch selbstverständlich den Preis nachlassen.»

«Wir waren ehrlich gesagt froh, so ohne weiteres überhaupt noch etwas zu bekommen. Vielleicht taten wir ihr also einfach nur leid.» Spontan überlege ich, ob sie wohl verschossen in ihren Chef ist und es ihm deshalb besonders recht machen möchte. «Sei doch froh, dass sie mitdenkt und zu helfen versucht. Meinen Tanten werde ich jedenfalls ausrichten, dass sie angesichts unseres ermäßigten Zimmerpreises nicht mehr jedes Staubkorn auf die Goldwaage legen müssen.»

Mats grinst zwar, sieht aber noch immer reichlich bedröppelt aus. Ich fürchte, Paula wird heute Abend eine Unterredung mit dem Chef zuteil.

Eine Weile essen wir schweigend weiter. Der Fisch ist köstlich. Jeder hängt seinen Gedanken nach, aber die Stille ist keineswegs unangenehm.

Nachdem wir unsere Teller bis auf den letzten Rest leer gekratzt haben, schaut Mats auf die Uhr. «Auch wenn es eine Sünde ist, bei Martin keinen Nachtisch zu probieren, müssen wir leider darauf verzichten.» Er strafft die Schultern. «Ich habe nämlich noch einiges mit dir vor.»

«Ach ja? Was könnte das sein?», sage ich zweideutig und spüre sogleich, wie ich vor Verlegenheit rot werde. Wieso sage ich so etwas bloß?

Mats schaut mich belustigt an. «Na ja, was man halt so macht beim ersten Date. Ich stelle dir meinen Vater vor.»

«Aber ich dachte …»

Er nickt. «Ganz genau. Wir besuchen den Friedhof.»

Zwanzig Minuten später haben wir bezahlt, Martin überschwänglich für seine Kochkünste gelobt und uns von ihm das Versprechen abnehmen lassen, bald noch einmal vorbeizuschauen.

Jetzt schlendern wir nebeneinander durch die kleinen Gassen und bleiben hier und da stehen, weil ich ein Erinnerungsfoto knipsen möchte. Keitum ist wirklich zauberhaft. Neben urigen Cafés und Teestuben entdecke ich Geschäfte mit Kunsthandwerk oder ausgefallenen Blumenarrangements, dazu natürlich ein paar teure Kleiderboutiquen, aber alles in allem bin ich angenehm überrascht. Sogar mehr als das, genau wie gestern bemerke ich eine wachsende Begeisterung für die Natur. Während sich meine Aufmerksamkeit normalerweise auf die zahlreichen Wegweiser und Schilder reduziert hätte, auf denen Wissenswertes über die Architektur erklärt wird, schaue ich mir heute auffallend oft die vielen angelegten Gärten an. Ich schnuppere an Rosen und zerreibe sogar ein paar Rosmarinnadeln zwischen den Fingern. Es ist, als wandele man durch eine Filmkulisse, so perfekt arrangiert wirkt der Ort an manchen Stellen.

Mats beobachtet mich. Anfangs glaube ich, er amüsiere sich über mein Verhalten, weil er mit verschränkten Armen und schiefgelegtem Kopf in meine Richtung schielt. Doch in seinen Augen liegt nichts Belustigtes, sondern tiefes, ernsthaftes Interesse.

Obwohl er das Dorf vermutlich wie seine Westentasche kennt, scheint bei ihm keine Langeweile aufzukommen. Er hat ein feines Gespür dafür, was mir gefallen könnte.

«Ich schätze mal, durch die Boutiquen möchtest du mit mir nicht unbedingt stöbern», sagt er jetzt, «aber wie wäre es mit einem Besuch im Altfriesischen Haus? Es ist eine Art Museum, in dem man unter anderem antike Wohnräume mit Originalmöbeln bestaunen kann. Oder ist dir lieber nach mehr Natur?»

Meine Augen beginnen zu leuchten. «Was wäre denn diese *grüne* Alternative?», frage ich, damit mir auch ja nichts entgeht.

«Mit *grün* liegst du schon vollkommen richtig!», lacht er. «Das Grüne Kliff bietet einen großartigen Blick über das Wattenmeer. Achtung: Weltnaturerbe! Allerdings hätte ich zum Thema Watt am Nachmittag noch eine andere Idee.» Er schmunzelt vielsagend. «Für jetzt würde ich die Sankt-Severin-Kirche vorschlagen.»

«Der Friedhof», erkläre ich feierlich. Wir hatten darüber ja bereits gesprochen.

Mats' Blick wandert über mein Gesicht – als hätte er dort nach etwas gesucht und es schließlich gefunden –, und er lächelt.

«Okay», sagt er nach einer Weile und wendet sich unvermittelt um. «Dann müssen wir dort entlang.» Er stiefelt voran.

Ich folge mit flatterndem Herzen.

Die Kirche mit dem angrenzenden Friedhof liegt ein wenig außerhalb von Keitum, eingebettet zwischen Chaussee und Kirchenweg, über den wir uns nähern. Das Watt erstreckt sich zur Rechten, doch man kann es nicht sehen, nur ab und zu, wenn eine Bö heranweht, schnuppere ich eine Prise schlickhaltiger Luft.

«Du hast Glück mit dem Wetter», sagt Mats, nachdem wir ein paar Minuten schweigend nebeneinander hergegangen sind. «Bei Regen ist Keitum verstopft von Menschen, alle kommen dann her, um herumzubummeln. Und um zu essen. Ohne Wartezeit bekommt man keinen freien Tisch, auch nicht bei Martin.»

«Dann wäre uns in der Tat etwas entgangen», gebe ich voller Inbrunst zurück und reibe mir zum Beweis den Bauch. «Nur gut, dass wir uns die Riesenportion gerade wieder von den Hüften laufen.»

«Oh, das ist noch gar nichts. Warte auf den Nachmittag», sagt Mats und zwinkert mir spitzbübisch zu.

Wir erreichen eine geschwungene weiße Pforte, durch die wir das Kirchareal betreten. Ein Turm aus rotem Backstein wacht über das angrenzende Kirchenschiff und den Friedhof. Vor den Stufen zum Eingang wartet eine Menschentraube. Vermutlich wird hier bald ein Gottesdienst abgehalten.

In stummem Einvernehmen beschließen Mats und ich, dort nicht zu stören, darum umrunden wir die Kirche in weitem Bogen. Danach schleichen wir einen gelben Sandweg entlang, bis links und rechts kniehohe Hecken die teils alten Gräber schützen.

Es ist eine besondere Art der Ruhe, die hier zwischen den Bäumen herrscht. Ich spüre, wie sich ein tiefer, innerer Frieden in mir ausbreitet. Ich bin nicht traurig, aber teilnahmsvoll. Gleichzeitig aber auch voller Hoffnung, denn ich glaube fest daran, dass uns alle etwas Gutes im Jenseits erwartet.

Mats und ich verweilen einen Moment am Grab seines Vaters, keiner von uns spricht ein Wort.

«Komm», sagt Mats schließlich und greift nach meiner Hand. Er drückt sie kurz. «Mein Vater hätte nicht gewollt, dass wir hier stehen und trauern. Er war ein fröhlicher, optimistischer Mensch.» Sanft tippt er mir auf die Schulter. «Los. Ich möchte dir etwas zeigen.»

Er führt mich zu einer Gruppe grober Natursteine, die halbschräg im Schutz einer Mauer stehen. Sie sind beinahe mannshoch, und ihre Schrift ist kaum mehr lesbar. Dennoch springt mir die eine oder andere Jahreszahl ins Auge.

«Wow», flüstere ich, «die gehen ja zurück bis in die Mitte des achtzehnten Jahrhunderts.» Ehrfurchtsvoll betrachte ich die geschwungenen Zeilen.

Ein bunter Schmetterling landet vor mir auf dem bemoosten Stein. Er verharrt einen Moment und flattert bald darauf weiter, auf der Suche nach einem sonnigeren Fleckchen.

Wir gehen an der Reihe von fast verblichenen Grabsteinen entlang, jeder auf eine andere Art verziert und beschriftet, aber allesamt uralt. Andächtig versuchen wir, Teile der vom Regen ausgewaschenen Lebensgeschichten zu entziffern.

Irgendwann schaut Mats mich fragend an. Ich verstehe sofort, und als ich nicke, nimmt Mats erneut meine Hand und zieht mich sanft in Richtung Ausgang. Die Wärme seiner Haut strömt durch mich hindurch, und es fühlt sich verdammt gut an.

Wir durchqueren ein Tor und stehen anschließend am Straßenrand. Erst hier lässt er mich los. «Alles okay mit dir?», fragt er mit belegter Stimme.

Ich nicke. «Ja. Ein ergreifender Ort. Traurig und zugleich wunderschön.»

«Finde ich auch.»

Kurz stehen wir verlegen voreinander, bis er sagt: «Es gibt nicht viel, was man an einen Besuch in Sankt Severin anschließen kann.» Seine Stimme klingt belegt. «Aber, wie vorhin erwähnt, um eins kommst du nicht herum. Wird aber anstrengend.»

«Okay …?»

«Das hier war nämlich nur die Aufwärmphase», erklärt Mats, der zu seiner alten Fassung zurückgefunden hat und sich über mein fragendes Gesicht amüsiert. «Jetzt besuchen wir den langweiligen Strand mit dem eintönigen Meer.»

Lieber würde ich noch einen Moment durch Keitum schlendern, aber ich ahne, dass ich keine Wahl habe, darum folge ich ihm widerstandslos zum Auto.

Mats startet den Motor, wir schnallen uns an, und die Tour beginnt. Anfänglich spricht niemand ein Wort, ich reibe stumm meine Handflächen aneinander und denke zurück an den Friedhof. Wenn ich die Augen schließe, spüre ich noch immer Mats' warme Finger, die meine umschließen. Es war ein überwältigendes Gefühl, und dass es überhaupt dazu gekommen ist, lag höchstwahrscheinlich an der Magie des Ortes. Es hat nichts weiter zu bedeuten. Und doch meldet sich mein schlechtes Gewissen. Was Jo wohl dazu sagen würde? Hätte er überhaupt ein Ohr dafür? Vermutlich wäre es ihm egal. In letzter Zeit scheint sich alles nur noch um meine Erbschaft zu drehen. Wie es mir hier auf der Insel ergeht, ignoriert er komplett. Ich frage mich, ob es ihn ehrlich interessieren wird, wenn ich ihm heute Abend von Kapitänshäusern, Friesenwällen und Teestuben erzählen werde.

Aus dem Augenwinkel bemerke ich, dass Mats in regelmäßigen Abständen, sofern der Verkehr es zulässt, zu mir hinübersieht.

Als ich seinen Blick abfange, hebt er fragend eine Augenbraue. «Wie wäre es mit einer weiteren Portion Landeskunde? Du sollst nicht von hier abreisen und nichts als den Friedhof kennengelernt haben.»

«Das wäre in der Tat fatal», rufe ich in gespieltem Entsetzen, «dann schieß mal los.»

In der folgenden Viertelstunde erfahre ich Wissenswertes über seine Heimat. Unter anderem erklärt mir Mats, dass Sylt die nördlichste deutsche Insel ist und sich über eine Fläche von knapp hundert Quadratkilometern erstreckt. Ein Großteil davon ist als Naturschutzgebiet ausgewiesen. Die Insel wird durch stetigen Landverlust immer kleiner, was man seit einigen Jahren durch Sandaufspülungen einzudämmen versucht. Des Weiteren gibt es zwölf Orte und fünf Gemeinden.

Ich lausche Mats' Erzählungen, schaue aus dem Fenster und genieße seine warme, tiefe Stimme. Gerade passieren wir das Ortsschild von Kampen. Neugierig recke ich meinen Hals.

«Andere Richtung», rät Mats, «wenn du Prominente suchst, musst du nach links, den Strönwai hinauf gucken. Dort tummeln sich vom Nachmittag bis in die späte Nacht hinein alle, die gern gesehen werden möchten.»

«Ach, die Promis sind mir egal. Ich hoffe nur, dass meine Mutter und ihre Schwestern sich nicht fürs Shoppen in Kampen entschieden haben!»

Er verlangsamt die Fahrt, doch außer einer breiten Einbahnstraße mit zwei namhaften Boutiquen und viel Sonnenschirmgeflatter erkenne ich keine Besonderheiten. Wir fahren weiter, aus dem Ort raus. Die Straße ist noch immer dieselbe, aber nach und nach verändert sich die Landschaft. Zu meiner Rechten schaue ich aufs Watt, karg und unendlich weit. Links erhebt sich eine bizarre Hügellandschaft.

Noch einmal taucht, wie dahingewürfelt, eine Ansammlung Reetdachhäuser auf, danach wird es einsam. Wir biegen nach links. Die Straße wird schmaler, bis wir schließlich an einer Art Container haltmachen.

Neugierig richte ich mich auf. «Was gibt's denn hier?», frage ich und suche nach einem Anhaltspunkt, um selbst eine Erklärung zu finden. Doch alles, was ich sehe, ist eine freundliche Dame im Containerfenster, die von Mats Geld verlangt.

«Eintritt für den Strand?», erkundige ich mich.

Mats wiegt den Kopf hin und her. «Nicht ganz.»

Während er einen Zehn-Euro-Schein durch das Fenster reicht und auf Wechselgeld wartet, erklärt er: «Der nördlichste Teil der Insel, der die Form eines Ellenbogens hat und auch so genannt wird, ist in Privatbesitz. Er gehört einer Erbengemeinschaft. Die Gebühr ist mehr eine symbolische Abgabe und unterstützt dabei, die Landschaft zu schützen, Parkplätze sauber zu halten, Toiletten aufzustellen und vieles mehr.»

Er bekommt einen Schein zurück, fährt an, und wir werden ordentlich durchgeschüttelt.

Nach ein paar Metern unke ich: «Aber um die Straßen auszubauen, wird offenbar kein Geld benutzt.» Es ist ein einziges Geholper und Gestotter, kaum Asphalt, viel Sand.

«Man soll hier nicht schnell fahren, und darum wird immer nur das Nötigste ausgebessert.» Er deutet schräg nach vorn. «Schau mal dort, dann weißt du, wer hier im Straßenverkehr Vorrang hat.»

Ich folge seinem Fingerzeig und sehe zwei Schafe, die gemächlich kauend durch die Landschaft trotten. «Oh nein, wie niedlich!» Dass die wolligen Tiere auf ihren staksigen Beinen hier einfach so frei herumstromern, finde ich super. «Am liebsten würde ich aussteigen und ihnen einmal über die Nase streicheln», sage ich entzückt, «aber höchstwahrscheinlich ist das nicht erwünscht, oder?»

Ein Lächeln umspielt Mats' Lippen. «Vermutlich müssten die Tiere dann therapiert werden», sagt er und schenkt mir ein Augenzwinkern.

Ich seufze und werde ordentlich durchgeruckelt, als wir ein Schlagloch passieren. Im Vorbeifahren verabschiede ich mich von den Schafen.

Mats manövriert uns souverän über den einspurigen Weg, er weicht Radfahrern, entgegenkommenden Fahrzeugen und immer wieder Schafen aus.

«Die Tiere leisten auf der Insel wertvolle Arbeit in Sachen Landschaftspflege», erklärt er. «Mit ihren Hufen befestigen sie den Untergrund, außerdem nagen sie das Gras kurz und dicht, sodass es Hochwasser besser standhält.»

«Ach so, und ich dachte, sie posieren hier für Fotos von Stadtmenschen wie mich.»

Wir lachen.

Linker und rechter Hand besteht die Landschaft inzwischen nur noch aus Sand und Dünengras. Wie blondes Haar bewegt es sich geschmeidig im Wind, und ich muss mich beherrschen, nicht das Fenster aufzureißen, um darüberzustreichen.

Ein Leuchtturm ist auf einmal zu sehen, sicher stand er die

ganze Zeit schon da, aber er duckt sich so perfekt in die Umgebung, dass er mir gar nicht aufgefallen ist.

Dann entdecke ich etwas Mannshohes, Schwarzes, das sich im Schneckentempo auf uns zubewegt. «Du liebe Zeit, was ist das denn?», rufe ich und deute nach vorn.

«Na, was wohl?», sagt Mats ungerührt. «Zwei Marsianer.»

Ich sehe, wie es um seinen Mund herum zuckt. Dann schaue ich zurück, und langsam verstehe ich das Gebilde: Zwei Wanderer, eng umschlungen und mit Kapuzen, die sie fest vor dem Gesicht verschnürt haben, stapfen uns entgegen.

«Es sieht tatsächlich so aus, als befänden wir uns auf einem anderen Planeten», verteidige ich meine naive Unwissenheit.

Mats lacht. «Stimmt. Und über allem thront das blaue All.»

«Ganz genau!» Fasziniert kneife ich die Augen zusammen, um möglichst weit in die Ferne gucken zu können. Am Horizont schimmert das Meer.

«Ab hier müssen wir zu Fuß gehen», erklärt Mats, als vor uns ein Parkplatz ausgeschildert ist, auf dem er kurz darauf parkt. «Weiter dürfen wir mit dem Wagen nicht fahren.»

Er wirft noch einmal einen skeptischen Blick auf meine Schuhe. «Besser, du ziehst dich um.» Er löst seinen Gurt, steigt aus und spaziert zum Kofferraum, wo ich ihn geräuschvoll hantieren höre.

Als ich ebenfalls aussteigen will, steht er bereits in Gummistiefeln an der Beifahrertür, in der Hand ein weiteres, quietschrotes Paar mit weißen Punkten.

«Ich hoffe, sie passen», sagt er entschuldigend. «Sie sind aus der *Weißen Villa.*»

Ich muss wohl etwas verdattert geguckt haben, denn er erklärt: «Wir verleihen Regenschirme, Gummistiefel, Windjacken, Rucksäcke, Badehandtücher …»

Er schaut gen Himmel, um in seiner Erinnerung zu kramen,

doch ich erlöse ihn. «Habe verstanden. Bei euch bekommt man so ziemlich alles.»

«Du sagst es.» Mats nickt zufrieden. «Sogar frische Strümpfe», er hält ein paar blütenweiße Socken in die Höhe. «Du möchtest sicher nicht barfuß hineinschlüpfen. Schuhgröße müsste passen.»

«Wow, du kennst dich aus», sage ich mit einem ironischen Zwinkern.

«Mit Frauen, meinst du? Eher nicht.» Ein Grinsen huscht über sein Gesicht.

«Wieso?», hake ich scherzhaft nach. Und schieße ins Blaue: «Immerhin hat eine dich geheiratet.»

Er schaut mich an. Sein Blick ist unergründlich, und die grauen Augen passen sich farblich so vortrefflich der Landschaft an, dass man keine Zweifel über Mats' Herkunft hat. Er ist ein Nordlicht durch und durch.

«Nur aus Mitleid», sagt er trocken und stellt die Stiefel vor mir ab.

Er verschwindet noch einmal in Richtung Kofferraum. Als er das nächste Mal auftaucht, hat er eine zusammengefaltete Windjacke unter dem Arm klemmen. «Nur vorsichtshalber. Hier oben trifft das Wattenmeer auf die offene See, es herrscht manchmal eine steife Brise.»

«Also …», ich suche nach den passenden Worten, «ich bin ja eigentlich nicht so der Spaziergehtyp», werfe ich vorsichtig ein, «dafür fehlt mir in Hamburg schlicht die Zeit. Und ein bisschen auch die Lust.»

Kurz fürchte ich, ihm damit auf den Schlips getreten zu sein, doch zu meiner Überraschung nickt er. «Verständlich. Ich muss mich manchmal auch regelrecht zwingen, vor die Tür zu treten. Zu viel zu tun. Aber es gibt auch Tage, da zieht es mich förmlich hinaus. Ich würde wahnsinnig werden, hätte ich nicht das Meer vor der Haustür.» Er schaut mich mit schiefgelegtem Kopf an. «Also, was ist? Gehen wir los? Oder setzt der Koller schon ein?»

Statt einer Antwort schneide ich eine Grimasse.

Den vorgegebenen Weg entlang marschieren wir durch die Dünen. Irgendwann biegen wir um eine Kurve, und plötzlich liegt vor uns das Wasser. Ein schmaler Sandstrand, dahinter das Wattenmeer.

Ein paar Wolken sind unbemerkt am Himmel aufgezogen, sie haben sich oberhalb der tiefstehenden Sonne formiert und schillern in den verrücktesten Farben. Die größeren unter ihnen sind Dunkelblau, verschwimmen im Grau und lassen am Horizont Platz für eine hellorangefarbene Leinwand. Fasziniert bleibe ich stehen. Das Wasser im Vordergrund reflektiert die Szene, dazu der helle Sand und die gelben Dünen. Ich bin verzaubert. Ein derartiges Farbspiel habe ich nie zuvor gesehen.

Obwohl Mats' Wagen nicht das einzige Fahrzeug auf dem Parkplatz war, sind wir an dieser Stelle des Strandes mutterseelenallein. Irgendwo am Horizont glaube ich ein paar Schatten zu erkennen, eine Familie mit Kind, außerdem ein einzelner Wanderer. Ansonsten nur Natur, so weit das Auge reicht.

«Alles gut?», fragt Mats, der mein abruptes Stoppen falsch interpretiert. Besorgt schaut er an mir herunter. «Passen die Schuhe doch nicht?»

Ich schüttele den Kopf. «Nein, es ist nur … so wunderschön.» Ich deute mit dem Finger nach vorn. «Auf einem Foto würde man es als kitschig empfinden. Aber es ist … einfach unbeschreiblich.»

Mats lächelt. Erleichterung, aber auch Stolz und kindliche Freude spiegeln sich in seinem Blick. «Ich wusste, es würde dir gefallen», sagt er voller Inbrunst und beginnt plötzlich loszulaufen. «Komm!», ruft er und rennt weiter in Richtung Meer. «Mal sehen, ob die Gummistiefel dichthalten.»

Auf einmal fühle ich mich leicht und beschwingt. Ich presche los, rempele ihn im Vorbeilaufen vorsichtig an und fordere ihn zu einem Wettlauf heraus. Wie übermütige Kinder rennen wir auf das Wasser zu, stolpern über den Strand, bis wir mit den Gummistiefeln im Schlick versinken. Fast verliere ich das Gleichgewicht, doch Mats fängt mich auf und hält mich einen Moment fest gegen die Brust gepresst. Der sanfte Duft seines Aftershaves mischt sich mit frischer Seeluft und dem unverwechselbaren Geruch des Wattenmeers.

Mir wird ein bisschen schwummerig, darum bin ich froh, gestützt zu werden. In diesem Augenblick vergesse ich alles um mich herum, meine Sorgen um das Haus, die anstrengende Familie, den Streit mit Jo – sogar den Grund, warum ich überhaupt auf der Insel bin. Hier unter dem endlos weiten Himmel sicher gehalten zu werden ist ein einzigartiges Gefühl der Glückseligkeit.

Ich versuche, mir die Eindrücke und Empfindungen fest einzuprägen, um den Moment für immer in meinem Gedächtnis zu verankern. Es dauert viel zu lange, bis ich zu mir komme und Mats mit einer Mischung aus Scham und schlechtem Gewissen sanft von mir wegschiebe. Dabei begehe ich allerdings den Fehler, ihn anzusehen. In seinen Augen spiegelt sich das Meer. Und ganz tief in ihrem Inneren glimmt ein Funke, der beinahe schmerzhaft auf mich überspringt.

Mir pocht das Herz in der Brust, laut und schnell.

«Das … war Rettung in letzter Minute», spiele ich die Umarmung herunter. Gleichzeitig versuche ich durch meine Worte, von dem hämmernden Geräusch meines Herzens abzulenken. Verlegen schaue ich auf meine Fußspitzen.

«Komm!», höre ich ihn sagen. «Wir müssen weiter. Wir sind noch lange nicht am Ziel!»

14

Sylt ist ein Lebensgefühl

Schweigend wandern wir nebeneinander am Meer entlang. Ich bin dankbar für die Windjacke, die ich mir inzwischen übergeworfen habe. Denn obwohl die Sonne noch immer hinter goldgelben Wolken vom Himmel herabschaut, bläst ein kräftiger Wind vom Meer. In meinem Kleid wäre ich ziemlich ins Schlottern geraten, doch die papierdünne Jacke hält mich erstaunlich warm.

«Wind muss man mögen, wenn man nach Sylt kommt», sagt Mats, nachdem er mich eine Weile dabei beobachtet hat, wie ich mir fortwährend meine Haare aus dem Gesicht streiche, weil sie dort wie verrückt kitzeln. «Ist nicht jedermanns Sache.»

«So ein Quatsch.» Ich greife mir kurzerhand das Zopfgummi, das ich stets zur Sicherheit ums Handgelenk trage. «Man muss sich nur zu helfen wissen.» Triumphierend schaue ich ihn an. «In mancher Hinsicht mag ich es turbulent.»

Eine Möwe kreist über unseren Köpfen. Irgendwann landet sie wenige Meter entfernt im Sand und wartet, ob wir etwas zum Fressen für sie bereithalten. Als wir sie ignorieren, hüpft sie eine Weile fordernd neben uns her.

«Dort vorn trifft das Wattenmeer auf die Nordsee», erklärt Mats. «Auch wenn die Brandung heute nicht gerade tost, ist Baden an dieser Küste nicht erlaubt.» Er macht mich auf ein Schild aufmerksam, das ich längst gesehen habe. «Unter Wasser herrschen lebensgefährliche Strömungen, aber die Gefahr wird von den Gästen immer wieder unterschätzt.»

Mir schaudert es bei der Vorstellung, auf die offene See hinausgezogen zu werden. «Keine Sorge», sage ich ehrfürchtig, «ich beabsichtige sicher nicht, mich in die Fluten zu stürzen.»

Mein Blick verliert sich in der Weite. Der Himmel fließt ins Meer, es ist eine faszinierende Naturerfahrung. Als würde an dieser Stelle das Universum eins seiner vielen Geheimnisse preisgeben.

Wie kurz und unbedeutend ist mein Leben im Vergleich zum unendlichen Kreislauf der Naturgewalten! Ich spüre Faszination und Demut und lasse mich in den Sand gleiten, um der Erde ganz nah zu sein.

Mein Vater kommt mir in den Sinn. Hat er, so wie ich heute, ab und zu hier am Meer gestanden und über das Leben nachgedacht? Wenn er regelmäßig nach Sylt kam, muss ihm dieser beeindruckende Strand am Ellenbogen vertraut gewesen sein. Hielt er deshalb an dem Haus fest? Weil er hier auf der Insel der Natur so nahe war? Blickt er in diesem Moment von irgendwo auf mich herab? Ich glaube nicht an den Himmel als Endstation des Lebens, mein Verstand verbietet es mir. Aber mein Herz räumt mir diese Möglichkeit dennoch ein.

Aus dem Augenwinkel nehme ich eine Bewegung wahr. Mats setzt sich neben mich. Sein Körper nimmt dem Wind die Angriffsfläche, wie eine schützende Mauer.

Schweigend blicken wir aufs Meer. Der Wind lässt ein paar Sandkörner tanzen, sie steigen auf, wirbeln ein kleines Stückchen durch die Luft und lassen sich gleich darauf leichtfertig an anderer Stelle nieder.

Seite an Seite mit Mats zu sitzen fühlt sich fremd und gleichzeitig seltsam vertraut an. Obwohl mir zuvor nicht kalt war, empfinde ich in seiner Nähe plötzlich eine wohlige Wärme. Ich bilde mir sogar ein, durch die Jacke hindurch seine Haut spüren zu können.

Auch das entspannte Schweigen ist mir in Gegenwart anderer Menschen fremd. Jo plappert im Grunde fortwährend. Über die Firma. Aber vor allem über sich selbst.

Umso mehr genieße ich diesen Moment und bin vollkommen entspannt. Also, so entspannt, wie man eben sein kann, wenn man auf Tuchfühlung mit einem fremden Mann sitzt. Noch dazu mit einem, der so unverschämt anziehend riecht. Kaum wahrnehmbar und doch überwältigend kitzelt Mats' Duft meine Nase und vermischt sich mit der frischen Brise, die das Meer uns zuträgt.

Nach einer gefühlten Ewigkeit bricht er das Schweigen. «Wann fährst du zurück nach Hamburg?»

Es ist, als würde jemand in einem Raum mit Meerblick plötzlich mit Schwung die Jalousie herunterlassen. Gerade noch fühlte ich mich grenzenlos, als schwebte ich auf einer Wolke, jetzt werde ich mit Wucht in die Realität zurückgerissen.

«Ich weiß es nicht», gebe ich mit belegter Stimme zurück und fühle plötzlich einen Kloß im Hals. Ich drehe mich zu ihm. Dunkelgrau lauern seine Augen, wie zwei Magnete, die mich unweigerlich anziehen werden, wenn ich ihnen zu nahe komme. Schnell schaue ich wieder aufs Wasser.

«Ich habe momentan viel zu erledigen in Hamburg. Auf meinem Schreibtisch türmt sich die Arbeit, und mein Freund …» Weiter komme ich nicht, denn in dieser Situation über Jo zu sprechen ist mir unmöglich. Er passt nicht hierher.

Überhaupt erscheinen mir Hamburg, mein Job und sogar Jo meilenweit weg zu sein, sodass sich meine Worte vollkommen hohl und leblos anhören. Ich zwinge mich dennoch zu einer Erklärung.

«Ich arbeite mit ihm gemeinsam in einem Architekturbüro.

Wir sind Partner … also in der Firma. Zurzeit hoffen wir auf die Zusage für ein Neubauprojekt im Hafen.» Je länger ich am Stück spreche, umso flüssiger kommen mir die Worte über die Lippen, und umso mehr nähere ich mich meinem eigenen Leben wieder an. «Es macht wahnsinnig viel Spaß», füge ich hinzu, «und ich kann es kaum abwarten zurückzukehren, um mein Team zu unterstützen.»

Ich spüre, dass Mats mich weiterhin ansieht. «Hört sich an, als würde eine Menge Verantwortung auf dir lasten.»

«Das stimmt. Ich komme viel zu selten raus. Ruhige Momente wie diesen hier», ich deute in Richtung Wasser, «gibt es im Grunde nicht. Nie.»

«Dabei sind sie so wichtig. Gerade, wenn man kreativ arbeitet.»

Er hat recht. Klar hat er das. Als ich im Auto auf dem Weg hierher saß, habe ich ja selbst gemerkt, wie es um mein Nervenkostüm bestellt ist.

Bei meiner Arbeit geht es im Grunde ständig hektisch zu, weil sogar während des ganz normalen Tagesgeschäfts meist extremer Termindruck herrscht. Dazu kommen regelmäßige Pitchs, um neue Kunden zu akquirieren. Sie versetzen mein Gemüt jedes Mal in einen regelrechten Ausnahmezustand, weil ich mir, während ich gespannt auf eine Entscheidung warte, unentwegt den Kopf darüber zerbreche, ob ich an alles gedacht habe.

Und über alldem schwebte in letzter Zeit auch noch die Sorge um Mama. Dass Jo seit Wochen auf seinem gelben Sofa in der Firma schlief, machte die Sache auch nicht besser.

«Auszeiten werden manchmal aber auch überbewertet», wiegele ich dennoch ab und schaue Mats herausfordernd an. «Man muss nur wissen, wie man sich zurückzieht. Einen Pol der Ruhe schaffen, für das Innere.»

Er hebt überrascht eine Augenbraue. «Und du weißt, wie das geht?»

So, wie er die Worte betont, klingt es, als sei dies vollkommen abwegig. Als sei ich der letzte Mensch auf der Welt, der Ahnung von innerer Ruhe oder Meditation hat.

«Klar», entgegne ich ein wenig pikiert. «Was ist daran so unglaubwürdig?»

«Alles», sagt er knapp. «Sei mir nicht böse, aber du wirkst auf mich eher nervös als ausgeglichen.» Jetzt huscht doch noch ein schmales Lächeln über sein Gesicht. «Denk an den Moment, als wir uns zum ersten Mal begegnet sind. Du standest dermaßen unter Strom, dass du mich fast angefallen hättest, um an das blöde Brötchen zu gelangen.»

«Ich hatte den ganzen Tag noch nichts gegessen und einen Mordshunger», verteidige ich mich. «Mehr nicht.»

«Verstehe.» Er streicht sich übers Kinn. «Sei froh, dass ich die Stulle verspeist habe. Sie schmeckte furchtbar.»

Jetzt müssen wir beide lachen. Um seine Augen tanzen Lachfalten.

Dann wird sein Gesichtsausdruck wieder ernst. «Wann war dein letztes Mal?», fragt er und fixiert mich mit seinen grauen Augen.

Ich starre zurück. «Was … genau meinst du?»

«Das letzte Mal, dass du einen Koller hattest. Du weißt schon – du hast gesagt: *Strandurlaub ist nichts für mich, von Sand und Dünen bekomme ich einen Koller.*»

Ich suche in seinem Gesicht nach einem Zeichen, dass er sich einen Spaß daraus macht, mich zu zitieren, doch da ist nichts. Nur eine steile Falte hat sich auf seine Stirn eingegraben.

«Das war anders gemeint. Es … bezog sich auf Langeweile. Mir würde auf einer Insel einfach schnell die Decke auf den Kopf fallen, glaube ich.»

«Verstehe. Wann hast du denn das letzte Mal Inselurlaub gemacht?»

«Ich ... Also ... Wieso ist das wichtig?»

«Es interessiert mich nun mal.»

Ich winde mich. «Noch nie.»

«Aha.» Er kratzt sich am Kopf. «Ich frage mich, ob du tatsächlich davor zurückschreckst, dich zu langweilen, oder ob du nicht vielmehr Angst hast, es nicht zu tun.»

«Wie bitte?» Ich verstehe nicht, worauf er hinauswill.

Mats beugt sich nach vorn, umschlingt seine Knie mit den Armen und schweigt einen Moment nachdenklich. Erst nach einer Weile sagt er: «Es könnte ja auch sein, dass du die Stille genießt. Aber offenbar hast du dir noch nie die Zeit genommen, es herauszufinden.» Er lehnt sich zur Seite, um mich anzusehen. «Hast du irgendwelche Auszeiten geplant?»

Obwohl mir sein Verhör nicht sonderlich gefällt, krame ich in meinem Gedächtnis. «Eigentlich nicht. Aber demnächst haben Jo und ich die Absicht, nach Dubai zu fliegen.»

Mats schielt mich von unten herauf an. «Nach Dubai», sinniert er, «soso ...»

Es nervt mich, wie er die Worte betont. Ich setze mich aufrecht hin und erkläre energisch: «Wie schon gesagt: Ich mag es turbulent. Stadtbesichtigungen, Menschen, das volle Programm. Und nicht mal das brauche ich im Grunde, weil meine Arbeit mich entspannt.»

Es entsteht eine Pause, während deren ich mich frage, was ich da eigentlich rede. Habe ich mir nicht gerade eben noch eingestanden, dass mein Job mir ziemlich zusetzt? Was zwar nicht bedeutet, dass ich ihn nicht mag. Nur bräuchte ich vielleicht wirklich mal eine Pause. Dubai ist dafür sicher nicht meine erste Wahl, aber besser als nichts, oder?

Mats löst die Hände von den Knien, stützt sich mit einer

Hand hinter dem Rücken ab und dreht sich zu mir. «Ich habe eine Zeitlang auch wie verrückt gearbeitet. Damals lebte ich in Frankfurt, besuchte so ziemlich jede Fortbildung, die angeboten wurde, und zog abends um die Häuser, um Kontakte zu knüpfen. Während dieser Zeit leitete ich die Villa mit Hilfe einiger Mitarbeiter aus der Ferne.» Er streicht sich versonnen durchs Haar. «In Frankfurt habe ich tagtäglich beinahe sechzehn Stunden gearbeitet und ohne Unterbrechung Menschen um mich gehabt. Ich stand ständig unter Strom, es war wie eine Droge. Kurz habe ich sogar damit geliebäugelt, Sylt komplett den Rücken zu kehren und die Villa zu verpachten.»

«Wirklich?» Mats in der Großstadt? Eine eigenartige Vorstellung. «Wie kam es denn dazu?», erkundige ich mich neugierig. «Und was hat dich am Ende umgestimmt?»

Er schaut versonnen in die Ferne. Auf seinem Gesicht liegt der Schleier einer unschönen Erinnerung. «Ist ’ne lange Geschichte», sagt er schließlich. «Aber am Ende kurierte mich ein einziger, kurzer Besuch hier zu Hause. Nach nur einem Spaziergang um den Ellenbogen wurde mir klar, dass ich mir etwas vormachte. Ein Leben in der Großstadt ist nichts für mich.» Er sucht meinen Blick. «Ich brauche regelmäßige Auszeiten, um mir selbst auf die Pelle zu rücken. Nur dann erfahre ich, wie es mir wirklich geht. Sylt ist dafür perfekt.» Er greift sich eine Handvoll Sand und lässt sie langsam durch die Finger rieseln. «Ich liebe diese Insel. Ich möchte hier nicht fort.»

Ich fühle einen Stich im Herzen. Vielleicht, weil mich die Leidenschaft, mit der er spricht, berührt. Und weil ich mich frage, ob ich über mein Zuhause dasselbe sagen würde. Mit demselben Feuereifer. Was er erzählt, hat Hand und Fuß, und mir imponiert seine Offenheit. Auch wenn sie mich ein wenig wehmütig werden lässt. Es ist mit Sicherheit wichtig, sein Tun und seine Ziele regelmäßig zu hinterfragen und dabei absolut ehrlich zu sich selbst zu sein. Doch gerade habe ich so viel anderes in meinem Kopf zu bewegen, dass ich nicht auch noch dieser Frage auf den Grund gehen möchte. Denn wer weiß schon, worauf man dabei stößt?

«Wie sieht es aus», fragt er lächelnd, «wollen wir weiter?»

Ich nicke, und wir stehen auf.

«Da du ja in einer unrenovierten und zudem total überteuerten Absteige untergekommen bist, in der man seine konsumierten Getränke in eine Liste eintragen muss …» Er zwinkert mir zu. «Wie wäre es mit einem Drink zum Abschluss des Tages? Vorher kann ich dich eigentlich nicht gehen lassen.»

Ich zögere. Der Tag mit Mats war wunderschön, ich würde ihn liebend gern bei einem Cocktail ausklingen lassen. Gleichzeitig gibt es gute Gründe, seine Einladung auszuschlagen. Jo zum Beispiel. Es wäre nicht okay.

Mats schaut mich belustigt an. «Ist es wegen deiner Tanten? Falls ja: Wir nehmen sie mit!»

Meine Augen werden kugelrund. «Du weißt nicht, was du sagst!» Das geht auf keinen Fall. «Nein, sie sind nicht das Problem. Es ist …», setze ich an, werde aber von Mats unterbrochen.

«… nur ein Drink», vollendet er meinen Satz. «Nichts Verwerfliches.»

Ich bin hin und her gerissen. Eine Weile zermartere ich mir das Hirn, wäge alle Für und Wider gegeneinander ab. Dann entscheide ich, dass Mats recht hat. Es ist nur ein Drink.

Ich hebe entwaffnend die Hände. «Okay, du hast gewonnen. Allerdings müsste ich vorher kurz telefonieren.»

Wir stapfen zurück zum Auto und kürzen die Runde um den Ellenbogen etwas ab, wobei ich ein paar Schritte hinter Mats trödele, um zunächst mal bei meiner Familie durchzuklingeln. Ich bin es ihnen wohl schuldig, ein kurzes Lebenszeichen von mir zu geben, damit sie den Abend verplanen können.

Mama ist sofort am Apparat. Wir sind beide etwas verlegen, darum komme ich gleich zur Sache. Ihr ist alles recht, sie möchte nur wissen, ob sie während meiner Abwesenheit mein Auto benutzen können. «Wenn du nichts dagegen hast, wollen wir zu Gosch nach List fahren», erklärt sie. «Wirst du später nach Hause gebracht? Wir könnten dich sonst unterwegs irgendwo abholen.»

Ich lehne ihr Angebot dankend ab und beschreibe ihr, wo mein Autoschlüssel liegt. Danach versuche ich es bei Jo. Unsere Diskussion vom Vormittag würde ich gern mit ein paar netten Worten endgültig aus dem Weg räumen. Doch er geht nicht an sein Handy, dafür erklingt Majas glockenhelle Stimme.

«Hallo Julia», flötet sie. «Joey ist gerade rüber zu Antonio, Essen und 'ne Flasche Wein besorgen.»

Joey? Interessanter Kosename.

Sie seufzt übertrieben. «Wird mal wieder spät heute, ansonsten läuft aber alles bestens.»

Plötzlich beginnt mein Herz vor Aufregung wild zu klopfen. «Gibt es gute Nachrichten vom Wettbewerbsausschuss?» Es ist nämlich so: Der Laden von Antonio ist eines von drei italienischen Restaurants, die sich in direkter Nachbarschaft zu unserem Büro befinden. Genau genommen ist es das exklusivste. Wir essen ausschließlich mit wichtigen Kunden dort oder wenn es etwas zu feiern gibt. Wenn Jo also dort heute für die gesamte Belegschaft Essen holt, wird es einen triftigen Grund geben.

«Nee», sagt Maja. «Wir hatten nur Hunger.»

Okay … das ist *kein* triftiger Grund.

«Aber keine Sorge», plappert sie weiter, «es wird nicht teuer. Die anderen sind schon gegangen, wir sind nur noch zu zweit.»

«Aha.» Sehr beruhigend. Jo und Maja allein? Was soll das für eine Arbeit sein? Sie ist doch für den Telefondienst eingeteilt.

Außer mir würde heute Abend todsicher niemand mehr anrufen.

«Tja …», sage ich gedehnt, «dann wünsche ich euch viel Erfolg. Und richte Jo doch bitte aus, er möge mal durchklingeln, wenn Zeit ist.»

«Alles klar, kann aber spät werden.»

Wir legen auf, und ich bleibe einen Moment verdattert stehen. Jo und Maja mit Essen vom teuersten Italiener? Ohne Grund? Läuft da etwas zwischen den beiden?

Ich versuche, mir vorzustellen, was es für mich oder die Firma bedeuten würde, sollte die beiden mehr als ein Arbeitsverhältnis verbinden. Es ist … also … Ich *kann* es mir nicht vorstellen.

Kurz bevor wir den Parkplatz erreichen, schließe ich zu Mats auf.

«Ich hatte schon die Befürchtung, dass deine Familie noch ein paar Sonderwünsche an dich hat», stichelt er lächelnd.

Wir steigen in den Wagen, und Mats lässt den Motor an.

Ich lehne mich in meinem Sitz zurück und fühle mich ein wenig benommen. Ich mache mir Gedanken über einen Absacker, während zu Hause mein Freund im Begriff ist, mit unserer Sekretärin Antonios Rotwein zu entkorken!? Ich versuche, in mich hineinzuspüren und zu ergründen, was ich empfinde. Dass Jo nicht allein zu Hause oder in der Firma sitzt, während ich noch ausgehe, erleichtert mich. Aber wirklich ruhig und entspannt bin ich nicht.

Nachdenklich starre ich durch die Frontscheibe. Die Sonne steht tief, ihr Licht glimmt inzwischen so rötlich, als würde der Himmel brennen. Bizarre Schatten vom Dünengras und der Heide verwandeln die Landschaft in eine Märchenkulisse.

Mats hat das Radio eingeschaltet, leise Musik begleitet den hereinbrechenden Abend. Ich kenne die Band, komme aber nicht auf den Namen. Es geht um eine Busreise. Eine Frau, die mit aussteigt. Ein Hotel in der Fremde. Klangvolle Gitarren in der Dämmerung.

Ich mag diese Stimmung, wenn das Licht diffuser wird und der Tag Platz für den Abend macht.

Etwa zwanzig Minuten dauert die Fahrt, dann erreichen wir Rantum.

Mats setzt den Blinker und steuert den Wagen in eine Parkbucht. Weit und breit ist allerdings kein Restaurant zu sehen. Fragend schaue ich ihn an.

«Mit dem Auto kommen wir nicht weiter, wir müssen noch ein Stück durch die Dünen laufen.»

Noch ein Spaziergang?, stöhne ich innerlich.

Als wir aussteigen, hat der Wind nachgelassen, die Luft ist lau, und es duftet nach Heide und hereinbrechender Nacht.

Gleich hinter dem Parkplatz befindet sich eine Holztreppe, die wir nebeneinander erklimmen. Vom höchsten Punkt des Dünenpfades hat man Sicht auf ein bunt erleuchtetes Restaurant. Beim Näherkommen erkenne ich, dass es sich im Grunde nur um einen Pavillon handelt, mit ausladenden, quadratischen Sonnenschirmen und durchsichtigen Seitenwänden, sodass man von jedem Platz nach draußen blicken kann.

Die kleine Bude ist rappelvoll.

«Du liebe Zeit», entfährt es mir, «da ist ja der Teufel los! Und der Teufel trägt Prada …»

Tatsächlich ist die Mehrzahl der Gäste schick gekleidet. Die Männer tragen dunkle Anzüge, die Frauen Partykleider mit hochgesteckten Frisuren oder Blumen im Haar.

Während ich mich staunend weiter umsehe, entdecke ich plötzlich eine Braut. «Das ist eine Hochzeit!» Ich schaue Mats irritiert an. «Hier können wir nicht stören.»

Er zuckt mit den Schultern. «Wusste ich nicht.»

«Gibt es einen Plan B?», erkundige ich mich und hoffe, dass er nicht Gosch in List vorschlägt. Ich habe keine Lust, meiner Familie über den Weg zu laufen.

Mats deutet auf eine freie Ecke im Partyzelt. «Plan B», sagt er lässig und zieht mich hinter sich her. «Es stört dich doch nicht, wenn wir uns irgendwo dazusetzen?»

Hat er keine Manieren? «Das ist eine Hochzeit! Eine geschlossene Gesellschaft. Die Leute wollen garantiert unter sich sein, da kann man sich nicht einfach dazusetzen.»

Doch Mats geht unbeirrt weiter. «Das ist schon okay», sagt er lapidar.

«Aber …» Ich deute an mir herunter, wo noch immer die quietschroten Gummistiefel an meinen Füßen leuchten.

Mats bleibt endlich stehen. «Ich habe nur diesen einen Tag, um dir die Insel zu zeigen. Wir haben ein paar Sehenswürdigkeiten angeschaut, von denen ich annehme, dass sie dir gefallen. Vieles andere kannst du bei Bedarf in einem Reiseführer nachlesen.» Sein Blick gewinnt an Intensität. «Aber den Rest musst du spüren. Sylt ist ein Lebensgefühl.» Er holt tief Luft. «Niemand wird sich um unsere Füße scheren. Im schlimmsten Fall lösen wir einen Trend aus, und morgen strömen alle nach Westerland, um ähnliche Modelle zu ergattern! Auf Sylt heiratet man das ganze Jahr. Notfalls im Friesennerz. Also: Vertrau mir.»

Er lässt keine Widerrede gelten, sondern zieht mich wie ein störrisches Kind hinter sich her. In der Tür werden wir sogleich von einem jungen Paar angehalten. Wusste ich's doch! Sicher wollen die uns achtkantig hinauswerfen, doch ich staune nicht schlecht, als wir stattdessen höflich darum gebeten werden, ein Foto von den beiden zu knipsen.

Mats schenkt mir einen Blick der Marke «Habe ich es dir nicht gesagt?» und erweist dem Pärchen den Gefallen. Sie bedanken sich überschwänglich und drängen anschließend nach draußen, um zu rauchen.

«Glaubst du mir jetzt?», fragt Mats mit hochgezogenen Brauen. «Alle sind friedlich.»

Wie zum Beweis werden wir jetzt schwanzwedelnd von einem Hund begrüßt. Sein Herrchen hat Mühe, ihn zu bändigen. «Verzeihung, auf Partys kann er nicht aufhören, alle abzuschlecken», erklärt uns der Mann und lenkt das Tier zurück zu dem Tisch, von dem es sich losgerissen hat.

Ich schaue mich fasziniert um. Eine junge Frau mit Gitarre sitzt auf einem Barhocker und spielt dem Brautpaar schüchtern ein Ständchen. Es wird geklatscht und gelacht. Überall wuseln Menschen zwischen den etwa dreißig Tischen herum – kleine, runde, ebenso wie lange, eckige, aber allesamt Hochtische.

Hier sind wir also sicher vor meinen Tanten, denke ich und folge Mats zu einer freien Ecke an einem länglichen Holztisch. Die Leute am anderen Ende heißen uns willkommen, räumen noch ein wenig Platz frei und stellen sich vor.

Mats setzt sich mir gegenüber, und ich beginne, mich zu entspannen.

«Moin! Willkommen in der *Muschel*. Ich bin Enno.» Ein drahtiger Typ mit Vollbart und einer buntgemusterten OP-Haube schenkt uns im Vorbeigehen ein Lächeln. Er ist im Begriff, fünf voll beladene Teller mit Muscheln an uns vorbeizubalancieren, und bleibt kurz stehen. «Ich würd euch ja gern die Hand geben, aber», er blickt auf die Teller, «is' grad schlecht.»

«Kein Problem», versichere ich schnell.

Aber Enno fährt seelenruhig fort, als würde er nicht fünf Teller, sondern fünf Watteballchen vor sich hertragen. «Is' heute 'n büschn wuselig.» Er deutet auf das Brautpaar. «Die zwei dort hinten haben den halben Laden gemietet. Stört euch hoffentlich nicht?»

Mats und ich schütteln synchron den Kopf.

«Getränkewunsch?»

Wir einigen uns in Windeseile auf eine Flasche Rosé, bevor Enno wieder verschwunden ist. Außerdem beschließen wir, auch noch eine Kleinigkeit zu essen. Der Spaziergang durch den Sand hat hungrig gemacht.

Die Speisekarten werden uns von den Gästen am anderen Ende unseres Tisches vermacht.

«Wahnsinn, hier wird heute à la carte gekocht, obwohl der Laden rappelvoll ist?», sage ich überrascht.

«Sie waren ja auf den Ansturm vorbereitet», entgegnet Mats achselzuckend. «Hier ist es aber im Grunde immer voll. Vielleicht nicht so extrem wie heute, aber Enno ist das Pensum gewohnt. Der Koch ist sein Ehemann, die beiden haben Nerven aus Stahl.» Mats grinst. «Im Gegensatz zu dir.»

«Ich habe den Wink verstanden», sage ich gespielt beleidigt.

«Hoffentlich findest du deinen inneren Pol der Ruhe hier noch», sagt er gerade, als Enno schon wieder auftaucht und den Wein, eine Flasche Wasser und die entsprechenden Gläser herbeischafft. Geschickt wie ein Hütchenspieler verteilt er flink alles auf dem Tisch, schenkt uns ein und verspricht, für die Essensbestellung noch einmal wiederzukommen.

Mats erhebt sein Glas. «Auf Sylt!» Im schummrigen Licht des Lokals sieht er mir tief in die Augen.

«Auf Sylt», antworte ich und konzentriere mich nach einem ersten Schluck nervös auf die Karte. «Kannst du etwas empfehlen?»

«Alles.»

Ich schaue kurz überrascht auf.

«Ennos Mann kocht genial, du kannst alles auswählen und wirst garantiert nicht enttäuscht werden.»

Am Ende nehmen wir beide Pasta mit Meeresfrüchten. Enno

düst vorbei, notiert unsere Bestellung, während er gleichzeitig den Tisch aufräumt. Sekunden später bahnt er sich akrobatisch seinen Rückweg zur Küche.

«Sieht ein bisschen aus, als würde er tanzen», schmunzelt Mats. «Er sollte das zu seinem Markenzeichen machen.»

«Bloß nicht!», japse ich, weil Ennos Verrenkungen wirklich komisch sind. «Dann würde der Laden hier vor Schaulustigen aus allen Nähten platzen. Es ist ja jetzt schon brechend voll.»

Einen Moment schauen wir in die Runde und beobachten die anderen Gäste. Viele sind inzwischen mit dem Essen fertig oder naschen nur noch von einer Süßspeise. Die Frau mit der Gitarre hat ihr Musikinstrument weggelegt, stattdessen beginnt nun, leise Musik aus den Lautsprechern zu rieseln. Ein Pärchen schunkelt eng umschlungen und scheint dabei einem Typen zu lauschen, der gerade einen Witz zum Besten gibt. Alle haben gute Laune, ohne aus der Reihe zu fallen.

Ich macht Mats auf ein kleines Mädchen aufmerksam, das die Raummitte zur Tanzfläche erklärt hat und mit ihrem gelben Rüschenrock wedelt.

«Habt ihr auch Kinder?», werden wir von einem unserer Tischnachbarn gefragt. Seine Freundin hat sich an seine Schulter gelehnt, um dem Gespräch besser lauschen zu können.

Mats und ich schauen uns verlegen an. Ohne die Augen von mir zu lösen, antwortet er: «Soweit ich weiß, haben wir beide keine Kinder.»

Das Pärchen kichert über die Formulierung.

«Wir auch nicht, aber wir arbeiten daran», erklärt der Mann, und seine Begleiterin fügt hinzu. «Vor drei Jahren haben wir uns hier auf der Insel kennengelernt und im letzten Jahr geheiratet.» Sie tauschen einen verliebten Blick aus. «Jetzt ist es Zeit für Nachwuchs.»

Wir prosten ihnen zu.

Anschließend raunt Mats mir über den Tisch hinweg zu: «So wie die beiden sich anschmachten, zweifele ich nicht daran, dass es auf dieser Reise klappen wird.»

Mats' Gesicht ist so dicht vor mir, dass ich winzige Bartstoppeln auf seiner gebräunten Haut ausmachen kann. Auf seiner Wange entdecke ich eine helle Narbe.

«Ich würde dich gern etwas fragen», sagt er, und seine Augen leuchten nachtblau, als hätten Sterne darin zu funkeln begonnen.

15

Seemannslieder

«Ich habe deine Frau lange nicht gesehen», trompetet Enno, als er mit zwei voll beladenen Tellern wie aus dem Nichts zu uns an den Tisch tritt. «Sie wollte mich längst mal wieder besucht haben.» Er lädt sein Tablett ab, schiebt die Nudeln direkt vor unsere Nasen und stemmt seine kräftigen Arme in die Hüften. «Hat mich wohl vergessen, die feine Dame.»

Mats grinst. «Wie könnte man dich vergessen?» Weiter geht er nicht auf Ennos Kommentar ein. Aber die gute Seele der *Muschel* hat sich ohnehin längst aus dem Staub gemacht. Ein Seemannslied summend, sammelt er leere Flaschen ein.

«Lass es dir schmecken», sagt Mats und bemerkt zum Glück nicht, dass ich das Essen gerade deutlich weniger interessant finde als den Umstand, dass er also tatsächlich eine Frau hat.

Logisch.

Überrascht mich nicht, kein Stück.

«Dir auch einen guten Appetit», gebe ich zurück und greife halbherzig nach meinem Besteck. Zu gern hätte ich mehr über Mats' Frau erfahren. Ist es Paula? Es *muss* Paula sein, ein anderes weibliches Wesen im passenden Alter habe ich bislang in der Villa nicht erspähen können. Außerdem würde es ihr Über-Engagement erklären. Aber warum war Paula so lange nicht zu Gast in der *Muschel*? Die *Weiße Villa* liegt nicht weit von hier. Führt Mats seine eigene Frau niemals aus?

Gedankenverloren wickele ich eine Portion Nudeln auf meine Gabel. Es geht mich nichts an, denke ich. Sei froh, dass er in festen Händen ist. Es klärt die Fronten. Dieses Essen und überhaupt der ganze Tag – war nur nett gemeint. Mats ist ein feiner Kerl, mehr nicht.

Während ich mechanisch weiter Nudeln in mich hineinschaufele, frage ich mich, weshalb ich überhaupt so viel über Mats nachdenke. Er bringt mich aus der Fassung, aber warum? Zu Hause in unserer Firma arbeiten zwei freie Mitarbeiter, die – objektiv betrachtet – besser aussehen als Mats. Trotzdem interessieren sie mich nicht die Bohne. Warum dann er?

Ich bin mit Jo zusammen, und wir sind glücklich. Noch dazu hat Jo von Hochzeit gesprochen! Wir werden unsere Zukunft gemeinsam verbringen, das ist wundervoll. Überhaupt finde ich die Idee, Jo zu ehelichen, plötzlich ziemlich gut. Es macht Sinn.

«Stimmt etwas nicht, oder warst du so ausgehungert?», kommentiert Mats meinen beinahe leergeputzten Teller.

Beschämt schiele ich zu ihm hinüber. Seiner ist noch halbvoll. «Die Seeluft», gebe ich leichtfertig zurück, «müsstest du doch wissen. Am Meer spazieren gehen macht hungrig.»

Er antwortet nicht, sondern nickt nur stumm.

«Außerdem», ich verdrehe schwärmerisch die Augen, «war das Essen superlecker! Den Koch sollte Enno sich auf jeden Fall warmhalten.»

«Werde ich ihm ausrichten.» Mats stochert eher lustlos in seinem Essen herum. Ob ihm die Anspielung auf seine Frau den Appetit verschlagen hat?

«Was wolltest du eigentlich noch von mir wissen?», frage ich, und auf seinen verständnislosen Blick hin setze ich nach: «Vorhin. Bevor Enno zu uns an den Tisch kam.»

Mats schaut mich einen Moment grüblerisch an, dann winkt er ab. «War nicht so wichtig.» Er schenkt uns Wein nach.

Auf einmal wird die Musik lauter gedreht. Anscheinend hat man der Hochzeitsgesellschaft auferlegt, mit der Party zu warten, bis das Gros der Gäste aufgegessen hat. Jetzt werden vorsichtig ein paar Tische zur Seite geschoben, und die Braut erobert die Tanzfläche. Ihr Mann folgt, und gemeinsam grooven die beiden zu einem Song, den ich nicht kenne.

Mir entfährt ein Seufzer. «Sie kann sich glücklich schätzen», sage ich und schaue den beiden verträumt zu. «Mein Freund tanzt nie mit mir. Vermutlich würde er sogar auf unserer Hochzeit kneifen.»

Ich muss laut sprechen und mich ein wenig zu Mats hinüberbeugen, um gegen die Musik anzuposaunen.

Leider kann ich auch ihn kaum noch verstehen. Er sagt etwas, das wie «Idiot» klingt, aber es kann genauso gut «Boot» oder «Rot» geheißen haben.

Ein Kellner tritt an unseren Tisch. Es ist nicht Enno, sondern eine Aushilfe, wie wir erfahren. Denn ab sofort hat der Chef Verstärkung. Ebenso flink wie sein Arbeitgeber räumt er den Tisch frei, schenkt uns noch einmal nach und verschwindet in der Menge. Als er fort ist, zieht Mats seinen Stuhl ein Stück näher zu mir heran. Jetzt können wir uns verstehen, ohne zu schreien.

Eine Weile tuscheln wir über die anderen Gäste. Die meisten tanzen mittlerweile oder stehen in kleinen Grüppchen zusammen und wiegen ihre Körper zur Musik. Die Flasche Wein haben wir inzwischen beinahe geleert, und in meinem Kopf kribbelt es. Dennoch schaffe ich es endlich, meine durcheinandergeratenen Gefühle zu sortieren. Alles ist vollkommen normal. Ich verbringe den Abend mit einem Mann, der so nett war, mir die Insel zu zeigen. Und der, ganz nebenbei bemerkt, verheiratet ist. Alles also in bester Ordnung. Die Stimmung ist gut, ich fühle mich wohl.

Bis Mats plötzlich meine Hand ergreift. «Komm», sagt er und steht auf. Sanft zieht er mich von meinem Stuhl. «Wir tanzen.»

Mir rutscht vor Schreck das Herz in die Hose. Zum Glück läuft gerade kein Schmusesong, sondern etwas Rockiges, das mir gefällt. Für einen kurzen Moment zögere ich dennoch, weil ich es irgendwie eigenartig finde, auf der Hochzeit eines wildfremden Paares eine flotte Sohle aufs Parkett zu legen, noch dazu in Gummistiefeln. Doch die zunehmende Hitze im Lokal in Verbindung mit dem Alkohol bringt mich auf Touren. In einem Anflug von Übermut schlüpfe ich aus den Schuhen, pfeffere sie unter den nächstbesten Tisch und hüpfe ausgelassen zum Rhythmus der Musik. Mit erhobenen Armen drehe ich mich im Kreis, lache und freue mich gemeinsam mit den anderen über das gelungene Fest.

Mats tanzt gut. Er bewegt sich im Takt, hat Spaß an der Musik, nimmt sich aber zurück und macht keine große Show.

Während wir uns weiter auspowern, überlege ich, wann ich überhaupt das letzte Mal getanzt habe. Es muss ewig her sein, ich kann mich nicht mal mehr daran erinnern. Irgendwann wird das Lied leiser, und der nächste Song ist eine eher ruhige Nummer. Während sich um uns herum die Paare plötzlich in den Armen liegen und sich eng umschlungen der Musik hingeben, bleibt Mats vor mir stehen und fragt: «Wollen wir kurz mal an die Luft?»

Dankbar nicke ich. Er schnappt sich meine Schuhe, ich schlüpfe schnell hinein, und wir bahnen uns vorsichtig einen Weg durch die Menge.

Draußen vor der Tür atmen wir auf dem Dünenweg erst mal die frische Luft ein. Mir war zwar die Hitze aufgefallen, aber nicht, wie stickig es drinnen mittlerweile geworden ist.

Es ist eine laue Sommernacht, und vor der *Muschel* steht bereits eine Gästetraube, um ebenfalls Luft zu schnappen oder um sich ungestört zu unterhalten.

«Wollen wir zum Strand?», schlägt Mats vor.

Wir schlendern den Weg hinunter bis zum Wasser. Die Wellen schwappen leise ans Ufer, der Mond und die Sterne tummeln sich am Himmel, und das Wasser spiegelt ihre Zusammenkunft. Ergriffen starren wir auf den Horizont.

Es kommt mir wie eine Ewigkeit vor, dass wir einfach nur so dastehen, Seite an Seite, ohne dass sich unsere Körper berühren.

Bis Mats die Stille durchbricht.

«Meine Frau und ich haben uns vor zwei Jahren getrennt – und im letzten Sommer scheiden lassen», sagt er leise. «Sie kam aus Frankfurt hierher, um der Großstadt zu entfliehen. Sylt und auch die meisten anderen Nordseeinseln kannte sie bereits, sie liebte den Strand und das Meer und hatte Spaß daran, morgens in der Villa dem Frühstücksteam unter die Arme zu greifen. Wir passten perfekt zueinander, jedenfalls glaubte ich das. Bereits nach einem Jahr haben wir geheiratet. Sie wollte es so, und ich …» Aus dem Augenwinkel nehme ich wahr, wie sich sein Brustkorb hebt und senkt. «Mir war es recht. Ich liebte sie.»

Seine Worte versetzen mir einen Stich. Warum ist Jo eigentlich nicht mit hierhergekommen? Wenigstens für zwei Tage? Auf einmal wird mir das Herz schwer.

Mats reibt sich das Kinn. Es kratzt leise. «Auf dieser langweiligen Insel, auf der du fürchtest, einen Koller zu bekommen, hat sie sich bestens amüsiert. Zuletzt mit dem Koch der *Weißen Villa*. Ihm hat sie dermaßen den Kopf verdreht, dass er gekündigt und sie nach Frankfurt begleitet hat.»

«Oh nein.» Ich weiß gar nicht, was ich sagen soll. Der Betrug muss für Mats doppelt schwer gewogen haben. «Vermisst du sie noch?», frage ich, obwohl ich die Antwort gar nicht hören will. Dieses Gespräch geht mir an die Nieren. Es ist mehr als Mitleid, das ich empfinde. Es ist …

«Nicht mehr. Aber eine Zeitlang hat es mich vollkommen aus der Bahn geworfen.»

Ich räuspere mich. «War sie … war deine Frau der Grund, warum du nach Frankfurt gegangen bist?»

Er gräbt mit seinem Fuß ein Loch in den Boden, schaufelt den losen Sand ein Stück vor sich her und nickt. «Ich bin ein Kämpfer. Oder ein Sturkopf. Vermutlich beides.» Ein wehmütiges Lächeln huscht über sein Gesicht. «Obwohl ich wütend und verletzt war, wollte ich nicht aufgeben. Schließlich liebte ich sie ja noch und dachte, ich könnte sie zurückerobern. In Frankfurt besuchte ich tagsüber Schulungen und zog abends mit ihr und ihren Freunden durchs Nachtleben. Aber obwohl sie sich recht bald von dem Koch getrennt hatte, war unsere Ehe nicht mehr zu retten. Nicht allein wegen des Vertrauensbruchs, sondern weil uns, im Nachhinein betrachtet, nicht viel verband. Es fehlte eine gemeinsame Basis. Eine, die übers Spazierengehen am Meer hinausgeht.» Mats beißt sich auf die Lippen.

Der Ton in seiner Stimme – ernst und voll starker Gefühle – entfacht in meinem Inneren eine unerklärliche Sehnsucht.

«Nach der Trennung», fährt er fort, «kam sie mich noch ein paarmal besuchen, aber nur, um die Scheidungsformalitäten zu besprechen und um hier mit ihren Freunden Partys zu feiern. Und, wie es scheint, um bei Enno zu essen.»

Mats wendet den Kopf, und unsere Blicke treffen sich. Einen magischen Moment schauen wir uns im diffusen Licht, das der Abendhimmel über das Meer schickt, in die Augen. Er beugt sich langsam zu mir, und mein Herzschlag setzt für eine Sekunde aus.

Während ich regungslos dastehe und abwarte, was geschehen wird, hebt er seinen Kopf abrupt wieder und schaut in die Ferne.

Ich stehe kurz vor einer Ohnmacht. Was war das gerade? Bilde ich es mir ein, oder wollte er mich küssen?

Der Strand hat eine verzaubernde Wirkung. Ich möchte bis

zum Morgengrauen auf diesem Fleck Erde stehen bleiben und in die funkelnden Sterne starren.

«Wollen wir wieder hineingehen?», fragt Mats mit belegter Stimme. «Ich könnte einen Kaffee und etwas Süßes vertragen.»

Und ich eine kalte Dusche, denke ich. Sonst endet dieser Abend in einer Katastrophe.

«Hört sich vielversprechend an», krächze ich und bin froh, überhaupt einen Ton herausgebracht zu haben. Mein Mund und meine Kehle sind trockener als der Sand auf der Promenade.

«Wenn Ennos Mann so leckere Desserts zaubert, wie er Nudeln zubereitet …» Ich räuspere mich gegen den Frosch in meinem Hals. «Dann nehme ich auch noch was.»

Wir drehen uns um, marschieren zum Lokal zurück, und bald darauf sitzen Mats und ich wieder an unserem Tisch und haben jeder Kaffee und ein Stück Friesentorte vor der Nase.

Die Party ist in vollem Gange, die Stimmung ausgelassen, und die Leute feiern, als gäbe es kein Morgen mehr. Doch auf Mats und mich will der Funke nicht mehr überspringen. Unseren Kuchen genießen wir schweigend. Selbst wenn wir wollten, wäre die Musik inzwischen viel zu laut, als dass wir uns noch verständigen könnten.

Bevor wir gehen, will ich noch einmal zur Toilette.

Ich schnappe mir meine Tasche und kontrolliere auf dem Weg gewohnheitsmäßig kurz mein Handy. Ich bekomme einen Schreck, als ich sehe, dass Jo dreimal versucht hat, mich zu erreichen. Verdammt! Ich habe vollkommen vergessen, dass ich ihn um einen Rückruf gebeten hatte. Außerdem ist da noch ein Anruf von Charlotte Engel. Ich frage mich, was sie gewollt haben könnte. Instinktiv will ich sofort zurückrufen, doch ein Blick auf die Uhr sagt mir, dass dies keine gute Idee ist. Wir haben inzwischen 0.30 Uhr. Zu spät, auch wenn ich Frau Engels Gewohnheiten nicht kenne. Und Jo?

Etwas hindert mich daran, ihn anzurufen. Will ich wirklich auf der Toilette mit ihm sprechen? Was, wenn sich das Gespräch eine Weile hinzieht und ich Mats so lange warten lasse?

Ich ärgere mich über mich selbst. Musste ich denn unbedingt wie ein Junkie nach meinem Handy schauen, kaum dass ich mal ein paar Minuten für mich bin?

Genervt stecke ich das Telefon in meine Tasche, verschwinde auf dem Klo und kehre danach schnurstracks wieder an unseren Tisch zurück. Vorhin konnte ich Jo nicht erreichen, jetzt bin ich beschäftigt. Morgen ist auch noch ein Tag.

Wieder auf meinem Platz, muss ich feststellen, dass Mats unsere Rechnung beglichen hat, was mir extrem unangenehm ist.

«Du hast den Fremdenführer gespielt, da wäre es nur gerecht, wenn ich im Gegenzug die Zeche zahle», sage ich, als wir auf dem Weg zum Parkplatz sind. «Ich schulde dir schon viel mehr als ein Abendessen.»

Mats verzieht das Gesicht. «Du schuldest mir gar nichts», sagt er. «Der Tag war eine willkommene Abwechslung in meinem Alltag. Ich hatte Spaß und –» Er senkt die Stimme. «Ich habe die Zeit mit dir sehr genossen.»

Na ja, jedenfalls glaube ich, dass er es gesagt hat, denn im selben Moment braust ein Auto heran und bleibt mit quietschenden Reifen vor uns stehen. Ein Taxi.

«Sicher ist sicher», erklärt Mats mit einem Zwinkern, während er mir die Tür aufhält. «Paula kann mich morgen zu meinem Wagen fahren.»

Auf dem Heimweg sprechen wir kein Wort, jeder hängt stumm seinen Gedanken nach. Bis der Fahrer auf den Parkplatz der Villa einbiegt.

Das Gelände lag gerade noch im Dunkeln, nur ein Fenster und eine müde Straßenlaterne spendeten schummriges Licht. Nun flammt die automatische Parkplatzbeleuchtung auf.

Zwischen anderen Fahrzeugen sehe ich mein Auto. Meine Familie scheint demnach schon im Bett zu liegen.

«Wie ist denn dein Plan für die nächsten Tage?», fragt Mats, während er sein Handy zückt und per App bezahlt.

«Ich muss noch dieses ... Geschäft unter Dach und Fach bringen. Und danach ...» Ich bekomme es kaum über die Lippen. «... fahre ich zurück nach Hause.»

Mats nickt stumm. «Na dann», sagt er und öffnet die Tür, «wünsche ich dir viel Glück.»

Sein Tonfall ist formell und unverbindlich. Es ist, als habe es nie einen magischen Moment zwischen uns gegeben.

Wir verabschieden uns vom Fahrer und steigen aus. Ein wenig verlegen stehen wir voreinander auf dem erleuchteten Parkplatz und sehen dem davonbrausenden Taxi hinterher.

«Danke für den schönen Tag», sage ich und lächele Mats erfüllt an. Und dann ... ich weiß selbst nicht, welcher Teufel mir die Worte in den Mund gelegt hat, höre ich mich hinzufügen: «Du hattest übrigens recht. Ich bin ein bisschen verliebt.»

Ich sehe gerade noch, wie Mats' Augen sich kaum merklich weiten, dann geht mit einem Schlag das Licht aus. Und um uns herum herrscht absolute Finsternis.

«Die Zeit ist abgelaufen», bemerkt Mats sarkastisch, und kurz überlege ich, ob er den Lichtausfall oder meine Tage auf der Insel meint.

Seine Schritte knirschen auf dem Kies. Gleich darauf flammt der Strahler wieder auf. Und auf einmal habe ich es eilig, ins Haus zu kommen. Wer weiß, was mir sonst noch an Bemerkungen über die Lippen käme.

«Gute Nacht», rufe ich ihm über die Schulter zu. «Und noch mal danke!» Gleich darauf verschwinde ich im Hauseingang.

16

Schokoladenmalheur

Vertieft in meine Gedanken, bemerke ich zunächst nicht, dass Mamas Jacke und Tante Annegrets Schuhe, die sie seit Tagen trägt, an der Garderobe fehlen. Ebenso ihre Taschen.

Auf Zehenspitzen schleiche ich ins Untergeschoss und sehe meine Vermutung bestätigt: Niemand ist zu Hause. Verdutzt tapse ich wieder hoch und verkrümele mich auf der Couch. Muss ich mir Sorgen machen? Die drei werden doch wohl nicht getrampt sein? Zu Fuß sind sie ganz sicher nicht unterwegs, die Möglichkeit kann ich ausschließen. Vermutlich haben sie ein Taxi genommen.

Ob ich mal kurz bei meiner Mutter durchklingele? Ich bin hin und her gerissen. Einerseits bin ich beunruhigt, andererseits fühle ich mich nicht so mit ihr vertraut, dass ich sie mitten in der Nacht anrufen könnte. Schließlich entscheide ich mich für einen Kompromiss: Eine halbe Stunde will ich noch warten, dann werde ich mich bei ihr melden.

Ich will gerade schon mal in meinen Pyjama schlüpfen und dann gemütlich ein wenig fernsehen, da klingelt das Handy. Ich schrecke zusammen.

«Du liebe Zeit, Jo!», japse ich. «Ist etwas passiert?»

«Allerdings.» Sein Tonfall klingt besorgt. «Ich benötige bis morgen eine Auflistung all unserer Projekte, einschließlich Bildern und Eckdaten. Am besten als PowerPoint-Präsentation.

Aufgabenstellung, Problemanalyse und dem Endergebnis. Inklusive Fotos der Bauphase. Und einer Kostenaufstellung.»

Sofort bin ich hellwach. «Hat die Planungskommission sich gemeldet?»

«Nee, von denen ist noch nichts gekommen. Aber Majas Vater hat uns einen möglichen neuen Kunden vermittelt. Was ganz Großes, ist 'ne lange Geschichte. Erklär ich dir morgen. Nur so viel: Er möchte sich einen Überblick über unser Know-how verschaffen, daher meine Frage: Haben wir ein solches Portfolio der Projekte, oder könntest du uns auf die Schnelle eins anfertigen?»

«Ich … also …» Wie bitte? Eine derartige Übersicht zu erstellen steht auf der Agenda unserer Firma, seit ich denken kann. Bei jedem Meeting rufen wir uns diese Aufgabe ins Gedächtnis, doch nie hat jemand Zeit, sich der Sache anzunehmen. Im Grunde genommen fehlt ein Mitarbeiter, der sich um diese Art von internen Belangen kümmert. Und jetzt soll ich bis morgen liefern? Ausgeschlossen. «Das schaffe ich nie und nimmer.»

Jo schweigt. Ihm ist vermutlich klar, dass die Aufgabe längst erledigt wäre, wenn sie mal eben in zwei Stunden abzuarbeiten wäre.

«Dann mach nur einen Teil, Juli. Nur die Projekte vom letzten Jahr. Den Rest listen wir einfach nur auf.»

«Das ist trotzdem ziemlich viel. Ich weiß gar nicht, ob ich an alle Daten komme, außerdem müsste ich mir ja noch eine Gestaltung überlegen und … Kann Maja vielleicht helfen?», frage ich spontan. «Ich erkläre ihr, wo sie das Material findet, wir sprechen uns ab und teilen die Aufgaben.»

Jo stößt einen genervten Zischlaut aus. «Hast du mal auf die Uhr gesehen? Maja ist längst zu Hause und schläft.»

Vermutlich liegt ihr das italienische Essen schwer im Magen, denke ich gehässig, halte aber meinen Mund. Stattdessen frage ich mich, warum ich mich so dermaßen unmotiviert fühle. Liegt es allein an der Uhrzeit?

Im Geiste verfluche ich gerade den Umstand, dass ich mein Laptop überhaupt auf die Insel mitgenommen habe. Stünde es nicht vor mir auf dem Esstisch, müsste sich jetzt ohnehin jemand anderes um dieses Portfolio kümmern.

Dann ermahne ich mich selbst: Es geht um unsere Zukunft. Die Firma steckt noch in den Kinderschuhen. Wir müssen sie pflegen, wenn sie wachsen soll. Da ist es normal, Opfer zu bringen.

Aber wenn ich ganz ehrlich zu mir selbst bin, sind es letztlich wohl eher Schuldgefühle, weil ich den Tag mit Mats verbracht habe, die mich anspornen, eine Nachtschicht einzulegen.

«Okay», willige ich ein, «ist der Server eingeschaltet? Damit ich mir die Daten runterziehen kann.»

«Yep», sagt Jo, «super, Juli, danke. Ich suche dir schnell die aktuellen Bilder zusammen und lege sie in einem Ordner bereit. Anschließend würde ich mich gerne kurz ein wenig aufs Ohr hauen. Ich brauche wirklich dringend eine Mütze Schlaf.»

Ich kann hören, wie geschafft er ist.

Als wir auflegen, setze ich mich sofort an den Tisch und schnappe mir mein Laptop, ehe ich am Ende auch noch einschlafe.

Ich bin heilfroh, dass niemand hier ist und mich stört. Im Haus und draußen ist es wunderbar ruhig, perfekt zum Arbeiten.

Kurzerhand logge ich mich auf dem Firmenserver ein und verschaffe mir als Erstes einen Überblick von den Jobs, die wir bislang erledigt haben. Es dauert nicht lange, dann hat Jo mir einen Ordner bereitgestellt, von dem ich mir die Daten herunterziehen und nach Datum sortieren kann. Ich beginne nach einem roten Faden zu suchen, mit dem ich durch die Präsentation führen kann.

Nach ein paar Startschwierigkeiten bin ich im Fluss. Dabei merke ich kaum, wie die Zeit vergeht. Erst als draußen geräuschvoll ein Auto über den Kies donnert, schaue ich auf die Uhr. Halb zwei! Verdammt. Ich habe vollkommen vergessen, mich bei meiner Mutter zu melden.

Fünf Minuten später erscheint sie mit ihren Schwestern wohlbehalten auf der Bildfläche. Also, fast.

Reichlich vom Alkohol angetüdelt, wanken die drei durch den Flur und kichern dabei wie Schulmädchen. Tante Annegret trägt zu ihrer Cargohose eine Seidenbluse, die ich vorgestern noch an meiner Mutter gesehen habe. An ihrer jüngeren Schwester klebt sie wie eine Wurstpelle. Mama hingegen hat einen wadenlangen Rock an, ist obenrum allerdings im Unterhemd unterwegs. Einzig Tante Christiane wirkt korrekt bekleidet. Sie steckt in einem glänzenden Overall mit goldenen Schnörkeln und passendem Ohrschmuck. Erst nach näherer Betrachtung fällt mir auf, dass an ihren Füßen die Schuhe fehlen.

«Holladri!», flötet Annegret. «Du bist ja noch wach!»

Ich starre die drei der Reihe nach an. Sie sehen aus, als wären sie allesamt aus der Klapsmühle entflohen. «Ähm … dasselbe wollte ich gerade zu euch sagen. Was ist denn mit euren Sachen passiert?», erkundige ich mich irritiert.

Meine Mutter vollführt eine ausladende Geste und landet dabei fast mit ihrer Hand in Christianes Gesicht. «Annegret hat sich bekleggert», lallt sie. «Mal wieda. Genau wie früha. Ihre weissse Bluse war voll Roter Bete.» Ein irres Kichern folgt, in das Christiane lauthals einstimmt. «Also hab ich ihr meine gegeben.» Mama zupft an ihrem Ausschnitt. «Der Barmann meinte, ich kann dasss tragn.»

Klar, denke ich. Barmänner müssen so etwas sagen. «Wo wart ihr denn überhaupt? Ich dachte, ihr wolltet zu Gosch?»

«Meintsu den Fischladen?»

«Ja. Genau.»

Annegret schiebt sich in den Vordergrund. «Wir warn aufm Mond!», ruft sie und kullert mit den Augen. «Gaans weit wech.»

«*Auf dem Mond*», wiederhole ich irritiert und starre auf Christianes nackte Füße. «Barfuß?» Sie wird wohl kaum in Roter Bete gebadet haben.

«Der Absass ist abgebrochen. Beim Tansen.» Kopfschüttelnd flucht sie: «Die waren sssauteuer. Is alles von Versatsche. Its fucking ärgerlich!»

«Tja …», sage ich gedehnt und muss mich zusammenreißen, um nicht laut loszuprusten. So, wie die drei vor mir stehen, bieten sie ein Bild für die Götter. «Wo wart ihr denn tanzen?»

«Aufm Mond!»

«Verstehe …» Mir fällt wieder ein, dass man mit Betrunkenen und kleinen Kinder nicht diskutieren soll.

«Heute schon gegoscht?!?», hickst Annegret. «Das is die nördlichste Disko Deutschlans!»

Über meinem Kopf schwebt ein Fragezeichen.

«Son Quatsch!», mischt Christiane wieder mit. «Nich Disgo. Fischbude. Die nörlichste Fischbude Deutschlans!»

Also waren sie doch bei Gosch?

«Aba weissu, was?», ergreift meine Mutter noch mal das Wort. Ihr rechter Zeigefinger schnellt in die Luft wie bei einer Musterschülerin, die mal wieder als Erste die Antwort kennt. «Es is mir total egal, was die annan ssagen.» Sie dreht sich im Kreis und säbelt dabei Tante Christiane den Ohrschmuck vom Kopf. «Was ihr alle sacht, is mir egal. Ich mach jetzt …» Sie schwankt in Richtung Treppe, klammert sich am Geländer fest und vollendet im Hinuntergehen ihren Satz: «… was ich will! Jawolll! Und zuallererst … ein Nickerchen!»

Die anderen beiden schauen sich mit großen Augen an und kichern irre. Annegret hat sich als Erste wieder unter Kontrolle.

«Arbeitessst du etwa?», fragt sie entsetzt. «Obwohl du bald ssso viel Kohle hassst? Krassss.»

«War ja klar, dassss du das abwegig findest», nuschelt Christiane. «Du arbeitest ja nich mal, obwohl du keinen Zssaster hasst. Das is viel absurder.»

Sie hakt sich bei ihrer Schwester unter und schleift sie in Richtung Treppe. «Nacht, Julchen!», grölen die beiden und taumeln ins Untergeschoss.

Als um mich herum endlich Stille herrscht, setze ich die Arbeit fort, doch meine Gedanken schweifen immer wieder zu den drei Schwestern. Auch wenn es dem Schwips geschuldet ist – ihr Streit scheint mal wieder vergessen. Und dann dieser Kleidertausch, wie die Teenager! Das macht man ja eigentlich nicht, wenn man sich auf den Tod nicht leiden kann. Hoffentlich währt der Frieden noch ein Weilchen an.

Viel zu lange hänge ich meinen Gedanken nach und muss mich regelrecht zwingen, die Arbeit zu einem Ende zu bringen. Weit nach dem Morgengrauen, als die Vögel mit ihrem frühen Konzert längst fertig sind, maile ich das Ergebnis an Jo. Danach fahre ich den Computer herunter, lasse mich erschöpft auf die Couch plumpsen und schlafe sofort ein.

≈

Am nächsten Morgen klingelt Jo mich wach. «Ich habe mir gerade deine Mail durchgesehen», quasselt er sofort drauflos. Mit einem Guten-Morgen-Gruß oder einem Dankeswort hält er sich gar nicht erst auf. «Dummerweise hast du das Eckhoff-Haus vergessen.»

Während er redet, linse ich auf die Uhr. Es ist bereits nach zehn.

«Das was?» Ich muss gähnen.

«Das Eckhoff-Haus. Verdammt, Juli, erinnerst du dich nicht? Ich spreche von dem Einfamilienhaus, das wir für diesen Internet-Mogul entworfen haben.»

Es dauert einen Moment, dann fällt der Groschen. «Oh Mist!» Ich erschrecke regelrecht. Wie konnte ich dieses Projekt denn bloß verschusseln? «Tut mir leid!»

«Dein Bedauern hilft uns jetzt auch nicht weiter», knurrt er. «Ich hatte dir die Aufgabe übertragen und muss mich darauf verlassen können, dass du zuverlässig arbeitest.»

«Ja. Klar. Ich weiß auch nicht, wie mir das passieren konnte.» In meinem Hirn arbeitet es fieberhaft. Ich habe alles, was auf dem Server lag, sorgfältig zusammengefasst. Es ist … «Die Bilder dazu lagen nicht parat», kommt es mir plötzlich in den Sinn. «Wären sie in dem Ordner gewesen, hätte ich sie garantiert nicht übersehen.»

Einen Moment sagt Jo nichts, dann kontert er mit Grabesstimme: «Willst du mir jetzt die Schuld zuschieben? Du hättest dir die Fotos doch aus dem Internet runterladen können. Die Eckhoffs sind prominent, es gibt haufenweise Bilder von ihrem Anwesen im Netz. Ich glaube sogar, die hatten gleich nach dem Einzug 'ne Homestory in der Gala.»

«Ich sag ja: Es ist mir entfallen.» Was regt er sich eigentlich so auf? «Ich glaube kaum, dass dieses eine Haus den Ausschlag gibt, wenn es darum geht, uns als Architekten zu präsentieren», versuche ich, Jo zu beruhigen. «Wir haben viele gelungene Vorzeigeobjekte. Denk nur mal an das –»

«Red dich bitte nicht raus, Juli. Du weißt, das kann ich nicht leiden. Es geht ums Prinzip. Wir müssen nach jedem Strohhalm greifen, um es ganz nach oben zu schaffen!»

Mit diesen Worten legt er auf.

Fassungslos starre ich mein Handy an. Was zum Teufel ist in ihn gefahren? Okay, ich habe einen Fehler gemacht, aber das kann doch mal passieren, oder? Außerdem handelte es sich nicht um etwas Gravierendes. Jo wird nun wohl oder übel eigenständig nach den Bildern suchen oder sie sich tatsächlich aus dem Internet herunterladen müssen, mir egal. Ich beabsichtige jedenfalls nicht, noch mal ans Telefon zu gehen, sollte er erneut anrufen. Sein Verhalten ärgert mich maßlos, am liebsten würde ich ihm auf der Stelle die Meinung geigen. Doch es macht keinen Sinn. Nicht zuletzt, weil das schlechte Gewissen an mir nagt. Ich arbeite mich hier auf der Insel nicht gerade tot, sondern verbringe meine Tage zwischen Strand und Meer, lasse mir den Wind um die Nase wehen und verleibe mir ein leckeres Essen nach dem anderen ein. Währenddessen versucht er, zu Hause den Laden am Laufen zu halten. Und natürlich hat er recht damit, dass ich meine Aufgaben gewissenhaft erfüllen muss.

Trotzdem geht mir sein Verhalten gegen den Strich. Ich habe mir die Nacht um die Ohren geschlagen und eine, wie ich finde, moderne und aussagekräftige Präsentation zusammengestellt. Das muss er doch anerkennen! Stattdessen beißt er sich an dem vergessenen Projekt fest und ist beleidigt. Wer weiß, wie lange dieser Zustand andauern wird. Denn eine von Jos nicht so guten Eigenschaften ist leider, dass er nachtragend ist. Zum Glück streiten wir nicht oft, sodass ich nur selten darunter zu leiden habe. Meist schaffe ich es irgendwann, ihn aus seinem Schneckenhaus hervorzulocken. Aber heute steht mir der Sinn danach ganz und gar nicht.

Resigniert lasse ich mich zurück auf das Sofa plumpsen. Eine Weile sitze ich so da und starre ins Leere.

Dabei muss ich wieder eingeschlafen sein, denn als ich aufwache, sticht mir die Uhr vom Fernseher ins Auge. Elf Uhr. Obwohl ich mich noch immer wie gerädert fühle, schleppe ich meine müden Knochen die Treppe runter und verschwinde in der Dusche. Heiß und kalt im Wechsel, ich versuche alles, um endlich wach zu werden. Aber auch extra kräftiges Abrubbeln hilft nicht wirklich. Erst als ich in Jeans und T-Shirt geschlüpft bin, fühle ich zumindest einen Teil meiner Lebensgeister zurückkehren.

Unten ist es zum Glück noch still. Die Damen schlafen ihren Rausch aus.

Im Erdgeschoss setze ich mich an den Tisch und schnappe mir mein Handy. Keine Nachrichten von Jo.

Dafür fällt mir beim Blick auf die Anruferliste Charlotte Engel wieder ein, und ich beschließe, sie zurückzurufen. Es klingelt nur wenige Male, dann ist sie am Apparat.

«Danke für den Rückruf, Frau Hirschfeldt. Ich würde Sie gern treffen», kommt sie ohne Umschweife zur Sache. «Wenn möglich, allein.»

Eigentlich hatte ich nicht vor, sie so bald wiederzusehen, aber Frau Engels Tonfall ist eindringlich. Ein Gespräch unter vier Augen scheint ihr wichtig zu sein.

«Okay», willige ich zögernd ein. «Wann passt es Ihnen?»

Sie ist den ganzen Tag zu Hause, also verabreden wir, dass ich nach einem schnellen Frühstück bei ihr vorbeigehe.

Während ich mich auf den Weg zum Essraum mache, frage ich mich, was sie mir so Wichtiges zu sagen haben könnte. Ob sie den Mietvertrag gefunden hat? Bin mal gespannt, welche Kündigungsfrist Papa ihr eingeräumt hat, womöglich ist sie unkündbar? Gibt es so etwas?

Ich bin am Ende des Kiesplatzes angelangt. Die Parklücke, in der normalerweise Mats' Auto steht, ist noch leer. Während ich überlege, ob er wohl gerade unterwegs sein mag, um den Wagen von der *Muschel* abzuholen, stoße ich in der Tür mit Paula zusammen.

«Hallo», grüßt sie knapp und dermaßen bemüht freundlich, dass ich mich frage, ob meine Familie bei ihrer Heimkehr spätnachts schmutzige Lieder unter Paulas Fenster gesungen und sie geweckt haben könnte?

«Ist wohl lang gegangen gestern?», sagt sie und zieht fragend eine Augenbraue in die Höhe.

Glaubt sie etwa, ich sei dabei gewesen, als meine Tanten sich einen Schwips angetrunken haben? Ratlos starre ich sie an.

«Mit dem Chef …», setzt sie nach. Durch ihre Riesenbrille fixiert sie mich, als wolle sie mir den gestrigen Tag in allen Einzelheiten von der Stirn ablesen.

Unschlüssig schweige ich. Ist sie nun Mats' Frau oder nicht? Ganz offensichtlich hat sie aber ein besonderes Auge auf ihn geworfen.

Paula spitzt die Lippen. «Frühstück gibt es übrigens nur noch …» Kurzer Blick auf die Uhr. «Siebzehn Minuten.»

«Kein Problem, dann nehme ich nur Kaffee. Oder besser gleich zwei.»

Paulas Augen verengen sich. «Einer ist okay. Kaffee gibt es nämlich auch nur bis um zwölf. Danach gehört er zu den Sonderleistungen, die wir berechnen müssen.»

Spätestens jetzt ist klar, was Mats mit *Paula ist extrem engagiert* meinte, als er von ihr gesprochen hat. «Verstehe», sage ich. «Dann beeile ich mich jetzt wohl besser.»

Paula nickt grimmig. Und stellt sich mir in den Weg.

«Mats hat mich gebeten, Ihnen das hier zu geben.» Widerwillig, als halte sie eine haarige Spinne in den Händen, überreicht sie mir einen Briefumschlag, den sie blitzschnell hinter ihrem Rücken hervorgezogen hat. Es ist ein schlichter weißer Umschlag, in dessen linker oberer Ecke das Logo der Villa abgedruckt ist. Mittig hat jemand mit lässiger Handschrift meinen Namen notiert.

Post von Mats? Mein Herz setzt einen Moment aus und beginnt danach, mit doppelter Geschwindigkeit zu schlagen.

«Was er wohl geschrieben hat?» Paulas Tonfall und ihr auffordernder Blick deuten darauf hin, dass sie vorhat, beim Öffnen zuzuschauen.

Leicht verdattert sehe ich sie an. Einen Moment zögere ich, entscheide mich dann jedoch dagegen.

«Postgeheimnis», murmele ich und lasse den Brief in meiner Tasche verschwinden. Dann besinne ich mich auf ihre Worte und sage betont freundlich: «Leider kann ich nicht länger hier herumstehen, denn ich möchte den Gratiskaffee nicht verpassen.»

Sie schneidet eine Grimasse und lässt mich vorbei. Es ist offensichtlich, dass sie sich gerade aus Ärger über ihr eigenes strenges Regiment in den Hintern beißen würde. «Tja dann», grummelt sie und fixiert dabei meine Tasche, als könne sie den Brief mittels Zauberei zurück in ihren Besitz befördern, um ihn in aller Ruhe zu lesen, «schönen Tag noch.»

Die Sonne steht lächelnd und ausgeschlafen am Himmel, als ich mich nach dem Speed-Frühstück auf den Weg in den Austernfischerweg mache. Ich kann kaum an etwas anderes denken als an den Briefumschlag in meiner Tasche. Am liebsten hätte ich ihn noch im Frühstücksraum unter der Tischplatte aufgerissen und heimlich gelesen, doch ich hatte Angst, dass exakt in dem Moment meine Tanten aufkreuzen könnten. Oder Paula. Oder Mama. Das wollte ich unter keinen Umständen riskieren.

Als ich jetzt nach rechts in die Hauptstraße einbiege und vom Hotel aus nicht mehr sichtbar bin, zerre ich den Umschlag hervor. Im Gehen betrachte ich noch einmal das weiße Papier, das in meinen Händen und in jedem Zipfel meines Körpers ein Kribbeln erzeugt, als sei es energetisch aufgeladen. Mein Herz flattert wie ein Schmetterling, als ich meinen Zeigefinger unter die rückwärtige Klebelasche schiebe und das Papier vorsichtig aufreiße. Was, wenn es nur die Hotelrechnung ist?

Nervös fingere ich an dem Umschlag herum und ertaste schließlich eine Pappkarte, die ich vorsichtig hervorziehe. Zu meiner Verblüffung ist sie leer. Es dauert einen Moment, ehe ich auf die Idee komme, sie zu wenden. Auf der anderen Seite ist in klassischen schwarzen Buchstaben ein Menü abgedruckt:

Pastinakensuppe

mit Ingwer und Mandelsplittern

»«

Auberginensteak auf Zitronencouscous

»«

Fisch im Salzmantel

»«

Schokoladenmalheur mit Himbeerschaum

17

Papas Geheimnis

Stirnrunzelnd wende ich die Karte ein weiteres Mal, als könne durch ein Wunder plötzlich auf der Rückseite eine Erklärung zu lesen sein. Aber natürlich bleibt sie leer. Darum durchforste ich das Menü nach einer geheimen Botschaft. Buchstaben, die farblich abweichen und zusammengesetzt einen Sinn ergeben. In meinem kreativen Hirn tun sich zahlreiche Möglichkeiten auf, doch nichts davon ergibt einen Sinn. Es ist schlicht und ergreifend eine Menüabfolge.

Verwirrt stecke ich die Karte zurück in den Umschlag. Soll das eine Einladung sein? Will Mats mit mir essen gehen? Etwas für mich kochen? Oder möchte er, dass ich ihn anrufe? Aber wie soll das funktionieren, ich habe seine private Telefonnummer ja gar nicht.

Ich bin derart vertieft in Gedanken, dass ich fast an dem Haus mit der Nummer 7 vorbeilaufe. *Meinem Haus.* Ich bleibe einen Moment stehen und sammele mich.

Im Vorgarten scheint es vor emsigen Bienen und Hummeln, die sich auf der bunten Blumenwiese tummeln, regelrecht zu brummen. Ich beobachte das Treiben eine Weile versonnen, dann schlendere ich den kurzen Weg zum Haus. Ich habe den Klingelknopf noch nicht berührt, da wird die Tür von innen geöffnet.

«Hallo Julia», sagt Charlotte Engel, «schön, dass Sie da sind.»

Wir reichen uns kurz die Hand, wobei ich versuche, ihr durch festen Druck zu vermitteln, dass ich einen Plan habe, von dem ich mich unter keinen Umständen abbringen lassen werde.

Im Gegensatz zu unserer ersten Begegnung, als sie kompromisslos und selbstbewusst am oberen Fenster des Hauses erschien und uns wie Fremde vom Hof gejagt hat, wirkt sie heute nervös und fahrig. Aber dasselbe wird sie vermutlich über mich denken, denn so souverän, wie ich es durch meinen Händedruck gerne zum Ausdruck gebracht hätte, wirke ich vermutlich nicht. Aus Angst vor der Konfrontation mit ihr schlottern mir sogar regelrecht die Knie.

Während ich ihr ins Wohnzimmer folge, mustere ich sie von hinten. Sie trägt schmale Hosen, mal wieder in Schwarz. Dazu einen Blazer aus einem weichen, glänzenden Material. Die Haare fallen ihr locker über die Schultern.

Wir setzen uns an den runden Esstisch, und ich bekomme Wasser und Kaffee angeboten. Beides lehne ich dankend ab. Zu groß ist meine Angst, mir könnten die Finger zittern und meine Unsicherheit verraten.

Charlotte Engel schenkt uns dennoch beiden Wasser ein, was ich mit gemischten Gefühlen geschehen lasse. Nimmt sie mich nicht ernst? Oder ahnt sie womöglich, dass meine Kehle vor Aufregung staubtrocken ist?

Einen Moment sitzen wir uns schweigend gegenüber, dann ergreift sie das Wort. «Ich bin sehr froh, dass Sie meinem Wunsch nachgekommen und allein erschienen sind», beginnt sie vorsichtig und mit leiser Stimme. «Nicht, dass ich Ihre Tanten nicht mag», ein schüchternes Lächeln huscht über ihr blasses Gesicht, «ich finde sie sogar sehr … amüsant.»

Sie hält inne und schaut, wie ich ihre Worte aufnehme. Ich erwidere das Lächeln nicht, obwohl ich ihre Beschreibung zutreffend und sogar recht charmant finde.

«Aber bei dem, was ich Ihnen zu sagen habe, fühle ich mich wesentlich wohler, wenn keine weiteren Zuhörer anwesend sind», fährt sie fort und sucht meinen Blick. Ihre Augen wirken müde, die Lider schwer. Kurz hält sie inne, als würde sie sich für die folgenden Worte sammeln müssen. Dann gibt sie sich einen Ruck. «Es gibt keinen Mietvertrag.»

Was?

Obwohl ich insgeheim mit dieser Möglichkeit gerechnet und sie ja sogar mit meinen Tanten diskutiert habe, gerate ich dennoch aus dem Konzept. Vielleicht, weil der Schwarze Peter nun bei mir liegt.

Doch Charlotte Engel möchte noch etwas hinzufügen: «Dass ich kein solches Dokument vorweisen kann, ist der Grund, warum ich Sie und Ihre Tanten bei unserem ersten Treffen nicht hereingebeten habe. Und es erklärt hoffentlich auch ein wenig meine Flunkerei. Ich wusste natürlich, dass jemand aus Ihrer Familie zu mir Kontakt aufnehmen würde. Ich wollte es auf mich zukommen lassen. Aber als Sie dann plötzlich zu dritt vor mir standen …» Sie sucht nach Worten. «… musste ich mir erst mal über Verschiedenes klarwerden.»

Ich nicke, um sie zum Weiterreden zu animieren. Alles ist besser, als dass ich aktiv werden muss.

«Ihr Vater hat mich in diesem Haus mietfrei wohnen lassen, weil wir uns liebten. Ich habe lediglich die Fixkosten gezahlt und mich als Entschädigung um den Garten und alle anfallenden Arbeiten gekümmert.» Sie schaut mir bekümmert in die Augen. «Ich wohne hier gern und war bis zu Ralfs Tod sehr glücklich.»

Als sie den Vornamen meines Vaters ausspricht, mit diesem liebevollen und vertraulichen Unterton in der Stimme, geschieht etwas Eigenartiges mit mir. Urplötzlich ist die Unsicherheit verschwunden, stattdessen fühle ich ein anderes, intensives Gefühl in mir aufwallen: Wut.

Sie hat die Ehe meiner Eltern auf dem Gewissen. Sie ist der Grund für die Trennung!

Und noch etwas regt sich in meinem Inneren. Mein Herz hat sich für eine Sekunde schmerzhaft zusammengezogen und piesackt mich mit feinen Stichen. Eine Prise … *Eifersucht?*

Charlotte Engel nimmt einen Schluck Wasser. «Ralf war immer ehrlich zu mir. Ich wusste von Anfang an, dass er ein verheirateter Mann ist, der seine Frau und seine Familie niemals verlassen würde. Ich fand das anständig von ihm.»

Ich weiß überhaupt nicht, was ich dazu sagen soll. Sie findet es anständig von einem Mann, dass er seine Ehefrau betrügt? Bin ich neuerdings spießig, weil mir ein solches Verhalten missfällt?

«Ich würde es nicht rechtschaffen nennen, sich in eine Ehe zu drängen», sage ich und fixiere sie grimmig. «So etwas tut man nicht.»

Charlotte Engel hält meinem Blick stand. In ihrer Miene liegt nichts Böses oder Feindseliges. Allerdings auch keine Reue. Stattdessen wechselt sie abrupt das Thema. «Ihr Vater und ich haben uns beim Segeln kennengelernt.»

Demonstrativ schaue ich aus dem Fenster.

«Freunde besitzen ein Boot und haben uns zu einem Törn mitgeschleift», fährt sie unbeirrt fort. «Keiner von uns, weder Ralf noch ich, hatte Lust. Doch genau darüber kamen wir ins Gespräch.» Sie lächelt versonnen. «Und plötzlich waren wir verliebt.»

Kann sie mal ihren Mund halten? Das ist ja widerlich. «Ich will das nicht hören», erkläre ich genervt. «Es interessiert mich nicht.»

Doch sie lässt sich nicht aus der Ruhe bringen, redet sanft weiter, als sei ich eine kranke Irre, die die Wahrheit über sich erfahren soll. «Ich weiß von Ralf, dass Sie Ihre Eltern verurteilen. Dafür, dass die beiden sich nicht haben scheiden lassen, sondern sich für ein ungewöhnliches Beziehungsmodell entschieden haben.»

Bitte? So wie sie die Worte wählt, klingt es ja, als sei ich schuld an dieser Dreier- beziehungsweise Viererkonstellation. Wer ist denn hier auf dem Kriegspfad?

«Das stimmt so nicht», erkläre ich von oben herab. «Ich verurteile die beiden nicht dafür, dass ihre Ehe gescheitert ist, sondern dafür, dass es ihnen nicht gelungen ist, sich in Würde zu trennen. Mein Vater suchte sich klischeehaft eine jüngere Geliebte, und Mama steckte den Kopf in den Sand. Total armselig!»

Ich kann sehen, dass sich Verzweiflung in Charlotte Engels Blick geschlichen hat. Endlich habe ich sie aus der Reserve gelockt!

Doch jetzt strafft sie die Schultern und schaut mich irritiert an. «Sie glauben, dass Ihre Mutter sich aufgegeben hat?», fragt sie erstaunt. Als läge das nicht auf der Hand.

«Wie würden Sie es denn nennen, wenn man betrogen wird und keinerlei Konsequenzen daraus zieht?»

Ich rufe mir den Tag in Erinnerung, an dem ich meine Mutter auf Papas Affäre angesprochen habe. Mama hatte kaum ihren ersten Satz von sich gegeben, da war ich auch schon auf hundertachtzig. Ich habe mich über Papas Verhalten aufgeregt und ihr unmissverständlich zu verstehen gegeben, dass es für mich nur eine angemessene Reaktion auf sein Verhältnis gibt: die Scheidung. Sie sollte nicht zu dieser Sorte Frauen gehören, die kein Rückgrat zeigen und sich von ihrem Mann alles bieten lassen. Weil sie um ihr Ansehen fürchten oder um das Geld trauern oder weil es sie anstrengt, plötzlich auf eigenen Beinen stehen zu müssen. Dass Mama eine Trennung nicht mal in Erwägung zog, machte mich unfassbar wütend. Sie sank in meiner Achtung, und jeder Versuch ihrerseits, mir ihre Beweggründe darzulegen, machte alles nur schlimmer. Mein Vater hatte durch seine Affäre einen Keil in die Familie getrieben. Genau genommen zwischen mich und meine Mutter. Denn er hatte mich ohnehin nie geliebt. Daran kann auch Frau Engel mit ihrem Plädoyer nichts mehr ändern. Überhaupt: Was mischt sie sich ein? Sie ist eine Fremde! Sie hat keine Ahnung.

Obwohl ich eigentlich nicht mit ihr diskutieren will, erkläre ich: «Sie wollen meinen Vater geliebt haben? Sie kennen ihn kein bisschen! Mich hat er im Grunde nie akzeptiert, und meine Mutter kann ihm ebenfalls nur egal gewesen sein. Sonst hätte er sie nie hintergangen.» Ich fuchtele wild mit den Armen herum. «Aber um Ihre Mitmenschen haben Sie sich ja nicht geschert. Vielleicht passten Sie und mein Vater darum so toll zusammen. Weil Ihnen alle anderen egal waren.»

Ich merke, wie ich mich mehr und mehr in Rage rede. So kenne ich mich gar nicht. Aber ich kann mich nicht bremsen. Am liebsten würde ich davonstürmen. Einfach nur rennen, am Meer entlang. Die schlechte Energie rauslassen, die sich in mir aufgestaut hat. Außerdem weiß ich ja jetzt, was ich wissen wollte: Charlotte Engel hat keinen Mietvertrag, sie muss hier ausziehen. Je eher, desto besser!

In ihrem Blick liegt ehrliches Erstaunen. «Nein», sagt sie bestimmt. «Diese Eigenschaft habe ich an Ralf niemals bemerkt. In den zehn Jahren, die ich mit ihm verbringen durfte, war er stets besonnen und gerecht. Und liebevoll. Seine Familie stand für ihn an oberster Stelle. Niemals hätte er etwas getan, das Ihnen oder Ihrer Mutter schadet.»

«Ach», höhne ich, «und dass Sie es sich hier mit ihm gemütlich gemacht haben, glauben Sie, hat uns nicht verletzt?»

Sie kaut nachdenklich auf der Unterlippe. «Ich war vielleicht der Grund für die Trennung Ihrer Eltern, aber nicht die Ursache. Die beiden waren, lange bevor ich Ralf kennenlernte, schon kein Liebespaar mehr. Was nicht heißt, dass Sie und Ihre Mutter keine Bedeutung mehr für Ralf hatten.» Ihre Augen beginnen zu funkeln. «Ich glaube, dass Ihr Vater etwas in seinem Leben ändern wollte. Und ich bin mir sicher, dass er Ihrer Mutter damit sogar einen Gefallen erwiesen hat.»

Was fällt ihr eigentlich ein?

«Soweit ich weiß, kam Ihre Mutter mit der Trennung ganz gut zurecht. Womit Ihre beiden Eltern allerdings nur schwer leben konnten, war der Umstand, dass Sie sich vollkommen zurückgezogen haben.» Sie fokussiert mich mit intensivem Blick.

Ich weiche aus und schaue an ihr vorbei aus dem Fenster. Na klar. Ich bin der Sündenbock. Sonst noch etwas? Trotzig recke ich das Kinn und sehe sie an. «Da irren Sie sich, und zwar gewaltig! Meine Mutter hatte einfach nur keine Lust, sich mit mir auseinanderzusetzen, und mein Vater …» Ich mache eine wegwerfende Geste. «Dem war ich egal. Also hören Sie auf, seinen Charakter über den grünen Klee zu loben.»

Charlotte Engel legt ihre Hände flach auf den Tisch. Schlanke gepflegte Hände mit geraden, eleganten Fingern. Sie zittern ein klein wenig.

«Überlegen Sie doch mal», sagt sie gefasst. Es scheint wirklich, als könne diese Frau nichts aus der Ruhe bringen. «Ralf hat Ihnen dieses Haus vermacht. Warum wohl?» Sie lässt mir keine Zeit zu antworten. Ihre Frage war rein rhetorisch. «Es gibt dafür nur eine einzige Erklärung: Er liebte Sie.»

Urplötzlich fühle ich mich in die Enge getrieben. Dass Papa explizit mich in seinem Testament bedacht hat, verwundert mich in der Tat. Zumal es ja seit zehn Jahren eine Nummer-eins-Frau an seiner Seite gab. Aber ich will nicht klein beigeben. Und ich kann es nicht auf mir sitzenlassen, dass ich bei Charlotte Engels Ausführungen wie ein trotziges Mädchen wegkomme. Darum bleibt mir nur die Flucht nach vorn: «Ach, und ich dachte, er hat *Sie* geliebt», sage ich und merke selbst, wie gehässig ich mich anhöre. Dabei will ich eigentlich nur klarmachen, wie widersprüchlich ihre Worte sind. Und dass mein Vater nicht der Gutmensch war, für den sie ihn offenbar gehalten hat.

«Ganz sicher hat er mich geliebt», sagt sie mit unerschütterlichem Optimismus in der Stimme. «Ich weiß es, auch wenn diese Tatsache für Sie schwer zu akzeptieren ist.» Eindringlich fährt sie fort: «Ralfs Gefühle für mich haben aber nichts mit der Liebe zu tun, die er für Sie empfunden hat. Sie sind sein Kind. Niemand hätte ihm jemals mehr bedeuten können. Das müssen Sie mir glauben.»

In meinem Inneren kämpfen widersprüchliche Gefühle. Ihre Worte berühren mich mehr, als ich mir eingestehen mag. Und offenbar auch mehr, als ich hinter einer coolen Fassade verbergen kann, sonst hätte Frau Engel ihre Versuche, mich zu überzeugen, längst aufgegeben.

Dennoch bleibe ich bei meiner Meinung: Mein Vater war ein Egoist. Und noch etwas muss ich dringend klarstellen: «Falls Sie vorhaben, mich milde zu stimmen, damit Sie hier wohnen bleiben können, ist das vergeblich. Es funktioniert nicht. Mein Freund und ich haben beschlossen, das Haus zu verkaufen, und wir wollen einen möglichst hohen Erlös erzielen. Darum müssen Sie ausziehen.»

Doch sie lässt sich nicht provozieren. Nach wie vor ist ihr keine negative Gefühlsregung anzumerken, nur ihre Augen schauen dermaßen intensiv, als würde sie mein Innerstes durchleuchten.

Es fühlt sich wie eine Ewigkeit an, die wir dasitzen und uns anstarren. Aber vermutlich waren es nur wenige Sekunden, bevor sie aufsteht und sagt: «Kommen Sie.» Mir wird eine Hand entgegengestreckt, die ich selbstverständlich ignoriere. «Ich möchte Ihnen etwas zeigen.»

Ohne sich um meine abwehrende Haltung zu scheren, marschiert Charlotte Engel voran in den Flur.

Ich starre ihr hinterher. Alles in mir sträubt sich, ihr zu folgen, doch meine Beine wollen mir nicht gehorchen. Sie führen plötzlich ein Eigenleben. Wie in Trance erhebe ich mich und trotte ihr hinterher.

Hintereinander steigen wir die Treppe hinauf und marschieren in das ehemalige Kinderzimmer. Aus einer halbrunden Vitrine, die mir beim ersten Besuch gar nicht aufgefallen war, greift sie sich zwei Alben. Ein dickes blaues, das aussieht wie ein Fotoalbum, und eins, das etwas schlanker ist.

Sie setzt sich auf eine Couch und winkt mich heran. Ehe sie das Fotoalbum aufschlägt, deutet sie auf das großformatige Bild an der Wand. «Sicher kennen Sie das Foto», sagt sie und bekommt wieder diesen eindringlichen Tonfall. «Glauben Sie, er hätte es aufgehängt, wenn Sie ihm nichts bedeutet hätten?»

Ich gerate in Bedrängnis. Einerseits stimme ich ihr zu. Mein Vater hätte nicht mal eine Büroklammer angeschafft, ohne gründlich darüber nachzudenken. Alles Gestalterische in seinem Umfeld war durchdacht, er konnte zu jedem Gegenstand eine Geschichte erzählen. Nichts überließ er dem Zufall, Beliebigkeit hasste er. Andererseits fühle ich mich von der Situation überfordert und kann nicht klar denken.

Zum Glück erwartet Charlotte Engel gar keine Antwort. Sie beginnt, auffallend langsam durch das Fotoalbum zu blättern. Ich kann nicht anders, als mich zu ihr zu setzen und hinüberzuschielen, und was ich sehe, macht mich sprachlos. Ein paar wenige Bilder kenne ich von zu Hause, wir haben diverse Fotoalben, die Mama nur zu gern durchblättert. Aber dieses Buch trägt eindeutig die Handschrift meines Vaters. Seitenweise Familienfotos. Bilder, die ich nie zuvor gesehen habe, richtiggehend arrangiert. Mal wurde nur eine einzige Aufnahme mittig auf die Seite geklebt, dann wiederum sind es unzählige kleine.

Ich spüre plötzlich einen Kloß im Hals. Meine Augen wandern ungläubig über die festgehaltenen Erinnerungen: Mama und ich neben dem Weihnachtsbaum oder gemeinsam beim Spielen mit meinen Barbiepuppen. Die ganze Familie im Zoo, Papa und ich im Auto, während ich auf seinem Schoß das Lenkrad halte, und so weiter. Er hat das Album über die Jahre gepflegt, sogar Anmerkungen an den Rand geschrieben. Beim Anblick seiner akkuraten Handschrift schwillt der Kloß in meiner Kehle noch ein Stückchen an. Ich muss schlucken.

Charlotte Engel entgeht diese Gefühlsregung nicht, sie wartet aber geduldig ab, bis ich mich wieder gefasst habe. Dann hievt sie mir das zweite Album auf den Schoß. «Ich muss kurz ins Bad», erklärt sie entschuldigend und steht auf, «schauen Sie gern in Ruhe durch, es gehört Ihnen.»

Zögernd öffne ich den Buchdeckel. Ich frage mich, ob ich mir das antun möchte. Will ich den Inhalt sehen? Was kann schon Tolles darin sein, noch mehr Fotos? Ich meine, das alles hier geschieht doch nur aus einem einzigen Grund: Sie will mich verunsichern. Gezielte Manipulation, damit sie hier in diesem Haus bleiben kann. Für wie blöd hält sie mich?

Ich will aufspringen und endlich wegrennen, fort aus diesem Haus und weit weg von Charlotte Engel, doch es ist zu spät. Ohne es zu wollen, habe ich das Album aufgeschlagen, und mir springt das erste Bild entgegen: meine Abschlussarbeit an der Uni. Skizzen eines Niedrigenergiehauses mit mehreren Wohnungen, Fotos des Dummies, Fotos meiner handschriftlichen Erläuterungen. Fassungslos blättere ich um. Auf der nächsten Seite blicke ich auf Bilder eines Projekts, das ich mir selbst zur Aufgabe gemacht hatte. Es wurde nie umgesetzt, weil ich es nie bei einer Ausschreibung eingereicht habe. Obwohl der Ansatz noch heute innovativ ist. Dass Papa überhaupt davon Notiz genommen hat, ist für mich unbegreiflich, aber er hat zudem lobende Worte am Rand notiert. Mir wird warm ums Herz.

Ich blättere weiter, finde Seite für Seite weitere Arbeiten oder Ideenskizzen von mir, die ich an der Uni entworfen und zu Hause voller Stolz meinem Vater präsentiert habe. Nie hatte ich das Gefühl, er würde sich dafür interessieren, und doch hat er sie allesamt fotografiert und mit Datum versehen. In seinen Randnotizen finden sich immer neue, lobende Worte, aber auch ein paar Anmerkungen, die er mit einem Fragezeichen versehen hat.

Warum nur hat er nie mit mir darüber gesprochen? Etwas kitzelt meine Wange, ein Haar. Als ich es hinters Ohr streifen will, spüre ich ein nasses Rinnsal. Überrascht wische ich es mit dem Handrücken weg, doch auf der anderen Seite seilt sich nun ebenfalls eine Träne ab. Und dann noch eine und noch eine. Bis schließlich ein Tropfen auf dem Album landet und die Buchstaben von Papas Notiz verwischen.

Schnell schnappe ich mir den Rand meines T-Shirts und tupfe die Stelle vorsichtig trocken. Ich bin Charlotte Engel dankbar, dass sie mich allein gelassen hat. Denn in meinem Herzen fahren die Gefühle Achterbahn.

Ich bin wütend auf Papa. Warum hat er seine positiven Eindrücke und Gedanken für sich behalten und stattdessen immer nur Kritik laut werden lassen? Sosehr ich mich bemühe, ich kann mich nicht daran erinnern, dass er jemals stolz auf mich gewesen wäre. Es macht mich traurig, gleichzeitig erwacht in mir eine schreckliche Sehnsucht. Es ist dasselbe Gefühl, das mich als Kind oft überkam, wenn mein Vater für mich unerreichbar schien. Wenn ich mir nichts sehnlicher wünschte, als dass er mich in seine bärenstarken Arme schließen würde. Oder dass er abends ein wenig länger an meinem Bett verweilen könnte, damit ich sicher einschlafe. Und jetzt, in diesem Moment, da er mir endlich ein Stück näher gerückt ist, realisiere ich zum ersten Mal, dass er für immer fortgegangen ist.

Der Kloß aus meiner Kehle ist in Richtung Magen gesackt und liegt dort wie ein bleierner Klotz. Auch mein Herz pocht nicht mehr vor Erzürnung, stattdessen klopft es leise und schwerfällig. Ein Schluchzen dringt durch meine Kehle.

Es ist das erste Mal seit Papas Tod, dass ich um ihn weine.

Eine Schachtel Papiertücher schiebt sich in mein Gesichtsfeld. Charlotte Engel hat sich auf leisen Sohlen genähert und wartet geduldig, bis ich mir zwei Tücher gegriffen und die Nase geschnäuzt habe. Erst dann setzt sie sich neben mich.

«Er war so stolz auf dich», sagt sie sanft. «Ich hoffe, jetzt glaubst du mir.»

Ich realisiere nur am Rande, dass sie zum Du übergegangen ist. Mit glasigem Blick schaue ich sie an. Auch in ihren Augen schimmern Tränen.

«Darum hat er dir dieses Haus vermacht. Du warst ihm der wichtigste Mensch.»

Einen Moment sitze ich stocksteif da und versuche, das Gehörte und Gesehene zu begreifen. Dann frage ich mich, warum Charlotte sich so abmüht? Was hat sie davon?

Leider komme ich bei meiner Grübelei immer wieder zu demselben Ergebnis. Ich strecke den Rücken durch. Den Blick fest auf die Wand vor mir geheftet, spreche ich die Worte wie ein Mantra: «Ich werde das Haus verkaufen. Ein Makler von Marquart & Steen wird sich bei Ihnen melden. Bitte gewähren Sie ihm Zutritt. Und ziehen Sie so schnell wie möglich aus.»

18

Samba auf Sylt

Vollkommen aufgelöst stolpere ich die Straße entlang. Der Himmel ist bewölkt, die Temperatur gleichbleibend heiß. Bereits nach ein paar Metern klebt mir das Shirt wie eine zweite Haut am Rücken.

Meine Gedanken kreisen fortwährend um meinen Vater. Mir ist komplett entgangen, wie intensiv er Anteil an meinem Leben und überhaupt an meiner Arbeit genommen hat. Ich trage in meinem Kopf und meinem Herzen ein vollkommen anderes Bild von ihm, als Charlotte Engel es tut. Selbst Mama redet kaum abfällig über Papa. Findet es denn außer mir niemand verwerflich, dass er sein Leben mit zwei Frauen teilte? Bin ich die einzige rational denkende Person in diesem Szenario?

Das Treffen mit Charlotte Engel hat mich gänzlich aus der Bahn geworfen, dabei hatte ich doch das Gespräch dominieren wollen! Aber zumindest habe ich es geschafft, das Wichtigste loszuwerden: Von nun an wird sich ein Makler mit ihr auseinandersetzen.

Wenn Jo recht behält, bin ich das Haus und alle Sorgen also schon bald los.

Aber warum verspüre ich keine Erleichterung?

Stattdessen überrollt mich eine Welle schlechten Gewissens. Es war eben nicht besonders fair von mir, Charlotte einfach stehenzulassen, nachdem ich sie quasi vor die Tür gesetzt habe. Wo soll sie denn nun hin? So mir nichts, dir nichts findet sie vermutlich keine neue Bleibe auf Sylt. Ich erinnere mich gut an Mats' Worte.

Einheimische ziehen fort, weil sie sich Mieten von zwanzig Euro pro Quadratmeter nicht leisten können. Die Sylter leben auf dem Festland, ihre Insel gehört den Maklern. Das macht mich wütend.

Was wird dann aus Charlotte? Muss sie sich auf dem Festland eine neue Existenz aufbauen? Seit zehn Jahren lebte sie im Haus meines Vaters, womöglich hat sie zuvor auch bereits auf Sylt gewohnt. Und jetzt steht sie ohne ein Dach über dem Kopf da, und ich bin schuld.

Mir wird ganz übel.

Ich zucke zusammen, als in meiner Tasche plötzlich das Handy läutet. Gedankenverloren krame ich es hervor und wundere mich über die fremde Nummer auf dem Display. Vielleicht der Makler?

Außerdem registriere ich am Rande, dass meine Mutter mehrfach versucht hat, mich zu erreichen. Ich ignoriere es und nehme erst einmal das Gespräch entgegen. Doch am anderen Ende der Leitung meldet sich überraschenderweise kein Makler. Sondern Mats.

«Hey, Julia», beginnt er nach kurzem Zögern, «ich hoffe, es ist okay, dass ich mir deine Nummer aus den Buchungsunterlagen abgeschaut habe? Aber ich konnte dich im Hotel nirgends finden.» Es entsteht eine kurze Pause, während der er sich verlegen räuspert. «Hat Paula dir meine Einladung weitergeleitet?»

«Einladung?» Ich stecke mit meinen Gefühlen noch bei Charlotte Engel und meinen Rechtfertigungsversuchen, darum hört sich meine Stimme vermutlich ungehaltener an als beabsichtigt. «Ja, hat sie.»

Für einen Moment herrscht Schweigen, dann sagt Mats mit leicht verunsicherter Stimme: «Ist alles okay mit dir?»

«Ja, mir geht's gut», antworte ich knapp, weil ich mich gerade über mich selbst ärgere. Er kann ja nichts dafür, dass ich mich in diese emotionale Ausnahmesituation gebracht habe. «Was … ähm … hat es denn mit der Karte auf sich?», frage ich darum bemüht sanft.

Mats zögert einen Augenblick. Scheint, als habe ich seiner Stimmung einen gehörigen Dämpfer verpasst.

«Es ist das Menü für heute Abend», sagt er schließlich. «Bei mir zu Hause wird gekocht.»

«Wie schön», antworte ich, als wäre damit alles klar. Immerhin schaffe ich es aber langsam, mich auf das Gespräch einzulassen. Hat er gerade Menü gesagt?

«Bei dir wird gekocht? Soso», sage ich konfus.

Mats räuspert sich. «Bist du wirklich nicht sauer? Du klingst irgendwie eigenartig.»

«Nein, ganz und gar nicht!» Ich reiße mich zusammen. Denn im Grunde meines Herzens freue ich mich sehr über seinen Anruf. «Erzähl mir mehr. Über das Essen.»

Leicht verstört erklärt er: «Ein paar Stammgäste der *Weißen Villa* sind inzwischen zu Freunden geworden. Irgendwann haben wir angefangen, uns zu verabreden, und es wurde eine Art Koch-Event daraus.» Er macht eine kurze Pause, vielleicht, um zu hören, ob ich etwas dazu sagen möchte. Als ich aber nicht reagiere, weil ich nun zur Abwechslung damit beschäftigt bin, mein pochendes Herz unter Kontrolle zu halten, spricht er vorsichtig weiter: «Keine Sorge, es stehen nur diejenigen hinterm Herd, die Lust dazu haben. Man kann sich also auch zurücklehnen und die anderen machen lassen. Die meisten kochen super, fast wie Profis. Aber was noch viel wichtiger ist: Es wird jedes Mal ein geselliger, ausgelassener Abend.»

Ich halte die Luft an, um ihn ja nicht wieder aus dem Konzept zu bringen.

«Tja, äh …», fährt er nervös fort. «Hättest du vielleicht Lust dazuzustoßen? Ich würde mich wirklich sehr freuen.» Sein Tonfall ist mit einer Prise Skepsis versehen. Als fürchte er, dass ich ihm erneut eine kalte Dusche verpasse.

Dabei bin ich nur vollkommen baff. Mats lädt mich zu sich nach Hause ein? Zu einem Essen unter Freunden? Jetzt bin ich es, die wie ein aufgescheuchtes Huhn zu stottern beginnt.

«Um … ähm … wie viel Uhr startet ihr denn?»

Mats missversteht mein Zögern. «Um neunzehn Uhr, aber du musst nicht kommen, wenn du nicht magst.»

Mir wird abwechselnd heiß und kalt. Es ist eine superschöne Vorstellung, aber ich stecke mal wieder in der Zwickmühle: Während mein Herz vor Freude Samba tanzt, hält mir mein Gewissen ganz klar ein Stopp-Schild vor die Nase. Weil mich die Nähe zu Mats verunsichert. Mein Herz gerät jedes Mal komplett aus dem Takt, wenn ich ihn sehe; außerdem läuft mir ständig dieses Kribbeln über den Körper … Das ist nicht normal. Und es ist nicht okay. Ich habe einen Freund und will mich ihm gegenüber unter keinen Umständen ähnlich gewissenlos verhalten, wie mein Vater es mit meiner Mutter getan hat.

«Nein», sage ich darum kategorisch. «Doch. Also es ist eher so, dass …»

«Dass du keine Lust hast. Sag es ruhig.» Mats spricht die Worte emotionslos aus, als stünde er einer Absage gleichgültig gegenüber. Oder zumindest *versucht* er, so zu klingen.

«Nein!», rufe ich noch einmal, dieses Mal ehrlich entsetzt. Dennoch rudere ich gleich darauf wieder ein Stückchen zurück. «Na ja … also eigentlich … ich müsste …»

Es entsteht eine unangenehme Pause, dann nimmt Mats einen behutsamen Anlauf. «*Eigentlich*? Heißt das … *so was wie vielleicht*?»

«Auf jeden Fall habe ich Lust. Trotzdem sollte ich …»

«Also ja?»

Mir schießen seine Worte von gestern durch den Kopf: *Ich bin ein Kämpfer. Oder ein Sturkopf. Vermutlich beides.*

Das ist er tatsächlich. Und in Erwartung eines Blitzschlags, den das Universum auf mich niedersausen lässt, kneife ich die Augen zu und sage voller Inbrunst: «Ja. Ich komme … gern!»

«Super!», freut sich Mats. «Das ist … toll.»

Ich fühle, wie eine Hitzewelle in mir aufwallt und meine Gesichtshaut zum Glühen bringt. Glücklicherweise kann er mich in diesem Moment nicht sehen. «Ich … freue mich auch.»

Wir besprechen noch kurz, ob ich etwas mitbringen soll, und legen dann auf. Kein Blitz trifft mich. Und Jo hat sicher nichts dagegen, wenn ich ihm davon erzähle. Es ist ja nur ein Essen mit vielen. Kein Date.

In der Villa angekommen, schlendere ich über den Rasen auf die Terrasse, wo ich prompt von meiner Mutter in die Arme gerissen werde. Ich rieche eine leichte Fahne, als sie voller Sorge über mich herfällt: «Wo bist du gewesen? Wir konnten dich nicht erreichen und haben uns Sorgen gemacht! Niemand im Haus wusste, wo du steckst!»

Schlagartig fallen mir ihre Anrufe ein. Schuldbewusst ziehe ich den Kopf ein. «Ist etwas passiert? Wo sind die anderen?», suchend drehe mich im Kreis.

Mama verzieht das Gesicht zu einer Grimasse. Erst jetzt bemerke ich die grauen Schatten unter ihren geschwollenen Augen. Spuren der letzten Nacht.

«Sie schlafen ihren Rausch aus», erklärt sie. «Gestern … war es etwas heftig. Ich hoffe, wir sind dir nicht auf die Nerven gegangen?»

Ich schüttele den Kopf. «Wo wart ihr denn eigentlich? Offenbar irgendwo, wo man reichlich Alkohol ausgeschenkt hat.»

«Bei Gosch. Die hatten vor dem Haus elegante weiße Zelte

aufgestellt, es wurde Bowle angeboten, und eine Kapelle hat flotte Musik gespielt.»

Bowle, das erklärt einiges.

«Und wo bist du gerade gewesen?», stellt meine Mutter die Gegenfrage.

Ich winde mich. Eigentlich hatte ich nicht vorgehabt, unvorbereitet mit ihr über das Thema zu sprechen, doch in diesem Moment fühle ich mich überrumpelt und sage im Affekt: «Ich war bei Charlotte Engel.»

Mama schaut mich überrascht an. «Oh», sagt sie arglos, «war es nett?»

Ob es nett war? Ist sie bei Trost, was glaubt sie denn? Dass Charlotte und ich gemeinsam Blumen gepflückt und Plätzchen gebacken haben? Was für eine dämliche Frage!

Alle durchlittenen Emotionen von dem Treffen, die ich unterwegs sorgfältig in einem inneren Kästchen verschlossen hatte, brechen nun mit Wucht wieder hervor. Und mit ihnen tausend Fragen.

«Wie kann es sein, dass Charlotte Engel Papas Fotoalben bei sich liegen hat?», schleudere ich meiner Mutter statt einer Antwort entgegen. «Außerdem einen Ordner, in dem er meine frühen Arbeiten archiviert hat? Wusstest du davon?»

Mama hält meinem wütenden Blick stand. Im Gegensatz zu mir schaut sie besonnen – und verhält sich auch so. Sie holt tief Luft und erklärt sanft: «Ich habe gewusst, dass er sich in Gedanken viel mit dir beschäftigt hat. Auch deine Arbeiten haben ihn immer interessiert. Du warst ihm wichtig.» Ihr Blick intensiviert sich. «Er hat enorm darunter gelitten, dass du dich von uns abgewandt hast.»

Ach, jetzt bin ich schon wieder die Schuldige? Wer hat denn unsere Familie zerstört, ich ja wohl nicht. «Warum hat er sich dann nicht mehr um mich bemüht? Er konnte nie von sich aus auf mich zugehen. Nie!» Plötzlich brechen bei mir alle Dämme. Ich merke, wie mein gesamter Körper vor Wut zittert, wie die alten Gefühle mich schmerzhaft übermannen. «Und zufrieden war er auch nie mit mir. Als Kind habe ich Papa vergöttert, obwohl er mich nie gelobt, sondern unentwegt zu besseren Leistungen angespornt hat. Ständig wurde ich mit anderen Mädchen verglichen. Sogar während des Studiums ging es ihm nie schnell genug voran. Und als ich Jo kennenlernte …» Ich verdrehe genervt die Augen. «Er war ihm von Anfang an ein Dorn im Auge. Kannst du es mir da verübeln, dass ich die ständige Kritik irgendwann nicht mehr aushalten konnte?»

Meine Mutter schweigt nachdenklich. Dann sagt sie: «Ich habe versucht, Ralfs Ehrgeiz aufzufangen. Aber wenn ich dich für etwas lobte, reichte es dir nicht. Ich hatte immer den Eindruck, dass es dir nur um ihn ging. Du wolltest *seine* Anerkennung. *Ihn* wolltest du um jeden Preis beeindrucken. Ich fürchte, er hat das missverstanden. Statt dich zwischendurch mal zur Ruhe kommen zu lassen, hat er dir immer neue Ziele gesteckt, er wollte dich dadurch anspornen. Vielleicht hielt er dich für einen Menschen, der genau das braucht, um maximale Leistungen zu erzielen.»

«Aber nicht alle Menschen wollen ständig zum Gipfel stürmen. Manche möchten einfach nur glücklich sein. Das geht auch als Zweitbester. Sogar als Letzter.»

Mama seufzt. «Mir ist viel zu spät aufgefallen, dass du darunter leidest.» Sie legt mir eine Hand auf den Arm und drückt ihn leicht. Ich spüre die Wärme ihrer Haut wie einen schwachen Sonnenstrahl.

Plötzlich hören wir Schritte.

«Julia, my dear, warum schreit ihr so?» Tante Christiane schlurft durch die Terrassentür, das Gesicht schmerzverzerrt. Unter ihren Augen lauern zentimeterdicke Tränensäcke.

Hinter ihr schleppt sich Annegret auf die Terrasse. Sie hat ihre Schlafbrille auf den Kopf geschoben und hält sich nun schützend die linke Hand vor die Augen. Gleichzeitig schirmt sie mit der rechten ein Ohr ab. Beide Schwestern tragen noch ihre Nachthemden.

«Ich habe schrecklichen Durst», wimmert Annegret, als würde die eigene Stimme ihr Kopfschmerzen bereiten. Mit blutunterlaufenen Augen überfliegt sie den Gartentisch. «Habt ihr nichts zu trinken hier? Mir ist furchtbar heiß.»

«Sprich nicht so laut», zischt Christiane. «Im Übrigen ...» Wie in Zeitlupe dreht sie sich zu ihrer Schwester. «... ist übermäßiger Alkoholgenuss für einen konstanten Hormonspiegel überhaupt nicht hilfreich. Nimm einen Salbeibonbon. Salbei hilft gegen Hitzewallungen und lindert den Durst.» Sie erntet einen schalen Blick.

«Lieber würde ich etwas frühstücken.»

«Forget it! Um diese Uhrzeit gibt es in dieser Kaschemme nichts mehr zu essen.» Christiane gerät ins Taumeln und klammert sich an einer Stuhllehne fest.

«Aber es ...», setzt Annegret an, wird jedoch von meiner Mutter unterbrochen.

«Würdet ihr uns bitte wieder allein lassen? Ich habe etwas mit Julia zu besprechen.»

Während Annegret sich augenblicklich beide Hände vor die Ohren schlägt, schaut Christiane argwöhnisch zwischen mir und meiner Mutter hin und her. Trotz ihrer Verfassung dauert es nicht lange, und sie hat eine Idee, worum es bei unserem Disput gehen könnte.

«Du warst bei dieser Frau Engel, stimmt's?» Sie mustert mich neugierig. «Hat sie dir ihren Mietvertrag präsentiert?»

Ihre detektivische Fragerei bewirkt, dass ich erst nicke und dann brav Antwort gebe: «Nein. Sie hat keinen.»

Christiane klatscht in die Hände und gerät dabei leicht ins Wanken. «Das ist ja phantastisch», erklärt sie und krallt ihre Finger in die Stuhllehne. «Erzähl mir mehr! Und sag auch gleich, wann wir unseren Deal über die Bühne bringen wollen.»

Ich stöhne innerlich. Hört das denn nie auf!? Jetzt werde ich ihr wohl oder übel die Wahrheit sagen müssen.

«Seid ihr neuerdings schwerhörig?», geht meine Mutter unvermittelt dazwischen. «Ich hatte euch gebeten, mich mit Julia für einen Moment allein zu lassen.» Mit einer gehörigen Portion Wut im Blick schaut sie von einer Schwester zur anderen.

Christiane hält den erhobenen Zeigefinger vor den Mund. «Pssst», mahnt sie. «Wir gehen ja schon. Vorher wüsste ich allerdings gern, ob –»

«Verschwindet!», ruft meine Mutter in einer Lautstärke, die ich ihr niemals zugetraut hätte.

Ihre Schwestern gehen in Deckung. Hinter vorgehaltener Hand piepst Annegret: «Hast du jetzt etwa auch Hormonschwankungen?»

Schweigend stemmt meine Mutter die Arme in die Hüften und macht einen forschen Schritt auf ihre Schwestern zu. Fluchtartig suchen die beiden das Weite.

Als Mama sich wieder zu mir dreht, glaube ich, eine gewisse Befriedigung auf ihrem Gesicht zu erkennen. Gleich darauf wird ihre Miene jedoch wieder ernst. Sie fasst mich sanft am Ellenbogen und zieht mich zu der Sitzgruppe, damit wir uns dort niederlassen. Widerwillig lasse ich es geschehen.

«Ich weiß, du wirfst mir vor, dass ich deinen Vater nicht verlassen habe, nachdem er mir seine Affäre gestanden hat», kommt sie auf das Thema zu sprechen, das die ganze Zeit schon zwischen uns steht. Sie sucht meinen Blick. «Aber warum? Findest du nicht, dass diese Entscheidung nur mich etwas angeht?»

Ich schüttele den Kopf. «Weil ich nicht das Gefühl hatte,

dass du eine Entscheidung getroffen hast», gebe ich zurück. «Er hat sie getroffen. Du hast dich seinem Willen gefügt. Hast ihm nichts entgegengesetzt, sondern den Kopf in den Sand gesteckt. Das ist mir unbegreiflich.»

Mama seufzt. «Lange bevor du deinen Vater mit Charlotte im Eiscafé getroffen hast, hat er mir einen Brief geschrieben», erklärt sie. «Ich schätze, er hatte Angst, in einem Gespräch unter vier Augen nicht die richtigen Worte zu finden. In sehr offenen Sätzen legte er mir sein Dilemma dar. Er erklärte, dass unsere Ehe in seinen Augen einer innigen Freundschaft gewichen war, die er einerseits nicht missen mochte. Dass es aber auf der anderen Seite diese Frau gab, in die er sich verliebt hatte und mit der er sich einen Neustart wünschte. Er war vollkommen durcheinander.»

Der Arme, möchte ich sarkastisch sagen, halte aber meinen Mund. Auch wenn ich Papas Verhalten geradezu klischeehaft egoistisch finde: Er sucht sich eine Geliebte, mag aber seine bequeme Ehefrau nicht aufgeben.

«Anfangs war ich wie vor den Kopf gestoßen, aber in Bezug auf unsere Ehe hatte er natürlich recht. Unsere Beziehung hatte nichts Körperliches mehr, sie war rein platonisch geworden.»

«Aber … das ist doch normal!», platzt es aus mir heraus. Ich schaue sie fest an. «Das ist doch der Lauf der Zeit, dass man sich nicht mehr so spannend findet wie am Anfang. Oder? Damit muss man ja klarkommen. Es gibt noch anderes im Leben als Sex.»

Ich kann nicht glauben, dass ich mit meiner Mutter über Beziehungen spreche. Und über Sex.

Mama schmunzelt. «Das weiß ich doch. Ralf und ich sind über vierzig Jahre miteinander klargekommen. Wir haben Höhen und Tiefen durchlitten. Charlotte war ganz sicher nicht unser erstes Problem.»

Ich sehe sie herausfordernd an. «Dann hattet ihr ja Übung. Ihr wärt über sie hinweggekommen! Vielleicht mit Hilfe einer Therapeutin.»

Mit Bedacht schüttelt Mama den Kopf. «Dieses Mal nicht.» Sie tastet nach meiner Hand.

Ich bin so aufgebracht, dass ich sie ihr am liebsten entreißen würde, doch etwas hält mich davon ab. Ich habe das Gefühl, meine Mutter möchte sich an mir festhalten.

«Weißt du, Liebes, anfangs war ich natürlich entsetzt. Und wütend. Doch recht bald stellte sich heraus, dass sich in meinem Leben kaum etwas verändert hatte. Ralf wohnte ja nach wie vor in unserem Haus. Ich habe weiterhin für die Firma gearbeitet, wir schauten die Abende gemeinsam fern oder gingen auswärts essen. Nur dass er fortan jedes zweite Wochenende auf Sylt verbrachte und nicht, wie sonst, in der Firma. Irgendwann merkte ich, dass er sich zum Positiven veränderte. Charlotte tat ihm gut. Er wurde innerlich ruhiger und in vielen Alltagsfragen entspannter. Plötzlich reflektierte er sein Leben ganz anders.» Sie spielt mit einer Haarsträhne. «Ich glaube, ihm fiel erst in den letzten zehn Jahren auf, was ihm entgangen ist, während er – gefangen in seiner Arbeitswut – durchs Leben rauschte.»

«Okay …» Ich weiß nicht recht, was ich dazu sagen soll.

«Aber seine Wäsche habe ich nicht mehr gewaschen!» Mama grinst jetzt regelrecht schelmisch.

Na, wenigstens das.

«Du siehst, es ging mir also gar nicht schlecht. Auch wenn ich an deinem zweifelnden Gesichtsausdruck ablesen kann, dass ich dich nicht zu hundert Prozent überzeugt habe.» Sie wird wieder ernst. «Klar fühlte ich mich manchmal einsam, aber das lag nicht an Charlotte. Dein Vater war schon immer ein Workaholic gewesen, wir haben so gut wie nie Ausflüge oder Urlaube unternommen. Der letzte war, glaube ich, zur Jahrtausendwende.»

Sie kratzt sich verlegen am Kopf. «Ich wäre gern öfter verreist, aber mit wem hätte ich das tun sollen? Allein hatte ich keine Lust, und meine wenigen Freundinnen wohnten inzwischen in alle Winde zerstreut. Und meine Schwestern ...» Sie stößt ein kurzes, trockenes Lachen aus. «Du erlebst es ja selbst. Wir haben uns vor langer Zeit entzweit. Eher hätte ich mir die Zunge abgebissen, als die beiden anzurufen. Und du ...» Sie schaut mich nachdenklich an. «Ich hätte dich gern öfter gesehen, wäre gern mal gemeinsam mit dir in der Stadt bummeln gegangen oder sogar verreist. Mutter und Tochter zusammen im Urlaub – ein Wellnesstrip oder in Ägypten die Pyramiden erkunden –, das stellte ich mir wunderschön vor. Aber du musstest ja leider immer arbeiten. Außerdem ...» Sie beißt sich auf die Lippen. «Du hast mich verachtet.»

Mir schnürt sich die Kehle zusammen. Diese Worte aus ihrem Mund zu hören beschämt mich. Erst jetzt wird mir bewusst, was sie durchgemacht haben muss. Nicht nur die Sache mit Papa und Charlotte, sondern die vielen Gedanken und Sorgen, die ihr zweifellos durch den Kopf schwirrten und die sie mit niemandem teilen konnte.

Mama scheint meine innere Zerrissenheit zu spüren. Sie richtet sich auf. «Darum habe ich mich in die Gartenarbeit gestürzt», verkündet sie betont fröhlich. «Zum Schluss ist um unser Haus ein traumhafter kleiner Staudenpark entstanden. Leider wurde er durch die Löscharbeiten beinahe vollständig zerstört.» Sie kann es nicht verhindern, dass sich ein Schatten auf ihr Gesicht legt. «Aber ich will ohnehin nicht dorthin zurück. Dein Vater hatte das Haus gebaut, und wir haben als Familie viele glückliche Jahre dort verbracht. Es neu aufbauen zu lassen wäre nicht dasselbe.»

Mir wird richtiggehend übel. Mama hat alles verloren, aber ich konnte nicht auf sie zugehen, weil ich in meinem Egoismus gefangen war. Die ganze Zeit, die wir bislang auf Sylt verbracht haben, drehte sich alles nur um mich. Um mein Haus. Und um meine Luxusprobleme.

Betreten blicke ich zu meinen Fußspitzen. Auf einmal fühle ich mich wie der egoistischste Mensch auf dieser Welt. Statt mich um meine Mutter zu kümmern und ihr ein neues Zuhause zu verschaffen, habe ich versucht, diese Aufgabe meinen Tanten zuzuschustern. Mit dem Ergebnis, dass ich ihr nur noch mehr Probleme aufgehalst habe. Ich schäme mich.

Nach einer Weile schaue ich hoch, in ihre schönen Augen, in denen noch die traurige Erinnerung an meinen Vater liegt. Ich räuspere mich. «Du kannst so lange, wie du möchtest, bei uns wohnen», sage ich, und dieses Mal geschieht es nicht aus einem oberflächlichen Pflichtgefühl heraus. Sondern weil ich es will. Ich will für sie da sein. Meine Fehler wiedergutmachen, sofern das möglich ist.

«Ach Kind», meine Mutter winkt ab. Aber für einen kurzen Moment habe ich in ihren Augen etwas aufleuchten sehen. Einen winzigen Funken Glück. «Ich weiß doch, dass ich euch störe. Euer Loft ist nicht auf Besuch ausgerichtet. Aber keine Sorge, ich werde mir eine kleine Wohnung mieten, ich weiß nur noch nicht genau, wo.»

«Brauchst du Geld?», kommt es ganz automatisch aus mir heraus. «Nach dem Verkauf des Hauses bleibt ein Batzen übrig. Ich kann dir –»

«Auf keinen Fall», unterbricht sie mich. «Finanziell komme ich gut über die Runden. Allerdings …» Sie wartet, dass ich sie anschaue. Mich voll und ganz ihr widme. Erst dann spricht sie weiter: «Bist du dir absolut sicher, dass du das Haus verkaufen willst?»

«Es ist entschieden», antworte ich, ohne zu zögern.

Mama legt den Kopf schräg. «Denk noch mal drüber nach»,

rät sie mit Bedacht. «Mach deine Entscheidung nicht von den Begebenheiten abhängig, sondern umgekehrt. Überleg dir, was du möchtest, und dann finde einen Weg, es umzusetzen.»

Ich schaue sie nachdenklich an, lasse mir ihre Worte eine Weile durch den Kopf gehen. Es ist ein dünnes, zartes Band, das Mama und mich plötzlich wieder verbindet, und unser Gespräch wird mich sicher noch eine Weile beschäftigen. Aber fürs Erste fühle ich mich erleichtert, dass wir diese Unterhaltung überhaupt geführt haben.

Plötzlich durchbricht das Klingeln meines Handys die Stille. Es ist Christiane. Sie klingt vollkommen aufgelöst.

«Julia?», ruft sie panisch. «Ihr müsst sofort zum Eingang der Villa kommen. Annegret ist gestürzt.»

19

Geschmacksexplosionen

«Gestürzt? Du liebe Güte!» Ich informiere meine Mutter im Flüsterton über das Ereignis. Augenblicklich wird mir das Telefon aus der Hand gerissen.

«Ist es ein Thefa?», fragt Mama.

Ich kann nicht hören, was Tante Christiane am anderen Ende erwidert, frage mich aber, was zum Henker ein *Thefa* sein mag.

«Bist du sicher?», hakt meine Mutter nach. Dann nickt sie und sagt widerwillig: «Okay. Wir kommen.»

Kaum hat sie aufgelegt, erkundige ich mich besorgt: «Was ist mit Tante Annegret? Und was, bitte schön, ist ein Thefa?»

Meine Mutter schürzt die Lippen. «Geschwistergeheimsprache.» Und dann erläutert sie: «Christi und ich haben vor langer Zeit diesen Ausdruck erfunden, wenn unsere Schwester mal wieder simuliert. Thefa ist die Abkürzung für *Theater für Aufmerksamkeit*. Immer, wenn Anne sich früher nicht genügend beachtet gefühlt hat, ließ sie sich etwas einfallen. Beispielsweise fuhr sie mit dem Rad absichtlich in den Graben und malte sich notfalls sogar eine Schramme ins Gesicht. Oder aber sie lief durch Brennnesseln, um diese roten Pusteln zu bekommen. Irgendetwas war im Grunde immer mit ihr.»

«Aber das klingt nach einer ernsten Sache», sage ich alarmiert, «ihr als Kinder konntet es nicht wissen, aber eure Eltern hätten sich kümmern müssen.»

«Ach Liebes», Mama hebt resigniert die Schultern, «damals wusste man von diesen psychischen Erkrankungen nicht genug. Außerdem waren unsere Eltern damit beschäftigt, Geld zu verdienen, um uns alle satt zu bekommen. Da blieb nicht viel Zeit, sich um unsere Seelen zu kümmern.»

Ich nicke nachdenklich. Ja, so war das wohl früher. «Aber jetzt», ich schaue sie auffordernd an, «die Gegenwart könnt ihr noch ändern.»

Meine Mutter wiegt den Kopf hin und her. «Wenn du mich fragst, ist Annegret psychisch stabil, aber ein ausgefuchstes Biest. Als Jüngste musste sie sich eben etwas einfallen lassen, um nicht zu kurz zu kommen. Was hinter ihrem Sturz heute steckt, weiß ich nicht, aber ich verspreche dir: Ich finde es heraus!»

«Oh weh», sage ich, mehr zu mir selbst. Meine Tante tut mir jetzt schon leid. «Ich komme mit. Wir können sie wohl schlecht ihrem Schicksal oder Tante Christiane überlassen.»

Mama hebt in gespieltem Ernst die linke Augenbraue. «Verdient hätte sie es aber!»

Wir haben gerade das Haus zur Hälfte umrundet, da kommen uns die beiden Schwestern bereits entgegen. Ihre Nachthemden blitzen wie Fenstergardinen unter den Hotelbademänteln hervor. Außerdem tragen sie Badeschlappen. Tante Annegret humpelt, ihr wurde eine schneeweiße Bandage um den Knöchel gewickelt. Davon abgesehen scheint sie ihren Kater überwunden zu haben und bester Laune zu sein, denn sie plappert uns ungefragt die Ohren voll von einem Gast, einem Orthopäden, der sofort zur Stelle war und zufällig diesen Stützverband im Gepäck hatte.

Tante Christiane trottet schweigend neben ihr her. Sie sieht noch immer übernächtigt aus, und ihr grimmiger Gesichtsausdruck lässt darauf schließen, dass sie kurz davorsteht, ihrer Schwester die Bandage wieder abzureißen und ihr den Stoff in den Mund zu stopfen. Das Gequassel ihrer Schwester scheint ihr körperliche Schmerzen zu bereiten.

«Zum Glück bist du nicht ernsthaft verletzt», kommentiere ich Annegrets flottes Humpeln.

«Ja, ich denke, einen weiteren Arztbesuch kann ich mir schenken. Ich hätte jetzt nur wahnsinnig gern ein gemischtes Eis mit Himbeerpüree und Sahne.» Unauffällig schielt sie in meine Richtung. Sofort ist klar: Ich besitze ein Auto und verfüge bald über einen Batzen Geld. Also muss ich blechen.

Mama hatte recht: Ihre jüngere Schwester ist ein Schlitzohr. Ganz sicher kann man ihren Sturz als Thefa verbuchen.

Nichtsdestotrotz verspüre ich an diesem Tag zum ersten Mal so etwas wie gute Laune. Das Gespräch mit meiner Mutter hat mir einen Stein vom Herzen genommen, und meine Tanten … Wie sagte Charlotte Engel? Sie sind amüsant.

«Am Ende der Straße gibt es ein Eiscafé», informiert uns Christiane.

Natürlich weiß sie Bescheid, Konditoreien und Eisdielen rangieren bei älteren Damen weit oben auf der Beliebtheitsskala. Noch vor Ärzten und Apotheken.

«Ich hole uns was», sage ich, «wir haben uns alle was verdient.»

Fünfzehn Minuten später kehre ich mit drei riesigen Eisbechern und einem Kaffee für mich auf unsere Terrasse zurück.

Annegret thront im Strandkorb, den verletzten Fuß auf ein Kissen gebettet. Ihrem entspannten Gesicht nach zu urteilen, ist der Sturz Geschichte. Christiane sitzt mit grimmiger Miene etwas abseits und versucht ihren Tränensäcken mit einer Fingerspitzenmassage zu Leibe zu rücken. Und Mama hat es sich gegenüber auf der Gartenliege bequem gemacht.

Flink verteile ich die Eisbecher, durchforste drinnen die Küchenzeile nach ein paar Löffeln und lasse mich anschließend am Tisch nieder.

Für eine Weile herrscht friedliches Schweigen.

Bis Christiane sagt: «Bestimmt war es der Restalkohol in deinem Blut, Anne. Du kannst das Trinken nicht ab. In jeglicher Hinsicht. Darum bist du gestrauchelt.»

Der Kopf von Tante Annegret wirbelt herum. «Wie bitte?», fragt sie alarmiert. «Was willst du mir damit sagen?»

«Du trinkst zu viel. Und essen tust du auch mehr als genug. Schau dich doch mal an. Zu viel Fett, kaum Muskeln. Kein Wunder, dass dir ständig heiß ist.»

«Ach, wem ist denn beim Tanzen der Absatz abgebrochen, weil er sturzbetrunken mit einer Hebefigur protzen wollte? Weißt du nicht, dass man dafür einen Partner braucht? Außerdem –» Sie fuchtelt mit ihrem Löffel in der Luft herum. «Ich esse nicht, ich genieße! Eine Vokabel, die dir fremd sein dürfte. Weil du nämlich vollkommen verstockt bist. Alles muss einen Grund haben und ein Ziel verfolgen. *Dein* Ziel. Immer hast *du* das Sagen.»

«Immerhin *habe* ich Ziele und Perspektiven», giftet Christiane. Sie hat ihr Eis nur zur Hälfte aufgegessen und ist im Kampf gegen die geschwollenen Augen dazu übergegangen, sich den kalten Silberlöffel abwechselnd auf das linke und rechte Augenlid zu pressen. Ein winziges Stückchen Kirsche klebt am unteren Rand ihrer Augenbraue. «Dir reicht es ja, in den Tag hineinzuleben.»

«Besser, als von Gier getrieben zu werden! Genau aus diesem Grund möchtest du doch Julia das Haus wegschnappen: Dir geht es um den Profit, den du damit machen kannst. Was sonst willst du mit einem Haus auf Sylt?» Annegret sackt in sich zusammen. Die Nacht steckt ihr sichtbar in den Knochen, der lange Monolog war zu viel für sie.

«Apropos!» Christiane schielt unter dem Silberlöffel in meine Richtung und übergeht den Kommentar ihrer Schwester geflissentlich. «Was wird aus unserem Geschäft? Hast du dir mein Angebot durch den Kopf gehen lassen?»

Ich habe es ja geahnt. Heute muss ich Farbe bekennen.

«Ich … also …», setze ich stotternd an, «mein Freund Jo meinte …» Ich breche wieder ab. Es wäre nicht fair, alles auf Jo zu schieben. Nicht nur habe ich in seinen Plan eingewilligt, sondern ich war sogar höchstpersönlich bei Mr. Armani, um mir Rat zu holen.

Ich straffe die Schultern. «Wegen der Mieterin – aber auch, um den Marktwert zu ermitteln – habe ich mich gestern mit einem Makler getroffen», beginne ich mit meiner Beichte. «Er hat noch keine abschließende Einschätzung abgegeben, da er das Haus noch nicht besichtigen konnte.»

Dass er sich dennoch zu einer groben Schätzung hat hinreißen lassen, die weit über Christianes Angebot liegt, verschweige ich vorsichtshalber erst einmal. Ich will nicht, dass sie den Eindruck gewinnt, ich wolle den Preis in die Höhe treiben.

Da fällt mir siedend heiß ein, dass ich Mr. Armani dringend anrufen muss. Im Geiste schreibe ich mir eine Notiz und wende meine Aufmerksamkeit wieder Tante Christiane zu. Sie sieht ein wenig mitgenommen aus. Bei dem Versuch, ihre Stirn in Falten zu legen, kräuselt sich nur eine winzige Stelle über der rechten Augenbraue. Dafür ist ihr Mund zu einem verkniffenen Strich verzogen, und ihre Kieferknochen treten vor Anspannung hervor, sodass es aussieht, als habe sie zu den Augenringen auch noch geschwollene Backen.

Sie sagt keinen Ton, schaut nur stumm vor sich auf einen traurigen Rest Sahne. Als ich schon glaube, dass es ihr vor Ärger komplett die Sprache verschlagen hat, stößt sie einen gequälten Zischlaut aus und sagt dann: «Gut. Warten wir es ab.»

«Ich finde es vernünftig, dass Julia einen Profi zu Rate zieht», pflichtet meine Mutter mir bei. Ihr scheint es von den dreien am besten zu gehen, auch wenn sie ein wenig müde wirkt. «Es geht immerhin um sehr viel Geld.»

«Genau», schlägt Annegret mit letzter Kraft in dieselbe Kerbe, «man muss immer auf der Hut sein. Du zahlst das Haus vielleicht aus der Portokasse, aber Julia und ich», sie reckt schwerfällig beide Fäuste in die Luft, «wir müssen auf unser Geld aufpassen!»

«Welches Geld?», höhnt Christiane prompt. «Du besitzt doch keinen Cent. Ich weiß gar nicht, ob du überhaupt jemals in deinem Leben was verdient hast.»

Annegret schnaubt. «Nur weil ihr beide, du und Beate, euch reiche Männer geangelt habt, seid ihr keinen Deut besser als ich.» Schwitzend nestelt sie an der Kordel ihres Bademantels und reißt ihn schließlich auf, um sich Luft zu verschaffen. «Ich habe sehr wohl gearbeitet. Zurzeit lebe ich auf einem Bauernhof mit Kühen und …»

Bevor sie jetzt jedes Tier namentlich erwähnt, beginne ich lieber, die leeren Eisbecher zusammenzuräumen. «Entschuldige, wenn ich dich unterbreche, aber ich … ähm … werde mal hineingehen und meine E-Mails checken.»

Ich bin zwar froh, dass das Haus im Austernfischerweg nicht mehr Thema ist, möchte es aber nicht riskieren, dass Tante Christiane wieder darauf zurückkommt. Die drei Schwestern wechseln ihre Gesprächsthemen dermaßen schnell, man muss rechtzeitig in Deckung gehen.

«Am Abend bin ich übrigens eingeladen», füge ich noch hinzu. «Ihr könnt aber gern das Auto nehmen, wenn ihr zum Essen fahren möchtet.»

«Eingeladen?», rufen die drei wie aus einem Mund. Fassungslosigkeit macht sich breit.

«Von wem?», fragt Annegret.

«Ich dachte, du kennst hier auf der Insel niemanden?» Auch meine Mutter klingt auf einmal interessiert.

«Ist es ein Mann?», will Christiane wissen.

«Womöglich der gutaussehende Hotelbesitzer?», hakt Annegret nach.

Ich spüre, wie ich knallrot anlaufe. Frauen! Ihnen entgeht wirklich nichts.

«Äh … also … na ja. In der Tat hat mich Mats eingeladen.»

Drei Augenpaare starren mich an, als wäre ich auf eine Monarchenhochzeit gebeten worden und nicht zu einem Koch-Event im Haus nebenan.

«Es ist nicht so, wie ihr denkt.» Ich winde mich. «Es kommen auch andere Gäste. Viele Gäste. Freunde und so.»

«Aha», sagen die drei.

«Genau. Und darum muss ich jetzt rein und noch ein wenig Bürokram erledigen.» Ich springe auf und bin ins Haus gestürmt, ehe eine der drei auch nur Luft holen und mit der Inquisition fortfahren kann.

Drinnen schnappe ich mir mein Laptop und flüchte ins Untergeschoss, da ich fürchte, am Esstisch nicht zur Ruhe zu kommen.

Im Zimmer meiner Mutter lege ich mich auf das sorgfältig gemachte Bett, platziere den Computer auf meinem Bauch und versuche, mich auf die Arbeit zu konzentrieren. Mamas Parfüm schleicht sich in meine Nase. Sie benutzt noch immer denselben Duft wie damals, als ich Kind war.

Wie habe ich diesen Geruch geliebt! Wenn sie sich ausgehfein machte, um Papa zu einem Abendessen mit Kunden zu begleiten, habe ich jedes Mal zum Abschied meine Wange ganz fest an ihr Ohr gepresst, damit ein wenig von ihrem Parfüm an mir haften blieb.

Ein paar Mails lese ich mir durch, dann verliere ich die Lust. Immer wieder schweifen meine Gedanken ab. Mal zu Jo, dann zu dem Gespräch mit meiner Mutter, und schlussendlich lande ich immer wieder bei Charlotte Engel. Sosehr ich mich auch bemühe, ich kann sie nicht unsympathisch finden. Was würde mein Vater dazu sagen, wenn er wüsste, dass ich sie hinauswerfe?

Ich schrecke hoch, als jemand sanft an meiner Schulter rüttelt. «Liebes, wach auf!»

Verschlafen öffne ich die Augen und blicke in das zerknirschte Gesicht meiner Mutter. «Entschuldige bitte», sagt sie, «ich hätte dich nicht geweckt, aber sagtest du nicht etwas von einer Einladung? Es ist Viertel nach acht, und da dachte ich …»

«Waaas? Schon so spät?» Oh nein, oh nein! Hatte Mats nicht von halb acht gesprochen?

Wie von der Tarantel gestochen springe ich in die Höhe, renne ins Bad und drehe den Wasserhahn auf. Ich wasche mir in einer Blitzaktion die Haare und rubbele sie anschließend hektisch trocken. Föhnen fällt aus, dafür fehlt die Zeit. Aus meinem Koffer ziehe ich ein locker fallendes Hippiekleid, von dem ich hoffe, dass es zum Anlass passt, schminke mir auf die Schnelle nur noch Augen und Lippen, dann sprinte ich nach oben.

Meine Tanten lungern noch immer auf der Terrasse herum. Inzwischen haben sie sich von irgendwo Sekt und Aperol besorgt und bunte Drinks daraus gezaubert. Die Party von gestern geht also weiter.

Ich schnappe mir meine Tasche und bin draußen, ehe jemand einen Kommentar ablassen kann. Denn ich komme ohnehin schon zu spät – und ich komme mit leeren Händen.

Mist!

Während ich über den Kies laufe, beginne ich zu schwitzen, gleichzeitig fühlen sich meine Hände und Füße eiskalt an. Und als ich vor der Haustür stehe, fängt auch noch mein linkes Augenlid an zu flackern. Jeder halbwegs normale Mensch würde bei dieser Symptomatik wohl auf dem Absatz kehrtmachen und sich auf direktem Weg ins Krankenhaus begeben. Oder wenigstens nach Hause. Doch wollen meine Füße mir auf einmal nicht mehr gehorchen. Wie festgefroren stehe ich da und schaffe es noch nicht mal, die Klingel zu betätigen.

Da wird plötzlich die Tür aufgerissen, und Mats steht vor mir. Mit einem erfreuten Lächeln.

Wie paralysiert starren wir uns an, und ich registriere nur am Rande, wie gut er aussieht in seinen engsitzenden schwarzen Jeans, Sneakers und einem weißen T-Shirt. Er wirkt ungewohnt … privat. Die Haare sind leicht verstrubbelt, als sei er sich an diesem Abend schon ein paarmal mit den Fingern hindurchgefahren. Es ist ein bisschen so, als würde man seinen Chef das erste Mal im Freizeitdress in der Kneipe treffen.

Mats fängt sich als Erster von uns beiden. «Schön, dass du hier bist», sagt er feierlich und blickt mir noch einmal forschend ins Gesicht. Als könne er es nicht glauben, dass ich leibhaftig vor ihm stehe. Dann macht er sich locker und drückt mir ein Küsschen auf die Wange.

«Leider … muss ich sofort wieder weg», stottere ich, weil mich die Berührung mit seiner glattrasierten Wange und der Duft seiner Haut aus der Bahn wirft. Was habe ich mir nur dabei gedacht herzukommen? Habe ich überhaupt nachgedacht?

Das schlechte Gewissen zerrt an mir.

Doch so, wie Mats mich in diesem Moment anschaut, mit einem Blick derart durchdringend, als wolle er damit bis in den hintersten Winkel meiner Seele schauen, und der gleichzeitig tonnenschwer ist, vor verletztem Stolz, kann ich unmöglich wieder abhauen. Er würde es mir nicht verzeihen.

Mats sucht nach Worten, um auf meinen dämlichen Spruch zu reagieren, doch dann gibt er sich einen Ruck und ergreift die Initiative. Mit galanter Bewegung zieht er mich herein, platziert seine Hand zwischen meinen Schulterblättern und führt mich in den Flur.

«Trink erst mal etwas», sagt er beschwichtigend, «dann sehen wir weiter.»

Wie in Trance lasse ich es geschehen. Von weiter drinnen höre ich Stimmengewirr, das auf eine Vielzahl Gäste schließen lässt. Es wird gelacht und sogar ein paarmal richtiggehend gejauchzt.

«Keine Sorge, alle meine Gäste sind zurechnungsfähig und wahnsinnig nett, komm rein, trau dich.» Er löst seine Hand von meinem Rücken und verschränkt sie mit meiner Rechten. Augenblicklich läuft mir der inzwischen fast vertraute, kribbelige Schauer über den Rücken, und die feinen Härchen meiner Oberarme stellen sich auf. Ich lasse mich von Mats ins Wohnzimmer ziehen. Es ist Wohnraum und Küche gleichzeitig. Etwa zwanzig, fünfundzwanzig Leute tummeln sich hier. Einige trinken Wein und unterhalten sich, jemand rührt in einem Topf, ein anderer schwenkt in diesem Moment eine ausladende Pfanne, aus der es gehörig qualmt. Über allem schwebt ein köstlicher Duft nach gerösteten Zwiebeln und Gewürzen, die ich im Einzelnen nicht benennen könnte. Eine gelungene Runde. Aus winzigen Lautsprechern erklingt ein erstaunlich satter Sound – spanische Rhythmen, zu denen sich in der Raummitte eine junge Frau hüftkreisend bewegt.

Neugierig sehe ich mich um und schaue durch die offenstehende Tür in den Garten, über den sich langsam die Abenddämmerung legt. Kerzen auf der Terrasse und Solarlampions in den

Bäumen funkeln um die Wette, und zwischen den herrlichen Essensaromen glaube ich, den Duft der Blumenpracht zu erschnuppern.

«Hört mal alle her», ruft Mats plötzlich, und ich fahre erschreckt zusammen. Alle Augenpaare sind jetzt auf uns gerichtet, sogar die Musik scheint für einen Moment auszusetzen. «Dies hier ist Julia.» Er reißt unsere noch immer ineinander verschränkten Hände in die Höhe und schenkt mir ein aufmunterndes Lächeln. «Sie ist Sylturlauberin und in diesem Jahr zum ersten Mal Gast in der *Weißen Villa*.»

«Hallo Julia», rufen mir etliche Leute entgegen, «herzlich willkommen auf der schönsten Insel des Nordens!» Einige von ihnen erheben ihr Glas und prosten mir fröhlich zu.

«Also», sagt Mats, als die anderen wieder in ihre Gespräche vertieft sind. «Wie sieht es aus? Darf ich dir einen Sekt anbieten?»

Am liebsten gleich einen ganzen Kübel, denke ich und nicke stumm. Ich muss schleunigst meine Nervosität ablegen, ehe mich jemand anspricht und ich keine fünf zusammenhängenden Worte herausbekomme.

Doch auf Mats ist Verlass. Er hat sich von mir gelöst, um in Windeseile zwei Gläser mit herrlich perlendem Sekt zu organisieren. Eins davon drückt er mir in die Hand.

«Ich habe nicht geglaubt, dass du meiner Einladung folgst», sagt er. «Umso mehr freue ich mich darüber.» Er prostet mir zu mit einem derart durchdringenden Blick, dass mein Magen mir augenblicklich in die Kniekehlen plumpst. Die vielen Leute um uns herum bereiten mir ja schon Kopfzerbrechen, aber Mats … wenn er mich so anschaut, mit dieser Intensität und Ernsthaftigkeit, bin ich vollkommen neben der Spur.

«Du siehst toll aus», findet er, und wenn es überhaupt möglich ist, wird sein Blick noch einen Tick intensiver.

Ich fühle, wie ich rot werde, und könnte mich dafür ohrfeigen. Ich muss mal Tante Christiane fragen, ob man sich dagegen Botox spritzen lassen kann.

«Du … auch», gebe ich das Kompliment zurück. Damit ich mein verrücktes Stottern auf Trunkenheit schieben kann, leere ich mein Glas in einem Zug. Augenblicklich saust mir der Alkohol durch die Adern, als hätte ich eine Überdosis Blutdruckpillen zu mir genommen. Mein Gesicht wird vermutlich noch roter.

«Komm, lass uns schauen, wie weit die Köche mit dem Essen sind», sagt Mats und schiebt mich sanft durchs Wohnzimmer. Bei der Kochinsel angelangt, schnappt er sich einen Löffel, tunkt ihn in einen der Töpfe und hält ihn mir hin. «Pastinakensuppe. Vorsicht, heiß», warnt er und wartet, dass ich kurz puste.

Die Suppe entfacht sogleich eine Geschmacksexplosion auf meiner Zunge. «Wow!», staune ich. «Das schmeckt phantastisch!» Erst jetzt fällt mir auf, dass ich seit dem Frühstück nichts mehr gegessen habe. Sofort beginnt mein Magen zu rumoren.

Mats bekommt große Augen. «Hunger?», fragt er.

Ich nicke. «Ja. War ein langer Tag.»

«Dann wird es wohl Zeit, dass die mit der Vorspeise fertig werden.» Er erklärt mir das Konzept des Abends: «Jeder der Anwesenden wurde einer Gruppe zugeteilt, die jeweils einen anderen Gang zubereitet. Vorspeise, Zwischengericht, Hauptgang, Dessert.»

«Ich hoffe, es war nicht schlimm, dass ich in meiner Gruppe gefehlt habe – und auch noch mit leeren Händen gekommen bin», sage ich beschämt. «Allerdings wäre ich vermutlich ohnehin keine Bereicherung gewesen. Kochen liegt mir leider nicht im Blut.»

«Tja, dann können wir wohl froh sein», sagt Mats augenzwinkernd. Er schiebt mich vor sich her zu einem ausladenden Esstisch, der gerade so in den Raum hineinpasst. Es ist ein schlichter Holztisch, mit feinem Geschirr und blitzblanken Gläsern eingedeckt. Dazu grobe Leinenservietten, sorgfältig gerollt und mit hellem Bast verknotet.

Ein paar Gäste, die Vorspeisengruppe, wie ich jetzt erfahre, sitzt bereits, die anderen folgen peu à peu. Auf jedem Platz steht ein buntes Schüsselchen mit Pastinakensuppe, garniert mit Mandelsplittern und Ingwerscheibchen.

Mats und ich nehmen nebeneinander Platz, ich mache mich mit meiner Sitznachbarin zur Linken bekannt und warte, bis sich die Letzten gesetzt haben. Unauffällig beobachte ich die Gäste. Alle sehen nett aus, sie plaudern angeregt miteinander oder begutachten das appetitlich angerichtete Süppchen.

Als mein Blick am Ende der langen Tafel angelangt ist, stockt mir plötzlich der Atem. Ich blinzele, weil ich es nicht fassen kann. Nicht fassen *will!*

Zwischen der hüftkreisenden Tänzerin und einem Typen, der dem Aussehen nach der jüngere Bruder von Daniel Craig sein könnte, entdecke ich ein bekanntes Gesicht.

Es gehört Charlotte Engel.

20

Bermudadreieck

Schnell senke ich den Blick und starre auf die gerösteten Mandelsplitter, die auf dem Suppenspiegel schwimmen. In meinem Hirn überschlagen sich die Gedanken. Mats und Charlotte Engel – ist ja eigentlich logisch, dass die sich kennen. Sie leben in derselben Nachbarschaft, jedenfalls im weitesten Sinne. Beide sind echte oder wenigstens halb echte Sylter. Im Winter, wenn die Touristen ausbleiben, ist man unter sich. Da läuft man sich über den Weg.

Aber das bedeutet doch nicht automatisch, dass man Freundschaft schließt, oder?

Also was um alles in der Welt verbindet die beiden?

Instinktiv halte ich den Kopf möglichst tief gesenkt. Was, wenn Charlotte und Mats so gut miteinander befreundet sind, dass sie ihm alles anvertraut? Wenn sie im nächsten Moment aufspringt, wütend mit dem Finger auf mich zeigt und allen berichtet, dass ich sie aus dem Haus schmeißen will, in dem sie wohnt? Dass ich beabsichtige, die Immobilie meistbietend zu verkaufen?

Mein Magen hat sich umgestülpt, die Suppe steckt in Warteschleife in meiner Speiseröhre, denn ich bekomme kaum noch Luft.

Vorsichtig schiele ich in Charlottes Richtung. Noch sitzt sie auf ihrem Stuhl und unterhält sich angeregt mit ihrem Tischnachbarn. Sie trägt ein dunkles Kleid, hat ein leichtes Abend-Make-up aufgetragen und wirkt … *normal.* Aber, da sollte ich mir besser nichts vormachen, alles ist möglich.

Ich lasse meinen Blick nach rechts zu Mats wandern. Ist es denkbar, dass sie ihm bereits ihr Herz ausgeschüttet hat? Forschend betrachte ich seine Gesichtszüge, aber so genau ich auch schaue, er wirkt gelöst, scherzt mit seinen Gästen und sieht kein bisschen verärgert aus. Möglich also, dass das Thema zwischen ihm und Charlotte bislang nicht zur Sprache kam.

«Verbringst du deinen Urlaub zum ersten Mal hier auf Sylt?», werde ich plötzlich von einer jungen Frau gefragt, die mir gegenübersitzt und offenbar keinen Partner an ihrer Seite hat. Neben ihr hockt ein Rentnerpaar um die siebzig. Als ich abwesend nicke, fährt sie fort: «Gute Wahl. Ich liebe die Insel und reise mindestens einmal im Jahr her.»

Ich bin kein bisschen scharf darauf, Charlotte auf mich aufmerksam zu machen, auch wenn sie mich bei der Vorstellung durch Mats sicher gleich erkannt hat. Mit eingezogenem Kopf nuschele ich daher: «Nein, ich bin … ähm … geschäftlich hier.» Die Worte sind kaum aus meinem Mund, da könnte ich mich ohrfeigen. Was, wenn sie jetzt nachfragt? Eilig schiebe ich hinterher: «Ein wenig privaten Hintergrund hat die Reise allerdings auch.»

Mein Gegenüber nickt. Zum Glück scheint sie sich für das Geschäftsleben nicht erwärmen zu können. Stattdessen fragt sie: «Bist du ganz allein gereist?» Suchend schaut sie zwischen meiner Tischnachbarin zur Linken und Mats zur Rechten hin und her.

Ich nicke aus einem Reflex heraus, sage dann aber: «Ähm … nein. Ich bin mit meiner Mutter und meinen Tanten unterwegs.»

«Aha.» Sie sagt es, als sei damit klar, dass ich ein fettes Problem habe. Kein Mann weit und breit, dafür drei Aufpasserinnen im fortgeschrittenen Alter an der Seite. Vielleicht nicht gerade die klassische Form der Midlife-Crisis, aber für sie möglicherweise eine Art Nebenwirkung.

«Julia reist mit ihren Tanten, weil sie sich vor einem Inselkoller fürchtet», mischt Mats sich ins Gespräch und macht die Sache damit nicht besser. Er zwinkert erst mir und dann der Frau gegenüber verschwörerisch zu. «Aus Angst vor Langeweile hat sie ihre Familie im Schlepptau. In deren Gesellschaft hat man nämlich keine ruhige Minute.»

Ich werfe ihm einen gequälten Blick zu. Kann er mal aufhören, von diesem blöden Koller zu sprechen? Das ist ja nicht auszuhalten. Hätte ich bloß nie davon angefangen!

«Nein, wirklich?», wundert sich die Frau gegenüber. «Verrückt. Ich flüchte nämlich extra nach Sylt, um meine Ruhe zu haben. Ausspannen und die Seele baumeln lassen. Lange Spaziergänge und viel gutes Essen.» Sie deutet lachend und ein wenig auffordernd auf die Suppe vor ihrer Nase. Mats begreift den Wink und reagiert sofort. Kurz überfliegt er mit den Augen die inzwischen vollzähligen Tischreihen, verschafft sich durch lautes Räuspern Gehör und wünscht seinen Gästen einen guten Appetit. Augenblicklich beginnt lautstarkes Löffelgeklapper.

«Allerdings hat das viele Nachdenken bei mir bewirkt, dass ich mein Leben vollkommen umgekrempelt habe», fährt meine Gesprächspartnerin nach dem dritten Löffel Suppe fort. «So allein am Strand, nur du und die unendliche Weite, da stellt man sich plötzlich ganz grundsätzliche Fragen.»

«Ach ja?» Sie schafft es, dass ich Charlotte Engel für einen Moment vergesse.

«Es gibt zahlreiche Themen, die mir in solchen Momenten durch den Kopf gehen. Zum Beispiel die Frage, ob ich glücklich bin? Falls nein – warum nicht? Oder ich überdenke, ob ich auf die Art und Weise, wie ich zurzeit lebe, auf Dauer Erfüllung finde.» Sie tupft sich mit der Serviette den Mundwinkel ab. «Man muss aber mit den Konsequenzen klarkommen können. Wie du siehst», sie deutet auf den Platz neben sich, auf dem der Siebzigjährige sitzt, «bin ich allein gekommen. Ich habe mich scheiden lassen, mir ein Vielfahrerticket für die Bahn gekauft und erst mal alle meine Freundinnen besucht, die ich schon lange nicht mehr gesehen hatte. Außerdem habe ich meinen Job gewechselt und bin von Berlin ins Allgäu gezogen.»

Ich reiße überrascht die Augen auf. «Du hast wirklich Nägel mit Köpfen gemacht, mein lieber Scholli.»

Mats neben mir lässt klirrend seinen Löffel auf den Tellerrand fallen. Als ich mich erschreckt zu ihm drehe, murmelt er: «Kein Wunder, dass du die Stille meidest.» Er vertieft sich erneut in sein Essen.

Was soll das denn nun wieder bedeuten? Glaubt er, ich reflektiere nicht mein Leben? Ich werfe ihm einen verstörten Blick zu. Dann nehme ich ein paar Löffel Suppe und weiß irgendwie nicht, wo ich hinschauen soll. Ich möchte das Gespräch mit der Frau gegenüber lieber nicht vertiefen, weil ich nicht scharf darauf bin, mich vor Mats' Ohren psychologisch durchleuchten zu lassen. Am Ende fängt er wieder von dem Koller an.

Also wende ich den Kopf nach links und wage es, noch einmal zu Charlotte zu linsen. Und exakt in derselben Sekunde schaut sie zufällig zu mir. Als sich unsere Blicke begegnen, bleibt ihre Miene regungslos, doch als Zeichen, dass sie mich erkannt hat, nickt sie kurz.

Blitzschnell starre ich wieder auf meinen halb leergegessenen Suppenteller. Ich fühle mich elend. Obwohl ich mir immer wieder versichere, nichts Falsches getan zu haben, färbt sich mein Gewissen schwärzer und schwärzer. Ich möchte fort von hier, weg aus diesem Haus, runter von der Insel.

Leider ist das keine Option. Ich stecke fest, im Bermudadreieck zwischen Mats, der Hobbypsychologin und Charlotte Engel. Die Lust am Essen ist mir inzwischen leider komplett vergangen.

«Hey.» Mats stößt mich sanft mit dem Ellenbogen in die Seite. Mit seinem Zeigefinger deutet er auf meinen halbvollen Teller. «Schmeckt es dir nicht?»

«Doch, doch, es ist nur ... also ... diese Selbstfindungsgeschichte gibt mir ein bisschen zu denken.» Und dein dämlicher Spruch übrigens auch.

Er erwidert nichts, aber ich spüre seinen brennenden Blick auf mir. Schnell zwänge ich den Rest der Suppe hinunter. Es ist eine Sünde, dass es mir den Appetit verschlagen hat, denn dieser Gang war objektiv betrachtet ein Gedicht. Ich bin mir nicht sicher, ob ich je zuvor Pastinaken gegessen habe, aber wenn dieser Abend ein gutes Ende nimmt, gehören sie definitiv ab heute zu meinem Lieblingsgemüse.

Plötzlich geht ein Raunen durch den Raum. Die Gruppe, die für den Zwischengang zuständig ist, räumt die Teller ab und verteilt im selben Arbeitsschritt ihre Kreation.

«Gegrillte und locker panierte Aubergine auf einem Bett aus Zitronencouscous und Feige», erklärt einer der Köche.

«Für welchen der Gänge warst du eigentlich zuständig?», frage ich Mats, um überhaupt mal wieder ein paar Worte von mir zu geben.

«Für den Alkohol», sagt er ungerührt.

Wie zum Beweis springt er auf, um seinen Gästen nachzuschenken. Unterdessen probiere ich die Aubergine. Sie schmeckt mir beinahe noch besser als die Suppe. Der Appetit kehrt zurück. Und als fünfzehn Minuten später das Hauptgericht serviert wird – gegarter Fisch im Salzmantel –, schaffe ich auch das. Auf keinen Fall möchte ich unhöflich oder krüsch erscheinen.

Dennoch lasse ich am Ende des Essens die Nachspeise ausfallen. Ich kann nicht mehr. Stöhnend halte ich mir den Bauch. «Wenn ich auch nur noch einen Schluck Espresso trinke, platze ich», erwidere ich auf die Frage nach einem Kaffee zum Abschluss. «Keine Chance.»

Gleich nach dem Dessert fängt die Runde an, sich aufzulockern. Charlotte Engel bleibt zum Glück auf ihrem Platz und unterhält sich, aber es ist nur eine Frage der Zeit, bis wir aufeinandertreffen. Und dafür habe ich heute keine Kraft mehr. Ich sollte mich darum schleunigst bei Mats für den netten Abend bedanken, Kopfschmerzen vorschieben und das Weite suchen. Wenn die beiden dann ins Gespräch kommen und über mich reden, möchte ich unter keinen Umständen mehr anwesend sein.

Gerade will ich mich an Mats wenden, als er aufsteht, um ein paar Teller zusammenzutragen und sie in die Küche zu bringen. Ich erhebe mich ebenfalls und helfe ihm, während ich nach den richtigen Worten suche.

Er fasst mich kurz am Arm. «Lieb von dir, aber du bist Gast und sollst dich entspannen. Im Übrigen verbreiten zu viele helfende Hände nur Chaos. Ich weiß am besten, wo alles hingehört, darum lass mich nur machen. Die anderen haben gekocht, ich räume auf.» Er zwinkert mir zu. «Arbeitsteilung.»

«Okay.» Ich fürchte, die Erleichterung in meiner Stimme ist deutlich herauszuhören. «Dann werde ich jetzt mal …» Ich verstumme, als ich Mats' ratlosen Gesichtsausdruck bemerke.

«Ich habe nicht den Eindruck, dass du dich amüsierst», sagt er und wirkt angespannt. Den Tellerstapel fest im Arm, fragt er: «Hat dir wenigstens das Essen geschmeckt?»

Ich möchte heulen. So, wie er vor mir steht, mit geneigtem Kopf, die Stirn in Falten gelegt und mit einem Ausdruck auf dem Gesicht, der alles bedeuten könnte zwischen verletzt und verstört, tut es mir unendlich leid, kein dankbarerer Gast zu sein.

Überhaupt ärgert es mich, dass dieser Abend sich in eine vollkommen andere Richtung entwickelt, als ich es erwartet habe. Wobei ich gar nicht sagen könnte, wie genau ich mir den Verlauf vorgestellt hätte. Nur eben anders. Ohne Charlotte Engel.

«Absolut!», antworte ich voller Inbrunst. «Jedes einzelne Gericht war ein Gedicht! Überhaupt finde ich die Idee, gemeinsam zu kochen, super. Du bist ein toller Gastgeber.»

Seine Miene bleibt zunächst skeptisch, doch dann legt sich ein verschmitztes Lächeln auf sein Gesicht. «Und deshalb möchte ich auch noch einen Absacker mit dir trinken.»

Mir wird vor Schreck ganz schwindelig. Soll ich jetzt wirklich von Kopfschmerzen anfangen? Er würde die Ausrede sofort enttarnen, davon bin ich felsenfest überzeugt. Aber ich muss hier weg! Ratlos starre ich ihn an und … nicke.

«Super!» Mats wendet sich in Richtung Küche. «Dann bis gleich.»

Etwas verloren stehe ich im Raum herum. Jetzt kann ich unmöglich einfach so von der Bildfläche verschwinden. Unsicher schaue ich mich um. Charlotte hat sich zu einer Gruppe gesellt, die von einer Frau etwas auf dem Handy präsentiert bekommt, Fotos vermutlich. Gemeinsam beugen sie sich darüber und lachen. Noch ist sie abgelenkt.

Die Musik, die zum Essen gedämpft wurde, wird wieder lauter gedreht. Ein paar Leute verschwinden in den Garten, um zu rauchen. Durch die offene Terrassentür dringt laue Abendluft. Die Kerzen und Lampions flackern einladend in der Dämmerung, und ich beschließe, nach draußen ins Dunkle zu flüchten. Weg von Charlotte.

Ich trete vor die Tür. Auf der Terrasse steht ein Pulk Raucher, sie unterhalten sich in gedämpfter Lautstärke, ab und zu lacht jemand. Es sind sympathische Leute, von denen man die meisten gern als Freunde hätte. Jo und ich haben leider kaum gemeinsame Bekannte. Er trifft sich beinahe ausschließlich mit Geschäftspartnern, und die Männer meiner Freundinnen liegen ihm nicht, sodass wir im Grunde immer nur zu zweit zu Hause sind.

Das Rauchergrüppchen lädt mich auf eine Zigarette ein, doch ich lehne dankend ab und beschließe, lieber einen Gang durch den Garten zu unternehmen. Linker Hand sind die Umrisse des Strandkorbs zu sehen. Im Baum darüber zwitschert ein Vogel. Als sei er heute für das Gute-Nacht-Lied auserwählt worden, trällert er voller Hingabe und findet gar kein Ende. Einen kurzen Moment bleibe ich stehen, dann setze ich mich in den Strandkorb. Die bunten Kissen liegen noch an Ort und Stelle, genau so, wie ich sie vor ein paar Tagen hinterlassen habe.

Ich versuche, mich zu entspannen, aber es will mir nicht recht gelingen. Warum habe ich bloß solche Sorge, dass Charlotte Mats ihr Herz ausschütten könnte? Was wäre daran so schlimm? Kann er mir nicht egal sein? Aber warum bin ich dann überhaupt seiner Einladung gefolgt? Nur weil ich heute Morgen am Telefon ein wenig neben mir stand und mit meinen Gedanken woanders war, als er anrief?

Ganz sicher ist das keine Erklärung. Eine Weile überlege ich in alle Richtungen, bis ich merke, dass mir ein Gedanke immer wieder in den Sinn kommt: Ich bin ein klein wenig verschossen in Mats. Nur so lässt es sich erklären, dass mein Körper so stark reagiert, jedes Mal wenn wir uns sehen.

Erschöpft lasse ich mich in die Kissen sinken. Oder sollte ich jetzt erst recht das Weite suchen?

«Ach, hier steckst du.» Mats steht auf einmal vor mir, in jeder Hand ein schmales Schnapsglas. Er senkt seinen Kopf mit den verwuschelten Haaren und schaut mich fragend an. «Darf ich mich setzen?»

«Äh … klar.»

Himmel! Wo wird dieser Abend noch enden?

Auf jeden Fall hat er noch nicht mit Charlotte gesprochen, er würde wohl kaum mit Getränken auftauchen, wenn er mir eine Szene machen wollte.

Mats nimmt schweigend Platz und reicht mir eins der Gläser. «Ich wollte wenigstens noch einmal mit dir anstoßen.» Er erhebt sein Glas und lässt es gegen meins klingen. «Du bist das Highlight meines Abends.»

Mein Herz pocht wie verrückt. «Gerade habe ich noch überlegt, wie viele nette Freunde du hast», gebe ich nervös zurück. «Unter ihnen steche ich nun wirklich nicht hervor.»

Mats schweigt. So lange, bis ich ihn anschaue.

«Man kann auch unter netten Menschen der Höhepunkt sein», sagt er und schaut mich weiter an.

Ich kann meinen Blick nicht von seinen Augen lösen, sie werfen das flackernde Licht eines Lampions wie ein funkelndes Versprechen zurück. Vor Aufregung bekomme ich kaum noch Luft. Wie meint er das?

Als hätte ich den Schnaps schon getrunken, gerät mein Blut mit einem Mal in Wallung. Ich atme tief ein. Die frische Nachtluft, vermengt mit einer Prise Salz und dem Duft von Mats' Haut, benebelt mir die Sinne. Ich bin unfähig, mich zu bewegen oder etwas zu sagen.

«Prost!» Mats' Stimme klingt rau, und als er nach einer Ewigkeit den Blick von mir löst, ist es, als würde plötzlich eine Stromleitung gekappt.

Schnell kippe ich den Schnaps hinunter und lasse dabei fast das Glas fallen.

Mats stellt unsere leeren Gläser auf die Erde und lässt sich lässig gegen die Lehne des Strandkorbs sinken. Im Vergleich zu ihm wirke ich mit meiner tollpatschigen Motorik vermutlich wie ein Pinguin auf High Heels.

«Und?», fragt er unvermittelt. «Wirst du jemals wieder nach Sylt kommen?» Er schaut mich nicht an, sondern blickt geradeaus in die Dunkelheit.

«Auf jeden Fall!», bricht es aus mir heraus. Überrascht halte ich inne. Was war das denn? Meine eigenen Worte überraschen mich so sehr, dass ich für einen Moment sprachlos bin. Dann sage ich ein wenig gemäßigter: «Ich … hatte ein paar Vorurteile. Einige wurden mit deiner Hilfe allerdings inzwischen entkräftet.»

Er dreht sich zu mir und sieht mich an. «Ich nehme mal an, mir bleibt nicht mehr viel Zeit, um die übrigen auch noch auszuräumen?»

«Wohl eher nicht», antworte ich ausweichend. «Ich reise schon bald ab. Irgendwann im Laufe der Woche.»

Mein Plan ist zwar lange noch nicht ausgereift, es ist eher … eine Art Notfallplan. Seine charmante Art überfordert mich in diesem Moment, sodass ich nicht anders kann, als an Flucht zu denken.

Sylt bringt mich ganz durcheinander. Mats bringt mich durcheinander. Mama und ihre Schwestern können meinetwegen gern noch ein Weilchen bleiben und weiterstreiten, ich dagegen sollte mich schleunigst auf den Weg nach Hamburg machen. Zurück in mein altes Leben.

Zurück zu Jo.

Bei dem Gedanken an meinen Freund gebe ich mir einen Ruck. Ich schlage mir mit den Handflächen auf die Oberschenkel, dass es weh tut, und springe auf. «Darum ist es besser, wenn ich jetzt gehe und … ähm … packe.»

Mats starrt mich an.

Sein Blick versetzt meinem Herzen einen Stich. Und verrückterweise fällt mir in diesem Moment auf, dass der Vogel sein Lied beendet hat. Um uns herum herrscht Stille, nicht einmal die Raucher sind noch zu hören.

«Klar», sagt Mats nüchtern und erhebt sich ebenfalls. «Packen. Das macht Sinn.» Sein Blick spricht Bände, als er herumwirbelt und verkündet: «Dann werde ich mich mal um meine anderen Gäste kümmern. Nicht, dass die auch alle plötzlich fluchtartig abhauen.»

Okay, denke ich, das war's dann wohl. Ich habe es übertrieben. Er hält mich für meschugge, aber das macht im Grunde nichts, denn er geht ohnehin gleich rein, unterhält sich mit Charlotte Engel und wird mich für den Rest meines Lebens hassen. Ich sollte mich jetzt schleunigst vom Acker machen.

«Dann … tschüs», krächze ich. Meine Stimme will mir nicht recht gehorchen. «Danke für … das Essen.»

«Schon okay.»

Ich mag mich nicht trennen, schaffe es nur mit Mühe und stolpere wenig später seitlich am Haus vorbei zur Straße.

21

Brausepulver

Als ich am nächsten Morgen aufwache, fühle ich mich wie gerädert. Als hätte ich dem Angebot der Raucher nachgegeben und ein extrastarkes Kraut geraucht. Mats und der verunglückte Abschied schwirrten mir die ganze Nacht im Kopf herum und ließen mich nicht zur Ruhe kommen. Aber natürlich ist auch das späte, mal wieder turbulente Heimkommen meiner Familie schuld.

Etwa gegen halb zwei in der Früh standen meine Mutter und ihre Schwestern plötzlich im Flur und ermahnten sich gegenseitig lautstark, leise zu sein. Zum Glück waren sie dieses Mal nüchtern. Ich lag auf der Couch und stellte mich schlafend. Erst nachdem die drei sich im Keller zur Ruhe begeben hatten, bin auch ich eingeschlafen.

Jetzt scheinen die Nachteulen mal wieder auszuschlafen, denn im unteren Geschoss herrscht Totenstille. So leise es mir möglich ist, wasche ich mich und werfe mir ein luftiges Sommerkleid über. Dann schnappe ich mir meine Sandalen und mache mich auf den Weg zum Frühstück. Hunger verspüre ich nur mäßig, aber es zieht mich magisch in Richtung Kaffee!

Gedankenverloren eile ich über den Kies und pralle in der Tür zum Seiteneingang mit Mats zusammen.

«Hoppla», ruft er und fasst sich erschreckt ans Herz.

«Guten Morgen», sage ich förmlich und schiebe auch noch ein höfliches «Gut geschlafen?» hinterher.

Wir schauen uns einen Moment an. Um seinen Mund zuckt es, aber er schweigt. Auch ich verziehe keine Miene. Der gestrige Abend steckt mir noch in den Knochen, und wie es scheint, geht es Mats genauso.

«Geht so», antwortet er schließlich. Es klingt angestrengt. «War noch ein interessanter Abend.»

Augenblicklich sackt mein Magen eine Etage tiefer. Charlotte Engel! Hat sie ihm ihr Herz ausgeschüttet und sich über meinen fiesen Charakter bis ins kleinste Detail ausgelassen?

Doch Mats sieht einfach nur müde aus. Richtiggehend fertig. Und der Blick, mit dem er mich betrachtet, ist arglos.

«Ja? Ging die Party noch lange?»

«Bis um drei.»

Okay, das *ist* lange. «Meine Tanten kamen auch erst um die Zeit nach Hause.»

«Tja, da warst du sicher noch am Packen. Frauen reisen ja bekanntlich mit sehr viel Gepäck.»

Ich starre ihn an. Ohne irgendeinen Schimmer, was ich darauf erwidern könnte.

«Danke noch mal für den schönen Abend», sage ich irgendwann, noch immer leicht verunsichert, «es war schön bei dir.»

Mats schaut mich zweifelnd an. «Ich hoffe jedenfalls nicht, dass du in einer Nacht-und-Nebel-Aktion verschwindest», sagt er, etwas versöhnlicher. «Also, ohne dich zu verabschieden.»

Ich schüttele den Kopf. «Nein, ganz sicher nicht. Schon allein deshalb nicht, weil ich bei Nacht und Nebel nicht gern Auto fahre.» Scherzhaft zwinkere ich ihm zu.

Der Spaß kommt nicht gut an. Nicht einmal der Ansatz eines Lächelns ist auf Mats' Gesicht zu lesen. Seine Augen haben das stumpfe Grau des steinigen Bodens angenommen, als er sagt: «Tja, dann wünsche ich dir viel Glück für deine Geschäfte.»

Er hebt zum Abschied die Hand, dreht sich um und wirft mir

ein knappes «Tschüs» über der Schulter zu. Dann verschwindet er in dieselbe Richtung, aus der er gekommen ist.

Verdattert verharre ich auf dem Fleck. Irgendwas ist mit ihm, aber ich glaube nach wie vor nicht, dass es mit Charlotte zu tun hat. Eher hat ihm mein Spruch mit dem Packen zugesetzt. Nachdenklich betrete ich den Frühstücksraum. Ich habe mich noch nicht hingesetzt, da klingelt mein Handy. Verdammt! Zum Glück ist der Raum so gut wie menschenleer, einzig eine Familie mit ihrer aufgedrehten Tochter okkupiert einen Sechsertisch. Während die Eltern nicht aufhören, Essen heranzuschaffen, drescht das Mädchen mit seinem Besteck auf das Geschirr ein. In dieser Geräuschkulisse geht meine Stimme hoffentlich unter.

«Hallo?»

«Guten Tag Frau Hirschfeldt, hier spricht Thies Bentheim, Ihr Makler.»

Thies Bentheim? *Mein Makler?* Der Name sagt mir überhaupt nichts.

«Ja?», frage ich unverbindlich und versuche, eine gewisse Autorität durchklingen zu lassen. Was mir höchstwahrscheinlich misslingt. Ich kann schon bei normaler Lautstärke nicht streng klingen, wie soll das dann in einem Frühstücksraum funktionieren, wo telefonieren unter Garantie verboten ist?

Thies Bentheim räuspert sich. «Wir haben uns vor ein paar Tagen kennengelernt. Ich bin Makler bei Marquart & Steen.»

Ach, Mr. Armani.

«Mein heutiges Anliegen würde ich gern persönlich mit Ihnen besprechen», fährt er fort. «Passt es Ihnen, am Vormittag noch einmal in unserem Büro vorbeizuschauen?»

Das kleine Mädchen hat mit seinem Löffel eine leere Kaffeetasse vom Tisch gefegt. Es scheppert, die Kleine heult.

«Es ist äußerst wichtig, dass wir uns zeitnah treffen. Ich würde selbstverständlich auch zu Ihnen ins Hotel kommen.»

«Nein!», schreie ich panisch, teils, weil die Geräuschkulisse mich dazu zwingt, teils, weil nichts dringend genug sein könnte, als dass ich einen Makler zu mir ins Hotel bestelle.

Was gibt es überhaupt so Wichtiges zu besprechen?

«Wir haben aber doch gar keinen Vertrag, oder?», frage ich sicherheitshalber. In letzter Zeit stehe ich dermaßen häufig neben mir, dass ich mir nicht zu hundert Prozent sicher bin, ob ich nicht vielleicht doch etwas unterschrieben habe.

«Leider nein», räumt Thies Bentheim ein, «aber diese Tatsache sollten wir schleunigst ändern. In Ihrem eigenen Interesse. Sie werden es nicht bereuen.»

Ich will entgegnen, dass man mir mit denselben Worten zum Kauf eines Eisschranks geraten hat, der leider nicht in unseren Keller passte, weil der Türrahmen zu schmal war. Ob der Fehler bei mir, Jo oder der Firma Bauknecht lag, ließ sich im Nachhinein nicht mehr mit Bestimmtheit sagen. Fest steht, dass wir den Kauf sehr wohl bereut haben, und zwar über einen Zeitraum von drei Wochen. Tagtäglich. So lange blockierte das Gerät nämlich unseren Flur, bis eine Spedition es endlich abholte. Die Worte *Sie werden es nicht bereuen!* haben sich daher für immer in mein Hirn gebrannt.

Doch in diesem Fall siegt meine Neugier: Was kann er so Wichtiges mit mir zu besprechen haben, dass seine Stimme derart dringlich klingt, als würde er mich notfalls bei einem gemeinsamen Kamelritt in der Wüste treffen wollen?

«Okay», willige ich ein. «Es passt mir aber besser, wenn ich Sie in Ihrem Büro aufsuche.» Kurz checke ich die Uhrzeit. Eine vage Erinnerung, dass ich für den Nachmittag zugesagt habe, meine Familie zum Shoppen zu begleiten, poppt in meinem Hinterkopf auf. Am besten, ich bringe den Maklertermin so schnell wie möglich hinter mich. «Passt es Ihnen in einer halben Stunde?»

Ich habe den Eindruck, Thies Bentheim würde mich notfalls auch zur Geisterstunde auf dem Friedhof treffen.

«In einer halben Stunde, also um elf Uhr?», hakt er hocherfreut nach. «Perfekt!»

Wir legen auf.

Gerade will ich in mein Croissant beißen, da sehe ich durchs Fenster, dass meine Familie im Anmarsch ist. Hektisch schlucke ich den Bissen hinunter und springe auf. Ich will mich nicht erklären müssen, darum passe ich es ab, dass die drei auf der Türschwelle erscheinen und ich an ihnen vorbei nach draußen schlüpfe. Ich murmele nur noch etwas von einem Termin und bin außer Reichweite, ehe Tante Christiane «Good Morning!» schmettern kann.

≈

Fünfzehn Minuten später, als ich bei Marquart & Steen durch die Tür trete und die halbe Belegschaft mich überschwänglich mit Namen begrüßt, bleibt mir vor Staunen der Mund offen stehen. Wie eine totgeglaubte Verwandte werde ich angestrahlt und bekomme sogar eine erstaunlich bunte Keksvielfalt dargeboten.

«Geht es Ihnen gut?», erkundigt sich Mr. Armani, der im wahren Leben tatsächlich Thies Bentheim heißt. «Genießen Sie Ihren Aufenthalt auf Sylt? Ist das Wetter nicht herrlich heute?»

Ich komme aus dem Nicken gar nicht mehr heraus. Erst als man mir anscheinend ansieht, dass mich die freundliche Umgarnung mehr irritiert, als dass sie mir schmeichelt, wedelt Herr Bentheim seine Kollegen wie einen lästigen Bienenschwarm fort. Zu zweit marschieren wir zu seinem Schreibtisch, wo ich gegenüber von ihm Platz nehme. Ohne Umschweife kommt er zur Sache. «Ihr Haus –» Er wirft die Hände in die Luft und verdreht schwärmerisch die Augen. «Ein Traum!»

Jetzt bin ich erst recht irritiert. Wie um alles in der Welt ist er zu diesem Urteil gelangt? War er dort? Wann?

«Gestern habe ich einen Anruf von Frau Engel erhalten und mich mit ihr kurzgeschlossen. Sie hat mich noch am Nachmittag durch das Objekt geführt und mir vieles erklärt.»

Mir klappt erneut die Kinnlade herunter. Charlotte Engel hat von sich aus bei Marquart & Steen angerufen? Warum hat sie das getan? Es ist … *nett!*

«Ja, das Haus … ist ganz ordentlich, das finde ich auch», gebe ich zögernd von mir. *Aber ohne Meerblick*, denke ich, *noch dazu ist es ja kein echtes Friesenhaus.* Seine Schwärmerei ist definitiv Schauspielerei.

«Frau Engel hat uns darüber informiert, welche baulichen Maßnahmen seit der Übernahme Ihres Vaters stattgefunden haben. Ich spreche von der modernen Küche und den geschmackvollen Bädern. Aber vor allem davon, dass die alte Bausubstanz energetisch verbessert und im friesischen Baustil quasi ummantelt wurde.»

Über meinem Kopf schwebt eine Reihe von Fragezeichen.

«Aber das Dach …»

«Ist noch gar nicht alt. Nur ein bisschen Moos hat sich abgesetzt, das macht nichts. Muss einmal fachgerecht abgeharkt werden, dann sieht es wieder wie neu aus.»

Betreten schweige ich.

«Was ich sagen wollte», fährt er fort, «die Immobilie sieht nicht nur gut aus, für einen potenziellen Käufer könnte jedoch eine andere Sache von Wichtigkeit sein.» Er legt eine bedeutsame Pause ein. «Es wurden Vorkehrungen getroffen, das Haus in zwei Wohneinheiten zu unterteilen.»

Ein weiteres Fragezeichen gesellt sich zu den anderen über mir. Wovon redet er? Was für Vorkehrungen?

Ich beuge mich ein wenig zu ihm vor. «Sind Sie sicher, dass

Sie mit Frau Engel gesprochen haben? Charlotte Engel? Austernfischerweg 7?» Hat er sich womöglich in der Adresse geirrt?

Thies Bentheim stockt und wirft mir durch die Gläser seiner Gleitsichtbrille einen pikierten Blick zu. «Absolut», schnappt er und fährt mit seinem Monolog fort: «Sowohl im Erdgeschoss als auch im Obergeschoss befinden sich Koch- und Waschmöglichkeiten.» Er wirft einen schnellen Blick auf eine handschriftliche Liste, die vor ihm auf dem Tisch liegt. «Wir haben also zwei Badezimmer, eine Küche im Erdgeschoss und die Kochzeile in der ersten Etage …»

Ich starre ihn an. Er meint es ernst. Er redet von meinem Haus, scheint sich aber offensichtlich besser umgesehen zu haben als ich. Peinlich berührt, versuche ich, mir einen Reim darauf zu machen. Das ist mir beide Male, die ich das Haus bislang betreten habe, gar nicht aufgefallen. Ich versuche, mich zu erinnern. Im oberen Geschoss gab es zwar ein Bad, aber keine Kochmöglichkeit.

Ich beschließe abzuwarten, worauf Thies Bentheim hinausmöchte.

«Der bestehende Hauseingang ist geschickt platziert. Frau Engel hat uns Zeichnungen Ihres Vaters präsentiert, nach denen sich der Eingangsbereich ohne viel Aufwand so umbauen ließe, dass man dort eine Art Windfang hätte, von dem zwei Türen abzweigen. Die eine wäre dann der Eingang in den Erdgeschossbereich, die andere würde über die Treppe nach oben führen. Et voilà!» Er klatscht ohne Vorwarnung so kräftig in die Hände, dass ich vor Schreck zusammenzucke. «Man hat zwei Wohnungen!» Ein triumphierendes Lächeln, als sei er selbst der Bauherr gewesen, erhellt sein Gesicht. «Natürlich muss man diesen Umbau nicht tätigen, man kann auch einfach das ganze Haus nutzen, oder aber …»

Während er weitere Möglichkeiten ausführt, blende ich mich

kurz aus, um das eben Gehörte Revue passieren zu lassen. *Bausubstanz energetisch verbessert … im friesischen Baustil ummantelt … zwei Wohneinheiten …* Wie hat mein Vater das alles bewerkstelligt? Und vor allem wann?

Gedankenverloren nehme ich mir einen Keks.

«Das einzige Problem bei der Sache ist, dass Frau Engel noch keine neue Bleibe hat.»

Ich horche auf.

«Sie wirkte aber … nun ja … zuversichtlich, dass sich das bald ändert. Mit der Vermarktung könnten wir demnach sofort starten, sofern Sie uns einen Exklusivauftrag erteilen, den ich hier …» Wie von Zauberhand hält er plötzlich diverse zusammengeheftete Vertragsexemplare in den Händen. «… schon einmal aufgesetzt habe. Ganz am Ende sind vier Unterschriften zu leisten. Sie werden sehen, es dauert nicht lange, und in null Komma nichts …»

Dieses Mal bin ich auf sein Händeklatschen vorbereitet und zucke nur ein wenig mit den Wimpern.

«Sind Sie reich!»

Er nennt mir eine Summe, die seine erste Schätzung noch übersteigt.

Ich verschlucke mich an dem Keks und muss husten.

Thies Bentheim schiebt mir derweil den Vertrag über den Tisch. Ich weiche ein Stück zurück. Auch wenn seine Ansprache und die Summe, die er mir genannt hat, beeindruckend sind, bin ich kein Naivling.

«Selbstverständlich dürfen Sie das Schriftstück auch in Ruhe zu Hause durchgehen», räumt er, wenn auch zähneknirschend, ein. «Aber lassen Sie sich nicht zu lange Zeit. In den Sommermonaten verkaufen sich Immobilen wie geschnitten Brot. Weitaus besser als im kargen Winter, wenn die Touristen abgereist und auf der Insel die Bürgersteige hochgeklappt sind. Im November kauft Ihnen niemand irgendetwas ab, allerhöchstens eine Heizdecke!» Er lacht schallend, verzichtet dafür aber aufs Händeklatschen.

«O-kay», sage ich zögernd, «das verstehe ich.» Ich schnappe mir die Unterlagen. «Ich gehe alles in Ruhe durch und melde mich so bald wie möglich.»

«Fein. Wenn Fragen aufkommen, rufen Sie mich gern jederzeit an.» Ein neues Exemplar seiner Visitenkarten landet in meiner Hand. Auf dieser ist neben der Adresse von Marquart & Steen auch noch Bentheims Handynummer vermerkt.

Wir verabschieden uns, ich verspreche, mich zeitnah zu melden, und stolpere aufgeregt aus dem Laden.

Mein erster Impuls ist es, bei Jo anzurufen, doch etwas hält mich davon ab. Dass er einfach aufgelegt hat, wurmt mich. Außerdem möchte ich erst mal alleine nachdenken und die vielen neuen Informationen verdauen. Mein Körper kribbelt, als hätte ich zu viel Brausepulver gegessen.

Erstaunlich, dass Charlotte Engel selbsttätig bei Marquart & Steen angerufen hat. Aus welchem Grund kurbelt sie den Verkauf des Hauses an? Ihr muss doch klar sein, dass dieses Tun höchstwahrscheinlich ihren Auszug beschleunigt.

Außerdem bin ich beeindruckt, was mein Vater mit dem Haus über die Jahre offensichtlich angestellt hat. Kein Wunder, dass meine Tanten es kaum wiedererkannt haben. Er muss einiges an Geld in den Umbau gesteckt haben, andererseits war er vom Fach, wusste die alten Baupläne zu lesen und kannte sich mit Anträgen für Fördergelder aus.

Ich bin wirklich ziemlich baff.

Wie wird Tante Christiane wohl reagieren, wenn ich ihr davon erzähle?

22

Hast du einen Sonnenstich?

Auf dem Rückweg beschließe ich spontan, zum Wasser zu gehen und mir den Kopf beim Blick aufs Meer durchpusten zu lassen. Auf einem Steg aus Holzbohlen nähere ich mich dem Strand. Was es mit diesen Wegen auf sich hat, wurde mir von Mats während unserer Tour am Ellenbogen auseinandergesetzt: Vor etwa 500 Jahren sind die Dünen auf Sylt dadurch entstanden, dass Sand von trockenliegenden Sandbänken herübergeblasen wurde. Genauso leicht würde er allerdings auch wieder fortgeweht werden, sofern man ihn nicht mit Hilfe von Strandhafer, Heide und vielen anderen Pflanzenarten, deren Namen mir wieder entfallen sind, befestigen würde. Leider trampeln ständig Urlauber mitten durch die Dünen zum Strand und beschädigen die Bepflanzung. An diesen kahlen Stellen hat der Wind leichtes Spiel, den Sand wieder auszublasen, weshalb man zahlreiche Holzbohlenwege angelegt hat.

Ohne Mats' Ausführungen wäre die Vorstellung, durch das wadenhohe Gras zu hüpfen, unter Umständen ziemlich verlockend für mich gewesen. Doch so halte ich mich daran, die Holzplanken nicht zu verlassen, und gelange binnen kürzester Zeit an den Strand.

Es herrscht reger Betrieb, was angesichts des bombastischen Wetters kein Wunder ist. Zwar bläst mir ein stetiger Wind ins Gesicht, doch die Sonne strahlt mit voller Kraft, ohne von irgendeiner Wolke bei ihrer Arbeit gestört zu werden. Seit meiner Ankunft hatte ich das Glück, herrliche Sonnentage zu erleben, auch heute erblicke ich nur gelben Sand und blauen Himmel, so weit mein Auge reicht. Das Meer mit seiner glitzernden Wasseroberfläche scheint förmlich ins Firmament überzugehen, einzig die Wellen heben sich mit ihrer Gischt wie ein zarter weißer Spitzensaum von der blauen Leinwand ab.

Am Ende der Dünen, im warmen, sonnenbeschienenen Sand, suche ich mir einen windgeschützten Sitzplatz. Ich strecke die Füße aus, schaue aufs Meer und versuche, meine Gedanken zu sortieren.

Vermutlich wäre es schlau, Marquart & Steen mit dem Verkauf des Hauses zu beauftragen. Dann wäre ich alle Sorgen los und könnte schnellstmöglich nach Hamburg reisen.

Eine ganze Weile sitze ich in meiner gemütlichen Mulde, lasse mir diese Überlegung durch den Kopf gehen und starre derweil in den Himmel. Die frische Seeluft dringt bis tief in meine Lungen, und bei jedem Atemzug spüre ich, wie ich langsam ruhiger werde. Vielleicht ist es aber auch der Blick in die unendliche Weite. Mir ist ja gar nicht klargewesen, wie recht meine Tischnachbarin von gestern Abend hatte: Sylt macht etwas mit einem. Die wunderschönen Gärten in Keitum, der Spaziergang am Ellenbogen, überhaupt: Die Sonne und den Wind auf der Haut zu spüren ist schon toll.

Begriffe wie Entschleunigung und Selbstfindung kommen mir in den Sinn. Worte, die von mir stets belächelt wurden. Nicht zuletzt, weil ich in meinem Leben bislang gut ohne das Geräusch plätschernder Wellen und den Geschmack salzhaltiger Luft auf meinen Lippen ausgekommen bin.

Und plötzlich geistert mir eine total verrückte Idee durch den Kopf: Wäre es eine Option, Papas Haus zu behalten und es als Ferienhaus zu nutzen? Ab und zu ein Urlaub auf Sylt – das könnte ich mir sehr gut vorstellen. Doch ich habe den Gedanken noch nicht zu Ende gedacht, da fällt mir auch schon Mats ein und seine berechtigte Kritik an Eigentümern, die nie hier sind, nur Wohnraum wegnehmen und dazu beitragen, dass die Insel ihren Charakter verliert.

Außerdem könnte ich es mir überhaupt nicht leisten.

Aber weil ich schon mal dabei bin, spiele ich aus Spaß auch noch einen anderen Gedanken im Geiste durch. Ich stelle mir vor, ich würde auf Sylt leben und für ein kleines Architekturbüro in Keitum arbeiten, wohin ich täglich mit dem Rad fahren würde. Nach Feierabend könnte ich regelmäßige Abstecher an den Strand unternehmen, um bei Wind und Wetter joggen zu gehen. Vielleicht hätte ich einen Hund, der mich dabei begleitet. Ich würde einen Strandkorb in meinen Garten stellen, um endlich mal wieder in Ruhe ein Buch zu lesen. Und ganz sicher hätte ich einen langen Gartentisch. An dem säßen Mama, meine Tanten und vielleicht sogar ein paar eigene Kinder … Wie im Film. Ich seufze.

Ob Jo sich von Sylt verzaubern ließe? Schwer vorstellbar. Er braucht seine fünf Lieblingsrestaurants. Dazu eine Bar, in der dieser spezielle Gin ausgeschenkt wird, dessen Namen ich mir nicht merken kann. Und wenn Jo von einem Baby spricht, dann meint er die Firma. Was für mich neuerdings das Wellenrauschen ist, bedeutet für ihn das Surren seines Servers. Nein, Jo fügt sich nicht in das Bild, nicht einmal drei Tage Urlaub könnte er auf dieser Insel überstehen.

Mechanisch greife ich zum Telefon. Es wird Zeit, dass wir sprechen. Obwohl wir ja nicht ernsthaft gestritten haben, beschließe ich dennoch, einen Schritt auf ihn zuzugehen und ihm von dem überraschenden Gespräch mit dem Makler zu erzählen.

Nach dem dritten Klingeln ist er dran.

«Ja?» Er klingt reichlich gestresst.

Ich fühle, wie mein Vorsatz ins Wanken gerät. «Hallo, ich bin es», sage ich und versuche, mich nicht von seiner Laune anstecken zu lassen. «Du ahnst nicht, was passiert ist!»

«Ach, hi, Juli.» Ich höre, wie er nebenbei auf seiner Computertastatur herumhackt. Klar weiß ich, dass gerade viel zu tun ist, aber kann er nicht mal eine winzige Pause einlegen, um sich auf mich zu konzentrieren? Wenigstens sechzig Sekunden? Hätte er dasselbe Panorama vor der Nase, das ich gerade sehe, wüsste er, dass eine Minute nichts bedeutet. Gar nichts.

«Hat deine Familie schon wieder einen Bock geschossen?»

«Nein, viel besser! Stell dir vor, ich war gerade bei dem Immobilienbüro, das ich vor ein paar Tagen schon einmal aufgesucht habe. Inzwischen hat ein Mitarbeiter das Haus besichtigt und die mögliche Verkaufssumme noch einmal revidiert.» Ich mache eine vielsagende Pause. «Und zwar nach oben!»

«Echt?», staunt Jo. «Um wie viel?»

Ich nenne ihm die Summe.

«Hammer! Dann können wir ja loslegen. Schreibst du einen Anzeigentext? Außerdem solltest du die Besichtigungen vor Ort planen.»

Ich hole tief Luft und wappne mich für das, was ich ihm sagen will. «Ehrlich gesagt, überlege ich, die Arbeit dem Makler zu übertragen. Wer weiß, wie lange der ganze Verkaufsprozess dauert? Ich möchte nach Hause. Ich werde doch in der Firma gebraucht.»

«Bist du verrückt?», lautet Jos Antwort. Das Geklacker verstummt für eine Sekunde. «Klar brauchen wir deine Arbeitskraft hier im Büro. Aber noch dringender benötigen wir das Geld. Ich kann es kaum erwarten, die GmbH zu gründen und volle Kanne loszulegen. Die ganz großen Aufträge – endlich geht unser Traum in Erfüllung.»

«Und … was ist mit der Ausschreibung? Habt ihr noch immer

keine Rückmeldung erhalten? Ich meine … Wenn wir den Zuschlag bekämen, müsste ich doch eh sofort nach Hause, und wer soll dann hier übernehmen?»

«Keine Panik, Juli. Bislang haben wir noch nichts gehört. Es kann noch dauern, bis die eine Entscheidung getroffen haben. Bis dahin ist die Hütte garantiert längst verkauft.»

Ich fühle einen Stich in der Herzgegend. *Hütte*? Es ist das Haus meines Vaters. Er hat es mit Leidenschaft und viel Arbeitsaufwand umgebaut, es ist keine Hütte. Aber Jo hatte ja noch keine Gelegenheit, es sich anzusehen. Nicht mal ein Foto habe ich ihm geschickt. Mir kommt plötzlich eine Idee. «Hast du nicht Lust, dir das Haus einmal anzuschauen, ehe wir es verkaufen?», frage ich vorsichtig. «Es ist sehr hübsch. Überhaupt ist Sylt eine wirklich schöne Insel.»

Es entsteht ein Moment der Stille, dann sagt Jo: «Sorry, Juli, aber dafür fehlt mir schlichtweg die Zeit. Außerdem können wir kaum beide hier in der Firma fehlen.»

Okay. War ein Versuch. Nicht, dass ich wirklich damit gerechnet hätte, Jo könnte auf meinen Vorschlag eingehen. Auch habe ich nicht mit Begeisterungsstürmen gerechnet. Trotzdem … Etwas an seinem Tonfall missfällt mir. Ich kann nicht genau sagen, was es ist. Vielleicht spüre ich zu wenig *Gefühl*. Keine Freude und schon gar keine Wertschätzung für das Haus.

Wieder höre ich das Klappern der Tastatur.

«Ich habe mal kurz überlegt, wie es wäre, wenn wir das Haus nicht verkaufen, sondern für uns behalten», sage ich, weil mich plötzlich ein kleiner Teufel reitet. Wäre doch gelacht, wenn ich ihn nicht dazu bekäme, mal für einen Moment seinen Computer in Ruhe zu lassen und sich voll und ganz auf mich zu konzentrieren.

Und tatsächlich herrscht am anderen Ende plötzlich Totenstille. Weder kann ich Jos Atem hören noch die Computertastatur. Ich bilde mir sogar ein, dass das Surren des Servers verstummt ist. Leider geht mein Plan nach hinten los. Jo verliert die Fassung.

«Wie bitte?», ruft er entgeistert. «Wie … kommst du denn auf diese Schnapsidee?»

Es ist nicht die erhoffte Reaktion. Aber je ablehnender er auf meine Worte reagiert, umso mehr fühle ich mich angestachelt, ihn noch ein wenig herauszufordern. «Wieso?», frage ich arglos. «Findest du das so abwegig?»

Leider habe ich vergessen, dass Jo keinen Spaß versteht.

«Hast du vielleicht einen Sonnenstich?»

Seine Überreaktion macht es mir unmöglich, noch einen draufzusetzen, wie ich es ursprünglich vorhatte.

«Juli!», sagt Jo im Tonfall eines Pflegers, der einer tüdeligen Alten das Brötchenschmieren erklärt. «Denk doch bitte mal nach. Du bist überhaupt nicht in der Lage, auf einer Insel zu leben. Da kommt man doch nur total schlecht runter, wenn man einen Termin hat. Dir fehlt die Liebe zur Natur. Ich meine, zu Hause nimmst du nicht einmal wahr, ob die Sonne scheint oder es regnet. Du hast auch nie Lust, spazieren zu gehen. Und baden im Meer widert dich an. Was zum Geier willst du auf Sylt?»

Ich atme tief durch. Redet er von mir oder von sich? Wer, bitte schön, ist es denn von uns, der abends die Wetter-App checkt und daraufhin morgens das Haus im T-Shirt verlässt, obwohl draußen ein Schneesturm tobt? Ich ganz sicher nicht. Im Gegensatz zu ihm habe ich sehr wohl einen Blick für die Natur und überhaupt für das Hier und Jetzt. Und im Meer zu baden finde ich großartig. Nur haben wir das noch nie zusammen gemacht.

«War ein Witz», löse ich das Ganze auf, ehe wir damit beginnen, uns schlimme Dinge an den Kopf zu werfen. «Ich wollte dich ein wenig foppen, weil du in letzter Zeit so unentspannt am Telefon bist.»

«Heißt das, du wirst das Haus nun doch verkaufen?», grunzt er.

«Ja. Aber nicht ich werde es an den Mann bringen, sondern Marquart & Steen.» Es ist das erste Mal, dass ich mich gegen seinen Willen stelle.

Prompt kommt die Retourkutsche. «Juli, du wirfst unser Geld zum Fenster raus!»

Unser Geld?

«Es ist *mein* Haus und somit *meine* Entscheidung.» Eigentlich hatte ich diese Trumpfkarte nie benutzen wollen. Doch Jo zwingt mich geradewegs dazu.

Am anderen Ende kann ich ihn schwer atmen hören. «Soll ich kommen, damit wir uns unter vier Augen unterhalten können?», fragt er unvermittelt. «Es passt mir zeitlich zwar wirklich nicht, aber ich glaube, du bist ein wenig … vom Kurs abgekommen.»

Vom Kurs abgekommen? Ich bin doch kein Schlachtschiff!

Obwohl ich es gerade eben noch selbst vorgeschlagen habe, finde ich die Idee, dass Jo mich hier auf der Insel besucht, auf einmal nicht mehr so gut.

«Das wird nicht nötig sein», tue ich seinen Vorschlag ab. «Wirklich nicht.»

«Ich möchte ja nur sichergehen, dass du dich nicht zu einer Kurzschlussreaktion hinreißen lässt», beharrt Jo. «Bitte, lass dir die Sache noch einmal durch den Kopf gehen.»

Ich rolle genervt mit den Augen. «Ich übergebe das Haus lediglich einem Makler, ich verschenke es nicht. Kein Grund also, mich entmündigen zu lassen.»

«Spätzchen», sagt Jo, und ich weiß genau, was nun folgen wird. Immer, wenn ihm eine Diskussion zu viel wird, nennt er mich Spätzchen. Ich hasse dieses Kosewort, und zwar nicht nur, weil es dazu dient, mich abzuwimmeln, sondern weil es mich klein macht. «Ich würde vorschlagen, wir denken beide noch mal über unsere Worte nach und telefonieren ein andermal wieder.»

«Aber ich habe dir noch so viel zu erzählen. Beispielsweise war ich gestern Abend –»

«Juli, bitte.» Jo gähnt. «Ich warte auf einen Anruf und muss noch drei Mails schreiben. Außerdem habe ich seit gestern furchtbare Halsschmerzen, ich glaube, ich bekomme eine Sommergrippe. Wo haben wir eigentlich den Karton mit den Medikamenten stehen?»

«Im Keller.»

«Warum so weit weg?»

«Weil wir zu wenig Stauraum in unseren Schränken haben. Den Spiegelschrank, den ich fürs Bad vorgeschlagen habe, fandest du unpassend. Darum hängt er nun im Keller.»

«Verstehe. Dann werde ich Maja zur Apotheke schicken.»

«Mach das.»

«Ich melde mich später, wenn ich hier durch bin, ja? Und bis dahin: Denk noch mal über alles nach. Küsschen!»

Noch während ich darüber staune, wie Jo es jedes Mal schafft, dass sich das Gespräch um ihn dreht, ist die Leitung tot.

Erschöpft lasse ich mich im Sand nach hinten plumpsen und gehe das Gespräch im Geiste noch einmal durch. Warum nur habe ich diesen dämlichen Scherz gerissen? Ist ja kein Wunder, dass Jo sich auf den Schlips getreten fühlt hat. Aber sein forsches, forderndes Auftreten ist für mich manchmal nur schwer auszuhalten. Warum ist er überhaupt dermaßen unentspannt? Er hat das gesamte Loft für sich alleine und somit zu Hause seine Ruhe. Sein größter Wunsch, nämlich der nach einer expandierenden Firma, steht kurz davor, in Erfüllung zu gehen. Was ist sein Problem?

Er ist unfähig, innezuhalten und zu genießen.

Entschleunigung.

Selbstfindung.

Vielleicht sollte er doch mal hierherreisen.

Ich lasse den Sand durch meine Finger rieseln. Was wird eigentlich, wenn Jo und ich erst mal eine gemeinsame Firma gegründet haben? Plant er dann ein Imperium? Was wird sein nächstes Ziel nach Dubai sein, Niederlassungen in Japan oder China?

Deckt sich das noch mit meinen Zielen?

Klar, ich war Feuer und Flamme, als er mir seine Idee mit der GmbH unterbreitete. Weil ich meine Arbeit liebe und offen für Neues bin.

Aber wenn ich in mich hineinfühle, bin ich doch eher der Typ, der kleinere Brötchen backt, also Kunden *persönlich* betreut. Mit ihnen sprechen, sie überhaupt erst mal kennenlernen und sich in Gesprächen ihren Zielen annähern, das ist mein Ding. Mit ihnen etwas erarbeiten und sich am Ende eines Projekts an ihrer Freude erfreuen.

Die Vorstellung von einem langen Esstisch im eigenen Garten kommt mir noch einmal in den Sinn. Kinder. Eine große Familie. Oder meinetwegen auch eine kleine. Das fände ich schön.

Auf keinen Fall möchte ich nonstop durch die Welt jetten, um Hochhäuser in Dubai oder Shanghai zu konzipieren. Ich muss mich nicht zwingend vor anderen profilieren, um glücklich zu sein.

Und dann plötzlich fällt mir wieder meine Tischnachbarin ein: *So allein am Strand, nur du und die unendliche Weite, da stellt man sich plötzlich ganz grundsätzliche Fragen … Zum Beispiel, ob ich glücklich bin? Falls nein – warum nicht? Oder ich überdenke, ob ich auf die Art und Weise, wie ich zurzeit lebe, auf Dauer Erfüllung finde.*

Gedankenverloren taste ich nach der Kette um meinen Hals. Nach dem Ring, den mir Jo geschenkt hat. *Unser Ring*. Jo trägt seinen am Ringfinger, meiner passte im Grunde nie, außer am

Tag der Anprobe. Danach wollte das Teilchen partout nicht mehr über meinen Knöchel rutschen.

War das womöglich Vorsehung? Sind Jo und ich uns gar nicht so ähnlich, wie ich bislang immer dachte?

Oder ist dieser geschrumpfte Ring nur eine Laune des Schicksals?

Mein Telefon klingelt. In meiner Phantasie ist es Jo, der anruft, um gemeinsam mit mir über unseren blöden Disput zu lachen. Er würde mir sagen, wie sehr er mich liebt, und mir versichern, dass er selbstverständlich alle Entscheidungen, die das Haus betreffen, in meine Hände legt.

Doch am anderen Ende der Leitung ertönt die Stimme meiner Mutter: «Hallo Liebes. Ich wollte mich nur erkundigen, ob es dabei bleibt, dass wir am Nachmittag gemeinsam einkaufen fahren? Wir haben uns ja heute Morgen nicht mehr gesprochen.»

Mist. Mein Versprechen hatte ich inzwischen beinahe vergessen. Am liebsten würde ich absagen, aber ihre Stimme klingt dermaßen hoffnungsvoll, dass ich es nicht übers Herz bringe.

«Klar, es bleibt dabei», sage ich. «Wann wollt ihr los?»

«Keine Ahnung. Anne und Christi habe ich seit dem Frühstück nicht gesehen, und ich sitze auf der Terrasse und genieße die Ruhe.»

Das glaube ich ihr gerne, und es fällt mir nicht schwer, mir vorzustellen, wie sie bei ihrer Äußerung stumm in sich hineinlächelt.

«Ich war übrigens noch mal bei dem Makler», gestehe ich, «sag es bitte nicht weiter. Hättest du kurz Zeit, mit mir über etwas zu sprechen?»

Keine Viertelstunde später stehe ich vor meiner Mutter auf der Terrasse und lasse mich ihr gegenüber an dem runden Tisch nieder. Obwohl mir die Trennung von meinem lauschigen Strandplätzchen schwerfiel, habe ich mich beeilt. Ich will die Zeit nutzen, solange meine Tanten sich irgendwo herumtreiben.

Mama, die zuvor in einer Sylt-Broschüre geblättert hat, legt ihre Lektüre zur Seite. Erwartungsvoll schaut sie mich an.

Bereits auf dem Weg habe ich mir überlegt, was ich sagen will, darum berichte ich zunächst kurz, was der Makler mir erzählt hat. Danach sprudeln die Fragen nur so aus mir heraus: «Papa muss diese Umbauten bis ins Detail geplant und umgesetzt haben – wusstest du davon? Wie kam es überhaupt, dass er das Haus gekauft hat, schließlich hat nicht er seine Kindheit auf Sylt verbracht, sondern du und deine Schwestern? Bist du mit Papa überhaupt jemals gemeinsam auf Sylt gewesen, seit er euch das Haus abgekauft hat?»

Meine Mutter macht eine beschwichtigende Handbewegung. «Langsam, langsam», bremst sie mich, «ich erzähle dir alles. Aber der Reihe nach.» Sie geht kurz in sich, ehe sie mit ihrer Ausführung beginnt: «Vor etwa dreißig Jahren, als deine Großeltern starben, wurde das Haus zu gleichen Teilen auf uns Schwestern überschrieben. Doch weder deine Tanten noch ich hatten Interesse daran. Zwischen uns herrschte Funkstille, die beiden lebten ja nicht einmal mehr in Deutschland. Stattdessen wollten sie das Haus verkaufen, denn sie gierten nach dem Geld.»

Einen Moment scheint sie ihre Gedanken zu sortieren, dann fährt sie fort: «Der Vorschlag, uns Schwestern das Haus abzukaufen, kam von Ralf. Ich willigte sofort ein. Denn so, wie ich dir immer eingebläut habe, eigenes Geld zu verdienen, keine Schulden zu machen und finanziell unabhängig von deinem Mann zu bleiben, haben es auch dein Vater und ich gehalten. Selbstverständlich verfügten wir über eine gemeinsame Bankverbindung, und Ralf, der mehr verdiente, zahlte dort großzügig Geld ein. Doch wir besaßen jeder auch ein eigenes Konto.» Mama holt tief Luft. «Deine Tanten haben recht, wir drei haben damals tatsächlich nur einen Bruchteil dessen erhalten, was das Haus heute bei einem Verkauf erzielen würde. Aber es gab ein Gutachten, und alles lief korrekt ab. Niemand konnte ahnen, dass die Immobilienpreise dermaßen explodieren würden. Ehrlicherweise muss man dazu sagen, dass das Haus, so wie es zur damaligen Zeit aussah, eigentlich eher ein Schandfleck war. Eine Bausünde. Trotzdem haben Ralf und ich es in den ersten Jahren an Saisongäste vermietet. Währenddessen entstand in Ralfs Kopf die Idee zu einem Umbau.» Sie schaut einen Moment versonnen in die Ferne. «Ich glaube, Ralf hegte die ganze Zeit den Plan, dir das Haus zu hinterlassen. Darum hat er alles so vorbereitet, dass du den größtmöglichen Nutzen daraus ziehen kannst.» Sie lächelt.

Ich muss schlucken. Wie vorausschauend und fürsorglich meine Eltern gedacht haben, beschämt mich. «Gibt es noch Fotos, wie das Gebäude früher aussah?»

Meine Mutter wiegt den Kopf. «Gab es mit Sicherheit. Ich habe mich allerdings nie dafür interessiert. Vielleicht haben deine Tanten noch Bilder, denn alles, was Ralf und ich an Erinnerungsstücken besaßen, wurde von den Flammen zerstört.»

Eine Weile schweigen wir, und ich lasse mir ihre Worte durch den Kopf gehen. Dann kommt mir eine weitere Frage. «Weißt du, warum Tante Christiane so großes Interesse an dem Haus hat? Sie wird kaum von Miami nach Rantum ziehen wollen.»

Meine Mutter zuckt mit den Schultern. «Bei Christi weiß man nie so genau, was gerade in ihr vorgeht. Ich schätze, ihr krankhafter Ehrgeiz ist der Grund. Sie wollte stets mehr besitzen als andere. Das tollere Leben führen.» Mama legt nachdenklich den Kopf schief. «Möglich ist auch, dass sie das Haus haben will, weil es Ralf gehört hat. Die beiden …» Sie hält inne, macht dann nur eine wegwerfende Geste.

Ich gerate ins Grübeln. Vielleicht ist dies ein guter Zeitpunkt, eine weitere Fragen zu stellen, die mir schon länger auf der Seele liegt. Ich krampfe meine Finger ineinander.

«Warum seid ihr eigentlich so zerstritten?», frage ich schließlich. «Was ist damals geschehen?»

23

Rosa Rugosa

Meine Mutter überlegt einen Moment, ehe sie mit ihrer Erzählung fortfährt. «Als wir noch sehr jung waren, lief es ganz normal mit uns Kindern», beginnt sie, den Blick auf einen Punkt in weiter Ferne gerichtet. «Mal waren wir beste Freunde, mal gab es Streit, aber es ging dabei nie um etwas Ernstes. Erst nach und nach wurde unsere Beziehung schwierig. Vieles lag darin begründet, wie unsere Eltern mit uns umgingen. Christiane, die Älteste, war ein Wunschkind. Sie wurde zu allem ermutigt, verhätschelt und bekam jede nur erdenkliche Aufmerksamkeit. Auch dann noch, als ich auf die Welt kam.»

«Das ist aber ungerecht», entfährt es mir. Zwar habe ich keine Kinder, aber dass man seine Zuneigung fair verteilen muss, ist mir trotzdem klar.

«Manches sagt sich so leicht», meint Mama vorsichtig. «Ich glaube, dass es damals um die Ehe unserer Eltern nicht zum Besten stand. Meine Mutter litt unter starkem Asthma, sie fühlte sich überfordert und war mit sich und ihrem Leben unzufrieden. Sie ließ ihre Launen an meinem Vater aus, der es ihr kaum jemals recht machen konnte. Der Alltag mit zwei Kindern wurde für unsere gesundheitlich angeschlagene Mutter zur Qual. Trotzdem kam, als ich endlich aus dem Gröbsten heraus war, noch ein Nachzüglerkind: Annegret. Danach stritten sich unsere Eltern beinahe täglich, sodass mein Vater von heute auf morgen fortging und erst nach ein paar Jahren zurückkehrte.»

Ich reiße überrascht die Augen auf. «Wie bitte?», frage ich entsetzt. «Opa ist abgehauen? Das habe ich ja gar nicht gewusst.»

Meine Mutter blickt zu mir und nickt. «Dein Vater und ich haben es dir nie erzählt. Damit du dich nicht ängstigst, dass so etwas auch in unserer Familie geschehen könnte.»

Ich schaue sie voller Dankbarkeit an.

Mama erwidert meinen Blick mit einem Lächeln. «Christiane und ich gaben Annegret die Schuld an der Trennung unserer Eltern. Wir waren jung und wussten es nicht besser. Vor allem hatten wir keine Ahnung, was dieser Vorwurf mit ihr anrichtete. Sie rebellierte gegen alles, war kaum zu bändigen und tyrannisierte uns anderen. Meine Mutter war ein nervliches Wrack. Um ihr nicht auch noch zur Last zu fallen, übernahm Christiane viele Aufgaben im Haushalt. Den Rest ihrer Zeit büffelte sie für die Schule, brachte gute Noten mit nach Hause und avancierte zu Mamas Lieblingstochter.»

«Und du?» Neben einem Problemkind und einem Lieblingskind blieb sicher nicht viel Aufmerksamkeit für meine Mutter übrig.

Mama schaut erneut versonnen in die Ferne. Unauffällig beobachte ich sie dabei. Seit wir hier auf Sylt sind, hat sie sich verändert. Sie lässt ihr kinnlanges Haar jetzt häufig an der Luft trocknen, sodass es ihr Gesicht wellig umspielt. Ihre Haut hat einen goldbraunen Schimmer angenommen, und ihre Nägel sind in einem sanften Nude-Ton lackiert. Aber vor allem kommt mir ihre ganze Art verändert vor. Oder sehe ich sie nur mit anderen Augen?

Meine Mutter scheint meinen Blick zu spüren, sie schaut zu mir und seufzt. «Ich war der Prellbock. Sosehr Christiane sich um unsere Mutter bemühte, so wenig Verständnis hatte sie für Annegret. Sechs Jahre Altersunterschied lag zwischen den Schwestern, selbst wenn Anne ein folgsameres Kind gewesen wäre, hätte Christi nicht viel mit ihr anfangen können. Also kümmerte ich mich um sie, versuchte aber dabei nicht vollkommen die Gunst unserer Mutter zu verlieren. An diesem Konstrukt änderte sich auch nichts, als unser Vater zwei Jahre später wieder vor der Tür stand.»

Kopfschüttelnd versuche ich, mir die Familienverhältnisse vorzustellen. «Opa hat sich also eine Auszeit gegönnt und Omi alle Arbeit aufgehalst? Und trotzdem hat sie ihn zurückgenommen?»

Meine Mutter wirft mir einen schuldbewussten Blick zu. «Vielleicht habe ich diese pragmatische Verhaltensweise von ihr geerbt», sagt sie und schneidet eine Grimasse. «Nein, ganz so ist es nicht gewesen. Die Eltern meines Vaters hatten einen Unfall, ich erinnere mich nicht mehr genau daran, was damals geschehen ist. Nur, dass mein Großvater dabei ums Leben kam und meine Oma zwei Jahre danach an den Spätfolgen starb. Mein Vater hat sich bis zu ihrem Tod um sie gekümmert. Von ihnen hat er das Haus auf Sylt geerbt, in das wir nach seiner Rückkehr regelmäßig fuhren.» Sie schaut mir in die Augen. «Dass mein Vater seine Familie nicht vergessen hat, bedeutet wohl, dass er kein allzu schlechter Mensch war. Die Urlaube auf Sylt haben unserer Familie gutgetan.»

«Und doch hast du dich irgendwann mit deinen Schwestern zerstritten», resümiere ich und lasse es wie eine Frage klingen. Doch die Antwort liegt auf der Hand. «Die Sache mit Papa kam dazwischen.»

«Genau.» Mama nickt. Ein tiefer Seufzer entfährt ihrer Kehle. «Christi und Anne entwickelten sich in komplett unterschiedliche Richtungen. Während Anne auszog, kaum dass sie sechzehn Jahre alt war, um sich fortan mit Gelegenheitsjobs durchzuschlagen, absolvierte Christiane eine Lehre zur Arzthelferin. Natürlich wurde sie nach der Ausbildung übernommen und lernte irgendwann bei der Arbeit Ralf kennen.» Die Schuld legt sich wie ein dunkler Schatten auf ihr Gesicht. «Ralf und Christiane wollten schon sehr bald heiraten», erinnert sie sich und macht eine kurze Pause. Die Geschichte geht ihr nahe. «Als Christi ihn eines Tages mit nach Hause brachte, um ihn unseren Eltern vorzustellen, haben Ralf und ich uns vom Fleck weg ineinander verliebt.» Mama schüttelt den Kopf, als könnte sie es selbst kaum glauben. Ein verschämtes Lächeln huscht über ihr Gesicht. «Es war wirklich unfassbar, wie der Blitz ist die Liebe eingeschlagen, wir waren machtlos. Anfangs wollten wir das nicht akzeptieren, haben uns gegen diese Gefühle gewehrt, vor allem ich. Auch wenn Christi und ich nicht immer einer Meinung waren, wäre es mir nie in den Sinn gekommen, ihr die Zukunft zu zerstören.» Mama beißt sich auf die Unterlippe. «Doch es half alles nichts. Ralf war nicht dazu zu bewegen, zu meiner Schwester zurückzukehren. Er wollte mich oder keine.»

«Das hat sie dir offenbar nie verziehen.»

«Genauso ist es, du hast es ja gehört. Obwohl sie gar nicht mal viel später einen netten jungen Mann kennenlernte und mit ihm in die Staaten ging, brach sie den Kontakt zu mir und Anne ab. Nicht nur hatte sie Ralf, ihre große Liebe, verloren, sie war überhaupt das erste Mal in ihrem Leben gescheitert. Das konnte sie mir nicht verzeihen.»

«Und was war mit Annegret?», erkundige ich mich. «Warum wollte Christiane ihre jüngste Schwester nicht mehr sehen?»

Plötzlich beginnt der Blick meiner Mutter nervös zu flackern. Ein Anflug von Röte kriecht ihren Hals hoch und legt sich auf ihr Gesicht. «Anne ist ... nun ja ... sie hat viel herumexperimentiert. Also ... sexuell, meine ich.» Die Röte hat ihre Wangen inzwischen komplett eingefärbt, sogar Mamas Ohren leuchten. «Kurz hat sie sich an Ralf herangemacht, aber bei ihm konnte sie nicht landen. Erst nach vielen Affären fand sie irgendwann ihr Glück.» Mama senkt den Kopf, schaut angespannt vor sich auf die Tischplatte und sagt verschämt: «Mit einer Frau.»

Einen Moment starre ich sie an, dann kann ich nicht anders, ich muss losprusten: «Du meinst, Tante Annegret ist lesbisch?», japse ich. Nicht, weil ich die sexuelle Gesinnung meiner Tante besonders komisch finde, vielmehr ist es die verschämte Haltung meiner Mutter.

Sie ist zu einem winzigen Häufchen Elend zusammengesunken, als wolle sie am liebsten mit der Sitzfläche verschmelzen.

«Und das ist euch peinlich?», frage ich und kann nicht aufhören zu lachen.

Meine Mutter schaut unsicher zu mir hoch. «Na ja … du musst verstehen … wir gehören einer anderen Generation an. Ich habe ja versucht, dem offen gegenüberzustehen, aber Christiane schämte sich in Grund und Boden. Als es um das Erbe ging, hatten wir das letzte Mal Kontakt miteinander. Damals machte sie mir unmissverständlich klar, dass sie mit mir nichts zu tun haben möchte. Und sie erklärte, dass in ihrem Leben als Arztgattin auch kein Platz für eine lesbische Schwester sei. Noch dazu für eine, die chronisch pleite war und von der man fürchten musste, dass sie den eigenen Freundeskreis anpumpt.»

Langsam wird mir einiges klar. Über die Jahre haben sich allerhand Komplikationen angesammelt und sind zu einem riesigen Problemknäuel angewachsen. Dies zu entwirren, hat sich keine von ihnen je getraut.

«Im Grunde ist es deiner Initiative zu verdanken, dass wir uns überhaupt wiedergesehen haben», sagt meine Mutter nachdenklich. «Mal sehen, was daraus wird.»

Ich nicke erleichtert, froh über ihre Worte. Es klingt, als sei meine Mutter bereit, der Familienzusammenführung eine Chance zu geben.

Mal sehen, was daraus wird.

Plötzlich greift Mama nach meinen Händen. «Und du? Bist du schon weitergekommen mit deiner Überlegung, was mit dem Haus geschehen soll? Verkaufst du es an Christiane?»

«Nachdem mir der Makler so viel mehr in Aussicht gestellt hat, würde Jo mich wohl für verrückt erklären.»

Das ist allerdings nur die halbe Wahrheit. Nach allem, was ich inzwischen über das Haus erfahren habe, insbesondere wie viel Herzblut mein Vater dort hineingesteckt hat, fällt mir der Gedanke an einen Verkauf grundsätzlich schwer.

«Wir hatten das Haus als Altersvorsorge für dich gedacht», sagt meine Mutter und macht damit alles noch schlimmer, «aber wenn du das Geld anders verwenden möchtest, steht dir die Entscheidung frei. Es gehört jetzt dir, du kannst damit tun und lassen, was du willst.»

Ich schweige lange. Alle möglichen und unmöglichen Szenarien wirbeln durch meinen Kopf.

Mama sieht mich forschend an. «Und was möchtest du?»

Ich schürze die Lippen. Das ist eine gute Frage. Vielleicht die beste von allen.

Was möchte ich?

Ich weiß es einfach nicht. Mit der Firma zu expandieren ist sicher nicht mein größter Traum. Aber ich liebe meine Arbeit, und ich liebe Jo. Ich will ihn nicht verlieren, nur weil mein Kopf auf einmal voller Flausen steckt.

Ich schaue in den blauen Himmel, lausche vereinzeltem Gekreische vorbeisegelnder Möwen und atme die klare Luft ein, die so viel frischer riecht als zu Hause.

Papas Haus und die Insel wollen mich nicht mehr loslassen.

Beides hat sich fest in meinem Hirn verankert. Aber vor allem auch in meinem Herzen.

«Denk noch einmal drüber nach», rät Mama, als ich ihr die Antwort schuldig bleibe. «In Ruhe. Und hör nicht auf die anderen. Nur was du möchtest, zählt in diesem Fall.»

Mehr sagt sie nicht zu dem Thema. Es folgen keine Ermahnungen und auch keine weiteren Ratschläge. Alles ist gesagt.

Dankbar lächele ich sie an. Scheint, als habe diese Reise doch etwas Gutes bewirkt. Zwar konnte ich mit meinem Vater nicht mehr ins Reine kommen, doch Mama und ich haben uns ein riesiges Stück angenähert. Deshalb wiederhole ich auch noch einmal mein Angebot: «Du bist bei uns in Hamburg immer willkommen», sage ich. «Egal, wie Jo sich aufführt.» Jetzt bin ich es, die ihre Hände drückt.

Meine Mutter will gerade etwas entgegnen, da poltert es nebenan im Wohnzimmer, und Annegret und Christiane stehen plötzlich auf der Schwelle zur Terrassentür. «Stellt euch vor, wir wurden aus dem Frühstücksraum verscheucht», beschwert sie sich. «Unverschämtheit, wir sind doch zahlende Gäste!»

Tante Christiane nickt und wendet sich an mich: «Dearest, das musst du deinem Hotelschnuckel unbedingt sagen!» Sie fuchtelt mit dem erhobenen Zeigefinger vor meiner Nase herum. «Die Frühstückszeiten gehen gar nicht. Wir sind schließlich im Urlaub!»

Mein Hotelschnuckel?

«Anyway», ruft sie und wirbelt herum zu meiner Mutter, «wollen wir bald losfahren? Ich brenne darauf, shoppen zu gehen.»

«Ich auch!» Annegret schaut sich fragend um. «Kann mir jemand Geld leihen?»

«Schau doch erst mal, ob du überhaupt etwas Schönes findest», rät meine Mutter. «Wohin wollen wir denn eigentlich?»

Obwohl es mich in das verwunschene Keitum zieht, weil ich den Tag dort in bester Erinnerung habe, halte ich mich zurück, denn die drei möchten nach Westerland. Zur Abwechslung ist man sich einig.

«Als Kinder fanden wir es dort phantastisch», werde ich von Christiane belehrt. «Ein Paradies. Wir sind mit den Rädern hingefahren und haben unser gesamtes Taschengeld auf den Kopf gehauen.»

«Oh ja, und zwar für Pommes. Und Eis haben wir gegessen. Bis zum Platzen», schwärmt Annegret.

Die Schwestern sind plötzlich ein Herz und eine Seele.

«Wir haben genascht, bis uns schlecht wurde», erinnert sich jetzt auch meine Mutter. «Wisst ihr noch? Die ganze Nacht hatten wir Bauchweh. So schlimm, dass wir uns zur Ablenkung Gruselgeschichten erzählt haben.»

Annegret fächert sich Luft zu. «Du liebe Zeit, habe ich mich gefürchtet. Noch heute denke ich manchmal an den unsichtbaren Mann, der durch Türen gehen und …»

«Hör sofort damit auf!» Christiane streicht sich fröstelnd über die Arme. «Das ist doch Unfug.»

Ich muss grinsen. Wie sagte Charlotte Engel? *Amüsant.*

Die drei Schwestern schwelgen noch einen Moment in Erinnerungen, bis sie beschließen, sich für den Bummel passend zu kleiden. Sofort stürzen sie wie die aufgescheuchten Hühner nach drinnen, die Treppe hinunter und ins Bad.

Ich bleibe allein auf der Terrasse sitzen und blinzele in den Himmel. Eine Wolkendecke hat sich vor das Blau geschoben, aber die Luft ist unverändert warm. Da sich aber an der See das Wetter schnell ändern kann, beschließe ich, Kleid und Sandalen gegen Jeans und Turnschuhe zu tauschen, und wähle dazu eine langärmelige Bluse. Sicherheitshalber stopfe ich noch eine Strickjacke in meine Tasche.

Tante Christiane steht als Erste fix und fertig herausgeputzt wieder vor mir. Sie trägt einen beigefarbenen, knisternden Overall von Michael Kors. Ich erkenne es daran, weil er in tausendfacher Ausführung mit diesem Namen bedruckt ist. Dazu trägt sie Loafer in Camouflage und ihre riesige Sonnenbrille, die sie ins Haar gesteckt und dort vermutlich mit Haarspray festgeklebt hat. Ihre Frisur sitzt ebenso fest betoniert wie ihre Stirn.

«I'm ready», flötet sie und wartet mit vor der Brust verschränkten Armen, dass Annegret die Treppenstufen erklimmt.

Die jüngste der drei Schwestern hat sich ein bodenlanges gestreiftes Baumwollkleid übergestülpt, in dem sie aussieht wie ein Nachtgespenst. «Puh, ist das heiß», stöhnt sie. «Ich wünschte, ich könnte noch weniger anziehen.»

«Kannst du, aber dann würden wir dich nicht mitnehmen», kommt prompt die Antwort.

Es ist unübersehbar, dass der unorthodoxe Kleidungsstil ihrer Schwester in den Augen von Christiane nicht bestehen kann. Meine Mutter bildet in diesem Gespann die goldene Mitte: schlichtes blaues Kleid, Turnschuhe und ein Knirps gegen Regen.

Als wir alle startklar am Wagen stehen, ist es 13 Uhr. Annegret hat ihren Verband in Eigenregie abgenommen, hinkt aber dann und wann noch leicht. Zum Beispiel, als es darum geht, wer vorn auf dem Beifahrersitz Platz nehmen darf. Langsam wird mir einiges klar.

Ich starte den Motor, und es geht los. Zunächst nehmen wir die inzwischen bestens bekannte Hauptstraße, biegen später aber nicht nach rechts in Richtung Keitum, sondern fahren stur geradeaus, bis wir Westerland erreichen. Ein paar Baustellen am Ortseingang zwingen uns zum Langsamfahren, doch alles in allem legen wir die Strecke, inklusive Parkplatzsuche, innerhalb von zwanzig Minuten zurück. In Hamburg schaffe ich es in dieser Zeitspanne nicht mal zum Supermarkt, geschweige denn in einen anderen Stadtteil.

Unweit des Bahnhofs stellen wir den Wagen gegenüber einem Blumengeschäft ab. Während die anderen ewig brauchen, um sich schwätzend aus ihren Sitzen zu schälen, mache ich mich auf, um einen Parkschein zu lösen. Als endlich alle ihre Taschen und Jacken umgehängt oder vor dem Bauch verknotet haben, deponiere ich das Scheinchen im Fenster und schließe den Wagen ab. Als ich mich umdrehe, fällt mein Blick auf die Blumenstauden, die geschmackvoll arrangiert vor dem Laden postiert stehen.

«Tolle Auswahl», staune ich. «Und schaut mal dort», ich deute auf ein paar Heckenrosen, «sind die nicht traumhaft schön?»

«Well … in Amerika ist das Angebot der Gärtnereien wesentlich umfangreicher. Ihr müsst mich mal besuchen, euch werden die Augen übergehen.»

Ich will gerade entgegnen, dass dieser Laden keine Gärtnerei ist und somit auch keine riesige Fläche für die Warenpräsentation zur Verfügung hat, da stutze ich. Hat Tante Christiane tatsächlich gerade – auf eine zugegebenermaßen recht unbeholfene Art und Weise – so etwas wie eine Einladung ausgesprochen? Irritiert schaue ich zu den anderen.

Annegret verfügt über keine feinen Antennen oder übergeht das freundlich gemeinte Angebot, denn sie sagt pikiert: «In Österreich gibt es sehr wohl Stauden. Schöne, große Stauden. Dafür muss ich nicht nach Sylt fahren. Und schon gar nicht nach Miami.»

«Dann bleib zu Hause in deinem Bergdorf», schnappt Tante Christiane.

«Muss ich sowieso, ich hab ja kein Geld.»

«Also ich würde dich sehr gern einmal besuchen», sagt meine

Mutter zaghaft. Ihre Wangen sind gerötet, und ich kann sehen, wie sie an dem Kettchen ihrer Tasche spielt. Unsicher schielt sie von einer Schwester zur anderen, dann bleibt ihr Blick bei Annegret hängen. Sie gibt sich einen Ruck. «Und dich, Anne, würde ich einladen.»

Auf einmal herrscht betretenes Schweigen.

Jahrelange Funkstille liegt hinter ihnen, und nun scheint es keiner der drei geheuer zu sein, sich plötzlich miteinander zu verabreden. Vermutlich brauchen sie noch eine ganze Weile, bis sie so weit sind.

Ich wende mich wieder der Blumenauslage zu und habe plötzlich eine Idee. «Ich werde Jo einen Rosenstrauch aus Sylt mitbringen», sage ich und spreche im Grunde mehr zu mir selbst. Einfach so und ein bisschen auch als Friedensangebot. Was wäre da besser geeignet als eine Rose? Überhaupt erscheint mir eine Pflanze das einzig sinnvolle Mitbringsel zu sein. Jo ist kein Freund von herumstehenden Staubfängern, er hasst Tinnef. Unser Loft besticht durch klare Formen und Linien, alles, was nicht nützlich ist, wird von ihm hinter Schranktüren versteckt. Aber etwas Grünes für den Eingangsbereich oder als Hecke zum hinteren Grundstück – darüber würde er sich ganz sicher freuen. «Los, kommt!» Ich bedeute meinen Tanten, mir in den Laden zu folgen. «Was ich hab, das hab ich!»

Von der Verkäuferin erfahre ich, dass es sich bei der Pflanze, die ich ausgewählt habe, um eine Kartoffelrose handelt. Sie wird auch Sylter Rose oder Rosa Rugosa genannt. Ein winterhartes Gewächs, das ursprünglich aus Fernost stammt und herrlich duftet. Die Pflänzchen sind zart und noch ganz klein, darum kaufe ich gleich vier Exemplare, damit sie später eine Hecke bilden können. Ich bezahle, und jeder von uns trägt einen Blumentopf zum Auto, wo wir die stacheligen Gewächse sicher im Heck verstauen.

Danach übernimmt Tante Christiane das Regiment. «Listen! Laut diesem Prospekt, den ich bei Paula abgestaubt habe …» Sie hält einen Flyer in die Höhe, auf dessen Rückseite eine Straßenkarte abgebildet ist, und macht sich kerzengerade, sodass man meinen könnte, sie sei eine professionelle Touristenführerin. «… müssen wir auf die andere Seite des Bahnhofs wechseln. Dort steuern wir direkt auf die Fußgängerzone zu. Come on, ich brauche dringend noch einen Kaffee.»

«Und ich einen Sekt!» Tante Annegret hält sich suchend die Hand über die Augen. Als stünden irgendwo am Horizont gefüllte Gläser für sie bereit.

«Und ich müsste mal auf die Toilette», meldet sich meine Mutter kleinlaut zu Wort und erntet dafür kollektives Stöhnen.

«Deine Zwergenblase ist offenbar seit der Kindheit nicht weiter gewachsen», klagt Tante Annegret. «Schlimm war das früher. Entweder du hattest Durst, oder du musstest Pipi.»

«Heute gibt es dagegen Botox», wischt Tante Christiane das Thema fort. «Ein winziger Piks in den Nerv – und Schluss mit dem immerwährenden Müssenmüssen!»

«Dann läuft Beate womöglich über», kichert Annegret. Sie hakt sich bei meiner Mutter unter. «Kommt, wir suchen ein Café, in dem man alle unsere Wünsche befriedigt.»

Staunend beobachte ich, wie die drei in trauter Eintracht loszuckeln. Für einen Moment scheinen sie Frieden geschlossen zu haben.

Und dann plötzlich, als wir die Fußgängerzone erreichen, geraten alle ihre Anliegen schlagartig in den Hintergrund. Obwohl die Läden ein für mein Empfinden nicht gerade originelles Angebot präsentieren, sind die drei außer Rand und Band. Vergessen sind Wehwehchen, Kaffeedurst und Zwergenblase – auf einmal sind sie im Shoppingwahn. Von grellbunten T-Shirts mit Sylt-Aufdruck über Namensbecher, Inselaufkleber und Modeschmuck wird alles genauestens inspiziert und sich gegenseitig vorgeführt.

Geschlagene vier Stunden währt die Euphorie, dann zeigen sich erste Ermüdungserscheinungen. Gegen 18 Uhr legen wir in einem Café, das laut Karte allen Anforderungsprofilen gerecht wird, endlich eine Pause ein.

Wir haben Glück und ergattern draußen einen Tisch. Mama verschwindet wieselflink auf der Toilette, Tante Annegret ordert noch im Stehen einen Sekt und Christiane einen Kaffee. Vollkommen erschöpft und reizüberflutet, bete ich, dass die drei sich nicht auch noch in puncto Essen auf eine Erinnerungsreise begeben wollen und mit mir im Anschluss die nächste Pommesbude ansteuern. Erst einmal bestelle ich jedoch für mich und meine Mutter ein Wasser. Die Kellnerin ist ein Profi, sie hat im Nu alle unsere Getränke herangeschafft und auf dem Tisch verteilt. Kaum ist sie fort, zückt Tante Christiane ein Notizbuch. Mit spitzen Fingern malt sie, so akkurat es ihre langen Nägel zulassen, eine Tabelle.

«Eine Kostenaufstellung», erklärt sie. «Nicht, dass am Ende wieder ich alles bezahle.»

Ihre Schwestern tauschen augenrollend Blicke aus. Während Christiane weiter freihändig Linien zieht, schaue ich den vorbeiflanierenden Leuten zu. Im Ort ist es brechend voll. Touristen, so weit das Auge reicht. Genau wie wir stöbern sie durch die Läden, schleifen dabei meist Eis essende Kinder oder ermattete Hunde hinter sich her, oder sie schlendern in Richtung Promenade.

«Habt ihr gesehen? In diesem Café wird sogar Mireimiki angeboten.» Annegret wedelt mit der Speisekarte.

«Wirklich?» Christiane schaut verwundert hoch. Sie blinzelt in Richtung meiner Mutter, und alle drei Schwestern brechen plötzlich in schallendes Gelächter aus.

Fragend neige ich den Kopf. «Wovon redet ihr?»

«Milchreis mit Kirschen», erklärt meine Mutter schmunzelnd. «Eine Abkürzung. Es war früher unsere Lieblingsspeise.»

Wieder kichern die drei. Bis Annegret plötzlich ruft: «Schaut mal dort drüben, ist das nicht Julias Schnuckel, der Chef von der *Weißen Villa*?» Sie deutet mit ausgestrecktem Zeigefinger zur gläsernen Eingangsfassade der gegenüberliegenden Bank.

Ich folge ihrem Blick. Prompt steigt mir Kohlensäure auf. Tatsächlich, auf der anderen Straßenseite steht Mats. In diesem verrückten Menschenauflauf muss meine Tante ausgerechnet ihn entdecken?

«Huhu! Herr Christensen!», brüllt Christiane, ehe ich sie daran hindern kann. «Nice to see you!»

Offenbar hat Mats seinen Namen gehört, er schaut sich suchend um, kann uns aber nicht orten. Was mir sehr zupasskommt. Am liebsten würde ich die Speisekarte zur Tarnung über uns allen ausbreiten. Auf keinen Fall möchte ich, dass er zu uns an den Tisch spaziert und von meinen Tanten belästigt wird. Überhaupt bin ich nach unserem eigenartigen Zusammentreffen heute Morgen nicht scharf darauf, ihn zu treffen. Bitte, bitte nicht.

Doch Tante Christiane lässt nicht locker. Sie winkt mit ihrem Notizbuch und ruft: «Hier sind wir!»

Nicht mal ein Blinder könnte uns jetzt noch verfehlen.

Mein Magen vollführt einen spontanen Salto und scheint mit der Unterseite nach oben zu landen. Ganz sicher hat Charlotte Engel Mats zwischenzeitlich ihr Herz ausgeschüttet, und er wird mich zur Rede stellen. Oder ignorieren, weil ich in seinen Augen eine Verräterin bin, die den skrupellosen Ausverkauf der Insel vorantreibt.

Er winkt und kommt näher.

«Hallo die Damen, ein gemeinsamer Ausflug?» Mats steht

jetzt direkt vor uns. Er trägt Jeans und Sakko, ist frisch rasiert, und seine Haare sehen aus, als seien sie vor nicht allzu langer Zeit ordentlich gekämmt worden. Ich schließe daraus, dass er von einem Businesstermin kommt.

Alle nicken, auch ich.

«Julia wollte shoppen, und wir haben uns ihr angeschlossen», plappert Tante Christiane drauflos, und ich würde ihr am liebsten mit der Speisekarte eins überbraten.

Julia wollte shoppen? Geht's noch?

Ich tauche unter der Pappkarte hervor und lächele gequält.

Mats verzieht keine Miene.

«Wir haben bereits einiges ergattert», ergreift Annegret das Wort. Unter dem Tisch kramt sie in ihrer unförmigen Papiertüte, zerrt ein T-Shirt mit dem Aufdruck *Sylter Welle* hervor und hält es sich vor den Busen.

Um Mats' Mundwinkel beginnt es zu zucken. Er hebt anerkennend die Augenbrauen und sagt: «Wundervoll.» Dann wendet er sich an mich. «Und was hast du gekauft?», will er wissen. «Auch ein Shirt? Oder passt das nicht mehr in deinen Koffer?»

Wir schauen uns in die Augen. Den Spruch mit dem Koffer konnte er sich offenbar nicht verkneifen, doch seine Augen blitzen amüsiert. Im Gegensatz zu heute Morgen.

Scheint, als sei Charlotte noch nicht dazu gekommen, ihrem Herzen Luft zu machen. Sonst läge ihm ganz sicher ein anderer Spruch auf der Zunge. Nichtsdestotrotz nervt mich mein nervöses Herzflattern. Und sein spöttischer Tonfall.

«Rosentöpfe», entgegne ich darum hoheitsvoll. «Für meinen Freund.»

In Mats' Gesicht regt sich immer noch nichts. Er hört aber nicht auf, mich forschend anzusehen. «Gute Wahl», findet er. Seine Augen leuchten nordseeblau. Ich versuche, nicht so genau hinzuschauen.

«Lasst uns mal lieber zahlen», sagt Tante Christiane, nachdem sie Annegrets T-Shirt sorgfältig wieder in der Papiertüte verstaut hat. Und erklärt zu Mats gewandt: «Ich hab für den Abend Karten für ein Improvisationstheater bestellt. Und später einen Tisch reserviert. Bei *Manne Pahl*. War gar nicht so leicht, jetzt in der Hauptsaison.» Auf einmal hält sie sich erschreckt die Hand vor den Mund und schaut schuldbewusst zu mir. «Himmel! Ich hab dich gar nicht gefragt, Julchen. Weil du in den letzten Tagen fast nie mit uns die Abende verbracht hast, habe ich komplett vergessen, dich in meine Planung einzubeziehen. Warte, ich versuche, noch eine Karte zu ergattern.» Hektisch durchwühlt sie ihre Tasche nach dem Telefon.

Improvisationstheater? Das erlebe ich hier doch seit Tagen, schießt es mir durch den Kopf. Und wer weiß, ob meine Familie nicht andauernd dazwischenplappert oder womöglich auf die Bühne drängt? Auf keinen Fall beabsichtige ich, die drei zu begleiten. Auch ein gemeinsames Essen muss nicht unbedingt sein.

Hilfesuchend flackert mein Blick umher und landet schließlich ausgerechnet bei Mats. Er hat die Stirn in Falten gelegt und scheint intensiv etwas zu überlegen. Bis seine Miene sich plötzlich erhellt. «Machen Sie ruhig in Kultur», sagt er zu Tante Christiane. «Ich wollte gerade an der Promenade eine Kleinigkeit essen und Julia fragen, ob sie Lust hat, mir Gesellschaft zu leisten.» Er dreht sich wieder zu mir. Mit gespanntem Blick mustert er mich.

Ich bin dermaßen perplex, dass ich ihn nur stumm anstarren kann. War die Frage ernst gemeint? Will er wirklich mit mir essen gehen? Oder war seine Aussage nur dazu gedacht, mich vor meinen Tanten zu retten?

«Geh ruhig, Schätzchen.» Mama spricht mir Mut zu, als sei ich ein kleines Mädchen, das sich nicht traut, einem Fremden die Hand zu reichen. Und zu Mats gewandt, erklärt sie: «Nehmen Sie Julia gern mit. Wir fahren dann später mit dem Auto zurück.» Als sie merkt, dass ich mich nicht vom Fleck rühre, gibt sie mir einen aufmunternden Klaps auf die Wange. «Keine Sorge, Liebes, die Rosen sind bei uns sicher. Wir gehen nicht rasant in die Kurven und bremsen auch nicht stark.»

Meine Tanten nicken synchron.

«Aber …»

«Na dann!», sagt Mats resolut und angelt über den Tisch nach meiner Hand. «Hätten wir das ja geklärt.»

Ehe ich weiß, wie mir geschieht, rücken die Frauen ihre Stühle und Einkaufstüten so zurecht, dass ich leichter an ihnen vorbeikommen kann. Meine Mutter drückt mir meine Tasche in die Hand und schiebt mich sanft, aber mit Nachdruck in Mats' Richtung.

«Der Autoschlüssel …», schaffe ich gerade noch zu sagen, ehe ich von Mats fortgezogen werde. Mit der freien Hand wühle ich hektisch in der Jeanstasche und werfe ihn auf den Tisch. «Fahrt vorsichtig und trinkt nicht so viel!»

Erneutes Synchronnicken. Sie wünschen mir einen *aufregenden Abend* und starren uns, leise kichernd, hinterher.

Im Stechschritt schleift Mats mich durch die Fußgängerzone. Er biegt an der erstbesten Kreuzung nach rechts, in Richtung Promenade. Sobald wir, außer Sichtweite sind, lässt er meine Hand los.

24

Kennst du einen, kennst du alle

Mats schweigt und wirkt gar nicht sonderlich erpicht auf meine Gesellschaft. Halb fragend, halb vorwurfsvoll schaut er mich an.

«Danke … für die Rettung», stottere ich. Es ist das Erstbeste, das mir in den Sinn kommt. «Das war … sehr nett. Du weißt ja, meine Tanten können extrem … anstrengend sein.»

Mats nickt, sagt aber noch immer keinen Ton. Als wolle er abwarten, was ich noch so alles hervorbringe. Leider habe ich nicht den blassesten Schimmer, wie ich mich verhalten soll.

«Tja, ähm … Fährt von hier eigentlich ein Bus nach Rantum?», frage ich und rede verlegen weiter. «Ich habe, wie du weißt, gerade mein Auto verliehen und muss ja noch irgendwie zurück in die Villa.» Suchend drehe ich mich im Kreis, was sich als ausgemachter Bullshit herausstellt, denn wir befinden uns mitten auf der Promenade. Autofreie Zone.

«Hast du deinen Koffer noch nicht fertig gepackt?» Er hat die Arme vor der Brust verschränkt und betrachtet mich mit einer Mischung aus Belustigung und Arroganz. «Oder kündigt sich ein Koller an? Verstehen könnte ich das ja, angesichts dieser furchtbaren Aussicht.» Mit lässiger Kopfbewegung deutet er in Richtung Meer. «Es vergeht einem förmlich alles.»

Unwillkürlich folge ich mit den Augen und möchte ihm für seine Ironie am liebsten einen Schubs geben. Schäfchenwolken treiben am Himmel, die Sonne hüllt den unendlichen Horizont in flüssiges Gold.

«Witzig», murmele ich und starre beleidigt auf meine Fußspitzen. Obwohl ich seiner bissigen Stichelei am liebsten mit einem gepfefferten Kommentar begegnen würde, fühle ich mich schuldig. Mats ist wegen gestern sauer auf mich, was ich durchaus nachvollziehen kann. Nicht nur habe ich seine Party viel zu früh verlassen, ich habe ihm außerdem als Begründung eine Ausrede geliefert, bei der er sich zwangsläufig veralbert vorgekommen sein muss.

Und das nur, weil ich nach wie vor zu feige bin, ihm die Wahrheit über meinen Aufenthalt auf der Insel zu offenbaren. Warum zum Geier rücke ich nicht damit heraus? Was hindert mich daran? Wenn es mir egal ist, was er nach meiner Abreise über mich denkt, kann ich ihm genauso gut sofort reinen Wein einschenken. Nervös kaue ich auf meiner Unterlippe.

Mats räuspert sich. «Fairerweise muss ich dir sagen, dass dir etwas entgeht, wenn du dich zum Abendessen nicht deiner Familie anschließt. Die Küche im *Manne Pahl* ist vorzüglich.» Er wartet, dass ich ihn ansehe. «Was mich betrifft, könnte ich dir Pizza und Wein bieten.» Sein ausgestreckter Arm deutet in Richtung Strand. «Gleich dort vorn hat ein neues Bistro eröffnet, ich habe es schon ausprobiert, es ist nicht übel.» Mit forschendem Blick schaut er mich an. «Wie wäre das? Sozusagen als Abschiedsessen.»

So wie er vor mir steht, mit den Haaren, die der Wind inzwischen verstrubbelt hat, und seinem selbstbewussten und gleichzeitig besonnenen Blick, fällt mir kein plausibler Grund ein, den Vorschlag abzulehnen. Mein Hirn ist wie leergefegt. Stattdessen liegt mir die Bezeichnung *Abschiedsessen* plötzlich wie ein steiniger Klumpen im Magen.

Und mein Herz … tja …

«Ein Abschiedsessen …», wiederhole ich seine Worte in Zeitlupe. «Warum nicht?»

Mats nickt und setzt sich sofort in Bewegung, ich folge ihm. Im Gleichschritt marschieren wir die Promenade entlang. Bis wir zu einer Hütte mit bunter Leuchtreklame gelangen, die nach näherer Betrachtung mehr eine Essensausgabe als ein Restaurant zu sein scheint. Es herrscht Selbstbedienung.

Mats organisiert uns ein Tablett, sucht Teller, Besteck und Gläser zusammen und stellt sich am Tresen an. Gegessen wird am Strand, an Holztischen, die im Sand verankert sind.

«Ich bestelle uns Pizza, magst du schon mal einen freien Platz suchen?» Er deutet in Richtung Wasser.

Ich nicke und spaziere über eine breite Treppe zum Strand hinunter. Um diese Uhrzeit ist nicht mehr viel los, letzte Badegäste räumen ihre Liegeplätze und drehen ihre Strandkörbe schon mal für morgen in Richtung Osten. Ich schaue zum Horizont, wo die Sonne inzwischen all ihre Kraft in das Farbenspiel steckt. Ich angele mir aus meiner Tasche die Strickjacke und lege sie mir über die Schultern.

Im Gegensatz zum Strand sind die meisten Tische voll besetzt, doch ich habe Glück und ergattere einen Platz mit freiem Blick aufs Wasser.

Während ich auf Mats warte, schweifen meine Gedanken zu dem Moment, als er vor den anderen nach meiner Hand griff. Schon wieder dieses Herzklopfen, und zwar in einer Intensität, dass ich mich langsam frage …

«Ich hoffe, Gemüsepizza war die richtige Wahl?», fragt Mats, der in diesem Moment mit einem vollbeladenen Tablett an den Tisch tritt.

Noch immer in Gedanken, sehe ich zu ihm hoch, als stünde in seinem Gesicht die Antwort geschrieben. Einen Moment schauen wir uns in die Augen, und die Zeit bleibt stehen.

Natürlich bin ich verliebt. Es ist … diese Insel.

Dann fällt meinen Blick auf das Tablett. «Du liebe Güte, wer soll denn das bloß alles essen?», rufe ich. Vor meiner Nase befindet sich eine riesige vegetarische Pizza, die so groß ist, dass sie sogar den Teller überlappt. Trotzdem hat Mats es geschafft, auch noch eine Flasche gekühlten Weißwein, Wasser und Gläser auf das Tablett zu quetschen.

«Im Zweifelsfall ich», gibt er trocken zurück. «Heute blieb kaum Zeit für eine Pause. Darum wollte ich ja unbedingt noch irgendwo einkehren.»

Er stellt das übervolle Tablett auf dem Tisch ab. «Die Auswahl hier ist nicht riesig, dafür schmeckt jedes Gericht extrem lecker.»

«Und Gemüse geht immer», sage ich erfreut, während ich weiterhin wie gebannt auf den ausladenden Teigfladen starre.

Mats verteilt Teller und Gläser in Windeseile auf dem Tisch. Dann schneidet er die Pizza in Tortenstücke. Das Tablett lagert er sicher in einer kleinen Erhöhung im Sand.

«Man sieht, dass du vom Fach bist. Tischdecken geht blitzschnell.»

Mats schenkt mir ein schiefes Grinsen. «Gelernt ist gelernt. Soll ja nicht kalt werden.» Er deutet auf den Teller. «Greif zu, guten Appetit.» Seine Augen sind mit der untergehenden Sonne dunkelblau geworden. Wie das unergründliche, tiefe Meer.

Wie sich herausstellt, ist das Essen an den Tischen eine Herausforderung und mitunter etwas wackelig, sodass wir Mühe haben, nichts umzuschmeißen. Trotz der angespannten Stimmung müssen wir sogar einmal kurz lachen.

Mats hat untertrieben, die Pizza schmeckt phantastisch, vor allem der Teig ist einmalig gut, auch wenn ich hin und wieder knirschend auf ein herübergewehtes Sandkorn beiße.

In regelmäßigen Abständen sieht Mats zu mir rüber, als wolle er etwas sagen. Und jedes Mal prickelt meine Kopfhaut, und ich spüre einen Hitzeschub in mir aufwallen.

«Was hattest du eigentlich in Westerland zu erledigen?», frage ich irgendwann, um das Gespräch zu beginnen.

«Ich hatte einen Termin bei der Bank.» Er nippt an seinem Wein. «Es geht um Geld für die Renovierung. Wie du weißt, muss die *Weiße Villa* dringend weiter saniert werden, außerdem schwebt mir vor, die Küche zu vergrößern. Dafür müsste ein Teil des Essraums herhalten, den ich stattdessen ...» Er winkt ab. «Ich will dich nicht mit Details langweilen. Kurz gesagt: Die Einnahmen aus der Vermietung reichen dafür nicht aus, ich will nicht Zimmer für Zimmer herrichten, sondern am liebsten alles zusammen in den Wintermonaten erledigen. Das bedeutet aber leider, ich muss mich ständig mit irgendwelchen Banken herumschlagen. Heute war ein gutes Gespräch. Ich bekomme das Geld.» Er hat sein Glas noch in der Hand und schaut mich an. «Es gibt somit einen Grund zum Feiern.»

Ich greife mir mein Glas und proste ihm zu. Sobald der Alkohol durch die Adern saust, werde ich etwas lockerer, andererseits verstärkt der Wein das elektrisierende Gefühl. Zur Sicherheit nehme ich auch einen Schluck Wasser.

«Ist bestimmt nicht leicht, im Winter alles durchzuziehen, noch dazu auf einer Insel», sage ich und bin froh, dass wir erst mal über seine Umbaupläne reden können.

«Ja, man kann nie wissen, ob auch wirklich alle Handwerker im November auf der Matte stehen und nicht zugunsten eines lukrativeren Jobs absagen.»

Ich bekomme große Augen. «Ist die Konkurrenz so groß?»

Mats verschränkt die Arme hinterm Kopf und streckt sich. «Klar», meint er, «ist zwar nicht die Regel, aber durchaus schon vorgekommen.» Er entspannt sich sichtbar. «Inzwischen habe ich Kontakt zu einer Firma, die als zuverlässig und schnell gilt.

Aber auch bei denen weiß man nicht, wie die Auftragslage letztlich ist. Am Ende hängt doch alles vom Geld ab.»

«Die Erfahrung musste ich leider auch schon öfter machen. Erst sind die Kunden Feuer und Flamme, wollen um jeden Preis die beste Idee oder die eleganteste Lösung präsentiert haben, aber wenn der Kostenvoranschlag sie erreicht, machen viele einen Rückzieher. Und anstatt das Gespräch zu suchen, wenden sich die Leute ab und gehen zur Konkurrenz.»

Er seufzt. «Auf einer Insel wie Sylt kommt noch dazu, dass einem eigentlich nur die Wintermonate bleiben, um möglichst wenig Einnahmen zu verlieren.»

Unwillkürlich muss ich an das Haus im Austernfischerweg denken.

«Woher kennst du eigentlich Charlotte Engel?» Die Frage ist einfach so aus mir herausgeplatzt. Der Name hängt noch in der Luft, da würde ich am liebsten aufspringen und mich im Sand einbuddeln. Bin ich noch bei Trost, Mats freiwillig auf *sie* anzusprechen? Aber vielleicht ist es auch gut so: Wir sollten jetzt wirklich mal Klartext reden.

«Charlotte?», fragt Mats überrascht. Er kratzt sich nachdenklich am Kinn. «Keine Ahnung. Wir kennen uns seit Jahren. Sie ist eine gute Freundin meiner Mutter und lebt ebenfalls in Rantum, da läuft man sich zwangsläufig über den Weg und kommt ins Gespräch.»

Habt ihr auch schon über mich geredet?, würde ich am liebsten fragen, traue mich aber nicht.

«Woher kennst *du* sie denn?», kommt die logische Gegenfrage. Mats schaut mich mit harmloser Neugierde an.

Sie hat also tatsächlich nichts gesagt.

«Sie ist …», sage ich gedehnt, «sie … *war* eine Bekannte meines Vaters.» So weit ist meine Aussage nicht gelogen. «Ich kenne sie nur flüchtig. Aber sie hat einen beneidenswert schönen Namen.»

Mats nickt. «Finde ich auch. Er passt zu ihr. Sie ist wahrhaftig ein Engel.»

Auch das noch! Ich frage besser nicht, was er damit genau meint. Die Aussage an sich bereitet mir schon Bauchschmerzen. Engagiert sie sich etwa für die Kirche? Oder beherbergt verwaiste Tiere? Nein, das wäre mir aufgefallen. Womöglich arbeitet sie ehrenamtlich für den Naturschutz auf Sylt? Schippt eigenhändig Sand auf oder pflanzt neue Dünengräser? Egal, was sie in Mats' Augen zu einem Engel macht – die Lust, Klartext zu reden, ist mir nach seiner Aussage gründlich vergangen. Ich stoße ein verzweifeltes Ächzen aus.

«Alles okay?», erkundigt er sich besorgt. «Dein Seufzen hörte sich gerade gar nicht gut an.»

«Nein, alles bestens.» Ich vollführe eine nichtssagende Geste, mit der ich hauptsächlich meine eigenen düsteren Gedanken vertreiben möchte.

«Es gibt nur zurzeit extrem viel zu bedenken.»

«Verstehe.» Mats nickt, sieht aber wenig überzeugt aus. Einen Moment scheint er über etwas nachzudenken. «Wie kommt es eigentlich, dass du mit deinen Tanten verreist? Ihr macht nicht den Eindruck, als würdet ihr euch besonders nahe stehen, und doch verbringt ihr auf Sylt gemeinsam eure Zeit. Für mich eine merkwürdige Konstellation.»

«Oh ja, das ist es.» Das lässt sich nicht von der Hand weisen. «Bis vor kurzem habe ich meine Tanten gar nicht gekannt», sinniere ich. «Ich habe sie angerufen, um sie über den Tod meines Vaters in Kenntnis zu setzen. Und um sie zu bitten, meiner Mutter ein wenig unter die Arme zu greifen. Leider ging diese Idee komplett nach hinten los.» Ich bin froh, endlich einmal darüber reden zu können. Die Worte fließen nur so aus mir heraus. «Die drei Schwestern sind vollkommen zerstritten, weil sie ihre Kindheitsprobleme nie aufgearbeitet haben. Im Laufe der Jahre gesellten sich Vorurteile und Missverständnisse hinzu, sodass sie nun eine vollkommen verrückte Truppe bilden und im Grunde ständig streiten.» Ich schneide eine Grimasse.

Mats hat mir aufmerksam zugehört, runzelt jetzt aber die Stirn. «Und um die drei auf andere Gedanken zu bringen, hast du sie mit hergebracht? Zu deinem *Geschäftstermin?*»

So wie er es betont, klingt die Geschichte in der Tat ein wenig abstrus. Und etwas … ausgedünnt.

«Na ja, in Wahrheit habe ich gehofft, dass diese Reise dazu beiträgt, die drei einander wieder näherzubringen.» Und das stimmt ja auch. «Das würde ich mir für Mama jedenfalls sehr wünschen.»

Mats schweigt nachdenklich. Bis er irgendwann sagt: «Meine Mutter fühlte sich auch lange Zeit einsam nach dem Tod meines Vaters. Es war Charlotte Engel, die ihr schlussendlich darüber hinweggeholfen hat. Auch Charlotte hat ihren Mann verloren.»

Ich weiß: meinen Vater …

«Allerdings schon vor vielen Jahren», fährt Mats fort. «Sie konnte den Kummer meiner Mutter vermutlich am besten nachvollziehen und wurde zu einer engen Freundin.»

Oh. Auch das noch. Alles wird irgendwie immer schlimmer. Ich kann nur hoffen, dass ich die Insel bereits weit hinter mir gelassen habe, wenn er herausfindet, was ich dem Engel angetan habe.

Ich fühle mich Mats gegenüber furchtbar, wie eine Verräterin, aber ich kriege die klärenden Worte einfach nicht über die Lippen. Nicht nur, weil ich die Konsequenzen fürchte, sondern weil ich irgendwie gefangen bin von der ganzen Situation: von dem violetten Himmel, der wie ein flüssiges Aquarell ins blaugraue Meer fließt. Und von Mats' Augen, seinem Duft, der Wärme, die sein Körper bis zu mir ausstrahlt.

Wie hypnotisiert sitze ich auf meinem Platz und spüre das

Wirrwarr in meinem Kopf und meinem Herzen größer und größer werden. Vollkommen vertieft in die Analyse meiner inneren Zerrissenheit, schrecke ich regelrecht zusammen, als Mats sich plötzlich erhebt.

«Ich bringe schnell unsere leeren Teller zurück zur Strandbar. Wollen wir danach ein Stück spazieren gehen?» Offenherzig lächelt er mich an.

Alles in mir schreit nein. Es geht nicht. Ich bin schon viel zu weit gegangen. Doch als ich den Mund öffne, kommen ganz andere Worte heraus: «Ich helfe dir tragen», sage ich und greife nach dem Tablett.

«Fein.» Mats bückt sich kurz, um eine herumliegende Plastiktüte einzusammeln. Augenblicklich gerät er in Rage. «Warum räumen die Leute ihren Müll nicht weg?», schimpft er, schaut dabei aber nicht mich an, sondern spricht mehr zu sich selbst. «Sie kommen her und hinterlassen Chaos. So etwas tut man nicht. Hier nicht und auch nirgendwo anders.»

Als er sich aufrichtet und mich anschaut, erkenne ich die Ernsthaftigkeit, die hinter seinem Zorn steckt. Und eine gehörige Portion Betroffenheit.

«Sorry», sagt er und schaut kurz betreten zu Boden. «Ich kann mich manchmal nur schwer zusammenreißen, wenn ich sehe, mit welcher Naivität und Arroganz manche Menschen durch die Natur und überhaupt durchs Leben stiefeln.»

«Du musst dich nicht entschuldigen. Ich kann dich sehr gut verstehen.»

Gemeinsam machen wir uns auf zur Bar, laden das Geschirr ab und schlendern zurück zum Strand. Wir stapfen bis zum Wasser und kommen gar nicht weit, denn das Farbspiel des Himmels ist so unglaublich, dass wir ergriffen stehen bleiben.

Irgendjemand, möglich, dass es Jo war, hat mal gesagt: «Kennst du einen Sonnenuntergang, kennst du alle.» Aber das stimmt nicht. Die Farbenvielfalt des Himmels über Sylt schlägt alles bisher Gesehene. Ein orangeroter Feuerball, umgeben von einem Schleier aus blasslila Wolken, balanciert auf dem dunkelvioletten Meer, davor paddeln, als schattige Umrisse, ein paar Möwen. Der Anblick ist kitschiger als jede Postkarte – und eine Million Mal reizvoller.

«Ich glaube, ich habe noch nie etwas Schöneres beobachtet», sage ich leise und füge flüsternd hinzu: «Ich wünschte, der Moment würde ewig andauern.»

Auf einmal fühle ich, wie Mats sich hinter mich schiebt. Sein Körper berührt meinen nur ganz leicht, aber ich spüre ihn mit einer Intensität, als würde er sich an mich pressen. Sein Atem streicht über mein Haar, und ein wohliger Schauer läuft mir über den Rücken.

Urplötzlich, ich weiß nicht, warum, fällt mir der Abend in der *Muschel* ein. Kurz zögere ich, dann fasse ich mir ein Herz und sage: «Was hast du mich eigentlich fragen wollen an dem Abend in der *Muschel*?» Meine Stimme bleibt ein Flüstern, als würde sich das Naturschauspiel vor unseren Augen verflüchtigen, wenn ich zu laut spräche.

Mats antwortet nicht, aber ich kann seine Hände spüren, die von hinten nach meinen greifen. Ich lasse es geschehen. Mein Herz rast wie verrückt, ich will mich umdrehen, aber irgendwie auch nicht.

In stummem Einvernehmen stehen wir einfach nur da, halten uns an den Händen und betrachten den Horizont.

Als ich schon glaube, Mats würde meine Frage bereits vergessen haben, räuspert er sich leise. «Ich … wollte wissen, ob du mal etwas vom Biikebrennen gehört hast.» Er spricht die Worte in mein Haar.

Ich stehe kurz vor einer Ohnmacht. Seine Stimme, die rau und fast zärtlich an mein Ohr dringt, die sanfte Berührung seiner Hände und mein Herz, das im Überschwang der Hormone kreuz und quer in meinem Brustkorb hüpft, machen mich fertig.

«Nein, sollte ich?», krächze ich heiser.

Er lacht leise. «Jedes Jahr am 21. Februar werden auf Sylt riesige Haufen Gestrüpp, zum Beispiel alte Tannenbäume, verbrannt. Ein heidnischer Brauch. Mit Hilfe der Flammen wollte man früher böse Geister vertreiben, später diente es dazu, Walfängern und Seefahrern durch das Licht sicheres Geleit zu geben. Während die Biike brennt, werden auf Friesisch Reden gehalten, und es wird ein wenig gesungen. Und ehe am Ende alle gemeinsam zum Grünkohlessen einkehren, darf man sich etwas wünschen.»

Ich lausche seiner Stimme, spüre die Bewegung seines Brustkorbs bei jedem Atemzug. «Was hast du dir gewünscht?», frage ich beinahe tonlos und merke, wie ich die Luft anhalte.

Eine Ewigkeit antwortet er nicht, und je länger der Moment dauert, umso sicherer bin ich, dass es etwas mit einer Frau zu tun hatte. Mit einem großen Gefühl, das nicht erwidert wurde.

Dann plötzlich lässt er meine Hände los.

«Nicht so wichtig», sagt Mats mit brüchiger Stimme. «Mein Wunsch ging nicht in Erfüllung.»

25

Überraschung!

Wie auf ein unsichtbares Zeichen hin lösen wir uns voneinander und schlendern zurück zur Promenade. Bis wir schließlich dort hingelangen, wo Mats sein Auto abgestellt hat. Wir haben dasselbe Ziel, und irgendwie ist klar, dass er mich mitnimmt. Sprechen mag keiner von uns.

Mats' Wagen parkt neben einem Restaurant mit blinkender Leuchtreklame. Das flackernde Licht verfolgt uns, bis wir sitzen. Auf den Straßen dämmert es.

Mats wartet einen kurzen Moment, ehe er den Motor startet. «Nach Hause in die Villa?», fragt er nun doch kurz zur Sicherheit. Er schaut mich an.

In seinem Blick lese ich tiefe Zuneigung. Aber auch Unsicherheit und eine Prise unterdrückte Wut. Ich kann mich nicht lösen, möchte eintauchen in das flackernde Blau seiner Augen, die verheißungsvoll blitzen. Doch dann verschließt sich Mats' Miene. Er dreht sich nach vorn und wartet stumm auf meine Antwort.

Ich klammere mich an meinen Anschnallgurt und gebe mit brüchiger Stimme zurück: «Ja … bitte.»

Die gesamte Rückfahrt grübele ich darüber nach, was das alles zu bedeuten hat. Ich habe noch nie einen so romantischen Abend erlebt. Mit keinem Mann, mit dem ich je zusammen war. Auch nicht mit Jo. Den Gedanken an ihn schiebe ich ganz schnell weiter. Es gehört nicht hierher. Nicht nur wegen Mats. Jo passt nicht zu Sylt.

Und vielleicht, denke ich ganz kurz, auch nicht zu mir.

«Also dann», sagt Mats gedehnt, als er vor der Villa einparkt, «sagst du Bescheid, ehe du abreist?» Seine Gesichtszüge sind angespannt, wie vorhin, zu Beginn unserer Begegnung.

Ich nicke nur stumm, weil ich nicht weiß, was ich sagen soll. Morgen will ich das Haus dem Makler zum Verkauf übergeben, dann muss ich mit meiner Mutter und ihren Schwestern klären, ob und wie lange die drei noch bleiben wollen, und danach kann ich los. Zum Wochenende bin ich auf jeden Fall zurück in Hamburg.

Doch in diesem Augenblick, hier in Mats' Wagen, den Duft seines Aftershaves und die Seeluft noch in der Nase, kann ich mich kein bisschen darüber freuen.

«Klar», sage ich bemüht locker, was mir aber nicht recht gelingen will, «ich melde mich auf jeden Fall.»

Mein Blick ist fest auf das Armaturenbrett vor mir gerichtet. Ich kann Mats unmöglich ansehen. Ich weiß nicht, ob ich es aushalten könnte, zu sehen, was ich in seinen Augen zu lesen bekäme. Ich öffne die Tür und steige zögernd aus. Aus dem Augenwinkel registriere ich, dass Mats sich nicht bewegt. Auch nicht, als ich die Tür von außen schließe.

Noch vollkommen neben der Spur, betrete ich die Villa und bin froh, nur Tante Christiane anzutreffen. Eigentlich hatte ich vorgehabt, mich auf das Sofa zu verziehen und den Abend noch einmal in Ruhe zu überdenken. Doch das fällt flach, denn Christiane sitzt auf meiner Schlafcouch und schaut fern. Als ich eintrete, blickt sie kurz auf, tastet nach der Fernbedienung und schaltet den Ton stumm.

«Deine Mutter und Anne haben mich hier abgesetzt», erklärt

sie. «Die beiden wollten nach dem Essen noch weiter. *Tanzen*, glaube ich.» Es klingt, als habe sie damit für immer abgeschlossen.

Ich dagegen finde es super. «Warum bist du nicht mitgegangen?», frage ich. «Steckt dir der Abend bei Gosch noch in den Knochen?»

«Natürlich nicht. Ich finde nur, es gehört sich nicht.» Sie schüttelt verbittert den Kopf. «Ralf ist kaum ein halbes Jahr unter der Erde, und deine Mutter geht Abend für Abend in die Disko.»

«So ein Quatsch», verteidige ich Mama, «gönn ihr doch die Ablenkung, und freu dich, dass sie beginnt, wieder im Leben Fuß zu fassen.»

Tante Christiane schaut mich zweifelnd an.

Ich setze mich zu ihr. «Warum seid ihr bloß dermaßen zerstritten?», frage ich seufzend. «Geht es dabei wirklich nur um Papa?»

Die Augen meiner Tante weiten sich, und sie atmet voller Empörung tief ein und aus. Ohne mich anzuschauen, antwortet sie: «Deine Mutter hat mein Leben zerstört. Ich wollte meine große Liebe heiraten, und sie hat mir den Mann weggeschnappt.»

Ihr Blick hat etwas Trotziges, wie bei einem Kind.

Ich könnte wetten, Christiane verflucht sich in diesem Moment dafür, den Ton abgeschaltet zu haben. Gleichzeitig ist mir klar, dass sie reden möchte.

«So wie ich die Sache verstanden habe, haben die beiden sich Hals über Kopf verliebt», bringe ich vorsichtig an. «Hättest du wirklich dein Leben mit einem Mann verbringen wollen in dem Wissen, dass sein Herz deiner Schwester gehört?»

«Natürlich nicht!», kontert sie prompt. «Und trotzdem … Es war nicht richtig von ihr.»

Ich überlege. «Hast du dich darum zurückgezogen? Weil

du Mama nicht die Möglichkeit geben wolltest, ihr schlechtes Gewissen zu bereinigen?» Ich bin selbst überrascht über meine direkten Worte. «Ich meine, dass du wieder geheiratet hast, hat sie ja erst Jahre später erfahren. Sicher hätte es sie erleichtert, dich glücklich zu wissen.»

Christianes Augenlider beginnen zu flackern. Aber sie reißt sich zusammen. Ich bin erstaunt, dass sie meine Worte mit Fassung trägt und nicht einschnappt oder wütend wird.

Eine Weile sagt sie nichts, starrt nur stumm auf das Fernsehbild, wo gerade *Mord ist ihr Hobby* gezeigt wird. Ich hoffe nicht, dass Christiane Inspiration sucht.

Irgendwann steht sie auf, um sich ein Glas Wasser aus der Küche zu holen. Während sie trinkt, lehnt sie sich gegen den Esstisch.

Ich weiß nicht recht, ob sie erwartet, dass ich etwas sage, aber ich warte weiter ab, denn sie wirkt sehr nachdenklich.

Dann sagt sie unvermittelt: «Ich bin müde und gehe ins Bett.» Sie stellt das Glas in die Spüle. «Good night, Julia.» Sie schenkt mir ein kurzes Lächeln und verschwindet in die untere Etage.

Seltsam, denke ich, das war jetzt ein abruptes Gesprächsende, aber irgendwie habe ich den Eindruck gewonnen, Tante Christiane wäre ins Grübeln gekommen. Als die älteste der Schwestern will sie immer so tough wirken. Erfolg ist ihr wichtig, hat Mama erzählt. Keine Schwäche zeigen, sondern sich stumm durchkämpfen. In dieser Hinsicht ähneln sich die drei Frauen durchaus ein wenig, auch wenn sich jede auf eine andere Art im Leben durchgebissen hat.

Mama ist im Gegensatz zu Tante Christiane nicht so dickköpfig, sie gesteht ihre Fehler ein. Ein bisschen *zu* nachgiebig ist sie vielleicht sogar, denn sie sucht alle Schuld immer bei sich. Sie wagt sich nicht aus ihrer Komfortzone.

Tante Annegret dagegen prescht mit Vollgas durchs Leben.

Sie ist sich nicht zu schade, Fehler zu begehen. Dabei überhört sie allerdings manchmal die leisen Töne.

Wenn die drei sich nur wieder zusammenraufen könnten!, überlege ich. Denn im Grunde ist mein Plan ja noch gar nicht aufgegangen. Sollte ich am Wochenende zurück nach Hamburg fahren, steht noch immer in den Sternen, was aus meiner Mutter wird. Weder hat sie ein Dach über dem Kopf, noch macht es auf mich den Eindruck, als würden ihre Schwestern sie bei einem Start in ein neues Leben begleiten wollen.

Verdammt.

Wie Jo wohl reagiert, wenn ich Mama wieder mit zurückbringe? Wenn am Ende alles wieder so wäre wie vor knapp einer Woche, als meine Mutter in unserem Loft wohnte und er in der Firma schlief? Dann hätten wir uns kein Stück von der Stelle bewegt.

Ich schließe die Augen und versuche mir vorzustellen, wie es in Hamburg weitergehen soll. Aber aus irgendeinem Grund funktioniert das nicht. Denn es kommt mir so gar nicht vor, als habe sich nichts verändert. Mama und ich sind uns einen ganzen Schritt nähergekommen. Da wäre es für mich umso logischer, dass sie bei uns wohnen kann, bis sie so weit ist, auf eigenen Beinen zu stehen. Ich glaube gar nicht mal, dass es noch besonders lange dauern wird. Auch wenn ihre Schwestern ihr nicht unter die Arme greifen, wirkt meine Mutter auf mich entschlossener als noch vor ein paar Tagen.

Aber nicht nur Mama hat eine Wandlung durchgemacht. Auch ich fühle mich … anders. Meine Gefühle wurden ordentlich durcheinandergewirbelt, nicht nur in Bezug auf Papa. Seit Charlotte mir die Alben gezeigt hat, fühle ich mich ihm näher, und zu Hause werde ich ganz sicher noch eine Weile an dem, was sie mir über ihn erzählt hat, zu knabbern haben.

Aber noch viel aufgewühlter fühle ich mich im Hinblick auf

Mats. Wieder spüre ich seine warmen Hände, die meine umschließen. Fühle seinen Brustkorb, wie er sich an meinen Rücken schmiegt und dabei hebt und senkt. Sogar seinen warmen Atem bilde ich mir ein wahrzunehmen. Was sind das für Gedanken, warum lassen sie mich nicht los?

Seit ich mit Jo zusammen bin, habe ich mich nicht ein einziges Mal für einen anderen Mann interessiert. Und nun plötzlich gebe ich mich dieser albernen Schwärmerei hin. Denn mehr kann es kaum sein, was ich für Mats empfinde. Uns verbindet nichts, wohingegen Jo und ich dieselben Ziele im Leben verfolgen. Jedenfalls war das so, ehe diese Expansionspläne überhandnahmen. Wir lieben unsere Arbeit, auch wenn es uns manchmal in verschiedene Richtungen zieht. Aber wir mögen beide das Großstadtleben und interessieren uns für Architektur. Na ja, und ich mich neuerdings auch für Sylt. Darüber hinaus genießen wir aber die ruhigen Abende in unserem Loft. Wir verfügen über denselben Geschmack in Bezug auf … na, eben in vielerlei Hinsicht.

Mats dagegen verkörpert diese Insel mit jeder Faser seines Herzens. Er ist … authentisch. Ich bewundere ihn dafür.

Und plötzlich schwirrt wieder dieser Gedankenfunke durch mein Hirn: Ich könnte ab und zu hierherfahren. Wenn schon nicht in mein Haus, dann um … zu entschleunigen. Das wäre machbar.

Aber was würde Jo dazu sagen? Soll ich ihm allen Ernstes vorschlagen, statt nach Dubai oder auf die Malediven regelmäßig nach Sylt zu reisen?

Ganz sicher nicht.

Weder sehe ich Jo auf dem Autoreisezug – *Zeitverschwendung!* –, noch kann ich ihn mir bei einem Dünenspaziergang vorstellen. *Wofür haben wir ein Auto?* Und im Meer baden sehe ich ihn schon mal gar nicht. *Lieber kaufen wir ein Jacuzzi!*

Nein, Jo würde Sylt nichts abgewinnen können.

Ich wache davon auf, dass jemand lautstark gegen unsere Haustür klopft. Wobei klopfen nicht der richtige Ausdruck ist, eher klingt es, als würde jemand mit einem spitzen Stiefel dagegentreten.

Schlaftrunken setze ich mich auf. Das Erste, das mir auffällt, ist, dass ich noch immer voll bekleidet bin. Außerdem nicht abgeschminkt, wie ich bei einem flüchtigen Blick in den Flurspiegel sehen kann. Meine Wimperntusche klebt unter beiden Augen, und über mein Kinn zieht sich ein dünner Lippenstiftstriemen. Ich wische ihn fort und erhasche dabei einen Blick auf die Uhr am Herd: 9.30 Uhr.

Du liebe Güte! Warum hat mich niemand geweckt? Und wo sind die anderen überhaupt, etwa bereits beim Frühstück?

Barfuß schlurfe ich erst zur Wohnungstür und dann zur Haustür. Ich reiße sie im selben Moment auf, als es von draußen erneut zu trommeln beginnt.

«Ist ja schon gut», rufe ich genervt, ehe mir die Kinnlade herunterklappt.

Vor mir steht, wie ein schmaler, fest verwurzelter Baum: Jo.

Ich reibe mir verwirrt die Augen. «Was tust du hier?», frage ich und muss dabei dermaßen entsetzt klingen, dass er beleidigt das Gesicht verzieht.

«Nach dem Rechten sehen, was sonst», brummt er und drängt an mir vorbei in das Apartment. «Ist das hier das Haus für die Angestellten?», fragt er mit einem Blick auf die altmodische Küchenzeile. So wie er es sagt, klingt es, als müsste man hier erst Holz sammeln, um ein Feuer zu entzünden.

«Uns gefällt es», sage ich ein wenig von oben herab, weil mir sein Tonfall missfällt. Nebenbei versuche ich, vor dem Spiegel die Wimperntusche aus meinem Gesicht zu wischen. Verschlafen, wie ich bin, fällt mir erst in dieser Sekunde ein, dass noch gar kein Wochenende ist.

«Hast du die Firma etwa allein gelassen?», frage ich entsetzt. Blöde Frage. Er ist hier, ich bin hier – wer soll sich schon um die Belange kümmern? Etwa …

«Maja hält die Stellung.»

Soll das ein Witz sein? Ich starre ihn an. «Du meinst Maja, die bis vor kurzem nichts getan hat, außer das Telefon zu bedienen? *Sie* kümmert sich um alles?» Ich muss mich setzen. Während ich am Esstisch auf einem Stuhl Platz nehme, schreitet Jo durch den Raum und lässt sich erschöpft aufs Sofa plumpsen.

«Puuhhh!», stöhnt er, statt auf meine Frage einzugehen. Mit den Händen reibt er sich übers Gesicht. «Was für eine nervige Überfahrt. Absolute Zeitverschwendung. Noch dazu sind meine Augen vom Wind ganz trocken. Ich bin fix und fertig.» Müde schaut er mich an. «Gibt es schon einen Interessenten für das Haus?»

«Äh …» War er immer schon so wehleidig? «Ich dachte, wir wollten noch einmal in Ruhe über alles sprechen.»

«Darum bin ich hier. Zur Sicherheit habe ich dir aber schon mal den Anzeigentext geschickt. Ich versuche also, dir Arbeit abzunehmen. Wenn du regelmäßig nach deinen Mails schauen würdest, wärst du informiert.» Er schüttelt verständnislos den Kopf.

Verdammt. Tatsächlich habe ich seit gestern Mittag mein Mailpostfach nicht geöffnet. Das ist ärgerlich, aber ganz sicher kein Drama. Und auf gar keinen Fall ist es ein Grund, derart unfreundlich zu sein.

Wieso fängt er überhaupt statt einer vernünftigen Begrüßung gleich als Erstes von dem Haus an?

«Jetzt sei nicht eingeschnappt», sagt Jo, der mein Grummeln richtig deutet, und legt seine langen Beine so auf dem

Couchtisch ab, dass die Füße nicht mit der Platte in Berührung kommen. «Freu dich lieber, dass ich hier bin und dir unter die Arme greife. Ich habe doch gemerkt, dass du dich ein wenig schwertust mit der ganzen Sache.» Er schaut mich mitleidig an. «Machen deine Tanten dir zu schaffen?»

Ich beschließe, seine Frage ebenso zu übergehen, wie er es zuvor mit meiner getan hat. Stattdessen sage ich: «Wenn man erst mal hier ist, nimmt man einen anderen Rhythmus an. Dann kommt einem auch die Überfahrt mit dem Autozug gar nicht mehr so lang vor. Weißt du», ich suche seinen Blick, «das kurze Stück dient der Entschleunigung. Man wirft den Stress des Alltags ab und nutzt die Zeit, um runterzukommen. Damit, wenn man hier ist, der Urlaub sofort beginnen kann.»

Jo starrt mich an, als hätte ich nicht mehr alle Tassen im Schrank. «Urlaub?», fragt er. «Wovon redest du? Du hast doch hier nicht am Strand gelegen, oder?»

Gott bewahre. «Nein. Aber ich war ein paarmal spazieren.»

Hand in Hand mit Mats.

Ich fühle, wie mir die Schamesröte den Hals hochkriecht.

«Hast dich wohl nicht eingecremt, wie?», bemerkt Jo leidenschaftslos. «Ich glaube, du hast einen Sonnenbrand auf dem Gesicht.»

Oh Mann! Wegen seiner selbstgefälligen Art könnte ich Jo gerade zum Mond schießen. Auf der anderen Seite zwingt mich mein schlechtes Gewissen beinahe in die Knie. Ich möchte zu ihm laufen, ihn in die Arme schließen und in Ruhe über alles reden. Über uns.

Doch Jo geistert anderes im Kopf herum. «Hast du zufällig Augentropfen im Haus?»

Als ich wortlos mit dem Kopf schüttele, geht er zum nächsten Thema über. «Also: Ich bin aus mehreren Gründen hergekommen. Zum einen, weil ich sichergehen wollte, dass du dich nicht am Ende doch noch von deiner Tante zu diesem schlechten Deal überreden lässt. Ich weiß ja, dass du es immer allen recht machen möchtest und dich nicht durchsetzen kannst. Ehrlich gesagt, kann ich überhaupt nicht einschätzen, ob du, um des lieben Friedens willen, nicht am Ende sogar auf einen Haufen Bargeld verzichten würdest.» Er klimpert wie verrückt mit den Lidern. «Zweitens möchte ich dir noch einmal in aller Dringlichkeit davon abraten, einen Makler einzuschalten. Das Geld sollten wir nun wirklich einsparen. Und drittens», er holt kurz Luft, «drittens hat mich das letzte Telefonat vollkommen auf die Palme gebracht. Ich kann dich überhaupt nicht mehr einschätzen: dass du dir vorstellen kannst, das Haus zu behalten –»

«… war ein Spaß!», falle ich ihm ins Wort.

Herrgott noch mal! Dreht er jetzt komplett durch? *Darum* ist er hier? Damit ich nicht *unser* Geld aufs Spiel setze, das ja genau genommen *mein* Geld ist?

Er kennt mich wirklich nicht. Ich dagegen kenne ihn so gut, dass ich meine Hand dafür ins Feuer legen würde, dass er gleich sagen wird: «Komm mal her.» Dann wird er mich in die Arme nehmen und ein paar beruhigende Worte sprechen, bis er mich Spätzelchen nennt und zur Tagesordnung übergeht.

Jo winkt mich zu sich heran. «Komm mal her, mein Schatz, und beruhige dich.»

Ich bleibe wie angewurzelt sitzen. Ich möchte nicht beruhigt werden.

Leichte Irritation macht sich auf Jos Gesicht breit. «Nun komm schon, Juli. Nicht schmollen.» Er hört nicht auf, mich zu sich zu wedeln.

Ich gebe nach. Was soll's. Wenn er schon mal hier ist, können wir genauso gut an einem Strang ziehen. Mein kindisches Verhalten würde uns nicht weiterbringen. Ich schlurfe zu ihm hinüber.

Als ich vor ihm stehe, richtet Jo sich auf und umschließt meine Beine mit seinen Armen.

Ich fühle, wie mein gesamter Körper sich versteift.

«In Finanzangelegenheiten braucht man einen kühlen Kopf», sagt er versöhnlich und streicht über meine Kniekehlen. «Und der ist dir durch die Streitereien deiner Familie kurzfristig abhandengekommen.»

Ich bäume mich auf. Wer hat denn in einem Anflug von Größenwahn neue Möbel auf Rechnung bestellt?, möchte ich schreien. Ich ganz bestimmt nicht! Ich wäre nicht einmal auf die Idee gekommen – so kühl kann ich kalkulieren!

«Na ja», sage ich, weil ich keinen Streit heraufbeschwören möchte, «das liegt aber vielleicht auch an –»

«Es muss dir nicht peinlich sein. Ich bin jetzt hier, und gemeinsam werden wir alles Notwendige in die Wege leiten.» Er nimmt meine Hände und zieht mich sanft zu sich auf die Couch. Ich lasse es geschehen.

«Ich bin übrigens deshalb so früh heute hergekommen, weil ich uns einen Termin bei Engel & Völkers gemacht habe. Ich möchte zu gern wissen, wie die das Haus einschätzen.» Jo gerät ins Schwärmen. «Die haben lange Wartelisten von reichen Kunden und verkloppen alles bis zur Windmühle.»

«Es gibt auf Sylt keine Windmühlen», stammele ich perplex, weil ich es gar nicht glauben kann, dass er immer mehr Geld rausschlagen will. Diese raffgierige Ader habe ich nie zuvor an ihm bemerkt.

«Marquart & Steen hat sich im Übrigen Ähnliches auf die Fahnen geschrieben.»

«Ich meine es ernst, Spätzelchen.» Jo verzieht den Mund zu einem schmalen Strich. «Am besten gehst du schnell unter die Dusche und –» Er hält plötzlich inne und betrachtet mich argwöhnisch. «Wo warst du überhaupt diese Nacht?», fragt er verstört. «Hast du nicht hier geschlafen? Stimmt etwas nicht?» Stöhnend reibt er sich die Augen.

Ich zucke mit den Schultern. Ehrlich gesagt stimmt hier einiges ganz und gar nicht. Doch ich winde mich nur stumm aus seiner Umklammerung.

Bevor ich ihm antworten kann, steht plötzlich Tante Christiane oben auf der Treppe. Ihre Gesichtsfarbe ist aschfahl, und ihre Hände und Knie zittern so extrem, dass sie sich ans Geländer klammern muss, um nicht umzufallen.

Sofort eile ich zu ihr. «Was ist mit dir?», frage ich besorgt. «Hast du Kreislaufprobleme?»

Oder ist das ein Thefa?

Sie löst eine Hand von der Balustrade, um sich damit Luft zuzufächeln. «Nicht ich», japst sie, «deine Mutter. Und Anne.»

Entgeistert starre ich sie an. «Wovon redest du?» Mein Blick fliegt zwischen ihr und Jo hin und her.

Christiane schnappt nach Luft, dann erläutert sie kurzatmig: «Sie waren heute Nacht nicht zu Hause … Beide Betten sind unberührt.»

26

Lummerland

Mir wird auf einmal eiskalt. Mama und Tante Annegret waren die ganze Nacht nicht zu Hause? Sofort mache ich mir Vorwürfe. Warum habe ich meine Mutter nicht mal kurz zwischendurch angerufen, um zu fragen, ob alles in Ordnung ist?

Verdammt!

Jo versucht sich in einem aufmunternden Tonfall. «Macht euch keine Sorgen. Was soll auf dieser Insel schon passieren?» Er lehnt sich wieder zurück ins Sofapolster. «Einfach kann man von hier ja nun wirklich nicht verschwinden.»

Ich werfe ihm einen zweifelnden Blick zu. «So klein, wie du glaubst, ist Sylt gar nicht. Hier kann man außerdem genauso von einem Auto angefahren oder überfallen werden wie sonst überall auf der Welt.»

«Wenn ihr möchtet, schaue ich mal nach, wo die Mädels stecken könnten.» Jo fährt seine langen Beine ein und erhebt sich. Ungelenk stakst er in Richtung Treppe.

Tante Christiane rollt verzweifelt mit den Augen. «Unten war ich doch schon», mosert sie, «ich bin vielleicht alt, aber nicht blind!»

Jo erspart sich einen Kommentar und steigt unbeirrt die Treppe hinunter. Während er im Untergeschoss vermutlich alle Schränke öffnet und unter den Betten schaut, schwankt Christiane zum Esstisch und lässt sich kraftlos auf einen Stuhl sinken.

Ihr Gesicht hat noch immer keine Farbe, die Augen wirken müde und merklich faltiger als sonst. Auf einmal sieht man ihr die 68 Jahre deutlich an. Sie ist noch nicht geschminkt, trägt ein Nachthemd mit überdimensionalem Gucci-Logo und Plüschpuschen. Dass Jo sie in diesem Aufzug sieht, geht vollkommen an ihr vorbei. Überhaupt scheint die Sorge um ihre Schwestern ihr überraschend nahe zu gehen, so sehr, dass ihr alles andere egal ist. Ich hätte es nicht für möglich gehalten.

«Niemand da», kommt es wenig überraschend von unten. Jo schlurft die Treppe hoch. «Keine Spur.»

«Was denn auch für eine Spur?», knurrt Tante Christiane unwirsch. «Wir sind hier doch nicht beim Großstadtrevier.» Von Jos detektivischen Bemühungen hält sie offensichtlich nichts.

«Na, ein Abschiedsbrief oder Ähnliches», erläutert er. Und hinter vorgehaltener Hand flüstert er mir zu: «Ist doch immerhin möglich, dass die beiden gemeinsam ins Wasser gegangen sind.»

«Ich bin nicht taub!», motzt Christiane. Sie stößt einen gequälten Seufzer aus. «Bestimmt haben sie wieder zu viel getrunken. Dabei ist Alkohol so schlecht für das Bindegewebe. Wie können sie das Teufelszeug nur schon wieder konsumieren?» Sie legt die gefalteten Hände vor sich auf die Tischplatte.

«Ein Wein ist besser als kein Wein», zitiert Jo irgendeine Weisheit, die er höchstwahrscheinlich im Internet aufgeschnappt hat. «Außerdem sorgt Alkohol dafür, dass –»

«Wir sollten sie suchen gehen», entscheide ich. «Je eher, umso besser. Vielleicht ist wieder irgendwas mit Annegrets Knöchel, oder sie sitzen irgendwo fest.»

«Und warum rufen sie uns dann nicht an?», fragt Christiane. Zu Recht.

Plötzlich schauen wir uns mit großen Augen an. «Wieso sind

wir nicht eher darauf gekommen, sie anzurufen?», sage ich alarmiert, greife sogleich zum Telefon und wähle Mamas Nummer.

Es klingelt, aber niemand meldet sich.

«Das ist doch ein gutes Zeichen, oder?», erklärt Christiane gequält. «Unter Wasser würde es vermutlich gar nicht läuten.»

«Möglich, dass sie die Handys am Strand gelassen haben», macht Jo unsere Zuversicht zunichte.

Ich werfe ihm einen vernichtenden Blick zu. Dann kommt mir eine Idee. «Vielleicht sind die beiden erst heute Morgen nach Hause gekommen und gleich frühstücken gegangen?»

Neue Hoffnung keimt auf. Tante Christiane macht sich kerzengerade und scheucht mich zur Tür. «Geh du nachsehen, Julia. Ich bleibe hier und halte die Stellung.»

Ich schlüpfe in meine Schuhe. «Kommst du mit?», frage ich Jo. Er nickt, und gemeinsam machen wir uns auf den Weg zum Frühstücksraum.

Schon beim Eintreten sehe ich, dass sie nicht dort sind. Lediglich drei Tische sind besetzt, an keinem von ihnen sitzt Mama oder Tante Annegret.

«Ich frage mal an der Rezeption», sage ich zu Jo, auch wenn Paula kaum wissen wird, wo die beiden sich herumtreiben.

«Gut. Ich suche den Garten hinter dem Haus ab und schaue in der näheren Umgebung.» Jo verschwindet durch die Hintertür, ich marschiere nach vorn zum Empfang.

Paula ist nirgends zu entdecken, auch keine Vertretung oder sonst jemand, den ich fragen könnte. In meiner Verzweiflung umrunde ich den Tresen und linse in das angrenzende Büro. Mats sitzt vor einem Computer und schaut abwechselnd auf den Monitor und in den zerfledderten Aktenordner vor sich auf dem Tisch.

«Hallo», sage ich leise, um ihn nicht zu erschrecken.

Als er von den Papieren hochsieht und mich erblickt, runzelt er die Stirn. «Reist du ab?», fragt er leise. Dann merkt er, dass etwas nicht stimmt. Kein Wunder bei meinem desolaten Zustand. Aber dass ich noch immer die Kleidung vom Vorabend trage und mein Make-up sich vermutlich komplett aus meinem Gesicht verabschiedet hat, ist mir egal.

Mats springt auf. «Was ist passiert?»

Augenblicklich schießen mir die Tränen in die Augen. Ich kämpfe dagegen an, aber dass er so besorgt guckt und mir sofort zur Seite steht, ist mehr, als ich in dieser Situation verkraften kann. Die ganze Zeit war ich mit Grübeln beschäftigt und habe mich zusammengerissen, um meiner Tante willen. Doch nun gerät meine Selbstbeherrschung ins Wanken. So wie er dasteht, mit Ringen unter den Augen und Bartstoppeln am Kinn, sieht er zwar ein wenig übernächtigt aus, aber zugleich besonnen und souverän. Als könne er jedes Problem aus der Welt schaffen. Ich muss schlucken.

«Mama und Tante Annegret, ihre jüngere Schwester, sind heute Nacht nicht nach Hause gekommen», erkläre ich und bemühe mich, die Fassung zu bewahren.

Mats macht ein paar Schritte auf mich zu. «Jetzt mal der Reihe nach», sagt er voller Wärme und Verständnis. «Wo wurden sie zuletzt gesehen, und wo habt ihr bereits gesucht?»

«Gestern Abend nach dem Essen haben die beiden meine ältere Tante hier in der Villa abgesetzt und wollten anschließend tanzen gehen. Sie haben aber nicht gesagt, wohin.»

Mats überlegt kurz und greift dann zum Hörer. «Am Nachmittag habe ich gesehen, dass eine von ihnen den Hotelflyer bei sich trug», erinnert er sich. «Wir haben dort ein paar Tipps abgedruckt, möglich, dass sie davon einen ausgesucht haben.» Während er aus dem Kopf eine Nummer in sein Telefon eingibt, klopft er ein paar Eckdaten ab: «Haben sie sich noch mal umgezogen, oder sind sie in derselben Kleidung unterwegs, die sie in Westerland trugen?»

Ich schüttele den Kopf. «Ich nehme an, dass sie noch dieselben Outfits tragen.»

Mats nickt und dreht sich leicht zum Fenster.

Während er ein paar Telefonate tätigt, trete ich nervös von einem Bein auf das andere und starre dabei unentwegt auf mein Handy, um nicht zu verpassen, wenn eine Nachricht oder ein Anruf eingeht. Irgendwann legt Mats auf, dreht sich zu mir und schüttelt bedauernd den Kopf. «Niemand kann sich an die beiden erinnern. Aber das hat nichts zu bedeuten.» Ein dunkelgrauer Schleier hat sich über seine blauen Augen gelegt. «Sie könnten theoretisch überall sein. Denn du weißt ja nicht mit Bestimmtheit, dass sie wirklich tanzen waren. Möglich, dass sie es sich anders überlegt haben und in einer Bar abgestiegen sind.» Er stößt einen kurzen Seufzer aus. «Und davon gibt es hier einige.»

Erneut greife ich zum Handy und wähle Mamas Nummer. Wieder geht keiner dran. Während ich mir den Apparat ans Ohr presse, sehe ich Jo am Empfang stehen. Auch er telefoniert. Vermutlich aber nicht mit Mama.

Eine Berührung am Arm lässt mich zusammenzucken. Mats steht neben mir.

Ich stecke das Handy weg und deute mit dem Kopf zur Tür. «Der Mann dort … Das ist Jo, mein … Freund. Er ist hergekommen, um …»

Tja, warum noch mal?

«Um dich nach Hause zu holen», sagt Mats und lässt den Satz wie eine Frage klingen. «Er hat ein gutes Gespür.»

«Ich … also …» Ich fühle mich hundsmiserabel und habe nicht den leisesten Schimmer, was ich sagen oder tun könnte.

Mats' Mimik bleibt regungslos, als er sagt: «Hätte ich an seiner Stelle ganz genauso gemacht.»

Ich starre ihn an. Verliere mich für einen Moment in seinen Augen, dann höre ich Jo auf einmal hinter mir sagen: «Ach, hier steckst du. Gibt es etwas Neues? Ich hab die nähere Umgebung abgeklappert, aber Fehlanzeige.»

Ich drehe mich zu ihm um und schaffe es nur mit Mühe, ihm ins Gesicht zu sehen. Mein schlechtes Gewissen wiegt bleischwer, ich habe ihn hintergangen, wenn auch nur in Gedanken. In diesem Moment nehme ich mir vor, Jo alles zu erzählen, sobald wir wieder zu Hause sind. Wenn der Verkauf unter Dach und Fach ist, wir in unserem Loft auf dem Balkon sitzen, bei einem leckeren Glas Wein, und darüber lachen, dass mich der Stress beinahe um den Verstand gebracht hätte.

«Nein, nichts Neues», antworte ich auf seine Frage. «Und bei dir? Mit wem hast du telefoniert, mit der Polizei?»

«Polizei?» Jo schüttelt den Kopf. «Nein, mit Maja.»

Ach so. Für einen Moment entsteht eine peinliche Stille, bis mir der Grund dafür bewusst wird.

«Jo, das hier ist Mats ...» Nervös wedele ich mit meinen Händen zwischen den Männern hin und her und traue mich dabei weder Jo noch Mats in die Augen zu sehen. «Mats ist der Inhaber dieses Hauses und hat freundlicherweise seine Hilfe angeboten. Und dies hier», ich stelle mich zu Jo und hake ihn ungelenk unter, «dies ist Jo, mein ... Freund.»

Ich bringe die Worte kaum über die Lippen, und sofort schrillen in meinem Inneren alle erdenklichen Alarmglocken. So laut, dass ich meine eigenen Worte nicht verstehen kann. Wenn man seinen Freund nicht vorstellen mag, stimmt etwas nicht, geistert es mir durch den Kopf.

Mit einem mehr als flauen Gefühl im Magen werde ich Zeuge, wie die Männer sich kurz die Hand schütteln. Jo interessiert sich nicht weiter für Mats, das ist unschwer erkennbar. Mats hingegen beäugt Jo mit kritischer Neugier.

«Juli, schaffst du das hier allein?», fragt Jo nach einem schnellen Blick auf die Uhr. «Du weißt ja, dass ich diesen Maklertermin für uns vereinbart habe, und der ist in fünfzehn Minuten. Laut Google bräuchte ich eine Viertelstunde, darum fahre ich jetzt los. Es sei denn», er schaut mich fragend an, «ihr benötigt den Wagen für die Suchaktion, denn mit deinem sind ja die Mädels unterwegs.» Augenzwinkernd wendet er sich an Mats. «Bekomme ich hier auf Lummerland vielleicht ein Taxi?»

Ich möchte im Boden versinken. Jetzt fliegt alles auf, denke ich. Warum zum Geier muss Jo diesen Termin erwähnen? Warum? Und dann diese herablassende Frage. Ich weiß, es war als Scherz gedacht. Leider sind Witze nicht Jos Spezialgebiet.

Mats lässt sich eine Weile Zeit mit der Antwort. «Netter Vergleich», sagt er lächelnd und mit stoischer Ruhe. «Aber wir befinden uns auf einer Insel, die einen jährlichen Ansturm von sieben Millionen Übernachtungen verzeichnet», erklärt er, «nicht auf Lummerland. Wobei man ganz sicher sogar dort einen Chauffeur fände.»

Mats und Jo starren sich an.

«Du kannst deinen Wagen nehmen», platzt es aus mir heraus, ehe es womöglich zu Handgreiflichkeiten kommt. Aber vor allem, ehe das Maklerthema noch einmal thematisiert wird. «Ich wüsste ohnehin nicht, wo ich mit der Suche beginnen soll.»

Jo bleibt einen Moment unschlüssig vor mir stehen, schaut noch einmal kurz zu Mats, dann nimmt er mich in die Arme. «Mach dir nicht so große Sorgen», tröstet er mich. «Ich bin mir sicher, dass sich alles schnell aufklärt.» Er drückt mir einen Kuss auf die Stirn. «Ich melde mich, sobald der Termin durch ist. Danach stellen wir gemeinsam die Insel auf den Kopf, okay?» Und mit einem Seitenblick auf Mats fügt er hinzu: «Zum Glück ist die ja ausreichend erschlossen.» Er klopft mir zum Abschied aufmunternd auf die Schulter und verschwindet.

Leicht verdattert bleibe ich stehen, wage es aber nicht, Mats anzusehen. Ich will gar nicht wissen, was er denkt. Und ich möchte nicht, dass er sieht, was ich denke. Nämlich, dass ich Jo gerade zum Mond schießen könnte. Mats würde es unweigerlich in meinem Gesicht lesen.

«Ich … versuche noch mal, meine Mutter zu erreichen», sage ich schnell und will das Büro verlassen, da hält Mats mich zurück.

«Wenn du niemanden erreichst, rufe ich die Polizei an. Sie sollen Augen und Ohren offenhalten. Danach helfe ich dir beim Suchen.»

Dankbar nicke ich. Am anderen Ende tutet es nun schon zum fünften Mal. Ich will gerade auflegen, da höre ich plötzlich jemanden das Gespräch annehmen. Es knirscht und knackt.

«Hallo?», ertönt eine rauchige Stimme. «Wer ist da bitte?»

Ich falle vor Erleichterung fast in Ohnmacht. «Tante Annegret? Bist du es?»

«Natürlich bin ich es», erwidert sie, «ist etwas passiert?»

Das fragt sie mich?

«Wo seid ihr?» Ich übergehe ihre Frage. «Ist Mama bei dir? Geht's euch gut?» Vor Erleichterung, ihre Stimme zu hören, wird mir ganz flau.

Annegret antwortet nicht sofort. Aber als sie es endlich tut, rutscht mir schon wieder vor Angst das Herz in die Hose.

«Also ich bin okay. Aber ich habe keine Ahnung, wo Beate steckt.» Sie macht eine kurze Pause, ruft Mamas Namen und sagt dann überrascht: «Julia? Ich glaube, ein Stück weiter am Strand liegt ihr blaues Kleid.»

27

Seepferdchen

«Was heißt das: *Ihr Kleid liegt am Strand*? Wo ist Mama? Was um alles auf der Welt ist passiert?»

Ich spüre Mats' irritierten Blick auf mir.

Mit einem Mal lacht Tante Annegret. Ihre kehlige Stimme lässt das Telefon in meiner Hand vibrieren. «Oh mein Gott», jauchzt sie, «das blaue Knäuel – das ist Beate!»

Ich wünschte, sie würde endlich mal eine vernünftige Antwort geben. Eine, mit der ich etwas anfangen kann. «Was ist mit meiner Mutter?», frage ich zum gefühlt hundertsten Mal. «Geht es euch gut?»

«Bea!», brüllt Annegret unvermittelt in den Hörer. «Julia ist am Telefon. Sie macht sich Sorgen!» Dann richtet sie sich in normaler Lautstärke wieder an mich: «Schätzchen, du kannst dich entspannen. Wir sind wohlauf. Ich hab ein bisschen Kopfschmerzen, und Bea tut höchstwahrscheinlich die Bandscheibe weh. Sie ist ja nicht so gut gepolstert wie ich.» Annegret kichert. «Manchmal ist es eben von Vorteil, wenn man etwas mehr Speck auf den Rippen hat. Übernachten im harten Sand ist ohne Fettpolster ganz sicher kein Vergnügen!» Wieder lacht sie. «Aber ansonsten geht es uns super!»

«Ihr habt am Strand geschlafen?» Ich schaue zu Mats, der nicht anders kann, als überrascht die Augen aufzureißen und zu grinsen.

«Yepp!», bestätigt mir Annegret. «Wir hatten Angst, im Dunkeln mit dem Wagen zu fahren, und wollten uns ein Taxi rufen. Aber vorher noch ein paar Minuten am Strand spazieren, es war so eine traumhafte Nacht. Irgendwann sind wir müde geworden und haben uns ein wenig ausgeruht. Darüber sind wir wohl eingeschlafen.»

Ich könnte vor Erleichterung einen Freudentanz aufführen. «Soll ich euch abholen? Wo seid ihr?»

«Ach, Kindchen, wenn ich das wüsste.»

Ich blicke zu Mats und zucke mit den Schultern.

Er tritt zu mir und beugt sich übers Handy. «Was sehen Sie von dort, wo Sie sich befinden?» Er räuspert sich. «Hallo übrigens, hier spricht Mats Christensen, der Inhaber von ...»

«Jaja, schon klar. Sie sind der gutaussehende Halsabschneider, der viel zu viel Geld für unser Apartment verlangt.»

Ich könnte im Boden versinken. Peinlich berührt schiele ich zu Mats. Er lächelt tapfer, hat aber ein klein wenig rote Ohrläppchen bekommen.

«Also», wende ich mich wieder meiner Tante zu, ehe sie noch mehr über Mats vom Stapel lässt, «was seht ihr?»

Nach langem Hin und Her stellt sich heraus, dass die beiden beim roten Kliff gestrandet sind und keine Orientierung haben. Mein Wagen parkt in der Nähe vom Restaurant *Manne Pahl*.

«Bleiben Sie, wo Sie sind, wir holen Sie ab!», sagt Mats und gibt mir ein Zeichen, dass er sich kurz mit seinen Mitarbeitern bespricht und anschließend seinen Wagen holt.

Ich lächele ihn dankbar und ein wenig verschämt an. Dann wechsele ich noch kurz ein paar Worte mit meiner Mutter und mache mich anschließend auf den Weg in unsere Suite, um Tante Christiane die frohe Kunde zu überbringen.

Ich hätte wetten können, dass sie die Aktion ihrer Schwestern mit einem unwirschen Kopfschütteln abtut, doch zu meinem grenzenlosen Erstaunen bricht sie vor Erleichterung in Tränen aus. «O my god, das ist die schönste Nachricht, die ich seit langem erhalten habe!», ruft sie und reißt mich überglücklich an ihre Brust. Das Gucci-Schlafshirt hat sie inzwischen gegen ein seidenes Flatterkleid getauscht und sich sorgfältig geschminkt. Doch nun droht das Kunstwerk von ihren Tränen fortgespült zu werden.

«Ich bin so happy, das kannst du dir nicht vorstellen!»

Ich schaue sie prüfend an. Aber die Erleichterung auf ihrem Gesicht ist nicht gespielt. Trotzdem: Ich komme da nicht mehr mit. Gestern wirft sie meiner Mutter vor, ihr Leben zerstört zu haben, und heute liebt sie sie aus tiefster Seele?

Ich warte, bis Christiane sich gefangen hat, dann fasse ich mir ein Herz und sage: «Entschuldige, dass ich dich so direkt darauf anspreche, aber ich bin ein bisschen verwundert. In den letzten Tagen hatte ich nicht den Eindruck, als lägen deine Schwestern dir besonders am Herzen. Und heute …» Ich lasse das Ende meines Satzes in der Luft hängen und schaue meiner Tante noch einmal forschend ins Gesicht.

Sie hat rote Wangen bekommen, ob vor Aufregung oder aus Verlegenheit, und lässt sich nun erschöpft auf einen Stuhl sinken.

Ich kann sehen, wie es in ihrem Kopf arbeitet. Mir scheint, sie möchte etwas erklären, findet aber keinen Einstieg. Also baue ich ihr eine Brücke.

«Bist du wirklich all die Jahre sauer auf Mama gewesen und konntest ihr nicht verzeihen?», frage ich, einer spontanen Eingebung folgend. Irgendwie habe ich das Gefühl, es steckt mehr dahinter. Und tatsächlich scheine ich einen Nerv getroffen zu haben.

Christiane stützt die Arme vor sich auf den Tisch und vergräbt ihr Gesicht in den Händen. Einen Moment ringt sie mit ihrer Selbstbeherrschung, dann bricht ihr Kartenhaus mit lautem Getöse zusammen.

«Du hast ja recht», schluchzt sie. «Es ging mir irgendwann gar nicht mehr um Ralf. Ihn hatte ich in meinen Gedanken längst zum Teufel geschickt und bald vergessen.»

Vorsichtig, um sie nicht aus dem Konzept zu bringen, ziehe ich mir einen Stuhl heran und setze mich zu ihr an den Tisch. «Worum ging es dir dann?», frage ich sanft.

Tränenüberströmt schaut sie mich an. «Ich war neidisch», gesteht sie und schlägt sich vor Scham erneut die Hände vors Gesicht. Ihre Finger zittern. «Auf Beate und ihr perfektes Leben. Nicht nur verband sie und Ralf diese romantische Liebe, sie bekamen auch noch ein Kind, dich.» Sie blinzelt zwischen ihren Fingern hindurch und betrachtet mich wie ein kostbares Gemälde. «Mein späterer Mann und ich konnten keine Kinder bekommen. *Ich* konnte es nicht. Dabei habe ich mir immer so sehr gewünscht, Mutter zu werden.»

Die Worte sprudeln nur so aus ihr heraus. Kummer, Wut und Schmerz, all die Gefühle, die meine Tante über Jahre sorgsam in ihrem Inneren verwahrt hat, treten nun zutage.

«Ich wollte nicht in die Verlegenheit kommen, mir ständig Baby- und Familienfotos anschauen zu müssen, darum habe ich auf Beates Versöhnungsversuche nicht reagiert. Ich wollte meine Ruhe.» Ihr kullern immer neue Tränen über die Wangen.

Sanft streiche ich ihr über den Arm. Insgeheim hatte ich ja gehofft, dass hinter ihrer toughen Fassade ein feiner Charakter steckt, doch jetzt bin ich überrascht, wie weich ihr Herz ist. «Aber dadurch», erkläre ich, «hast du nicht mitbekommen, dass es in der Ehe meiner Eltern gar nicht gut lief. Papa war ein Workaholic und nur selten zu Hause. Mama blieb oft allein. Auch ich hatte mit ihm so meine Probleme.»

«Ach, Julia. Heute weiß ich, dass ich mir mit meiner Feigheit nur selbst geschadet habe. Aber ich hatte solch eine Heidenangst, euch wiederzusehen, dass ich nicht anders konnte. In meiner Phantasie wart ihr eine Bilderbuchfamilie.» Sie stößt einen tiefen Seufzer aus. «Meine Ehe ging leider nach ein paar Jahren in die Brüche, und wir ließen uns scheiden.»

Mir fehlen die Worte. Ihr Leben scheint eine einzige Fassade gewesen zu sein. Sie, die älteste der Schwestern, die immer die Beste in der Schule war, hat sich geschämt, dass nicht alles perfekt nach Plan lief. Sie mochte sich nicht in die Karten gucken lassen und hat darum ihr halbes Leben auf die einzige Familie verzichtet, die sie hatte.

Die Schilderung ist so bedrückend, dass mir jetzt selbst fast die Tränen kommen. «Darum konntest du auch keinen Kontakt zu Annegret halten, nicht wahr? Du hattest Angst, sie würde Mama gegenüber alles ausplaudern.»

Christiane nickt. «Ja, genau. Außerdem war es so, dass mein Mann sie wegen ihrer sexuellen Gesinnung nicht im Haus haben wollte. Darum habe ich den Kontakt zu ihr abgebrochen.»

«Du hättest sie nach deiner Scheidung kontaktieren können», überlege ich.

«Das habe ich mich nicht getraut. Ich habe nicht zu hoffen gewagt, dass sie mir verzeiht.»

«Und die Sache mit dem Geld? Dass Annegret ständig pleite ist?»

Meine Tante zuckt resigniert die Schultern. «Das ist ärgerlich, aber sicher kein Anlass, den Kontakt einzustellen. Ich möchte sie im Grunde nur anstacheln. Ihr vor Augen führen, was bei ihr schiefgelaufen ist, und sie auf die rechte Bahn bringen.»

Ich muss schmunzeln. «Annegret ist zweiundsechzig. Ich nehme an, sie hat ihre Bahn gefunden.»

Meine Tante schenkt mir einen schiefen Blick. «Wie sagt man? Alter schützt vor Torheit nicht. Ich bin ihre ältere Schwester, es ist meine Pflicht, sie zu erziehen.»

Meine Hand liegt noch immer auf ihrem Arm. Jetzt taste ich nach ihrer Hand und drücke sie leicht. «Ich glaube, du kannst damit aufhören, dich in diesem Maß um die anderen zu sorgen. Sie sind längst erwachsen und kommen seit Jahren ohne dein Zutun klar. Natürlich ist ihr Leben nicht perfekt verlaufen, aber bei wem ist das schon der Fall? Außerdem – wer darf das beurteilen, außer man selbst?»

Ich senke meine Stimme, weil es mir irgendwie seltsam vorkommt, meiner Tante, die so viel älter ist als ich, Lebensweisheiten ans Herz zu legen. Zumal ich ja selbst gerade ein wenig aus dem Tritt geraten bin.

Darum schlage ich einen weiten Bogen und sage aus einer plötzlichen Eingebung heraus: «Eventuell solltet ihr drei in Zukunft öfter gemeinsam nach Sylt fahren. Man lernt so viel über sich auf dieser Insel.»

Entschleunigung. Selbstfindung.

Christiane schaut mich zweifelnd an. Sie hat sich ein wenig gefangen und angelt nach einer Packung Taschentücher, die auf der Fensterbank liegt, zieht eins hervor und tupft sich behutsam die Augen trocken. «Ich weiß nicht, ob wir das hinbekommen.»

«Aber … was willst du dann mit dem Haus?» Ich verstehe es einfach nicht.

«Tja», sagt sie gedehnt, «mein erster Impuls war es, die Immobilie zu besitzen, weil sie Ralf gehört hat. Ich habe geglaubt, Beate dadurch etwas heimzahlen zu können. Weil sie so viel mehr Glück im Leben hatte als ich.» Sie beißt sich beschämt auf die Lippen. «Doch inzwischen weiß ich, dass das jeglicher Logik entbehrt. Beate interessiert das Haus nicht die Bohne, und wenn ich ganz ehrlich zu mir selbst bin, kann ich damit auch nichts anfangen. Ich glaube mittlerweile, dass ich die vielen negativen Gedanken über meine Schwestern geschürt habe, um im Geiste mit ihnen in Kontakt zu bleiben. Doch was das Haus betrifft, bin ich inzwischen froh, dass der Makler dir mehr Geld in Aussicht gestellt hat. Nach meiner Scheidung hat mir das Gericht zwar Geld zugesprochen, aber ich lasse einem anderen Interessenten gern den Vortritt. Ich will es nicht mehr.»

Ihre aufrichtigen Worte verblüffen mich. Ebenso ihr unbändiger Wunsch nach Rache. Vor allem aber die Tatsache, dass sie es von allein geschafft hat, ihr Verhalten nicht nur zu überdenken, sondern zudem zu korrigieren.

Es klopft an die Tür. Mats steckt vorsichtig seinen Kopf herein, um sich zu erkundigen, wo wir bleiben.

Ich springe auf. «Willst du mitkommen, die beiden Nachtschwärmer abholen?», frage ich Tante Christiane.

Ich rechne damit, dass sie erst einmal im Bad verschwinden möchte, um ihr Gesicht wiederherzurichten, doch zu meiner Überraschung erhebt sie sich kommentarlos, schnappt sich von der Garderobe ihre Jacke und schaut auffordernd in die Runde. «Ready?»

Gemeinsam überqueren wir den Kiesweg. Als wir schon fast auf dem Parkplatz stehen, tastet meine Tante sanft nach meinem Arm.

«Erzähl bitte nichts von dem, was wir besprochen haben, den anderen», sagt sie mit flehendem Blick, «jedenfalls nicht heute … ich bin noch nicht so weit.»

«Keine Sorge; ich werde meinen Mund halten», gebe ich leise zurück. «Aber so offen, wie du mit mir gesprochen hast, solltest du vielleicht auch mit deinen Schwestern reden. Einer muss doch mal den Anfang machen und das Eis zwischen euch brechen.» Ich versuche, sie mit ihren eigenen Waffen zu schlagen:

«Und du bist schließlich die Älteste und Besonnenste. Fass dir ein Herz.»

Sie schaut mich zweifelnd an. «Ich denke darüber nach.»

Zehn Minuten später stehen Mats, Christiane und ich fassungslos am Strand und werden Zeuge, wie zwei ältere, in Leopardenwolldecken gehüllte Frauen nach Leibeskräften winken und anschließend durch den Sand auf uns zusteuern.

«Endlich!», ruft Annegret ungeduldig. «Wir dachten schon, ihr habt uns vergessen!»

Wir gehen ihnen entgegen.

«Du meine Güte», stammelt Tante Christiane, «die sehen ja aus wie Nomaden!»

«Was hat es wohl mit den Leopardendecken auf sich?», erkundigt sich Mats leise bei mir und sieht reichlich irritiert aus.

Ich kichere. «Die Decken liegen immer in meinem Auto. Falls der Motor verreckt und ich im Wagen übernachten muss.»

«Das ist … sehr vorausschauend», findet er und muss sich das Lachen regelrecht verkneifen. Meine Mutter und Annegret sehen aber auch wirklich zu komisch aus.

Ich renne ihnen entgegen und reiße sie nacheinander in die Arme. «Hättet ihr nicht mal anrufen können?», überschütte ich sie sogleich mit Vorwürfen. «Ich habe mir furchtbare Sorgen gemacht. Wir alle!»

«Kindchen, es war ja nicht geplant, dass wir einschlafen», rechtfertigt sich Annegret. Sie hat Sand in den Haaren und an der Wange kleben. «Du hast uns mit deinem Anruf geweckt!»

Sie sind wie Kinder, denke ich. Dieselben Sorgen haben Mama und Papa vermutlich auch um mich gehabt. Damals, als ich ein Teenager war und dachte, mir würde die Welt gehören. Langsam kann ich nachvollziehen, wie schwer es ist, ein Kind großzuziehen.

Mats begrüßt die beiden per Handschlag, und Tante Christiane fällt sofort in ihr altes Verhaltensmuster zurück.

«Da seid ihr ja», sagt sie vorwurfsvoll. «Wir dachten, ihr seid ins Wasser gegangen.»

«Wäre dir sicher recht gewesen», kontert Annegret, «dann wärst du uns los.»

«Auf jeden Fall wäre ich die ewigen Sorgen um euch los», kommt es prompt zurück. Sie schafft es einfach nicht, ihre wahren Gefühle zu zeigen.

«Hauptsache, niemand ist zu Schaden gekommen», meldet sich Mats zu Wort. «Ich würde vorschlagen, dass Julia Sie in ihrem eigenen Wagen zurückfährt, und ich nehme meinen. Sicher möchten Sie doch alle gemeinsam fahren?»

Eine halbe Stunde später parke ich vor der *Weißen Villa.*

Jos Auto kann ich nirgends entdecken, er scheint noch bei seinem Maklertermin zu stecken. Als mein Telefon läutet, glaube ich zunächst, er riefe an, doch es ist Charlotte Engel.

«Hallo Julia, wie geht es dir? Besteht die Möglichkeit, dass wir uns noch einmal unterhalten?», kommt sie ohne Umschweife zur Sache. «Da wäre etwas, das du wissen solltest.»

Ich zögere. «Können wir das nicht am Telefon besprechen?», wiegele ich ab. «Mein Entschluss, das Haus zu verkaufen, steht fest. Falls es das ist, worüber du mit mir sprechen wolltest.»

«Nein. Es geht um etwas anderes. Bitte, Julia», beharrt sie. «Nur fünfzehn Minuten.»

Innerlich stöhne ich, dann gebe ich mir einen Ruck. «In Ordnung.»

Wir verabreden uns in etwa einer Stunde.

Ich beschließe, noch kurz zu duschen und das Treffen gleich danach hinter mich zu bringen.

In unserem Apartment herrscht allerdings reger Andrang im

Bad. Alle wollen die Spuren der Nacht abwaschen, und so lasse ich den Damen den Vortritt.

Als die drei endlich fertig und auf der Suche nach etwas Essbarem in Richtung Haupthaus verschwunden sind, schlüpfe ich kurz unter die Dusche.

Geschniegelt und gestriegelt will ich wenig später das Haus verlassen, da erscheint Jo. Er ist bester Stimmung.

«Die sind ganz scharf auf den Auftrag», freut er sich. «Allein anhand deiner Unterlagen und meiner Erzählung haben sie eine Schätzung abgegeben, die die Summe der anderen noch übertroffen hat. Natürlich bleibe ich bei meinem Entschluss. Wir wickeln alles allein ab. Und gehen noch mal ordentlich hoch mit dem Kaufpreis.» Selbstbewusst strahlt er mich an.

«Aha», sage ich, kann mich für das Thema aber gerade gar nicht erwärmen. Im Geiste bin ich bereits bei Charlotte Engel, das bevorstehende Treffen blockiert mich.

«Ach herrje!», ruft Jo auf einmal betroffen. «Deine Mutter und ihre Schwester – sind die beiden wiederaufgetaucht?» Schuldbewusst schaut er mich an, aber ich gebe sogleich Entwarnung.

«Ja, zum Glück sind beide wohlbehalten zurück. Sie haben am Strand übernachtet.» Schmunzelnd erzähle ich die Geschichte, mache es aber kurz und erwähne auch mein Gespräch mit Tante Christiane nicht.

Stattdessen berichte ich Jo noch von meinem bevorstehenden Termin.

«Hast du Lust mitzukommen?», frage ich. «Dann könntest du dir endlich mal das Haus anschauen, es ist wirklich sehr schön.» Ich verspüre eine gehörige Portion Stolz, als ich die Worte ausspreche. «Und wenn wir im Austernfischerweg fertig sind, zeige ich dir ein bisschen was von der Insel.»

Jo schüttelt den Kopf. «Ich dachte, wir feiern das tolle Angebot bei einem Kaviarbrunch?», bringt er einen Gegenvorschlag. «Was interessiert dich jetzt noch diese Frau Engel? Und das Haus kenne ich bereits in- und auswendig, so oft habe ich mir die Kopie deiner Unterlagen durchgesehen.»

«Aber das ist doch nicht dasselbe», insistiere ich, «außerdem möchte Frau Engel noch eine Kleinigkeit mit mir bereden. Ich bin aber sicher, es dauert nicht lange.»

Zögernd willigt er ein. Kurz verschwindet er auf der Toilette, dann brechen wir auf.

Wir legen die kurze Strecke zu Fuß zurück. Unser Weg führt uns als Erstes an Mats' Haus vorbei. «Hier wohnt der Chef», erkläre ich, verschweige aber, dass ich einen stimmungsvollen Abend auf Mats' Gartenparty verlebt habe. Stattdessen erzähle ich ihm ein wenig über Sylt und wiederhole, was Mats mir über das Meer- und die Sandaufspülungen erklärt hat.

Als wir an der prachtvollen Gartenhecke vorbeikommen, die in voller Blüte steht, nehme ich meine Überraschung vorweg: «Von dieser Rosensorte habe ich übrigens auch welche für dich gekauft.» So bin ich leider, alles plappere ich im Vorwege aus. «Vier winzige Pflänzchen stehen momentan im Schatten auf der Hotelterrasse und warten darauf, später bei uns in den Vorgarten gepflanzt zu werden.» Erwartungsvoll lächele ich ihn an.

Jos Augen weiten sich. Mit einem Mal habe ich seine volle Aufmerksamkeit. «Du willst eine Heckenrose vor das Haus pflanzen?», fragt er, als beabsichtige ich, einen fetten Komposthaufen dorthin zu setzen. «Wir wollten unsere Firma doch im Erdgeschoss ansiedeln. Der Vorgarten muss durch klare, geometrische Formen bestechen und zu unserem Konzept passen. Grünzeug, wenn du denn unbedingt welches möchtest, könnten wir in rechteckige Kübel pflanzen. Irgendetwas Puristisches, wie das hier zum Beispiel.» Er rupft ein Blatt vom Kirschlorbeer ab.

Ich kenne mich mit Pflanzen so gut wie gar nicht aus, aber dieser Busch gehört ausnahmsweise dazu. Weil ich Kirschlorbeer nicht mag. Er sieht so … künstlich aus. Kein bisschen verwunschen, wie die Rosa Rugosa.

«Dann behalten wir die Rosen eben für den Balkon», sage ich und male mir ein grünes Rankparadies mit rosa Blüten aus. Mats' Garten im Miniformat.

Jo schenkt mir einen Blick der Marke «Darüber reden wir noch», sagt aber nichts.

Inzwischen sind wir im Austernfischerweg Nummer 7 angelangt. Ehrfürchtig bleibe ich stehen. «Das ist es», sage ich und fühle schon wieder, wie Stolz in mir aufwallt. Als hätte ich das Haus mit meinen eigenen Händen erschaffen. «Schau dir mal oben das niedliche Fenster an», schwärme ich. «Und über der Haustür, das ist der Brandgiebel. Weißt du, wozu er dient?» Auch das hat Mats mir erklärt. Ich erinnere noch jedes einzelne Wort. «Wenn das Dach brennen sollte, fällt das Reet links und rechts des Giebels herunter, sodass die Bewohner unbeschadet durch die Haustür fliehen können. Clever, oder?»

Doch Jo hört meiner Erklärung nur mit halbem Ohr zu. «Super, dass der Garten so in Schuss ist», sagt er. «Der erste Eindruck zählt ja bekanntlich. Der spätere Besitzer kann ja mal über eine strukturiertere Bepflanzung nachdenken.»

«Mit Kirschlorbeer», rutscht es mir heraus.

«Hä?» Jo starrt mich kurz irritiert an, drängelt sich dann vor und schreitet den Weg zum Haus entlang. «Echt krass, dass hier jemand mietfrei wohnt», murmelt er, während er nach der Klingel Ausschau hält. «In der heutigen Zeit, auf dieser Insel … Überleg mal, was deinem Vater an Mieteinnahmen flötengegangen ist. Für das Haus hier …» Er tritt noch mal einen Schritt zurück, um seinen fachmännischen Blick über das Gebäude gleiten zu lassen. «Als Ferienhaus würde man sicher 2000 Euro die Woche bekommen.»

«Abzüglich der Kosten für einen Gärtner und einem Hausmeister», sage ich, «die hat Papa gespart, weil Frau Engel es übernommen hat.»

Jo schenkt mir einen genervten Blick. «Peanuts. Kann man außerdem alles von der Steuer absetzen.»

Er will gerade zu einem längeren Rechenbeispiel ansetzen, da wird die Tür geöffnet.

28

Feuer im Kamin

Charlotte Engel trägt ein geblümtes Sommerkleid in gedeckten Farben, ihr Lächeln setzt für einen Moment aus, als sie Jo erblickt. Dann hat sie sich wieder gefangen.

Auch ich bin etwas verklemmt, weil ich mich für meinen Auftritt beim letzten Mal ein wenig schäme. Durch das Gespräch mit Mama bin ich zu dem Schluss gekommen, dass die Trennung meiner Eltern tatsächlich nicht auf das Konto von Charlotte Engel geht. Wenn überhaupt, trägt sie nur eine Teilschuld. Und dass sie selbsttätig bei Marquart & Steen angerufen hat, rechne ich ihr hoch an. Bleibt die Frage, was sie heute so Dringendes mit mir besprechen möchte.

Noch auf der Türschwelle mache ich Charlotte und Jo miteinander bekannt, danach werden wir hineingebeten. Auf dem runden Tisch im Wohnzimmer stehen Wasser und Tee für uns bereit. Wir setzen uns, klären kurz die Getränkefrage, dann räuspert sich Charlotte.

«Ich weiß nicht, ob dir bekannt ist, dass ich in einer Agentur arbeite, die Ferienwohnungen und Häuser vermittelt», sagt sie. Mit ihren braunen Augen fixiert sie mich, nur ab und zu wandert ihr Blick zu Jo.

Er hat es sich in seinem Stuhl bequem gemacht. Zurückgelehnt, mit ausgestreckten Beinen, die Arme vor der Brust verschränkt, verfolgt er das Gespräch.

Charlotte Engel lässt sich von der lässigen Pose nicht irritieren. Auf einem Zettel hat sie sich handschriftlich ein paar Stichpunkte notiert, hauptsächlich erkenne ich Zahlen, die sie hin und wieder zu Rate zieht.

«Aus Erfahrung möchte ich dir sagen, dass ein Haus wie dieses sich übers Jahr gerechnet mit überschaubarem Leerstand vermieten lässt. Je nach Auslastung betrügen in der Hochsaison die Mieteinnahmen …» Sie blickt auf den Zettel vor sich und nennt eine Summe. «In der Nebensaison entsprechend weniger.»

Mit eleganten Bewegungen schenkt sie sich ein Glas Tee nach. Und ich frage mich, warum um alles in der Welt sie von dem Thema anfängt.

Lustig, dass Jo eben vor der Haustür ähnliche Gedanken hatte.

«Dein Vater hat dieses Haus aus tiefstem Herzen geliebt», fährt sie fort. «Bei allem, was er hier ein- oder umgebaut hat, hatte er stets vor Augen, dass du es einmal erben würdest und damit finanziell abgesichert wärst.»

Ich muss kurz schlucken, auch wenn mir der Sachverhalt ja inzwischen bekannt ist.

«Natürlich war sich Ralf der Tatsache bewusst, dass du durch die anfallenden Steuern in die Bredouille geraten könntest, darum hat er irgendwann angefangen, diesen Umbau vorzubereiten. Damit du ohne viel Aufwand zwei Wohnungen daraus machen kannst.»

Ich stehe irgendwie auf der Leitung. Ist ja eine nette Idee, aber wie soll mir dieser Umstand helfen, meine Steuerschuld zu begleichen?

Charlotte Engel kommt nun endlich zum Wesentlichen: «Im Sinne deines Vaters kann ich dir nur raten, das Haus zu behalten und es als Ferienhaus zu vermieten. Beziehungsweise als zwei Ferienwohnungen. Kleinere Wohnflächen sind bei den Leuten beliebter und bringen verhältnismäßig mehr Erlös.»

Sie schielt kurz auf ihren Zettel, nennt mir ein paar Rechenbeispiele.

«Ich bin kein Banker, aber ich schätze, dass du mit diesem Haus als Sicherheit vermutlich einen Kredit bewilligt bekämst, von dem du die anfallenden Steuern und den Umbau bezahlen könntest. Deine Einnahmen durch die Vermietung würden die Raten tilgen. Es ist eine Rechenaufgabe, die du mit einem Profi durchsprechen solltest. Aber das Wichtigste daran ist: Das Haus bliebe dein Eigentum.»

Mein Herz klopft mir bis zum Hals. Ihre Worte verursachen ziemliches Chaos in meinem Kopf. Verhält es sich wirklich so unkompliziert, wie sie mir die Sache darstellt? Auf jeden Fall ist ihr Vorschlag … *interessant.*

Ich fühle, wie in meinem Inneren eine gewisse Neugierde erwacht. Wäre vermieten eine Option? Also, rein theoretisch?

Fragend schaue ich zu Jo, der meinen Blick missversteht.

«Das Geld, das wir durch den Verkauf erwarten, ist leider bereits anderweitig verplant.» Er beugt sich vor. «Julia wird in meine Firma investieren. Wir beabsichtigen, eine GmbH zu gründen, dafür muss eine Einlage hinterlegt werden. Außerdem schwebt uns vor, ein zweites Standbein im Nahen Osten aufzubauen. In Dubai möglicherweise.» Er fährt sich durch die Haare. «Ein paar Investitionen haben wir bereits getätigt, darum müssen wir leider passen.»

Er schaut zu mir, damit ich seine Aussage bestätige, aber ich bringe keinen Ton heraus. Starre ihn einfach nur an.

In *seine* Firma investieren? *Wir* möchten ein Standbein im Nahen Osten aufbauen?

Was hat Papa mir nur eingebrockt?

«Äh … Ja», sage ich und räuspere mich, «wir haben einige … Pläne.»

«Tut uns leid», sagt Jo und erhebt sich, «aber nun ist wohl alles geklärt. Fürs Erste jedenfalls.» Er setzt seine Geschäftsmiene auf. «Sie werden so zeitnah wie möglich ausziehen und uns auf dem Laufenden halten. Sorry für die Eile, aber wir sind auf eine schnelle Abwicklung angewiesen.» Er streckt ihr die Hand entgegen. «Alles Gute für Sie.»

Wie festgeklebt bleibe ich auf meinem Stuhl sitzen, den Blick auf die Wasserkaraffe geheftet. Mamas Stimme geistert durch meinen Kopf:

Mach deine Entscheidung nicht von den Begebenheiten abhängig, sondern umgekehrt. Überleg dir, was du möchtest, und dann finde einen Weg, es in die Tat umsetzen zu können.

Leider ist in meinem Kopf und in meinem Herzen alles durcheinandergepurzelt, sodass ich momentan beim besten Willen nicht sagen kann, was ich möchte.

Aber eine Niederlassung in Dubai? Das ist so … überhaupt nicht mein Ding. Inzwischen frage ich mich ernsthaft, ob Jo größenwahnsinnig ist. Aber dies ist wohl kaum der geeignete Moment, mit ihm über unsere Pläne zu diskutieren.

«Was … ähm …» Ich wende mich an Charlotte. «Wo wirst du denn in Zukunft wohnen?» Sie wird kaum als Dauergast in einer dieser beiden Wohnungen unterkommen.

Sie zögert. «Mein verstorbener Mann und ich haben eine Tochter», sagt sie nach einer Weile. «Sie lebt in der Normandie. Gemeinsam mit ihrem Mann. Meine Tochter bekommt ein Baby, und die beiden haben mich eingeladen, erst mal bei ihnen zu wohnen. Platz genug wäre dort. Und die Normandie», sie schenkt mir ein schüchternes Lächeln, «ist zwar nicht Sylt, aber auch nicht so übel.» Ihre Augen werden glasig, und sie zwinkert ein paarmal. «Ich denke ernsthaft darüber nach. Sylt ohne Ralf – das ist nicht mehr dasselbe.»

Wie in Zeitlupe erhebe ich mich. Ohne Frage erleichtern mich ihre Worte. Aber warum fühle ich mich dann, als trüge ich eine tonnenschwere Last auf meinen Schultern? Es ist, als sei ich im Begriff, eine Tür zuzuschlagen, die mein Vater jahrelang sorgsam für mich offengehalten hat.

«Tja dann …», sage ich bedächtig.

Charlotte Engel bleibt sitzen. Ihr Blick spricht Bände. *Verkauf nicht!*, schreit er. *Achte die Arbeit und den Wunsch deines Vaters! Denk an deine Zukunft! Tu das Richtige!*

«Wir …» Ich linse zu Jo, der schon die ganze Zeit hibbelig an der Haustür wartet. «Wir werden noch mal Bescheid geben, wie es weitergehen wird. Ich melde mich dann.»

Sie nickt. Wir tauschen einen letzten intensiven Blick aus, dann stakse ich hinter Jo her.

Draußen legt er mir den Arm um die Schultern. «Nimm's nicht so schwer, Juli. Ich merke, wie sehr der Verkauf dich belastet. Aber der Vorschlag von dieser Engel war ausgemachter Blödsinn. Ich meine», er grinst schief, «du und eine Pension auf Sylt – der totale Irrsinn. Wie kann sie dir einen solchen Vorschlag unterbreiten? Und für deinen Vater ist es typisch, dass er dir etwas aufzwingen möchte, das dich nicht die Bohne interessiert.»

Ich weiß, Jo meint es nicht böse, aber jedes einzelne seiner Worte verursacht mir Schmerzen. Wie Messerstiche piksen sie, dass ich kaum mehr aufrecht gehen mag. Als er merkt, dass ich immer langsamer werde, fängt er an, schneller auf mich einzureden.

«Du tust das Richtige, mein Schatz. Unser großer Traum geht in Erfüllung. Wer weiß, vielleicht arbeiten wir schon bald international, irgendwo fernab vom eintönigen Hamburg …»

Ich bleibe abrupt stehen. Erst glaube ich, dass ich kein Wort herausbekomme, weil die Euphorie auf seinem Gesicht mich beinahe wieder in die Knie zwingt, dann fasse ich mir ein Herz.

«Jo, versteh das bitte nicht falsch, aber … also … Mir wird das eine Nummer zu groß. Die Idee, die Firma weiter auszubauen, fand ich nicht verkehrt, aber eine Filiale in Dubai – das ist doch verrückt.»

Misstrauisch hebt er die Brauen und starrt mich an. «Sag nicht, dass diese Frau Engel es mit ihrem Gerede geschafft hat, dich zu verunsichern.»

Ich schüttele den Kopf. «Nein, so ist es nicht. Aber ich hatte hier auf Sylt ein wenig Zeit zum Nachdenken. Beim Spazierengehen. Oder abends, wenn ich auf der Couch lag.» Ich schaue ihm in die Augen. «Diese Insel hat mich geerdet. Ich bin mir selbst ein Stück nähergekommen.»

Ich animiere Jo zum Weitergehen. In der Bewegung spricht es sich leichter. Widerwillig lässt er sich von mir ein Stück ziehen. Ich entscheide, dass wir zum Strand gehen. *Entschleunigen.*

«Weißt du, ich frage mich, ob der Vorschlag von Charlotte Engel wirklich so abwegig ist», gebe ich zu bedenken. «Es tut ja nicht not, dass ich mich um alles selbst kümmere, dafür gibt es schließlich Agenturen. Wie zum Beispiel die, in der sie arbeitet. Papa wollte, dass ich sein Haus erbe, damit ich abgesichert bin. Seine ganze Leidenschaft steckt in dem Umbau. Ich fühle mich einfach nicht so recht wohl bei dem Gedanken, das Haus leichtfertig herzugeben.»

Außerdem, füge ich im Stillen hinzu, liebe ich das Meer und die Weite des Himmels. Ich kann es gar nicht abwarten, den Herbst mit seinen Stürmen und den bitterkalten Winter am Strand zu erleben. Feuer im Kamin, vielleicht ein Schaf im Garten oder wenigstens einen Hund – das wäre schön.

Doch statt die Worte laut auszusprechen, schiebe ich ein weniger emotionales Argument hinterher: «Wäre es nicht Wahnsinn, in der heutigen Zeit eine Immobilie zu verkaufen? Das Haus ist meine Rentenversicherung.»

Jo bleibt stehen und starrt mich perplex an. Er weiß genau, dass Versicherungen nicht mein Thema sind. «Hört sich an, als hättest du unseren Plan von einem expandierenden Unternehmen bereits abgeschrieben», sagt er in einem Tonfall, der mir eine Gänsehaut bereitet. Ziemlich kalt. «Die Firma, unsere Pläne, die Hochzeit – offenbar alles.»

«Aber … was hat denn die Hochzeit damit zu tun?»

«Ist doch so. Wenn du dich gegen eine gemeinsame Firma entscheidest, wirst du dich auch gegen unsere Zukunft und somit gegen die Hochzeit stellen. Irgendetwas spukt dir im Hirn herum, keine Ahnung, was. Aber seit ich angekommen bin, sprichst du von nichts anderem als dieser Insel.» Er nimmt meinen Kopf zwischen seine Hände. «Juli. Lass los. Entspann dich. Ich kenne dich und weiß, dass du niemals leichtfertig handelst. Aber mach mir und auch dir selbst bitte nichts vor.» Er vollführt mit seinen Armen eine ausladende Geste. «Sylt ist nichts für dich. Ich weiß genau, wie sehr du die Nordsee und das Spießbürgertum hasst.»

«Woher denn?», kontere ich. «Außerdem – was bedeutet schon Spießbürgertum? Das hat doch nichts mit Sylt zu tun. Es ist …»

«Reg dich bitte nicht auf», sagt er und küsst meine Stirn. «Du hattest genügend Stress in der letzten Zeit. Lass uns das Kapitel Sylt so schnell wie möglich abschließen. Dann wirst du auch nicht ständig an deinen Vater erinnert.» Er schaut mir intensiv in die Augen. «Du musst kein schlechtes Gewissen ihm gegenüber empfinden. Im Grunde ist es nur gerecht, dass er dich für den vielen Stress, den ihr miteinander hattet, mit einer ordentlichen Summe Geld entschädigt.»

Klang Jo schon immer derart selbstgefällig?, überlege ich. Momentan ist sein Gerede für mich nur schwer zu ertragen. Außerdem übertreibt er. Ich wurde ja nicht misshandelt oder so etwas. Zwischen meinem Vater und mir scheint es in mancher Hinsicht einfach ein paar Missverständnisse gegeben zu haben, das wird mir immer klarer.

«Weißt du, worüber ich in letzter Zeit oft nachdenken muss?», frage ich. Jo schenkt mir einen skeptischen Blick, lässt meine Schultern los, und wir biegen auf einen Weg zum Strand ein. «Ich hätte mit Papa sprechen sollen. Ich hätte ihm die Gelegenheit geben müssen, sich die Vorwürfe, die ich ihm im Stillen gemacht habe, anzuhören und sie zu kommentieren. Ich bereue mein stures Verhalten.»

Jo bläst kurz die Backen auf. Als er die Luft wieder herausstößt, sagt er: «Wie kommst du darauf, dass er dir zugehört hätte? Es ist doch viel wahrscheinlicher, dass er bei einem solchen Gespräch nur wieder ausgeteilt und dich mit seiner Ansicht, dass du nicht ehrgeizig genug im Leben bist, verletzt hätte.» Er vergräbt die Hände in den Jeans. «Und er hätte dich ein weiteres Mal darauf gestoßen, dass du den falschen Mann gewählt hast. Im Grunde hat er auch mich kritisiert. Ich war nicht gut genug für seine Tochter.»

«Ich glaube nicht, dass ihm dein Können als Architekt nicht ausgereicht hat», sage ich beschwichtigend. «Es war wohl eher etwas … Persönliches.»

Jo schnaubt verächtlich. «Und das ist natürlich viel verständlicher und leichter zu tolerieren.» Sein Tonfall trieft vor Ironie.

«Im Grunde hat er dich ja nicht kritisiert. Ihr beide wart euch nur nicht sympathisch.» Nach einem kurzen Moment füge ich hinzu: «Ich habe mich ja genauso ignorant Charlotte Engel gegenüber verhalten. Ich lehnte sie ab, ohne sie näher zu kennen. Sie störte meine heile Welt.»

Jo setzt schweigend einen Fuß vor den anderen und schaut abwechselnd auf seine Fußspitzen oder auf sein Handydisplay, um sicherzustellen, dass ihm keine Anrufe oder E-Mails entgehen. Mit keinem einzigen Blick würdigt er die Landschaft.

Es stimmt mich traurig, denn die Sonne gibt heute noch einmal alles. Als habe sie zu Jos Ehren ihr schönstes Kleid angezogen, strahlt sie auf uns herab. Und er ahnt gar nicht, dass man in nur drei Minuten von so ziemlich jedem Fleckchen auf diesem Eiland das Meer erreichen kann.

Als plötzlich eine kleine blaue Plastiktüte von einem vorbeifahrenden Wagen aufgewirbelt wird, bleibe ich stehen, warte, bis das Auto fort ist, und sammele sie ein. Jo schaut mir verwundert zu.

«Plastikmüll», erkläre ich. «Hier auf der Insel kann man gar nicht umhin, mit den Problemen der Natur konfrontiert zu werden, deshalb ist man unweigerlich ihr Fürsprecher. Die Seevögel –»

«Schon klar, ich weiß von der Müllproblematik.»

Gemeinsam laufen wir über die Holzbohlen und stehen irgendwann am höchsten Punkt auf den Dünen. «Komm», sage ich beherzt, weil mich beim Anblick der See sofort Glücksgefühle durchfluten. «Wir laufen zum Wasser.»

Doch Jo bleibt wie angewurzelt stehen. «Ehrlich, Julia, danach steht mir jetzt wirklich nicht der Sinn.»

«Versuch es doch bitte», widerspreche ich. «Du wirst sehen, wenn der Sand erst einmal deine Fußsohlen massiert, magst du gar nicht wieder von hier fort.»

Jo schaut mich zweifelnd an. Dann deutet er auf seine Schuhe. Schwarze Stiefeletten, noch ziemlich neu. «Es geht nicht. Ich würde sie mir ruinieren.»

«Du musst die Schuhe selbstverständlich ausziehen», sage ich. Himmel, wie will er sonst den Sand an den Füßen spüren?!

«Dann muss ich sie schleppen. Dazu habe ich keine Lust.» Er schüttelt den Kopf.

«Okay», gebe ich enttäuscht von mir, «dann lass uns einen Moment hier auf die Treppe setzen.» Ehe er meinen Vorschlag abschmettern kann, habe ich mich hingesetzt.

Nach kurzem Zögern lässt Jo sich ächzend neben mir nieder. Wir schweigen, und ich hege die Hoffnung, dass er beim Anblick des Horizonts Kraft und vor allem bessere Laune tankt. Plötzlich muss ich wieder daran denken, dass Jo von einer Hochzeit in Dubai am Strand gesprochen hat. Mit allen Freunden und Geschäftspartnern.

Ich versuche, mir seinen Wunsch vorzustellen: Ich, im weißen Kleid bei 45 Grad Hitze und einer vollen Blase, und Jo in seinen Stiefeletten auf einem Kamel? Das sehe ich leider gar nicht. Außerdem schummeln sich immer wieder Dünengräser ins Bild. Und Heidepflanzen.

Jo hat recht, heiraten ist momentan kein Thema für uns. Wir haben zu viel anderes zu klären.

Ich überlege, nach seiner Hand zu greifen, aber wir halten im Grunde nie Hände, darum unterdrücke ich den Impuls schnell wieder. Nicht zuletzt, weil urplötzlich ein ganz anderes Bild auf meiner inneren Leinwand erscheint: zwei Menschen am Strand, die in den Sonnenuntergang schauen – und Händchen halten.

Ich schüttele den Kopf, um den Gedanken ganz schnell wieder loszuwerden, und will gerade doch beherzt nach Jos Hand greifen, als er sie mir entzieht und erneut auf sein Handy schaut.

«Keine Nachrichten von Maja», informiert er mich. «In der Firma scheint es ruhig zu sein. Vielleicht zu ruhig. Ein zweites Standbein», er schielt kurz zu mir hinüber, «wäre ganz sicher von Vorteil.»

Ich schweige, atme ein paarmal tief ein und wieder aus. Dann nehme all meinen Mut zusammen und sage: «Jo, ich möchte das nicht. Ich will in keiner Riesenfirma arbeiten. Und ich habe ganz und gar nicht das Bedürfnis, nach Dubai zu expandieren.»

29

Ein teurer Ausflug

Jos Kopf fliegt zu mir herum.

«Weißt du, ich mag den persönlichen Kontakt zu unseren Kunden», erkläre ich ihm. «Projekte, wie zum Beispiel das Haus von Familie Eckhoff, bereiten mir Freude.»

«Man muss sich weiterentwickeln, Juli.»

«Ich für meinen Teil kann mich im Kleinen verwirklichen. Kein Haus ist wie das andere. Es ergeben sich ständig neue Herausforderungen, nicht zuletzt durch die wechselnden Energiequellen. Und davon einmal abgesehen», ich schaue ihn an, «hast du die Reetdachhäuser an der Straße gesehen? Ich hätte ebenso Spaß daran, Altes zu erhalten. Oder es nachzubauen. Auch Inneneinrichtung interessiert mich.» Ich schaue wieder aufs Meer. «Wer sagt überhaupt, dass man sich weiterentwickeln muss? Warum darf ich nicht stehenbleiben? Dort, wo es mir gefällt? Aufgaben, die mich ausfüllen, gibt es genug.»

Jo rollt mit den Augen. «Stell dir mal bitte vor, wie cool es wäre, an einem Wolkenkratzer mitzuwirken! Was man dabei alles lernt, ist unfassbar. Außerdem schafft man ein Denkmal für die Nachwelt.»

Ich stoße einen tiefen Seufzer aus. «Ich kann ja verstehen, dass dich das interessiert», beschwichtige ich ihn. «Absolut. Ich finde es auch faszinierend. In gewisser Weise. Nur habe ich keine Lust, Teil davon zu sein.» Ich setze noch mal neu an. «Dieser

Traum von einer expandierenden Firma, das ist *dein* Traum, Jo. Nicht meiner. Ich habe dir von Anfang an meine Bedenken mitgeteilt. Ich habe dir meine Wünsche und Ideen offengelegt, aber du hast sie schlichtweg ignoriert.»

«Aber du konntest dir vorstellen, dass wir unser Geld in die Firma stecken», beharrt er.

«Es tut mir leid, dass ich dich so plump daran erinnern muss, aber wir reden die ganze Zeit von *meinem* Geld. Und von *meinem* Haus. Und ja, ich fand die Idee gut, der Firma finanziell unter die Arme zu greifen. Ich wollte Rücklagen bilden, damit wir für die Zukunft abgesichert sind. Auch als im Gespräch war, eine GmbH zu gründen, konnte ich mich mit dem Gedanken anfreunden. Damit wir, falls mal ein größerer Auftrag winkt, abgesichert sind. Aber das alles waren nur grobe Ideen. Nichts Konkretes. Weder haben wir Fachgespräche mit Anwälten geführt noch einen Businessplan erstellt. Aus gutem Grund: Wir sind uns nicht einig, welche Zielsetzung wir verfolgen.»

«Also ich schon.»

Ich blinzele.

«Ich habe bereits mit Anwälten gesprochen. Und ich habe ein klares Ziel vor Augen.» Jo hält meinem Blick stand.

«Aber deine Ziele decken sich nicht mit meinen.» Warum will er es nicht begreifen?

Plötzlich erhebt Jo sich. «Wir sollten das zu Hause besprechen», sagt er in bemüht ruhigem Tonfall.

Dahinter steht, für mich deutlich hörbar, der Rest seines Satzes: wenn du wieder bei Trost bist, Spätzelchen. Ich beiße die Zähne zusammen und versuche, mich nicht zu ärgern.

«Sorry, Juli, auch wenn es mir schwerfällt», er schaut nicht zu mir, sondern auf seine Apple-Watch, «ich kann nicht länger mit dir durch Lummerland streifen. Ich werde den Zug um 18 Uhr nehmen und wieder zurück in die Firma fahren.»

«Verstehe.» Er ist extra hierhergekommen und will sich nicht mal mit mir die Insel ansehen. So langsam wird mir klar, dass es ihm tatsächlich nur darum ging, den Hausverkauf anzuschieben. Und dabei möglichst viel Geld herauszuschlagen.

Wir schlendern den Weg heimwärts über die Dünen und legen auch den Rest der Strecke schweigend zurück.

Als wir wieder vor der Villa stehen, sagt Jo versöhnlich: «Denk noch einmal über alles nach. Am besten, ohne dich dabei von Frau Engel oder sonst jemandem verunsichern zu lassen.»

Ich greife nach seinen Händen. «Es bleibt doch alles beim Alten, oder? Wir arbeiten zusammen und konzentrieren uns darauf, neue Aufträge an Land zu ziehen.» Ich senke meine Stimme. «Ich möchte nur nicht nach Nahost.» Dann versuche ich, die angespannte Stimmung mit einem Scherz aufzulockern: «Na ja, und Maja in einem Raumschiff brauche ich auch nicht unbedingt.»

Jo verzieht keine Miene.

Also setze ich nach: «Du hast es ganz richtig gesagt: Ich versuche stets, es allen recht zu machen. Und nun möchte ich es einmal mir recht machen. Bitte versteh mich doch.»

Er schaut mich an. Es ist ein nüchterner Blick, der mir durch und durch geht. «Aber genau das tue ich einfach nicht», sagt Jo. «Und darum fahre ich jetzt nach Hause. Besser, wir schlafen mal drüber.»

Wir umarmen uns kurz, er gibt mir einen Kuss, ohne Leidenschaft, dafür mit sehr viel Nachdruck. Es ist ein Bitte-komm-wieder-zur-Vernunft-Kuss.

Ich schaue seinem Wagen noch eine Weile nach, dann gehe ich hinein in die Villa. Die Situation zwischen uns ist vollkommen festgefahren, aber eigenartigerweise muss ich nicht weinen. Ich fühle mich einfach nur vollkommen leer und erschöpft.

Auf der Terrasse haben sich alle drei Schwestern am Gartentisch versammelt und brüten über einem Computer-Tablet, das aussieht wie das von Paula. Eigentlich wäre ich jetzt gerne allein, aber als ich mich ins Haus schleichen will, blicken sie auf.

«Gott sei Dank, dass du kommst, Liebes», seufzt meine Mutter. «Wir haben nur ein paar Kreuzchen angeklickt, und jetzt sollen wir fünfhundert Euro bezahlen. Das kann gar nicht sein!», schimpft sie. «So viel haben wir definitiv nicht ausgewählt.»

Ich trete näher, um zu erfahren, worüber sie sich die Köpfe zerbrechen. Es ist die Seite von einem Sushi-Lieferservice.

«Fünfzig Sashimi, achtzig Maki, außerdem drei Seetangsalate, Bento eins und zwei», lese ich und blicke mich suchend um. «Für wie viele Personen soll das gedacht sein?»

«Wir hatten kein Mittagessen», rechtfertigt sich Tante Annegret. «Und nebenan im Haupthaus war die Küche geschlossen.» Sie ist frisch erblondet. Der gräulich schwarze Haaransatz wurde sorgfältig blondiert, außerdem hat ihr jemand die fusseligen Haarspitzen abgeschnitten, sodass sie beinahe zehn Jahre jünger aussieht.

«Da wegen eurer Herumtreiberei das Frühstück ausgefallen ist, könnt ihr gern die Rechnung übernehmen», mosert Tante Christiane, ganz die Alte. «Fünfhundert Euro, das halte ich im Kopf nicht aus!»

Annegret funkelt mit den Augen. «Ach, 'ne millionenschwere Hütte kaufen wollen, aber im Kleinen knausern. Typisch, Christi. Du bist geiziger als ein Schneider.»

Ich betrachte die Seite genauer und erkenne, dass noch nichts endgültig bestellt ist. Während ich sie aufkläre, wie es sich mit den Stückzahlen der angebotenen Fischröllchen verhält, und im Anschluss die Anzahl korrigiere, streiten die drei munter weiter.

Verrückt, denke ich. Als wäre nichts gewesen. Dabei hatte Tante Christiane heute Morgen Todesängste um ihre Schwestern ausgestanden. Jetzt ist ihr davon nichts mehr anzumerken. Ich glaube nicht mal, dass sie zugeben würde, noch vor ein paar Stunden sorgenvolle Tränen vergossen zu haben. Aber ich werde mich an mein Versprechen halten und den Teufel tun, ihr Geheimnis zu offenbaren.

«Und wann werden die Fische gebracht?», will Annegret wissen, nachdem ich mir auch etwas ausgesucht und die Bestellung abgeschickt habe.

«In einer halben Stunde, schätzungsweise», erkläre ich.

«Isst dein Freund auch mit uns? Wir haben gar nichts für ihn mitbestellt.»

Ich schüttele den Kopf. «Keine Sorge, ihr müsst euer Essen nicht teilen. Jo hat sich bereits auf den Heimweg gemacht.»

Drei Köpfe wenden sich interessiert in meine Richtung.

«Ach. So kurz war er nur hier?», wundert sich Christiane. «Teurer Ausflug.»

«Er hat uns gar nicht begrüßt», sagt meine Mutter und klingt tatsächlich ein wenig enttäuscht. Vor allem, als Tante Christiane sich kerzengerade aufrichtet und frohlockt: «Mich schon. Aber da lagt ihr noch am Strand und habt euren Rausch ausgeschlafen.»

«Jo wollte sichergehen, dass ich das Haus so teuer wie möglich verkaufe», informiere ich die drei, weil ich plötzlich das sentimentale Bedürfnis verspüre, über ihn zu sprechen. Es hat mich verletzt, wie kalt und kalkuliert unsere Unterhaltung verlaufen ist. Andererseits habe ich ihm mit meiner Absage vermutlich ebenso zugesetzt. Doch sein Wunsch nach einem Firmenpartner kann sich durchaus noch erfüllen, es spricht ja nichts dagegen, dass er sich jemand anderen sucht. Vielleicht wäre das ohnehin die beste Lösung. Er übernimmt die großen, internationalen Projekte gemeinsam mit einem neuen Teilhaber. Und ich halte in Hamburg in der Firma die Stellung.

Der Plan gefällt mir.

Allerdings würden wir dann vermutlich noch weniger Zeit zusammen verbringen. Auch nicht gerade der Idealfall.

Wie man es dreht und wendet, es bleibt schwierig.

«Heißt das, du verkaufst das Haus?», fragt meine Mutter.

Und Annegret setzt nach: «An Christiane?»

Unsicher schaue ich zu meiner Tante. Gehört der Hauskauf womöglich auch zu den Themen, die ich unerwähnt lassen soll?

Doch sie schüttelt kaum merklich den Kopf, zupft ein paar imaginäre Fusseln von ihrem Kleid und sagt dann beiläufig: «Julia hat sich vernünftigerweise entschieden, das Haus dem meistbietenden Interessenten zu verkaufen. Und das werde ich nicht sein. Denn mal ganz ehrlich: Was soll ich mit einem Haus auf Sylt?»

Kurzes Schulterzucken von meiner Mutter.

Annegret hingegen zieht eine Flunsch. «Aber wir hätten gemeinsam hier Urlaub verbringen können», sagt sie, sichtbar enttäuscht. «Wie früher.»

Ihre Schwestern starren sie an.

«Anyway», meint Christiane, «dafür ist es nun zu spät.»

«Wer weiß», mische ich mich ein, um die Enttäuschung ein wenig aufzufangen. «Was mich betrifft, steht noch nicht fest, ob ich überhaupt verkaufen werde. Zugegeben: Ich bin hin und her gerissen. Ursprünglich wollte ich das Geld ja in die Firma stecken, die mir und Jo dann gemeinsam gehören sollte. Doch nun stellt sich heraus, dass Jo Wünsche und Pläne hat, die ich nicht teile. Alles ist wieder offen.»

Die Schwestern nicken eifrig, sind dann aber doch mehr an den zwischenmenschlichen Problemen interessiert.

«Heißt das, ihr habt euch getrennt?», will Annegret wissen,

und als ich mit dem Kopf schüttele, setzt sie nach: «Und was ist mit dem Hotel-Schnuckel? Hast du trotzdem was mit dem am Laufen?»

«Anne!» Die anderen reißen vorwurfsvoll die Augen auf.

«Das ist viel zu intim!», ruft Christiane.

Annegret senkt entnervt die Lider. «Ihr seid schrecklich spießig, hat euch das schon mal jemand gesagt?» Ihr Blick wandert zu mir. «Man darf doch mal fragen, oder?»

Ich muss lachen. «Klar, fragen darfst du. Aber ich werde darauf nicht antworten.»

«Also läuft da was.» Sie lehnt sich zurück. «Hat ja ein Blinder gesehen, dass der Kerl dir nicht egal ist. Du ihm übrigens auch nicht.»

«Sehe ich genauso.» Tante Christiane steht auf, um sich aus der Küche ein Glas Wasser zu holen.

Während sie fort ist, überlegt meine Mutter: «Könnte es sein, dass er der Grund für deine innere Zerrissenheit ist?»

Einen Moment bin ich überrascht und muss kurz nachdenken. Zugegeben, Mats hat meine Gefühle durcheinandergewirbelt, aber die werden sich ganz sicher wieder sortieren, sobald ich zu Hause bin. «Ich glaube, nicht.»

«Ich schon», sagt Annegret, und neben ihr sehe ich meine Mutter einvernehmlich nicken.

30

Abschied

Ich wache auf, nachdem ich gerade mal zwei Stunden geschlafen habe. Irgendwann, mitten in der Nacht, stand meine Entscheidung fest: Ich werde das Haus über Marquart & Steen verkaufen lassen. Ob ich das Geld danach anlege oder es in die Firma investiere, lasse ich erst einmal offen. Klar ist mir nur, dass ich auf jeden Fall heute nach Hause zurückfahre. Nach Hamburg. Zu meiner Arbeit.

Und vielleicht zu Jo.

Allerdings glaube ich inzwischen kaum noch, dass wir eine Lösung finden, mit der wir beide leben können. Ich habe mir zu lange etwas vorgemacht. Sein Streben nach immer größeren Aufträgen ist nicht mit meinen Zielen vereinbar. Die Zeit mit meiner Familie war zwar nicht immer ganz einfach, aber sie hat mir gezeigt, wie wertvoll diese Bande sein können, wenn man sie pflegt und aufeinander achtgibt. Missverständnisse und Probleme sollte man aus der Welt schaffen und sie nicht jahrelang im Herzen tragen. Denn Zeit ist ein kostbares Gut, und man muss sich genau überlegen, wofür man sie nutzt. Aber auch mit wem man sie verbringen möchte. Meine Mutter und meine Tanten will ich auf keinen Fall wieder aus den Augen verlieren, das zumindest steht für mich felsenfest.

Gähnend dehne ich meine Glieder. Heute will ich zeitig raus. Erst ans Meer und mich dann von Mats verabschieden.

Es graut mir davor, doch ohne ihm tschüs zu sagen, mag ich nicht gehen. Auch wenn es nur kurze Momente waren, die wir gemeinsam hatten, waren sie doch so schön und so intim, dass ich mich unmöglich per Mail aus seinem Leben verkrümeln kann. Denn das steht für mich fest: Wenn ich das Haus verkaufe, werde ich Sylt für immer den Rücken kehren.

Duschen und anziehen gehen fix, die Damen schlafen mal wieder lang. Senile Bettflucht scheint für sie kein Thema zu sein.

Mit gemischten Gefühlen spaziere ich zum letzten Mal über den Kiesweg zum Frühstücksraum. Heute ist der Himmel von einer steingrauen Wolkendecke verhangen, aber die Luft ist ziemlich warm, und als ich über die Türschwelle trete, höre ich gerade noch im Radio, dass es später am Tag regnen wird.

Drinnen sind die meisten Tische besetzt, neue Gesichter, vielleicht ein paar Wochenendurlauber. Bestimmt wollen sie früh an den Strand, um einen Liegeplatz in der ersten Reihe, direkt am Meer, zu ergattern.

Ich genieße es, ein letztes Mal, meinen Kaffee in Ruhe zu trinken und währenddessen den Blick aus dem Fenster schweifen zu lassen. Seit ich die Entscheidung getroffen habe und mich von jetzt an so gut wie um nichts mehr kümmern muss, fühle ich mich erleichtert. Nicht so, dass ich Bäume ausreißen oder bunte Seifenblasen aufsteigen lassen möchte, aber auf jeden Fall besser als zuvor.

Noch in der Nacht habe ich eine Nachricht an Jo verfasst, sie aber nicht abgeschickt. Ich fand einfach nicht die richtigen Worte, gut möglich, weil ich gar nicht recht weiß, was ich ihm eigentlich sagen will. Auch er hat sich bei mir nicht mehr gemeldet, aber so ist er nun mal.

Heute Abend, wenn ich mit meinen vier Rosensträuchern vor der Tür stehe, werden wir bestimmt noch einmal über alles reden, auch wenn es sicher keine sofortige Lösung für unser Problem geben wird. Zu groß wäre der Kompromiss, den einer von uns eingehen müsste. Wir stehen vor einer Weggabelung, und mich zieht es nun mal in eine andere Richtung als Jo. Wie vielleicht schon öfter während unserer Beziehung, doch dieses Mal kann ich nicht anders, als meinen Weg unbeirrt fortzusetzen.

Durch die offenstehende Tür zum Foyer kann ich Paula dabei beobachten, wie sie hektisch auf ihre Computertastatur einhämmert. Scheint, als wäre sie ganz allein auf ihrem Posten und ein wenig im Stress.

Ich leere meinen Kaffeebecher, stehe auf und gehe zu ihr rüber. «Ich möchte mich verabschieden», sage ich.

Ein sekundenschnelles Lächeln huscht über ihr Gesicht. «Ooch», macht sie halbherzig. «Auf Wiedersehen.»

«Von Mats.»

Ihr Gesicht verkrampft. «Er ist nicht da.»

Ich jaule innerlich. Verdammt!

«Wann kommt er denn noch mal rein?»

Paula schaut mich an, als sei ich die bemitleidenswerteste Nervensäge, die ihr jemals begegnet ist. Hinter der Brille werden ihre Augen zu kleinen Schlitzen. «Keine Ahnung», sagt sie knapp. «Sorry, aber bei ihm weiß man das nie so genau.»

Ich glaube ihr kein Wort. Als Chef wird er vermutlich sehr klare Ansagen machen, wann man ihn wo finden kann. Und es wird einen Terminkalender geben. Aber aus irgendeinem Grund scheint ihr nicht daran gelegen zu sein, dass ich Mats noch einmal treffe.

«Tja, dann …», sage ich und will mich gerade zum Gehen wenden, da ruft sie: «Halt!»

Ich wirbele herum. Hoffnung keimt auf. Rückt sie doch mit einer vernünftigen Aussage heraus?

«Die Rechnung», sagt sie in geschäftsmäßiger Freundlichkeit. «Wer begleicht die?»

Vor Enttäuschung wird mir schwindelig. «Äh … ich. Alles, was bis heute angefallen ist, übernehme ich», sage ich bedröppelt. «Meine Familie bleibt noch ein wenig, das ist wohl bereits mit Ihnen abgesprochen.»

Paula schaut kurz ihre Unterlagen durch und nickt. «Alles klar, dann schicke ich Ihnen die Endabrechnung.» Mit diesen Worten klickt sie zwei Formulare auf ihrem Rechner weg, als habe sie damit alle Spuren von mir und meinem Aufenthalt auf Sylt beseitigt. «Dann gute Fahrt.» Sie steht auf und verschwindet in dem rückwärtigen Büro.

Frustriert schaue ich ihr hinterher und recke den Hals, um zu sehen, ob Mats vielleicht doch in dem Büro sitzt, aber wie es aussieht, ist Paula dort allein. Also beschließe ich, mich zunächst vom Meer zu verabschieden. Wenn schon nicht Mats, will ich wenigstens der Nordsee adieu sagen.

Ich verlasse die Villa durch den Haupteingang, bleibe aber einen Moment unschlüssig auf der Straße stehen. Drückende Wärme schlägt mir entgegen, aber eine seichte Brise macht die Temperatur erträglich. Sonnenbrandwetter ist das zum Glück nicht, schießt es mir durch den Kopf, und ich kann nicht umhin, ein wenig zu schmunzeln, weil ich mich an Jos Kommentar erinnere – und an meinen ersten Tag auf der Insel. Als ich mit hochrotem Kopf im *Sansibar* die Toilette gesucht habe. Es kommt mir vor, als sei das Ewigkeiten her und nicht erst fünf Tage.

An der Straße muss ich mich entscheiden: Will ich einen längeren Marsch machen und zum glitzernden Watt mit seinen im Schlick lebenden Meeresbewohnern, oder möchte ich meinen Blick noch einmal über die offene See schweifen lassen? Ich entscheide mich für den Strand. Vielleicht, weil der Weg an Mats' Haus vorbeiführt und ich mich unterwegs auch gleich von seinem verwunschenen Garten und der Erinnerung an den eigenartigen Kochabend verabschieden kann.

Ich wechsele die Straßenseite, schlendere bis zu seinem Grundstück und spähe durch ein Loch in der Rosenhecke. Sofort erkenne ich, dass bei Mats die Wohnzimmertür sperrangelweit offen steht. Scheint, als sei er zu Hause.

Ich bin derart damit beschäftigt, mein pochendes Herz durch Meditationsatmung unter Kontrolle zu bringen, dass ich erst sehr spät höre, dass jemand meinen Namen ruft. Ich blicke mich um, aber es ist niemand zu sehen.

Als ich schon glaube, ich hätte Halluzinationen oder einen Tagtraum, entdecke ich ihn endlich: Mats sitzt auf dem Dach seines Hauses und winkt mit einem Büschel Reethalme.

«Willst du an den Strand?», ruft er so laut, dass es vermutlich noch der Nachbar in der letzten Reihe hören kann. «Hast du dich auch ordentlich eingecremt?»

Mir schießt das Blut in den Kopf. Nicht allein wegen der Erinnerung ans *Sansibar*, sondern weil mir in dieser Sekunde bewusst wird, dass er von dort oben unweigerlich beobachten konnte, wie ich durch seine Hecke gespannert habe.

«Ich gehe meine Abschiedsrunde», rufe ich mit möglichst fester Stimme. «Gegen Mittag will ich den Zug nehmen und nach Hause fahren.»

Bilde ich es mir ein, oder ist Mats ein wenig blass um die Nase geworden?

«Warte!», ruft er. «Ich komme runter, um mich zu verabschieden.»

Mein Herz macht kurz einen Aussetzer, dann droht es mit mir davonzugaloppieren. Meditation kann ich definitiv abschreiben. Aber ich zwinge mich, das kurze Stück zurückzugehen.

Etwa zur selben Zeit treffen wir an seinem Gartentor ein.

«Ein Glück, dass ich gerade erst mit der Arbeit begonnen habe, sonst könnte ich jetzt vor Dreck nicht mehr aus den Augen gucken», sagt er und wischt sich mit dem Unterarm über das Gesicht. Er mustert mich. «Bist du allein?»

«Ja. Mein … ähm … Jo ist bereits abgereist. Gestern Abend.»

Mats nickt kurz, als sei damit alles geklärt. Dann winkt er mich herein. «Tritt ein, ich habe nicht vor, dir hier an der Hecke Lebewohl zu sagen.»

Obwohl es ganz sicher nicht schlau ist, folge ich ihm durch den Garten auf die Terrasse. Ein sanfter Wind lässt die Blätter im Lindenbaum rascheln, und über den Blumen kämpft sich ein Schmetterling von Blüte zu Blüte.

«Es wird später regnen», sagt Mats. «Das geht hier manchmal blitzschnell. Gerade ist man noch beim Sonnenbaden oder Spazierengehen, dann verdunkelt sich der Himmel, und es schüttet wie aus Kübeln.» Seine Augen schimmern hell in dem sonnengebräunten Gesicht. Obwohl seine Miene irgendwie angespannt wirkt, fast so wie bei unserem letzten Treffen.

Überhaupt sieht Mats ganz anders aus in seiner Arbeitskleidung. Irgendwie … männlicher. Er trägt heute mal kein Hemd, sondern ein löchriges weißes T-Shirt, darüber eine offene Karojacke, und unten rum eine verbeulte graue Cargohose mit tausend Taschen. Aus einer von ihnen lugt die Spitze eines Zollstocks hervor.

Mats folgt meinem Blick und entschuldigt sich sogleich. «Hätte ich geahnt, dass du vorbeikommst, wäre ich frisch geduscht.» Ein verschämtes Schmunzeln huscht über sein Gesicht.

Ich winke ab. «Eigentlich wollte ich gar nicht vorbeikommen, das heißt … ich wollte schon, aber … ich wusste nicht …»

O Gott. Geht's noch? Ich stottere ja wie ein altes Auto.

«Also, ich hatte gar nicht vor, unangemeldet … in deine Privatsphäre einzudringen», sage ich und merke selbst, wie gestelzt ich mich anhöre.

Ein leichtes Zucken um seinen Mund verrät, dass ihn meine

Worte amüsieren. Dann hat er sich wieder unter Kontrolle. «Magst du etwas mit mir trinken?», fragt er und ist bereits auf dem Weg nach drinnen. «Selbstgemachter Eistee oder eine Weinschorle?», ruft er.

«Gerne einen Eistee.»

Ich höre Mats mit Gläsern hantieren, dann ertönt das krachende Geräusch von Eiswürfeln, und etwas klappert leise. Kurz darauf erscheint er wieder in der Terrassentür. Auf dem Arm trägt er ein vollbeladenes Tablett.

Wir gehen zu einem Gartentisch, und nacheinander lädt er Gläser und eine gekühlte Karaffe ab, in der allerlei Kräuter schwimmen.

«Denk nicht, ich sei ein Hausmann! Den Trick mit dem frischen Grünzeug im Wasser habe ich von Timo, unserem Koch. Seitdem beeindrucke ich damit meine Gäste. Und trinke selbst täglich eine Karaffe.» Er schenkt uns ein.

Wir setzen uns und prosten uns etwas verlegen zu. Der Tee schmeckt herrlich, obwohl er kaum mehr als gekühltes, aromatisiertes Wasser ist.

Genau das richtige Getränk, um sich abzukühlen, denke ich, während ich spüre, wie die eiskalte Flüssigkeit meine Kehle hinabrinnt.

Mats nimmt ebenfalls einen Schluck und lehnt sich dann zurück. Mit seinen meerblauen Augen mustert er mich.

Ich streiche mir eine Haarsträhne aus dem Gesicht. «Reparierst du das Dach?», erkundige ich mich nervös. Wenn er mich so anschaut, fängt meine Gesichtshaut an zu glühen, und mein Herz schlägt so laut, dass man es vermutlich bis hinüber in die *Weiße Villa* hören kann.

Ohne auf meine Frage einzugehen, sagt Mats: «Wenn dein Freund gestern abgereist ist und du erst heute fährst …» Er lässt die Worte einen Moment in der Luft hängen. Lange genug, damit klarwird, worauf er hinauswill. Es klingt ja tatsächlich nicht unbedingt logisch. Und auch nicht nach einer intakten Beziehung. Andererseits ist das ja nur Spekulation. Mats will mich aus der Reserve locken. Er hat überhaupt keine Ahnung, warum Jo abgereist ist.

«Ich hatte noch etwas Geschäftliches zu erledigen», erkläre ich und lese in Mats' Augen, dass er mir kein Wort glaubt.

«Deshalb bist du auch so früh aufgestanden», sagt er nach einem Blick auf die Uhr. «Und dein Geschäftspartner ebenso.»

Unsicher schiele ich zu ihm hinüber. Weiß er etwas von dem Haus? Hat Charlotte inzwischen geplaudert? Ich kann wohl schlecht direkt danach fragen.

Ich nehme ein paar hastige Schlucke von dem Eistee und beschließe, seinen Kommentar zu übergehen. «Wie gesagt, ich reise ab und wollte mich nur kurz verabschieden. Tut mir leid, wenn ich dich störe.»

Auf einmal wird Mats' Blick ganz weich, der Anflug eines schlechten Gewissens legt sich über sein Gesicht. «Entschuldige bitte», sagt er schuldbewusst, «ich wollte dich nicht verärgern.» Er überlegt kurz, dann steht er auf. «Warte einen Moment, ich habe etwas für dich.»

Er verschwindet ins Wohnzimmer, und ich nutze die Zeit, um mich zu sammeln. Und um mich von dem wunderschönen Garten zu verabschieden. Bedächtig stehe ich auf, spaziere zum Strandkorb und kontrolliere amüsiert die Kissen: Sie sind heute ordentlich drapiert, und die Reihenfolge hat sich geändert. Dann lausche ich nach dem Vogel, der neulich Abend so ausdauernd gesungen hat, aber er ist nicht herauszuhören aus dem allgemeinen Gezwitscher.

Ich schlendere eine Reihe dunkelroter Hortensien ab, entdecke dazwischen eine niedliche, rosafarbene Rose und streiche versonnen über ihre Blüte. Dann steht Mats plötzlich vor mir.

In der Hand hält er etwas, das aussieht wie ein dünnes Buch. Eigentlich mehr ein Heft. Auf dem Deckblatt ist nur ein Wort zu lesen: Sylt. Es ist handgemalt, und im Hintergrund hat jemand eine Dünenlandschaft gezeichnet. Ich erkenne Muscheln, Möwen, Strandhafer und Wellen. Alles ist nur mit wenigen, lockeren Strichen angedeutet, aber perfekt erkennbar.

Mats überreicht mir das Heft. Mit Bedacht blättere ich die erste Seite auf und erblicke eine weitere Skizze – die Bank, die auf der Rückseite der *Weißen Villa* steht und auf der Mats und ich unser erstes längeres Gespräch hatten. Auch eine kleine Katze mit einem Schuh ist zu sehen! Eine Seite weiter folgt das *Sansibar.* Dann ein Strandbild, außerdem eine Flasche Champagner mit gekreuzten Säbeln. Auf der nächsten Seite ist die Landstraße nach Rantum zu sehen, mit einem angedeuteten Ortsschild.

Ich blättere weiter und erkenne eine Ecke des Frühstücksraums – unser Tisch. Dann Zeichnungen von Keitum, dem Garten, in dem wir gegessen haben, und dem Turm von Sankt Severin. Ich muss lachen, als ich eine Seite weiter die Schafe am Ellenbogen entdecke und die Muster im vom Wind gezeichneten Strand. Dann kommt ein Leuchtturm und auf der letzten Seite die Muschel.

Alles sieht aus wie mit blauer Kreide gezeichnet, teilweise sehr detailgetreu, dann wiederum finden sich nur Fragmente oder leise Andeutungen. Es ist ein Heft voller Zeichnungen und Erinnerungen, und es ist wunderschön. Ich muss schlucken. Fasziniert blättere ich vor und wieder zurück, schaue mir alles ganz genau an, entdecke immer neue Details.

Irgendwann wird mir bewusst, dass Mats mich die ganze Zeit über beobachtet. Ich sehe hoch, erkenne den liebevollen Ausdruck in seinen Augen, der voll und ganz mir gilt.

«Hast du das alles gezeichnet?», frage ich mit belegter Stimme.

Mats nickt. Ohne Stolz, aber auch ohne Scheu. Als wäre es

das Normalste auf der Welt, dass man mit seinen Skizzen Bücher füllt und diese verschenkt. Erst jetzt bemerke ich die dünne Paketschnur, die man um das Büchlein wickeln kann. Zum Verschließen oder als Dekoration.

«Das … sind alle Orte, die …» Mir fehlen die Worte, so ergriffen bin ich. «Überall dort waren wir», stottere ich weiter. «Es ist … unser Tag.»

Wieder nickt er. «Eine kleine Erinnerung. Du hast ja viel fotografiert. Ich habe versucht, das festzuhalten, was du nicht geknipst hast.»

«Das ist …»

Wow! Kein Wunder, dass er manchmal so müde aussah. Vermutlich hat er jede freie Minute zum Zeichnen genutzt. Ich weiß überhaupt nicht, was ich sagen soll. In meinem ganzen Leben habe ich noch kein derart schönes und vor allem so persönliches Geschenk bekommen. Es ist wie ein Traum. Ich blinzele ein paar Mal und kann es gar nicht fassen, dass dies wirklich gerade geschieht.

Mats steht vor mir, mit seinen von der Arbeit verstrubbelten Haaren, der staubigen Arbeiterkluft und verdammt vielen Bartstoppeln, und sieht so überwältigend attraktiv aus, dass ich ihn gar nicht anschauen mag. Diese Augen! Gar nicht mal die Farbe, an ihre Verwandlung habe ich mich inzwischen fast gewöhnt, es ist die Intensität seines Blicks. Er erzeugt in meinem Inneren ein unbeschreibliches Glücksgefühl, das bis in die hintersten Winkel meines Herzens vordringt.

«Was … äh … wie geht es eigentlich deiner Katze?», stottere ich nervös.

Mats macht einen Schritt auf mich zu. Ich atme den Duft seiner Haut ein, den feinen Geruch nach Schweiß, der mich magisch anzieht, mehr, als irgendein ein teures Aftershave es könnte.

«Ist wieder gesund.»

«Das freut mich … dann kann ich mich ja jetzt auch von ihr verabschieden», sage ich absurderweise.

Suchend blicke ich mich um, da fühle ich Mats' Hand auf meinem Arm. Fest und fast ein wenig grob. Er wirbelt mich herum, sodass ich direkt vor ihm zum Stehen komme. Ich will etwas sagen, mich von ihm lösen, doch ich bin verloren, als ich einen weiteren Blick in seine Augen riskiere. Ich sehe tiefe Zuneigung, aber auch Verlangen und glühende Leidenschaft, und ich kann nicht anders, als zuzulassen, dass er mich küsst.

Endlich spüre ich seine Lippen auf meinen. Er zieht mich näher zu sich heran, und ich sinke förmlich in seine Arme. Es ist ein einzigartiges Gefühl, fast wie eine romantische Filmszene, in die man sich hineinwünscht, weil es solche Momente im wahren Leben doch nicht gibt.

Zumindest nicht in meinem Leben.

Ich stöhne, als er mit seiner Hand durch meine Haare fährt, meinen Kopf hält, sich an mich presst.

Ich weiß nicht, wie lange wir in diesem innigen Kuss verharren, es kommt mir wie eine Ewigkeit vor. Und gleichzeitig ist der Moment viel zu kurz. Irgendwann löst sich Mats sanft von mir und bleibt dicht vor mir stehen. Wir schauen uns einfach nur an.

Gerade wünsche ich mir nichts sehnlicher, als dass der Augenblick nie vorübergeht.

Doch der Zauber verfliegt, als er sich räuspert und sagt: «O Gott, Julia, es tut mir unendlich leid.» Er atmet schwer, wie nach einem Tausend-Meter-Lauf. «Ich wollte das nicht tun, das musst du mir glauben. Aber seit Tagen geisterst du in meinem Kopf und in meinem Herzen herum. Seit unserer ersten Begegnung reiße ich mich schon zusammen, und heute …» Er schließt kurz die Augen. «Heute hatte ich mich nicht im Griff.»

Ich weiß nicht, ob es seine entschuldigenden Worte sind oder die Tatsache, dass er überhaupt spricht. Aber plötzlich schrillen bei mir alle Alarmglocken. Mir wird klar, dass es diesen Kuss nie gegeben hätte, wüsste Mats die Wahrheit über mich und meinen Aufenthalt auf Sylt. Im Gegenteil, er würde mich hassen. Gerade eben wähnte ich mich vor lauter Glücksgefühlen im Himmel, doch jetzt fühle ich mich abgrundtief schlecht. Ich bin eine feige Lügnerin, und ich schäme mich vor mir selbst. In meinem Kopf und meinem Herzen herrscht heilloses Chaos, mir rauscht das Blut in den Ohren, sodass ich an nichts anderes mehr denken kann, als die Notbremse zu ziehen.

Benommen taumele ich einen Schritt zurück und sage: «Du hast wirklich allen Grund, das hier …» Ich deute an mir herunter und verpasse ihm dabei fast eine Ohrfeige. «… zu bereuen. Weil ich nämlich nicht die bin, für die du mich hältst. Ich bin ein schlechter Mensch.» Ich hole tief Luft. «Genau genommen bin ich die schrecklichste Person, die du je in deinem Leben getroffen hast. Eine Lügnerin. Denn ich …» Meine Stimme überschlägt sich fast. «Ich besitze ein Haus auf Sylt und werde es verkaufen.» Ich wedele mit dem Heftchen vor seiner Nase herum. «Ja-ha, verkaufen, du hast richtig gehört! Marquart & Steen, sagt dir das was? Ein humorloser Typ mit Armani-Gleitsichtbrille verkauft mein Haus. Zum Höchstpreis! Egal an wen. Meinetwegen an einen Scheich, der niemals einen Fuß auf diese Insel setzen wird – ist mir piepegal! Denn ich will das Geld.» Ich bin vollkommen hysterisch, wie im Vollrausch, darum kann ich auch nicht aufhören, sondern setze noch einen drauf: «Aber vorher setze ich Charlotte Engel an die Luft!»

Ich habe es auf die Spitze getrieben und spüre, wie mir die Tränen über das Gesicht kullern. Verdammter Mist! Zeit für den endgültigen Abschied. Denn jetzt ist es raus. Ich bin alles losgeworden. Nun wird Mats mich verachten, und ich sollte ihn so schnell wie möglich vergessen.

«Leb wohl!», sage ich und vollführe eine Pirouette, bei der ich mich fast auf die Nase lege. Dann renne ich los. Zum Gartentor, auf die Straße und hinüber zur *Weißen Villa*.

Dort schnappe ich mir, ohne zu zögern, meinen Koffer, werfe wie in Trance meine Kleider hinein und räume zu guter Letzt mit dem Ellenbogen sämtliche Badsachen in die Kulturtasche. Als alles zusammengepackt ist, hieve ich das Gepäck ins Auto und düse los, ohne mich von meiner Mutter oder sonst irgendjemandem zu verabschieden.

Eineinhalb Stunden später befinde ich mich auf dem Autoreisezug und kann vor Tränen kaum aus den Augen gucken.

So viel zur Entschleunigung.

31

Ehrlich währt am längsten

Drei Monate später

Ich bin das zweite Mal hier. Wunderschön ist die Natur, auch wenn der Herbst bereits seinen unverkennbaren Farbfilter über die Blätter gelegt hat. Bei meinem ersten Besuch stand mir Mama zur Seite, und ich war eher unfreiwillig hier.

Heute stehe ich allein am Grab meines Vaters und nehme Abschied. Es gibt viel zu erzählen, manches davon wird ihn erfreuen, anderes, da bin ich sicher, würde ihn zu einem Stirnrunzeln verleiten. Aber das ist mir egal. Denn bei allem, was ich ihm zu sagen habe, weiß ich nun, dass er hinter mir steht. Es immer getan hat, weil er mich liebt.

«Jo ist jetzt mit seiner Assistentin Maja zusammen», falle ich mit der Tür ins Haus, während ich mich vor seinen Grabstein hocke und ein bisschen Unkraut aus der Erde zupfe. Dort, wo kein Laub liegt, ist der Boden trocken, die Nachmittagssonne blinzelt zwischen mannshohen Rhododendren hindurch und wärmt mit letzter Kraft.

«Du weißt ja, dass Jo und ich uns getrennt haben. Es ging recht zügig, dass er sich für eine andere entschlossen hat, findest du nicht? Aber so ist er nun mal, schnell zu begeistern.» Gut möglich, dass zwischen den beiden bereits vorher etwas gelaufen ist, ich habe Jo nicht danach gefragt und möchte es im Grunde auch gar nicht wissen. Das Kapitel ist für mich inzwischen abgehakt.

Eine kleine Spitze in Richtung meines Vaters kann ich mir dennoch nicht verkneifen: «Sicher freut es dich, dass du nun nicht Jos Schwiegerpapa wirst, obwohl, das kannst du jetzt gern zugeben, Jo ein guter Architekt ist. Deine ablehnende Haltung ihm gegenüber war rein persönlich, wir beide, du und ich, wissen das.» Ich muss lächeln, weil ich Papa im Geiste vor mir sehe, wie er abwägend den Kopf schräg gelegt hat. Er kann es nicht lassen, mir zu zeigen, dass mein Exfreund ihm ein Dorn im Auge war.

«Jo hat sogar bereits einen neuen Kompagnon aufgetan und gemeinsam mit ihm seine Fühler in Richtung Dubai ausgestreckt. Er macht Nägel mit Köpfen. Ich schätze, es dauert nicht mehr lange, und er verschwindet in den Nahen Osten. Ob Maja ihn begleitet, wo doch ihr Studium zum Herbst begonnen hat, weiß ich nicht. Ist mir einerlei.»

Ich stoppe das Gezupfe, lege meine Hand schützend über die Augen und blinzele gegen die Sonne. Ralf Hirschfeldt steht in schmalen, goldenen Lettern auf schwarzem Marmor. Die Schrift ist modern, sie hätte Papa gefallen, da bin ich sicher.

«Ich arbeite zurzeit übrigens als freie Architektin, habe aber bislang nur kleinere Jobs für Jos Firma erledigt. Zum Glück sind wir nicht im Streit auseinandergegangen. Mit den Aufträgen, die er mir zuschustert, komme ich finanziell einigermaßen über die Runden. Es könnte besser laufen, und ich bemühe mich nach Kräften, eigene Kunden zu akquirieren. Leider war dafür bislang aber nur wenig Zeit. Du weißt schon, wegen meinem und Mamas Umzug. Sie wohnt jetzt auch in Hamburg, im selben Stadtteil wie ich, es ergab sich so. Sogar einen kleinen Garten hat ihr neues Zuhause, du kannst dir vorstellen, wie sie sich dort austobt. Außerdem will sie von jetzt an öfter reisen. Das hat sie in eurer Ehe nämlich sehr vermisst», sage ich und gebe meiner Stimme einen tadelnden Tonfall. «Aber das wusstest du vermutlich die ganze Zeit und hast es ignoriert. Weil ihr Männer das gut könnt: Themen aussitzen und ignorieren.» Ich zupfe ein welkes Blatt von der weinroten Hortensie, die Mama neulich gepflanzt hat. Ursprünglich hatten wir überlegt, die Rosa Rugosa auf das Grab zu setzen, aber sie hätte vermutlich binnen kürzester Zeit den Stein verdeckt, und das wollte meine Mutter nicht riskieren. Die vier Pflänzchen haben nun ihren Platz in Mamas kleinem Garten gefunden.

«Tante Christiane hat uns übrigens alle zu sich nach Miami eingeladen. Vorher hat sie noch schnell gebeichtet, dass sie nicht pompös in einer Villa, sondern ganz bescheiden zur Miete lebt. Natürlich ist uns das egal, aber du kennst ja Christiane. Sie trumpft gern auf. Erst einmal treffen wir uns aber allesamt bei Annegret.» Ich mache eine Pause, weil ich nicht sicher bin, wie ich Papa die weiteren Neuigkeiten beibringen soll. «Stell dir vor», sage ich dann geradeheraus, «sie und ihre Freundin werden heiraten!»

Ich kann mir ein Kichern nicht verkneifen, weil ich daran denken muss, wie Christiane die Nachricht aufgenommen hat. «You are kidding!», rief sie aus und konnte sich gar nicht wieder beruhigen. Bis meine Mutter ihr die Leviten gelesen hat.

«Im Dezember reisen wir drei nach Kärnten. Krass, oder?»

Ich schaue mich um, weil ich etwas rascheln gehört habe. Erst kann ich die Ursache nicht entdecken, bis ein kleiner Igel unter einem Laubhaufen hervorlugt. Ich beobachte ihn eine Weile versonnen.

«Weißt du, Papa», sage ich wieder zum Grabstein gewandt, «ich bin froh, dass Mama und ihre Schwestern sich einander stetig annähern. Sie sind nach meiner Abreise sogar noch zwei Wochen auf Sylt geblieben. Ich habe das Gefühl, ihre Streitereien werden seltener. Als hätten sie sich mittlerweile alles, was sich über die Jahre in ihren Herzen angestaut hat, an den Kopf geworfen, und nun geht ihnen allmählich die Puste aus.»

Ich überlege, ob ich noch etwas vergessen habe zu erzählen. Etwas, das Papa interessiert. Und tatsächlich ist da noch eine Sache. Im Grunde das Wichtigste.

«Dein Haus …» Ich streiche mir eine Haarsträhne aus dem Gesicht. «Es hat mir unzählige schlaflose Nächte bereitet. Mama hat gemeint, dass ich damit anstellen kann, was ich möchte, aber so was sagt sich viel leichter, als es letztendlich ist. Weil …» Ich weiß gar nicht genau, was letzten Endes den Ausschlag gegeben hat, dass ich beschlossen habe, das Haus zu behalten. Darum zucke ich nur demütig mit den Schultern und sage: «Du weißt ja. Diese Insel … Man kann ihr nicht widerstehen.»

Dann grübele ich, ob ich meinem Vater noch von Mats erzählen sollte, aber was könnte ich schon sagen? Dass ich schlimm verliebt bin, die Nächte wach liege, in dem Büchlein mit den Zeichnungen blättere und mich frage, ob alles anders gelaufen wäre, wenn ich ihm gegenüber von vorneherein aufrichtig gewesen wäre? Ich weiß ja, wie Papas Reaktion ausfallen würde: Ehrlich währt am längsten.

Von Mats habe ich seit dem Tag, an dem wir uns geküsst haben, nichts mehr gehört. Ich bin froh, ihm am Ende die Wahrheit gesagt zu haben, auch wenn ich dabei nicht unbedingt taktvoll gewesen bin. Dass er sich bis heute nicht bei mir gemeldet hat, stimmt mich traurig und wütend zugleich. Denn trotz aller Schuldgefühle spüre ich dennoch einen Funken Stolz in meiner Brust. Ich muss mich nicht vor ihm in den Staub werfen. Ich hatte meine Gründe, seinen Fragen und überhaupt der Wahrheit auszuweichen. Dass er bis heute kein Sterbenswörtchen von sich hat hören lassen, kann nur bedeuten, dass er nicht interessiert ist. Nicht an meinen Argumenten, aber leider auch nicht an mir. Und darum ist es das Beste, gar nicht erst von dem Thema anzufangen, sondern Mats so schnell wie möglich zu vergessen und ihn aus meinem Herzen zu verbannen.

«Ein paar Termine bei der Bank habe ich bereits wahrgenommen», komme ich wieder zum Thema zurück. «Einen ersten kleinen Kredit hat man mir schon bewilligt, denn ich möchte den Umbau bezahlen, den du so toll vorbereitet hast. Und da ich zurzeit nicht ausreichend verdiene, muss ich das Geld aufnehmen. Aber zu Weihnachten soll die Renovierung fertig sein, und mit Charlottes Hilfe werden dann hoffentlich sogar bereits die ersten Gäste eintrudeln.»

Ich mache eine Pause und wappne mich für das, was ich unbedingt noch loswerden muss. Es liegt mir bleischwer auf der Seele.

«Papa», flüstere ich, «ich schäme mich entsetzlich, dass ich dich für deine Beziehung zu ihr verurteilt habe. Es war falsch von mir, die Sache ging nur dich und Mama etwas an. Und seit ich Charlotte persönlich kenne», ich schlucke fest und suche nach den richtigen Worten, «verstehe ich, was dir an ihr gefallen hat. Sie ist eine sympathische, charakterstarke Frau. Klug. Und elegant. Ich mag sie. Sie hat unser Haus in die Kartei dieser Agentur aufgenommen, in der sie arbeitet, und ist zuversichtlich, was die Vermietung anbelangt. Nur leider», ich verziehe bedauernd das Gesicht, «wird sie zum Anfang des nächsten Jahres zu ihren Kindern in die Normandie ziehen. Aber sie plant, ihrer Familie eines Tages Sylt zu zeigen.»

Ich bin Charlotte wirklich dankbar. Sie ist die ganze Zeit über nicht müde geworden, mir den Verkauf auszureden. Nun übernimmt die Agentur alle bei der Vermietung anfallenden Arbeiten und Kontrollen, ich brauche im Grunde nicht anwesend zu sein. Einzig für die Umbauarbeiten muss ich noch mal nach Sylt reisen, und mir graut es schon jetzt davor, Mats über den Weg zu laufen. Am 2. November kommen die Handwerker.

«Also, Papa, tschüs und bis zum nächsten Mal», sage ich und stehe langsam auf.

Ich lege ein rot gefärbtes Ahornblatt, das ich unterwegs gefunden habe, auf seinen Grabstein. Es hat eine perfekte Färbung: ein gelb-rotes Aquarell, wie der Sonnenuntergang am Sylter Ellenbogen. Und ich weiß ja, dass mein Vater es gern perfekt hat.

Höchstwahrscheinlich wird das Blatt aber mit der nächsten Windbö fortgeweht und dient dann dem Igel beim Nestbau.

Die Hände in den Jackentaschen, schlendere ich den schmalen Pfad am Kanal entlang in Richtung Ausgang. Es sind erstaunlich viele Menschen auf dem Friedhof unterwegs, vermutlich um vor dem Winter noch einmal nach dem Rechten zu sehen, etwas Laub zu harken oder zum Schutz vor Frost Tannenzweige über den Gräbern zu verteilen.

Unter normalen Umständen wäre ich mit dem Wagen hergefahren, aber er ist in der Werkstatt zum Reifenwechsel. Etwas zeitig, aber ich wollte einmal nicht diejenige sein, die noch durch tiefen Schneematsch mit ihren Sommerreifen schlittert. Mama hat sich angeboten, den Termin für mich wahrzunehmen, da sie in der Nähe der Werkstatt etwas zu erledigen hat. Als Dank ist sie heute Abend bei mir zum Essen eingeladen.

Ich bin selbst überrascht, wie schnell ich mich in meiner kleinen Wohnung eingewöhnt habe, denn nach der Trennung stand ziemlich bald fest, dass Jo das Loft übernehmen würde. Nicht allein, weil er beabsichtigt, die Firma ins Erdgeschoss zu verlegen, sondern auch, weil die puristische Etage doch eher seinem Geschmack entspricht als meinem.

Ich halte inne, weil sich direkt vor mir ein Eichhörnchen auf dem Weg zu schaffen macht. Geschickt löst es eine Haselnuss aus ihren Hüllenblättern, buddelt ein Erdloch und verscharrt die Beute. Als hinter mir Schritte zu hören sind, flieht es auf den nächstgelegenen Baum.

«Hoffentlich findet der kleine Kerl die Nuss, wenn er Hunger bekommt, oder soll das Versteckspiel nur die Langeweile vertreiben? Hat er womöglich Angst vor einem Koller?»

Ich erstarre. Einen Moment bin ich unfähig, mich zu bewegen, dann fahre ich umso heftiger herum – und kann nicht glauben, was ich sehe. Direkt vor meiner Nase steht Mats. In Wetterjacke, Jeans und dicken Boots. Auf dem Kopf trägt er eine Cap, sodass ich ihn fast nicht erkannt hätte. Er nimmt sie ab und fährt sich verlegen durch die Haare.

«Was … tust du hier?», stammele ich und möchte ihn oder mich kneifen, um sicherzugehen, dass ich nicht halluziniere.

Ein unsicheres Lächeln huscht über sein Gesicht.

«Ich wollte dich sehen.» Seine Augen suchen meine, vorsichtig, als fürchteten sie, auf Ablehnung zu treffen.

Ich bin noch immer vollkommen geplättet. «Aber … wie hast du mich hier gefunden?»

«Deine Mutter war so nett, mir ein wenig unter die Arme zu greifen.»

Ich falle erneut aus allen Wolken. Mama? Sie hat nie durchblicken lassen, dass sie Kontakt zu Mats hat. Tausend Fragen schwirren auf einmal in meinem Kopf umher, aber ich bin außerstande, auch nur eine davon zu stellen.

Auffordernd schaue ich zu Mats. Warum sagt er nicht endlich mal etwas? Ich habe den Eindruck, er wartet ab, wie ich reagiere.

Glaubt er, ich würde ihn zum Teufel jagen? Wegen dieses Kusses, der so umwerfend war, dass ich seit Monaten an kaum etwas anderes denken kann?

Nach einer gefühlten Ewigkeit räuspert er sich. «Wollen wir ein Stück gemeinsam gehen?» Er deutet den Weg entlang.

Ich nicke nur stumm. Dass er hier ist … wow! Mein Herz klopft wie wild in meiner Brust. Vor Aufregung, aber auch aus Unsicherheit.

«Ich soll dich von Charlotte grüßen», beginnt Mats, nachdem wir ein paar Schritte nebeneinander hergelaufen sind.

Unsicher schiele ich ihn von der Seite an. Ist das ein Test? Ganz automatisch meldet sich mein schlechtes Gewissen, doch Charlotte und ich sind miteinander im Reinen, wir haben uns ausgesprochen. Ich habe nichts zu befürchten.

«Danke», murmele ich darum nur knapp.

«Sie freut sich schon, dich nächsten Monat wiederzusehen, und fragt, wo du während des Umbaus wohnen wirst. Garantiert geht es in deinem Haus ziemlich laut und turbulent zu, wenn die Handwerker loslegen.»

Ich kann seinen fragenden Blick auf meinem Gesicht spüren. Verrückterweise habe ich mir über den Baulärm gar keine Gedanken gemacht. Erst jetzt, da er davon spricht, gerate ich ins Grübeln. «Ich werde mir Ohrstöpsel mitbringen», wiegele ich ab. «Und falls es zu laut wird, drücke ich mich tagsüber am Strand herum.»

«Im November ist es dort eisig», gibt Mats zu bedenken, «auf keinen Fall hältst du es von sieben bis sechzehn Uhr am Wasser aus.»

«Mir fällt schon etwas ein.»

Mats verlangsamt den Schritt, ich passe mich ihm an. Bis wir schließlich stehen bleiben. Er wartet, dass ich ihn ansehe. In seinem Blick liegt so viel Wärme und Zärtlichkeit, dass ich ganz weiche Knie bekomme.

«In der *Weißen Villa* sind im November noch Zimmer frei. Schöne, helle, renovierte Zimmer.» Er lächelt schüchtern. «Vielleicht hast du Lust, während der Renovierung dort zu wohnen? Als mein Gast. Charlotte hat sich auch bereits angekündigt.»

Überrascht blinzele ich. Doch ehe ich etwas zu seinem Vorschlag äußern kann, fügt Mats hinzu: «Die Zimmer sind übrigens mit Doppelbetten ausgestattet. Alle. Du kannst gern jemanden mitbringen.»

Wie ferngesteuert schüttele ich den Kopf. «Jo … Mein Freund und ich … wir haben uns getrennt.»

Mats' Gesichtsausdruck bleibt regungslos. «Ich weiß», sagt er leise. Sein Blick gewinnt an Intensität. «Ich wäre sonst nicht hergekommen.»

Mama, denke ich. Sie hat es ihm erzählt.

«Gibt es irgendetwas von mir, das du noch nicht weißt?», frage ich leicht pikiert. Scheint, als würde hinter meinem Rücken eine Menge geredet.

Jetzt muss Mats grinsen. Um seine müden Augen tanzen Falten. «Sicher gibt es da einiges», mutmaßt er. «Ich würde mich mit meinen Fragen aber bis November gedulden.»

Nun muss auch ich leise lachen.

Wir setzen unseren Spaziergang fort. «Dein Angebot ist … supernett», bringe ich irgendwann hervor, als mir klarwird, dass er noch auf eine Antwort wartet. Augenblicklich möchte ich mich ohrfeigen. *Supernett*? Geht's noch, Julia? Es drückt nicht mal annähernd aus, wie sehr ich mich freue. «Sehr, sehr gern nehme ich deinen Vorschlag an», bessere ich nach und schenke ihm ein aufrichtiges Lächeln.

Mats kratzt sich nachdenklich am Kinn. «Eins wüsste ich vorher allerdings schon noch ganz gern.» Seine Gesichtszüge wirken auf einmal ernst. Die Lachfalten haben sich geglättet, und er kaut angestrengt auf der Unterlippe. «Deine Ausrede mit dem Kofferpacken …» Er schließt kurz die Augen, um sich zu erinnern. «Ich habe mich den ganzen Abend gefragt, aus welchem Grund du wirklich so fluchtartig die Party verlassen hast. Lag es an den Leuten? Oder an mir?»

Ich brauche einen Moment, um zu begreifen, wovon er spricht. Als es mir klarwird, schäme ich mich in Grund und

Boden. «Weder noch!» Ich bekomme ganz heiße Ohren. «Es war … es ging um Charlotte. Ich hatte Angst, sie würde dir in meinem Beisein ihr Herz ausschütten.»

Mats wirkt regelrecht erleichtert. Als wäre ihm ein tonnenschwerer Stein vom Herzen gefallen. Mit meiner Koffer-Nummer muss ich ihm ziemlich auf den Schlips getreten sein. Er legt den Kopf schief und schüttelt ihn leicht.

«Da kennst du Charlotte aber schlecht. So etwas hätte sie niemals getan.»

«Ich kannte sie zu dem Zeitpunkt so gut wie überhaupt nicht», rechtfertige ich mich kleinlaut.

Mats spielt mit der Cap in seiner Hand. «Glaubst du wirklich, ich hätte dich für den Hausverkauf verurteilt?», fragt er nach einer Weile. «Eine Erbschaft ist doch überhaupt nicht zu vergleichen mit dem, was Spekulanten so treiben. Und ich hasse auch nicht grundsätzlich alle Makler, falls du das annimmst.»

Ich verziehe schuldbewusst das Gesicht. «Okay.»

Wir haben inzwischen das Friedhofstor passiert und stoppen an einer zweispurigen Straße, auf der der Berufsverkehr vorbeidonnert. Keiner von uns nimmt Notiz davon. Wir stehen voreinander und können die Blicke nicht vom anderen lösen.

«Ich hätte auch noch eine Frage, die nicht bis November warten kann», wage ich zu sagen. In meinen Taschen verkrampfe ich die Hände zu Fäusten.

«Schieß los.»

«Das Biikebrennen», krächze ich. Mein Mund ist auf einmal schrecklich trocken. «Was hast du dir damals gewünscht? Du wolltest es mir nicht sagen.»

Mats' Augen weiten sich kurz. Dann blickt er betreten zu Boden.

Einen Moment fürchte ich, dass er mir die Antwort schuldig

bleiben will, dann schaut er hoch und räuspert sich. «Ich habe mir gewünscht, mich zu verlieben. In eine toughe, wunderschöne, warmherzige Frau. Eine, die denselben Humor hat wie ich und die ehrlich ist.» Sein Blick und seine Worte gehen mir durch und durch. «Eine wie du.»

Mir wird flau. «Ehrlich war ich ja leider nicht so …», stottere ich zerknirscht.

Mats tritt einen Schritt vor. Unsere Oberkörper berühren sich fast, als er sagt: «Dann passen wir ja ganz gut zueinander. Auch ich war nicht ganz aufrichtig zu dir.»

Verdattert schaue ich ihn an.

«Es hat ewig gedauert, bis bei mir der Groschen gefallen ist», sagt er mit belegter Stimme und lässt mich dabei keine Sekunde aus den Augen, «doch dann …» Er macht eine kurze Pause, um sich zu sammeln. «Ich kannte deinen Vater.»

Mir sackt das Blut in die Kniekehlen. Wie bitte? Vollkommen perplex starre ich ihn an.

«Ist dir nie in den Sinn gekommen, dass mir, aufgrund meiner Freundschaft mit Charlotte, der Name Hirschfeldt ein Begriff sein könnte?»

«Ähm … nein.» Aber natürlich ergibt das einen Sinn. «Du wusstest demnach die ganze Zeit über, dass Charlotte mit meinem Vater eine Beziehung hatte?» Ich bin entsetzt.

Mats schüttelt den Kopf. «Nein. Nicht die ganze Zeit. Wie gesagt, der Groschen fiel recht spät.»

Urplötzlich wird mir schwindelig, die Geräusche um mich herum verschmelzen zu einem quälenden Rauschen, und ich muss mich an Mats festhalten, um nicht das Gleichgewicht zu verlieren. Sofort schlingt er seine Arme um meine Taille und hält mich. Eine Ewigkeit stehen wir so da, schweigend, aber eng umschlungen. Sein Gesicht ist meinem so nah, dass ich die Bartstoppeln auf seiner wettergegerbten Haut zählen könnte.

Mats schiebt mich ein winziges Stück von sich, um mir in die Augen sehen zu können.

«Ich habe mir fest vorgenommen, mich mit dem nächsten Kuss bis zum November zurückzuhalten», raunt er, und sein warmer Atem streicht über meine Wange.

Flehend blicke ich ihn an. «So lange noch?», stöhne ich. «Das … ist unmöglich. Von der Warterei bekomme ich ganz sicher einen Koller!»

Weitere Titel

Sommer mit Aussicht